레이먼드 챈들러는 나의 영웅이었다. 무라카미 하루키

냄새까지 느껴질 듯 생생하게 묘사된 캘리포니아. 필립 말로는 그 비열한 거리를 헤치며 나아간다. 가끔씩 무심한 말을 내뱉으며 낡아빠진 기사도를 꿈꾸는 그에게서 세상의 탐정 반이 태어났다. 레이먼드 챈들러와 그의 페르소나 필립 말로. 그들에 이르러서야 추리소설은 이성의 한 조각에서 사회의 한 부분으로 자리잡을 수 있었다. 이 책은 그들이 함께한 첫 작품이다. decca (howmystery.com 운영자)

하드보일드의 음유시인 챈들러는 미국 대중문화의 상징적인 존재라 해도 과언이 아닌 작가이다. 추리문학의 대가 가운데는 추리소설이라는 장르를 깨고 일반 문학에서도 인정을 받는 이들이 몇 있는데 챈들러는 그 가운데에서도 우뚝 서 있다. 장경현 (싸이월드 '화요추리클럽' 운영자)

레이먼드 챈들러는 미국을 이야기하는 새로운 방식을 고안해내었다. 그 이후로 미국을 예전과 같은 시선으로 바라볼 수 없게 되었다. 폴 오스터

그 누구도 챈들러처럼 글을 쓸 수는 없다. 설령 포크너라 할지라도.
보스턴 북리뷰

레이먼드 챈들러 추리소설 (전6권)
1. 빅 슬립
2. 하이 윈도
3. 안녕 내 사랑
4. 호수의 여인
5. 리틀 시스터
6. 기나긴 이별

하이윈도

The High Window

© 1942 Raymond Chandler Limited, a Chorion Company

All rights reserved

Korean translation copyright © 2004 Raymond Chandler Limited, a Chorion Company
Korean translation rights arranged with Raymond Chandler Limited, a Chorion Company
through EYA(Eric Yang Agency)

이 책의 한국어판 저작권은 EYA(Eric Yang Agency)를 통한
Raymond Chandler Limited, a Chorion Company 사와의 독점계약으로
한국어 판권을 ㈜ 북하우스가 소유합니다.
저작권법에 의하여 한국 내에서 보호를 받는 저작물이므로 무단전재와 복제를 금합니다.

하이 윈도

레이먼드 챈들러 추리소설 | 박현주 옮김

The High Window

북하우스

 처음에는 떠오른 생각의 편린이 너무 약해서 자칫하면 그것을 놓치고 지나갈 뻔했다. 깃털의 감촉, 그것도 아니다. 눈송이의 감촉과도 같았다. 높은 창, 한 남자가 몸을 내밀고 있는, 아주 오래 전에.

 그건 현장에서 찍은 스냅 사진이었다. 날씨가 타는 듯이 더웠던 날이다. 높은 창 밖으로, 아주 오래 전에, 8년 전에, 한 남자가 몸을 내밀고 있다. 너무 멀리. 한 남자가 떨어진다. 그리고 죽는다. 호레이스 브라이트라는 이름의 남자.

1

파사디나의 오크 놀 지역, 드레스덴 로(路)에 위치한 그 집은 버건디 포도주 빛 벽돌에 테라코타 타일로 지붕을 얹고, 흰 돌로 테를 두른 크고 견고한 멋진 집이었다. 집의 앞쪽 창문들은 아래층까지 이어져 있었다. 위층의 창문들은 전원 주택 형태로, 돌로 테두리를 둘러 로코코 양식을 본뜬 티가 많이 났다.

앞 벽과 그 밑으로 꽃을 피운 덤불에서부터 앞길까지는 오륙백 평 정도 훌륭한 푸른 잔디밭이 완만히 흘러내리듯 거대한 히말라야 삼나무가 있는 한길까지 쭉 뻗어 있어, 마치 큰 바위 주위로 멋진 푸른 파도가 굽이치는 형상이었다. 보도와 공원 도로는 둘 다 아주 넓었으며 공원 도로 쪽에는 볼 만한 흰 아카시아 나무가 세 그루 있었다. 아침에는 강한 여름 향기가 흘렀고, 저녁에는 소위 멋지고 시원한 여름날의 바람 한 점 없는 대기 속에 자라고 있는 모든 것이 미동도 하지 않았다.

 그 집에 사는 사람들에 대해서 내가 아는 것이라고는 그 사람들이 엘리자베스 브라이트 머독 부인과 그 가족이라는 것과, 부인이 마룻바닥에 담뱃재를 털지 않으며 총은 한 자루 이상 지니고 다니지 않는 신중하고 깔끔한 사립탐정을 고용하길 원한다는 것뿐이었다. 그리고 나는 그녀가 재스퍼 머독이라고 하는 구레나룻을 길렀던 노친네의 미망인이라는 것도 알고 있었다. 그 노친네는 돈을 많이 벌어 지역 사회에 큰 기부를 했기 때문에, 매년 기일만 되면 파사디나 지역 신문은 그의 기사를 내보내고는 했다. 그 기사에는 사진 밑에 생년월일과 사망일이 적혀 있었고, '그의 삶이 사회에 대한 봉사 그 자체였다'와 같은 제목이 붙어 있었다.

 나는 길거리에 주차한 후 푸른 잔디밭에 놓인 열댓 개의 디딤돌을 밟고 들어가 뾰족 지붕이 달린 벽돌 현관 속의 초인종을 눌렀다. 야트막한 붉은 벽돌벽이 문에서 저택 진입로의 끄트머리까지의 짧은 거리만큼 집의 앞쪽을 따라 빙 둘러 있었다. 보도 끝, 콘크리트 벽돌 위에는 흰 승마 바지에 녹색 윗옷을 입고 빨간 모자를 쓴 흑인 소년의 채색상이 있었다. 그는 말 채찍을 들고 있었으며, 그의 발밑 벽돌 안에 철제로 만든 말을 매는 고리가 있었다. 그는 거기서 오랫동안 기다리고 있었던 양, 슬픈 얼굴이었으며 점점 의기소침해지는 중이었다. 누군가 문에 나타나길 기다리는 동안 나는 다가가서 소년의 머리를 토닥였다.

 잠시 후, 하녀 복장의 인상 나쁜 중년 여자가 정문을 15센티미터 정도 빼꼼 열고는 나를 말똥말똥 쳐다보았다.

"필립 말로요. 머독 부인을 뵈러 왔습니다. 약속이 되어 있습니다만."

인상이 나쁜 중년의 하녀는 이를 득득 갈고 눈을 꿈벅거리더니만, 까다롭고 뭔가 탐색하는 듯한 목소리로 되물었다.

"어느 쪽이요?"

"허?"

"어느 머독 부인 말이냐구요?"

여자는 나한테 소리를 지르다시피하며 말했다.

"엘리자베스 브라이트 머독 부인 말이오. 머독 부인이 더 있는 줄 몰랐는데."

"뭐, 더 있죠. 명함 있나요?"

그녀는 딱딱거렸다.

하녀는 여전히 문을 조금만 열어놓고 있었다. 그녀는 코끝과 마르고 근육질의 손만 그 사이로 내밀었다. 나는 지갑을 꺼내어 명함 한 장을 집어 그 손 위에 놓았다. 손과 코가 다시 안으로 쏙 들어가더니 내 눈앞에서 문이 쾅 닫혔.

나는 뒷문으로 왔어야 했나 하는 생각이 들었다. 나는 돌아가서 그 흑인 소년 머리를 다시 토닥였다.

"너와 나는 다 같은 형제야."

시간이 흘렀다. 그것도 많이 흘렀다. 나는 담배를 꺼내 물었지만 피우지는 않았다. 아이스크림 배달부가 '밀짚 속의 칠면조' 노래를 크게 틀어놓고 파란색과 하얀색으로 칠한 트럭을 타고 지나갔다. 내 옆구리께에 있는 수국꽃 덤불에는 검정색과 금색이 섞인 나비가 속도를 늦추며 들어와 앉아 몇 차례 팔랑팔랑 날개짓하더니 무거운 듯 날아올라 미동도 없는 뜨거운 대기 속으로 비틀비틀 날아가버렸다.

앞문이 다시 열렸다. 찌푸린 얼굴이 말했다.

"이쪽으로 오세요."

나는 들어갔다. 크고 네모반듯하며 움푹한 시원한 방이 그 뒤에 있었는데, 그곳에서는 영안실의 평온한 분위기가 흐르고 있었으며 그것과 똑같은 냄새도 났다. 울퉁불퉁한 치장 벽토를 바른 텅 빈 벽에 걸려 있는 태피스트리에, 높은 창문 바깥에는 발코니를 본뜬 모양의 철제 창살, 플러시 천으로 방석을 깔고 태피스트리로 등받이를 대었으며 옆에 색이 바랜 금술이 매달려 있는 육중한 조각 장식 의자들. 뒤쪽으로는 거의 테니스 코트 크기의 스테인드글라스 창문. 그 아래에는 커튼이 달린 프렌치 도어. 고루하고 곰팡내 나며 편협한 데다가 깔끔하지만 불쾌한 방이었다. 이제껏 누가 와서 앉아 있었던 적도 없고 혹은 그러고 싶은 마음도 안 들었을 것 같은 그런 방이었다. 구부러진 다리가 달리고 대리석 바닥으로 된 테이블에, 금시계들, 두 가지 색 대리석으로 된 작은 조각상들. 갖다 버리는 데 일주일은 걸릴 쓰레기들이 잔뜩 있었다. 돈을 많이 들였겠지만 죄다 쓸모없는 것들뿐이었다. 30년 전에는, 파사디나가 부유하고 속을 터놓지 않는 전원 마을이었을 무렵에는, 이 방도 나름대로 방다웠을 것이었다.

우리는 그 방을 떠나 복도를 따라갔다. 잠시 후, 인상 나쁜 하녀는 어떤 문을 열더니 나를 안으로 들여보냈다.

"말로 씨입니다."

그녀는 문 안쪽에다 심술궂은 말투로 말하고서는 이를 갈면서 사라져버렸다.

2

그 방은 후원이 내려다보이는 작은 방이었다. 보기 흉한 붉은 색과 갈색의 융단이 깔려 있었으며, 사무실로 꾸며진 방이었다. 그 방에는 작은 사무실에서 볼 수 있는 것들이 갖춰져 있었다. 마르고 연약해 보이는, 조가비 테 안경을 쓴 금발 여자가 책상 뒤에 앉아 있었다. 그 책상은 옆판을 밀어서 뺄 수 있는 것으로, 옆판 위에는 타자기가 놓여 있었다. 여자는 손을 자판 위에 올려놓고는 있었으나, 타자기에는 종이 한 장 끼어 있지 않았다. 여자는 내가 방으로 들어가자 자의식이 강한 사람들이 스냅 사진에 자세를 취할 때 볼 수 있는 딱딱하고 반쯤 멍한 표정으로 나를 보았다. 그녀는 깨끗하고 부드러운 목소리로 내게 의자를 권했다.

"저는 데이비스라고 합니다. 머독 부인의 비서죠. 부인께서는, 선생님께서 신원 보증인을 몇 명 알려 주시기를 바라십니다."

"신원 보증인이요?"

"네. 신원 보증인 말입니다. 놀라셨나요?"

나는 모자를 벗어 그녀의 테이블에 놓고, 태우지 않은 담배를 모자챙에 올려놓았다.

"그럼 당신 말은, 부인이 나에 대해서 전혀 아는 바도 없이 나를 불렀단 겁니까?"

데이비스 양의 입술이 떨리는가 싶더니 입술을 꼭 깨물었다. 나는 그녀가 겁을 먹거나 기분이 상한 것인지, 아니면 단지 침착하고 사무적인 태도를 유지하는 데 문제가 있는 것인지 짐작할 수 없었다. 어찌 되었든 그녀는 기분이 좋아 보이지는 않았다.

"부인께서는 캘리포니아-시큐리티 은행의 지점장으로부터 선생님을 소개받았습니다. 그렇지만 그 분은 선생님을 개인적으로는 모른다고 하더군요."

데이비스 양이 말했다.

"연필 들고 받아 적을 준비 하시오."

나는 말했다.

데이비스 양은 연필을 들고 연필이 막 깎은 것임을 보여준 뒤 받아 적을 준비를 했다.

"먼저, 같은 은행의 부사장 중 한 명인 조지 S. 리크 씨. 그 사람은 본점에 있소. 그리고 주 상원의원인 허스튼 오글소프 씨. 그 사람은 지금 아마 새크라멘토에 있거나 LA에 있는 주 의회의 그 사람 사무실에 있을 거요. 그리고 시드니 드레이퍼스 2

세. 드레이퍼스 터너 스웨인 법률 사무소의 변호사죠. 사무소는 부동산 보험회사 건물에 있고. 다 적었습니까?"

비서는 재빨리 수월하게 적었다. 그녀는 올려다보지도 않고 고개를 끄덕였다. 불빛이 그녀의 금발 머리 위에서 춤추고 있었다.

"프라이-크란츠 법인의 올리버 프라이 씨, 오일 웰툴즈 회사. 그들 주소는 산업 지구의 이스트 9번가이고. 그리고 경찰 두어 명도 괜찮다면, 지방 검사 밑에 있는 버나드 올즈와, 중앙 강력반에 있는 형사 반장 칼 랜들도 있소. 이 정도면 충분할 것 같소?"

"절 비웃지 마세요. 저는 단지 시킨 일을 할 뿐이에요."

"나중 두 사람에게는 전화 안 하는 게 좋을 거요. 이 일의 성격이 어떤지 모른다면 말이지. 나는 당신을 비웃고 있는 게 아니오. 오늘은 덥군, 그렇지 않소?"

"파사디나 날씨치고는 더운 것도 아니죠."

데이비스 양은 이렇게 말하고, 전화번호부를 꺼내어 책상 위에 올려놓고는 일을 시작했다.

비서가 전화번호를 찾아보고 여기저기 전화를 거는 동안 나는 그녀를 관찰했다. 그녀는 타고난 창백한 피부를 갖고 있었지만 충분히 건강해 보였다. 그녀의 결이 거친 구릿빛 금발은 그 자체로는 별로 보기 흉하지는 않았지만, 머리도 작은데 뒤로 너무 꼭 잡아매고 있어서 머리카락이 주는 효과는 거의 없었다. 눈썹은 가늘고 보기 드물게 곧은데다 머리카락보다 더 짙은 개암빛을 띠고 있었다. 콧구멍은 빈혈 있는 사람마냥 희었으며, 턱은 너무 작고 날카로워 불안정해 보였다. 그녀는 주홍빛 립스틱을 입술에 살짝 바른 것 말고는 아무런 화장을 하지 않고 있었다. 안경 뒤의 두 눈은 매우 컸고, 홍채가 커다란 코발트블루의 눈동자는 모호한 표정을 담고 있었다. 눈꺼풀은 팽팽하게 당겨져 눈매가 동양적이었으며 얼굴 피부가 태어날 때부터 팽팽하여 눈을 양쪽 구석으로 꽉 잡아당긴 것처럼 보였다. 전체 얼굴 분위기는 비정상적인 신경증 환자의 매력을 풍기고 있어서 화장만 좀 잘하면 아주 인상적인 미모가 될 듯했다.

데이비스 양은 짧은 소매가 달린 마직 원피스를 입고 있었으며 장신구는 하나도 달고 있지 않았다. 드러난 팔에는 솜털과 주근깨가 몇 개 있었다.

나는 비서가 전화에 대고 하는 말에는 별반 신경 쓰지 않았다. 무슨 말을 듣든 간에 비서는 속기로 솜씨 있게 받아 적고 있었다. 다 마치자, 그녀는 전화번호부를 다시 고리에 걸고는 일어서서 마직 원피스를 허벅지 아래로 잡아당겨 주름을 펴고 말했다.

"몇 분만 기다리시면……"

그녀는 문쪽으로 향해 반쯤 가다 되돌아 오더니, 책상 맨 위 서랍을 밀어넣었다. 그리고 밖으로 나갔다. 문이 닫혔다. 침묵이 흘렀다. 창 밖으로 벌들이 윙윙 날아다녔다. 저 멀리서 진공청소기가 웅웅대는 소리가 들렸다. 나는 아까 피우지 않았던 담배를 모자에서 집어 입에 물고 자리에서 일어났다. 나는 책상 뒤로 돌아가서 그녀가 돌아와 닫았던 서랍을 열어 보았다.

이건 내 일은 아니었다. 단지 나는 궁금했을 뿐이었다. 비서가 서랍 속에 작은 콜트 자동 권총을 갖고 있다는 사실은 내가 상관할 바가 아니었다. 나는 서랍을 닫고 다시 자리에 앉았다.

데이비스 양은 4분 정도 자리를 비운 후 돌아왔다. 그녀는 문을 열고 문간에 서서 말했다.

"머독 부인이 지금 뵙자고 하십니다."

복도를 조금 따라간 후 비서는 이중 유리문을 반쯤 열더니 옆으로 비켜섰다. 나는 안으로 들어갔고, 문이 내 뒤에서 닫혔다.

안은 어두웠고, 처음에는 두터운 덤불과 차양을 뚫고 야외에서부터 들어오는 빛 말고는 아무것도 볼 수 없었다. 그 방은 일종의 일광욕실로, 바깥에 아무렇게나 풀이 자라게 놓아둔 것이라는 것을 알 수 있었다. 잔디 양탄자가 깔리고 갈대로 만든 가구들이 있는 방이었다. 갈대로 만든 긴 의자가 창문 옆에 놓여 있었다. 곡선 모양의 등받이가 있는 의자로, 코끼리도 질식시킬 만큼 많은 쿠션이 깔려 있었는데, 그 쿠션에 기대어 한 여자가 손에 와인 잔을 들고 앉아 있었다. 그 여자가 뚜렷이 보이기 전에 독한 포도주 알코올 냄새부터 코에 들어왔다. 눈이 빛에 익숙해지자 그녀를 볼 수 있었다.

부인은 살이 찐 얼굴에 이중턱을 한 여자였다. 퍼머를 한 머리카락은 백랍빛이었고, 단단한 입에 축축한 돌멩이가 동정 어린 표정을 짓고 있는 것 같은 물기 어린 눈동자를 하고 있었다. 목 주변에 레이스가 달린 옷을 입고 있었는데 그 목에는 차라리 축구 유니폼이 더 잘 어울릴 것 같았다. 부인은 회색빛이 도는 실크 드레스를 입고 있었다. 두꺼운 팔에는 잡티가 얼룩덜룩했고 귀에는 흑옥 귀걸이를 걸고 있었다. 부인 옆에는 유리를 깐 낮은 탁자가 있었고 그 위에 포트와인 한 병이 놓여 있었다. 부인은 들고 있던 잔을 한 모금 마시면서 유리잔 너머로 나를 보았지만 아무 말도 하지 않았다.

나는 그 자리에 서 있었다. 부인은 포트와인 한 잔을 다 마실 때까지 나를 그냥 세워두더니, 잔을 탁자 위에 놓고 다시 술을 따랐다. 그러고 나서 손수건으로 입술을 살짝 두드려 닦더니 말을 시작했다. 부인의 목소리는 바리톤의 저음이었으며, 어떤 헛소리도 허락 않겠다는 듯한 소리였다.

"앉아요, 말로 씨. 담배는 피우지 마시고. 나는 천식이에요."

나는 갈대 흔들의자에 앉아서 아직 불을 붙이지 않은 담배를 바깥 주머니의 손수건 뒤에다 찔러넣었다.

"난 이전에는 사립탐정을 만나본 적이 없어요, 말로 씨. 탐정에 대해서 아는 것도 없지요. 당신의 신원 보증은 매우 만족스럽더군요. 비용이 얼마죠?"

"무슨 일을 하고 받는 비용 말입니까, 머독 부인?"

"물론 아주 비밀스러운 문제지요. 경찰하고는 아무 상관도 없고. 경찰과 상관이 있었다면, 경찰에 연락했겠죠."

"저는 하루에 이십오 달러를 받습니다, 머독 부인. 물론 수사 비용도 청구되지요."

"비싸네. 돈을 아주 잘 벌겠어."

부인은 다소 와인을 과하게 마신 듯했다. 나는 더운 날씨에는 포트와인을 잘 마시지 않지만 상대가 권하지 않을 때는 그것조차 좋아 보였다.

"아니오. 그렇지 않습니다. 물론 부인께서야 가격에 상관 없이 탐정을 고용하실 수 있을 테죠. 변호사를 고용하듯이 말입니다. 치과 진료도 그러실 테고. 저는 단체가 아닙니다. 저는 혼자 일하고, 한 번에 한 가지 사건만 맡습니다. 저는 위험도 무릅쓰고 일합니다. 때로는 아주 큰 위험이죠. 게다가 항상 일할 수 있는 것도 아니고. 저는 하루에 이십오 달러가 과하다고 생각하지는 않습니다."

"알았어요. 그럼 수사 비용이란 건 뭐죠?"

"여기저기 드는 사소한 것들이죠. 아마 모르실 겁니다."

"난 알았으면 싶은데."

그녀가 신랄하게 말했다.

"물론 알려드릴 겁니다. 모든 내역을 상세하게 받아 보실 겁니다. 그리고서 마땅치 않으시면, 그때 지적하셔도 됩니다."

"그럼 착수금으로는 얼마나 낼까요?"

"백 달러면 될 겁니다."

나는 대답했다.

"그러지요."

부인은 말하고서 포트와인을 다 마셔버린 후 다시 잔을 채웠다. 이번에는 입을 닦지도 않았다.

"부인과 같은 지위의 사람들로부터는 반드시 착수금을 받을 필요는 없습니다."

"말로 씨, 난 마음이 강한 여자예요. 그렇지만 나한테 겁먹지는 말아요. 나한테 겁먹을 정도라면 당신은 내게 별 쓸모가 없을 테니."

나는 고개를 끄덕였고 살며시 들었던 두려운 생각을 밀물에 흘려 보냈다.

부인은 갑자기 웃더니 트림을 했다. 멋지고 가벼운 트림이었다. 과시하는 기색도 없이 편안한 무관심의 태도였다.

"천식 때문이에요. 나는 와인을 약으로 마셔요. 그래서 당신에게는 권하지 않는 거죠."

그녀는 무심히 말했다

나는 한쪽 다리를 꼬고 앉았다. 나는 이런 행동이 부인의 천식을 더 악화시키지 않길 바랐다.

"돈은 별 문제가 아니에요. 나와 같은 지위에 있는 사람은 항상 바가지를 쓰고, 또 그런 일을 예상하기 마련이니까. 난 다만 당신이 그 돈의 값어치를 해줬으면 좋겠어요. 내 상황은 이래요. 상당한 가치가 있는 물건을 도둑맞았어요. 나는 그 물건을 되찾고 싶지만, 그게 다는 아니에요. 이 일로 어떤 사람도 체포당하는 것은 원치 않아요. 도둑은 우연찮게도 우리 가족 중에 있으니까. 혼인에 의한 가족이지만."

부인은 살찐 손가락으로 유리잔을 빙 돌리고서는 그늘진 방의 어두컴컴한 빛 속에서 희미하게 미소지었다.

부인이 말을 이었다.

"내 며느리는, 매력적인 애죠. 그리고 참나무 판처럼 단단하고."

그녀는 갑자기 눈을 반짝 빛내며 나를 바라보았다.

"나에겐 아주 머저리 같은 아들 녀석이 하나 있어요. 그렇지만 난 그 애를 아주 사랑한답니다. 일 년 전쯤 그 애는 내 허락도 받지 않고 바보 같은 결혼을 해버렸어요. 아주 멍청한 일이었죠. 그 애는 자기 밥벌이를 할 능력도 안 되었고 내가 준 돈 말고는 땡전 한 푼 없었으니까. 그리고 나는 돈에 그다지 너그러운 편이 아니에요. 그 애가 고른 여자는, 아니, 그 애를 고른 여자라고 해야 하나, 나이트클럽 가수였어요. 여자의 이름은 딱 어울리게도 린다 컨퀘스트(Conquest)예요. 그 애들은 이 집에서 살았어요. 고부 갈등 같은 건 없었는데, 그건 내가 내 집에서 사람들이 나와 언쟁 벌이는 걸 허락하지 않기 때문이죠. 그렇다고 해서 우리 사이에 좋은 감정 같은 것도 없었지요. 내가 애들 생활비를 대고 차도 각각 한 대씩 사주고, 여자에게는 넘치지는 않지만 충분하게 용돈을 주어 옷도 사주고 그랬죠. 그 여자는 물론 사는 게 약간 따분했을 거에요. 내 아들놈과 사는 것도 따분했을 거고. 나조차도 그 애를 따분하다고 생각하니까. 어쨌거나 그 여자는 한 일주일 전쯤 갑작스레 집을 나가버렸어요. 연락처나 작별 인사 같은 것도 남기지 않고."

부인은 기침을 하고 손수건을 더듬거려 찾더니 코를 풀었다.

"없어진 건, 동전 하나예요."

부인은 계속 말을 이었다.

"브라셔 더블룬이라고 하는 희귀한 금화죠. 내 남편이 자랑스러워하던 수집품이었어요. 나는 그런 것에는 별로 관심이 없었지만, 남편은 달랐죠. 나는 남편이 사 년 전에 죽은 이래로 그걸 온전하게 간수해왔어요. 그건 이층에 방화 설비가 되고 자물쇠가 달린 방 안의 내화(耐火) 상자 속에 보관되어 있었죠.

보험도 들어 있지만 난 아직 분실 신고는 하지 않았어요. 하지 않을 수만 있다면 신고는 안 하고 싶어요. 린다가 그걸 가져간 게 확실하니까. 그 금화는 만 달러가 넘는 가치로 산정이 되어 있어요. 그건 갓 발행되어 사용한 적 없는 견본이에요."

"그렇지만, 팔기는 상당히 어렵겠군요."

"아마 그렇겠죠. 난 그런 건 몰라요. 어제까지도 그 금화가 없어진 것도 몰랐어요. 난 그 수집품에 절대 가까이 간 적이 없으니까, 만약 로스앤젤레스에 사는 모닝스타란 남자가 전화해 오지 않았으면 그때까지도 눈치채지 못했겠지요. 그 사람이 말하기를 자기는 판매상인데 머독의 브라셔를—그 사람이 그렇게 부르더군요—팔려고 내놨냐고 하더군요. 아들이 그 전화를 받았죠. 그 애는 그 금화는 팔 물건이 아닐 거라고 했어요. 한 번도 팔려고 내놓은 적이 없었다고. 그렇지만 그 모닝스타란 사람보고 다른 때에 전화하면 아마 나와 통화할 수 있을지도 모른다고 했다더군요. 그때는 내가 쉬고 있어서 통화하기에 적절치 않았거든요. 그 남자는 그렇게 하겠다고 했어요. 내 아들은 그 통화 내용을 데이비스 양에게 전했고, 그녀가 나한테 다시 전달했어요. 난 그 남자에게 다시 전화해보라고 시켰죠. 약간 이상한 생각이 들었으니까."

부인은 포트와인을 좀더 마시고 나서 손수건으로 여기저기 닦은 뒤 투덜거리듯 말했다.

"왜 이상한 생각이 들었습니까, 머독 부인?"

나는 단지 뭔가 대꾸를 해주기 위해서 물었다.

"만약 그 남자가 신용 있는 판매상이라면 그 금화가 팔 물건이 아니라는 걸 알았을 거에요. 내 남편 재스퍼 머독은 유언장에다 수집품의 일부라도 내 생전에는 팔거나 빌려주거나 저당잡혀서는 안 된다는 조항을 남겼어요. 집 밖으로 가지고 나가서도 안 되고. 집이 무너질 지경이 되어 옮기는 게 불가피한 경우를 빼고서는. 그리고 그런 경우라도 반드시 재산 관리인만이 그걸 옮길 수 있어요. 내 남편은……."

그녀는 우울하게 웃었다.

"그 사람 생전에 내가 자기의 귀여운 금속 쪼가리에 더 관심을 기울여야 한다고 생각하는 것 같았지요."

바깥은 날씨가 아주 좋았다. 태양은 환히 빛나고 꽃은 활짝 피었으며 새들은 노래하고 있었다. 거리에는 차들이 멀리 편안한 소리를 내면서 스쳐갔다. 어두컴컴한 방에서 사나운 얼굴의 여자와 포도주 냄새를 맡으며 있는 것은 다소 이 세상 일이 아닌 것처럼 느껴졌다. 나는 무릎 위에서 다리를 들었다 놓으며 다음 말을 기다렸다.

"나는 모닝스타 씨와 통화를 했어요. 그의 정식 이름은 엘리샤 모닝스타로 로스앤젤레스 시내 9번가에 있는 벨폰트 빌딩에 사무실이 있다고 하더군요. 나는 그 사람에게 머독 가의 수집품은 팔려고 내놓지 않았고, 내놓은 적도 없으며, 내가 관리하는 한 앞으로도 절대 내놓지 않겠다고 했어요. 그리고 그 사람이 그런 사실을 몰랐다니 놀랍다고 했지요. 그는 헛기침을 하더니 더듬대며 그 금화를 자세히 볼 수 있겠느냐고 묻더군요. 나는 물론 안 된다고 했어요. 그는 다소 건성으로 고맙다는 인사를 하더니만, 전화를 끊더군요. 목소리로는 약간 나이 든 사람 같더군요. 그래서 나는 위층으로 올라가서 직접 금화를 살펴보려고 했어요. 근 일 년간 한 번도 그렇게 한 적은 없었어요. 금화는 잠겨 있던 내화 상자 안에서 사라져버리고 없더군요."

나는 아무 말 하지 않았다. 부인은 유리잔을 다시 채우더니 긴 의자의 팔걸이를 통통한 손가락으로 톡톡 두드려댔다.

"그때 내가 한 생각을 당신도 짐작할 수 있겠죠."

"모닝스타 씨에 대한 부분은 아마도 그럴 겁니다. 누군가 그 금화를 그에게 팔려고 가지고 왔고, 그는 그 출처가 어딘지 알고 있었거나 적어도 짐작하고 있었을 겁니다. 그런 금화는 아주 드문 것일 테니까요."

"소위 미사용 견본품은 아주 드물죠. 맞아요. 저도 같은 생각을 했어요."

"어떻게 도둑맞았습니까?"

나는 물었다.

"이 집 안에 있는 사람이라면 누구나 쉽게 손댈 수 있어요. 열쇠는 내 가방 안에 들었고 나는 가방을 아무 데나 던져두니까. 방문과 장식장을 열고 다시 열쇠를 갖다놓을 동안만 열쇠를 손에 넣는 것은 아주 간단한 일이죠. 바깥 사람들에게는 어렵겠지만, 집안 사람이라면 누구든 훔칠 수 있어요."

"알겠습니다. 어떻게 며느님께서 그걸 가져갔는지 입증하실 수 있습니까, 머독 부인?"

"엄격하게 말해서 증거는 없어요. 그렇지만 나는 확신해요. 하인으로 있는 세 여자는 내가 머독과 결혼하기 아주 오래 전부터 이 집에 있었어요. 나는 결혼한 지 단지 칠 년밖에는 되지 않았지만. 정원사는 절대 집 안에 들어오지 않아요. 난 운전기사도 두지 않고 있어요. 비서나 아들애가 운전하면 되니까. 내 아들은 금화에 손대지 않았어요. 우선 그 애는 자기 어머니 것을 훔칠 만한 부류의 바보는 아니고, 두번째로는 그 애가 가져갔다 하더라도 그 애라면 간단하게 내가 화폐 판매상인 모닝스타와 통화하지 못하게 할 수 있었으니까. 데이비스 양을 의심하는 건 어리석은 일이죠. 그런 여자는 절대 아니니까. 지나치게 겁도 많고. 아뇨, 말로 씨. 린다는 달리 쓸 데가 없더라도 단지 분풀이로 그런 일을 저지를 애예요. 당신도 나이트클럽에서 일하는 사람들이 어떤지 알겠지요."

"별별 사람들이 다 있죠. 우리나 다를 바 없이."

나는 말했다.

"강도가 침입한 흔적은 없겠죠? 단지 값나가는 동전 하나만을 들고 나가려면 아주 솜씨 있는 강도일 테니까요. 그럴 리는 없겠군요. 그렇지만 그 방을 살펴보는 게 좋을 것 같습니다."

부인은 턱을 내 쪽으로 내밀었다. 부인의 목 근육이 울룩불룩했다.

"내가 방금 말했죠, 말로 씨. 레슬리 머독 부인, 내 며느리가 그 브라셔 더블룬을 가져갔다고."

나는 부인을 쳐다보았고 그녀는 내 시선을 되받아쳤다. 그녀의 눈은 집앞 보도의 벽돌만큼이나 굳건했다. 나는 어깨를 으쓱한 뒤 시선을 거두면서 말했다.

"그렇다고 한다면, 머독 부인, 어떻게 하기를 원하시는 겁니까?"

"먼저 그 금화를 되찾고 싶어요. 두번째로는 내 아들이 합의하에 이혼하기를 바라고요. 그리고 나는 그걸 돈으로 살 생각은 전혀 없어요. 당신이라면 이런 일이 어떻게 이루어지는지 알고 있을 것 아녜요."

부인은 이번에 따른 포트와인을 다 마셔버리고서는 무례하게 웃었다.

"제가 듣기로는 그 부인은 연락처를 남기지 않았다고 하셨지요. 그럼 며느님이 어디로 갔는지 전혀 짐작도 못하신다는 말입니까?"

"정확히 말하면 그렇죠."

"그럼 실종이네요. 아드님은 부인께 말하지 않은 무언가를 알고 있을지도 모르겠군요. 가서 아드님을 만나봐야겠습니다."

거대한 회색 얼굴이 굳어져 한층 더 찌푸린 표정이 되었다.

"아들애는 아무것도 몰라요. 그 애는 심지어 더블룬을 도둑맞았다는 사실도 모르고 있어요. 나는 그 애에게 아무것도 알게 하고 싶지 않아요. 적절한 때가 오면 아들 일은 내가 처리할 거에요. 그 때까지는 그 애를 내버려두고 싶어요. 그 애는 내가 원하는 대로 하게 될 테니까."

"아드님이 항상 그런 건 아니었지 않습니까."

내가 말했다.

"그 애가 결혼한 건 순간의 충동일 뿐이었어요."

부인은 불쾌하게 말했다.

"그 후에는 항상 신사처럼 행동하려고 애썼죠. 난 그런 의심은 전혀 하고 있지 않아요."

"캘리포니아에서는 그런 류의 순간적 충동을 가지려면 사흘은 걸립니다, 머독 부인."

"이봐요, 젊은 양반. 이 일을 할 거에요, 안 할 거에요?"

"사실을 들을 수 있고 제가 적당하다고 생각하는 방식으로 사건을 처리할 수 있도록 하신다면 이 일을 맡겠습니다. 만약 규칙이나 제약 같은 걸 만들어 제게 딴죽을 거신다면 이 일을 맡을 수가 없습니다."

부인은 귀에 거슬리게 웃었다.

"이건 미묘한 가족 문제예요, 말로 씨. 그러니 아주 섬세하게 처리해야만 하겠죠."

"만약 부인께서 저를 고용하시게 되면, 제가 할 수 있는 한은 섬세하게 해드릴 겁니다. 제게 섬세한 면이 충분히 없다면, 저를 쓰지 않으시는 편이 나을 겁니다. 예를 들어 부인께서는 며느님이 잡혀가지 않기를 바라십니다. 저는 그 정도로 섬세한 인간은 아닙니다."

부인이 얼굴이 식어버린 익힌 순무처럼 붉어지더니 고함을 치려고 입을 열었다. 그렇지만 부인은 분별력을 되찾고 포트와인 잔을 들어 자신의 약을 입 안에 좀더 털어넣고 말았다.

"그만하면 됐어요. 당신을 이 년 전, 아들 애가 그 여자랑 결혼하기 전에 만났으면 좋을 뻔했군요."

부인은 냉담하게 말했다.

나는 부인의 마지막 말이 정확히 무슨 뜻인지 몰랐다. 그래서 그냥 흘려 넘겼다. 부인은 옆으로 몸을 굽혀 더듬더듬 내선

전화를 돌리고는 전화에 대고 으르렁거렸다.

발자국 소리가 들리더니 구릿빛 금발의 작은 여자가 고개를 숙인 채 방 안으로 들어왔다. 마치 누군가가 그녀를 한 방 먹이기라도 할 것 같다는 태도였다.

"이 남자에게 이백오십 달러짜리 수표를 끊어줘. 그리고 이 일에 대해서는 입 다물고 있으란 말이야."

늙은 용이 그녀에게 딱딱거렸다.

젊은 여자는 목까지 새빨개졌다.

"아시다시피 저는 부인의 일에 대해서는 입을 열지 않습니다."

비서는 우는 소리로 말했다.

"부인도 제가 그렇지 않다는 걸 아시잖아요. 저는 그런 건 꿈도 꾸지 않아요. 저는……"

비서는 고개를 숙이고 방 밖으로 뛰쳐나갔다. 비서가 문을 닫을 때 나는 그녀를 내다보았다. 작은 입술은 떨리고 있었지만, 눈에는 성난 기색이 완연했다.

"며느님의 사진과 정보가 약간 필요할 겁니다."

나는 문이 다시 닫히자 말했다.

"책상 서랍을 봐요."

부인이 통통한 손가락으로 가리키자 끼고 있던 반지들이 어둠 속에서 희미하게 빛났다.

나는 다가가서 갈대 책상의 하나밖에 없는 서랍을 열었다. 그리고 다른 것은 하나도 없이 서랍 바닥에 단 한 장 깔려 있는 사진을 꺼내어 뒤집어보았다. 사진 속에서는 멋진 검은 눈동자의 여자가 나를 바라보고 있었다. 나는 사진을 들고 다시 앉아서 찬찬히 살펴보았다. 가운데에서 살짝 갈라 빗은 흑발이 단단한 이마 위로 느슨히 흘러내리고 있었다. 끝내주게 멋진 넓은 입에다 키스하고 싶은 입술. 너무 작거나 너무 크지도 않은 예쁜 코. 얼굴 전체의 골격도 훌륭했다. 얼굴 표정은 뭔가 부족한 느낌이었다. 이전이라면 교양이라고 했을 무언가였지만, 요새는 뭐라고 하는지 알지 못했다. 얼굴은 나이에 비해서 너무 영리하거나 너무 신중해 보였다. 산전수전을 너무 많이 겪어서 그걸 피하기 위해 다소 지나치게 영리해진 것 같은 얼굴. 그리고 그 영리한 표정 뒤로는 여전히 산타 클로스의 존재를 믿는 작은 소녀의 순진한 표정도 숨어 있었다.

나는 사진을 보고 고개를 끄덕이고는 주머니에 넣었다. 단순한 사진에서 너무나 많은 걸 끌어내려고 하는 게 아닌가 하는 생각도 들었다. 게다가 방 안은 이처럼 어두컴컴한데 말이다.

문이 열리더니 마직 원피스를 입은 젊은 여자가 3단으로 된 수표첩과 만년필을 들고 들어와서는 머독 부인이 수표첩을 올려놓고 서명할 수 있도록 팔을 대주었다. 비서는 억지 웃음을 띠고 몸을 꼿꼿이 폈고, 머독 부인이 내 쪽으로 날카롭게 손짓하자 젊은 여자는 수표를 찢어 내게 주었다. 비서는 대기하면서 문 안쪽에서 왔다갔다했다. 아무런 지시도 없자, 그녀는 다시 부드럽게 나가서 문을 닫았다.

나는 잉크가 마르도록 수표를 몇 번 흔든 후, 반으로 접어 손에 든 채로 자리에 앉았다.

"린다에 대해서 무슨 정보를 주실 수 있습니까?"

"실질적으로 말하면 아무것도 없어요. 그 애가 우리 아들애랑 결혼하기 전에는 로이스 매직이라는 여자애와 아파트를 같이 썼다고 하더군요. 그런 류의 사람들이 스스로 지어낼 법한 예쁜 이름이죠. 로이스 매직은 일종의 연예인이에요. 그 애들은 벤추라 대로에 있는 아이들 밸리 클럽에서 일했어요. 내 아들 레슬리는 그곳을 지나치게 잘 알죠. 나는 린다의 가족이나 고향에 대해서는 전혀 몰라요. 자기가 수 폴스(사우스 다코타 주에 있는 도시 이름—옮긴이)에서 태어났다고 한 적은 있어요. 부모가 살아 있었던 것 같고. 나는 그런 일을 캐내는 데는 별로 관심이 없었어요."

어련하려고. 부인이 손으로 땅을 열심히 파헤쳐서 두 손 가득히 자갈을 쥐고 있는 모습이 내 눈에 선했다.

"매직 양의 주소는 아십니까?"

"아뇨. 몰라요."

"아드님이 알 수도 있지 않을까요? 아니면 데이비스 양이라도?"

"그 애가 집에 들어오면 물어보죠. 아는 건 없겠지만. 데이비스 양에게는 당신이 물어봐요. 하지만 틀림없이 그 애도 모를 거예요."

"알겠습니다. 린다의 다른 친구 중 아는 사람이 있습니까?"

"없어요."

"아드님은 아직 연락을 유지하고 있을지도 모릅니다. 부인께는 말하지 않은 채로 말이죠."

부인은 다시 얼굴빛이 변하기 시작했다. 나는 손을 들고 억지로 달래는 듯한 웃음을 지었다.

"어쨌거나, 두 사람은 일 년간이나 부부로 지냈습니다. 아드님은 아내에 대해서 아는 게 있을 겁니다."

"아들애는 이 일에서 빼줘요."

부인이 딱딱거렸다.

나는 어깨를 으쓱한 후 입술로 실망했다는 표시의 소리를 냈다.

"아주 잘 알았습니다. 며느님은 차를 가져갔겠죠. 부인이 주신 차겠지요?"

"회색 머큐리예요. 1940년형 쿠페죠. 필요하다면 데이비스 양이 차 번호를 줄 거예요. 나는 그 여자가 그걸 가져갔는지는 몰라요."

"며느님이 돈이나 옷, 보석을 얼마나 가지고 있는지는 아십니까?"

"돈은 별로 없을 거예요. 이백 달러 정도 가지고 있었을 거예요, 기껏해야."

푸짐한 코웃음 때문에 코랑 입 주변에 깊은 주름이 생겼다.

"물론 새 친구를 사귀었다면 얘기는 다르겠죠."

"그렇겠군요. 보석류는요?"

"에메랄드와 다이아몬드로 된 반지가 있는데 가격은 별로 안 나가죠. 시계판에 루비가 박힌 백금 론진 시계가 하나 있고, 아주 멋진 흐린 색 호박 목걸이가 하나 있죠. 그걸 그 애에게 주다니 나도 멍청했지. 트럼프 카드의 다이아몬드 모양으로 생긴 다이아몬드가 스물여섯 개 박혀 있는 다이아몬드 잠금쇠도 있어요. 물론 다른 것들도 있는데, 주의 깊게 본 적이 없어서 모르겠군요. 그 애는 옷은 항상 잘 입었지만, 눈에 띌 정도는 아니었어요. 그런 작은 자비를 베풀어주신 데 대해서는 주님께 감사드려야지."

부인은 다시 잔을 채워서 다 마셔버린 후, 반쯤은 예의를 갖춰서 트림했다.

"말씀해주실 수 있는 건 그게 다입니까, 머독 부인?"

"충분하지 않은가요?"

"충분한 것과는 거리가 멀죠. 하지만 당분간은 그걸로 만족할 수밖에 없겠군요. 만약 며느님이 금화를 가져간 게 아니란 것을 밝혀낸다면 제가 해야 하는 조사는 끝나는 겁니다. 맞습니까?"

"그건 나중에 다시 얘기하죠."

부인이 날카롭게 말했다.

"그 애가 그걸 훔쳤어요. 그리고 난 그 애가 그걸 가지고 도망가게 할 생각도 없고. 이것만 머리 속에 똑똑히 박아둬요, 젊은 양반. 그리고 당신이 그렇게 굴고 싶어하는 만큼의 반 정도만이라도 거칠었으면 좋겠군요. 이 나이트클럽 여자애들은 험한 친구들도 많은 법이니까."

나는 여전히 접은 수표의 한 귀퉁이를 잡은 채 무릎 사이에 늘어뜨리고 있었다. 나는 지갑을 꺼내어 그걸 넣은 후, 일어나서 바닥에 떨어진 모자를 주웠다.

"저는 그런 험한 사람들을 좋아합니다. 험한 친구들은 마음이 아주 단순하죠. 보고할 일이 있으면 보고드리겠습니다, 머독 부인. 먼저 이 금화 판매상부터 처리해야 할 것 같군요. 그 사람이 사건의 실마리가 될 것 같습니다."

부인은 내가 문간에 갈 때까지 가만 있다가 내 등뒤에 대고 으르렁거렸다.

"당신, 나를 별로 안 좋아하는군. 그렇지?"

나는 문 손잡이에 손을 댄 채로, 고개를 돌려 그녀를 보고 싱긋 웃었다.

"당신을 좋아하는 사람도 있습니까?"

부인은 고개를 뒤로 젖히고 입을 크게 벌려 웃음을 터뜨렸다. 부인이 웃음을 터뜨리는 동안 나는 문을 열고 밖으로 나와서 거칠고 남자다운 태도로 문을 닫았다. 나는 홀을 따라 되돌아와서 비서의 반쯤 열린 문을 두드린 후, 문을 열고 안을 들여다보았다.

비서는 책상 위에 팔을 포개어 올려놓고 얼굴을 파묻고 있었다. 흐느끼고 있었다. 그녀는 머리를 들어 눈물이 가득 고인 눈으로 나를 올려다보았다. 나는 문을 닫고 그녀 옆으로 다가가 한 팔로 그녀의 가냘픈 어깨를 감쌌다.

"기운 내요."

나는 말했다.

"부인을 불쌍하게 여겨야 할 거요. 부인은 자기가 강하다고 생각하고, 그렇게 살아가기 위해 등이 휠 지경이니까."

비서는 펄쩍 뛰듯 일어나더니 내 팔을 치웠다.

"제게 손대지 마세요."

그녀는 숨가쁘게 말했다.

"부탁이에요. 전 이제껏 남자가 제게 손가락 하나 건드리지 못하도록 했어요. 그리고 머독 부인에 대해서 그런 끔찍한 말씀도 하지 마세요."

비서의 얼굴은 온통 분홍빛이 되었고 눈물로 얼룩져 있었다. 안경을 벗으니 눈이 아주 사랑스러웠다.

나는 오랫동안 나를 기다렸던 담배를 입에 물고 불을 붙였다.

"저, 저는 무례를 범할 생각은 없었어요."

그녀는 우물거렸다.

"하지만 부인께서는 저를 너무 무안 주셨어요. 저는 단지 부인을 위해 최선을 다하고 싶어요."

비서는 좀더 우물댄 후 책상에서 남자 손수건을 꺼내어 눈물을 닦았다. 나는 손수건의 모퉁이에 자줏빛으로 수놓인 L. M.이라는 머리글자를 보았다. 나는 그것을 보다가 담배 연기를 그녀의 머리카락을 피해 방 구석으로 날렸다.

"뭐 필요하신 게 있나요?"

그녀가 물었다.

"레슬리 머독 씨 부인의 차 번호가 필요하오."

"2XIII로 회색 머큐리 컨버터블이에요. 1940년형이구요."

"부인은 나한테 쿠페라고 하던데."

"그건 레슬리 씨의 차예요. 두 사람은 같은 년도에 생산된 같은 회사의 같은 색 차를 썼어요. 린다는 그 차를 가져가지 않았어요."

"아, 로이스 매직 양에 대해서 뭐 아는 것 있소?"

"전 단지 그 여자를 딱 한 번 봤어요. 그녀는 린다와 아파트를 같이 썼었어요. 그 사람은 여기 그, 그…… 바니에르 씨와 함께 왔었어요."

"그 사람이 누구요?"

비서는 책상을 내려다보았다.

"전……, 그 여자가 그 남자와 함께 왔어요. 저는 그 사람을 몰라요."

"알았소. 로이스 매직 양은 어떻게 생겼소?"

"그녀는 늘씬하고 예쁜 금발이에요. 아주…… 아주 매력적이에요."

"당신 말은 섹시하다는 거요?"

"음, 점잖게 말하자면, 제 말이 무슨 뜻인지 아실지 모르겠지만."

그녀는 얼굴이 시뻘게졌다.

"무슨 뜻인지 알겠소. 그렇지만, 그런 식으로는 별로 내 일에 도움이 안 될 것 같군."

"그러시겠죠."

그녀는 쏘아붙였다.

"매직 양이 어디 사는지는?"

비서는 고개를 저었다. 그녀는 큼지막한 손수건을 아주 조심스럽게 접어 책상 서랍 속에 넣었다. 총이 있던 그 서랍이었다.

"그게 더러워지면, 다른 것을 슬쩍하면 되겠군."

나는 말했다.

그녀는 의자에 뒤로 기대어 작고 말끔한 손을 책상 위에 올려놓은 뒤 반항적으로 나를 쳐다보았다.

"내가 당신이라면 그런 터프가이 같은 태도는 지나치게 과시하지 않겠어요. 말로 씨. 어쨌거나 나한테는 말이죠."

"아니라고?"

"아니에요. 그리고 특별한 지시 없이는 더이상의 질문에는 대답할 수가 없어요. 여기서 내 역할은 아주 기밀스러운 거랍니다."

"나는 터프한 사람이 아니오. 단지 남자다운 거지."

비서는 연필을 들어 메모판에 표시를 했다. 그녀는 다시 냉정을 되찾고 내게 희미하게 웃어보였다.

"아마도 난 남자다운 남자를 별로 안 좋아하나 봐요."

"당신은 괴짜군. 내가 만난 중에서는 말야. 그럼 잘 있어요."

나는 그녀의 사무실을 나와 문을 꼭 닫고 사람 없는 홀을 따라 크고 조용하며 움푹한 장례식장 같은 거실을 지나서 정문으로 나왔다.

태양이 바깥의 따뜻한 잔디 위에서 춤추고 있었다. 나는 선글라스를 끼고 걸어 나와 흑인 소년의 머리를 다시 토닥였다.

"얘야, 예상했던 것보다도 훨씬 더 나빴단다."

나는 그에게 말했다.

디딤돌이 뜨거워 내 신발의 바닥 밑창에까지 열기가 느껴졌다. 나는 차에 올라, 시동을 걸고 커브길에서 차를 뺐다.

작은 모래 빛깔의 쿠페가 내 뒤에서 커브길을 돌아나오고 있었다. 대단한 일이라고 생각되지는 않았다. 차를 운전하는 남자는 화려한 띠를 두르고 어두운 빛깔의, 위가 평평한 밀짚모자에 내가 쓴 것과 같은 검은 안경을 쓰고 있었다.

  나는 다시 도시로 돌아갔다. 열두어 블록 정도 지나 신호등 앞에 섰을 때도 모래 빛깔 쿠페는 여전히 내 뒤에 있었다. 나는 어깨를 으쓱하고는 단지 재미로 몇 블록을 더 돌았다. 쿠페는 자기 자리를 지키고 있었다. 나는 페퍼트리를 양쪽에 빽빽이 심어놓은 거리를 빙 돌다가 내 고물 자동차를 홱 돌려서 재빨리 유턴을 하여 연석 앞에 주차했다.

  쿠페는 조심스럽게 모퉁이를 돌아오고 있었다. 열대 무늬 띠를 두른 코코아색 밀짚모자 아래로 보이는 금발 머리는 내 쪽을 돌아보지도 않았다. 쿠페는 지나쳐 갔고, 나는 다시 아로요 세코로 차를 몰아 할리우드까지 계속 갔다. 몇 번 조심스럽게 살펴보았지만, 쿠페는 다시 보이지 않았다.

3

나는 카후엔가 빌딩의 6층 뒤쪽에 작은 방 두 개를 빌려 사무실로 쓰고 있었다. 방 하나는 몸이 불편한 의뢰인이 앉아 있을 수 있도록 남겨두고 있었다. 물론, 몸이 불편한 의뢰인이 온다면 말이다. 문에는 내 개인 사무실에서 켰다 껐다 할 수 있는 버저가 달려 있었다.

나는 응접실을 들여다보았다. 먼지 냄새가 풍기는 것 말고는 텅 비어 있었다. 나는 다른 창문을 들어올리고서는 두 방 사이로 통하는 샛문을 열고 그 뒤의 방으로 들어갔다. 세 개의 딱딱한 의자와 한 개의 회전의자가 있고, 유리판이 놓인 넓적한 책상과 녹색의 서류 정리장이 다섯 개 있었는데, 그 중 세 개에는 아무것도 들어 있지 않았다. 벽에는 달력과 액자에 넣은 면허증, 전화 한 대, 때묻은 나무 찬장에는 세숫대야 하나, 모자걸이 하나, 그저 바닥에 놓인 물건에 지나지 않는 융단. 열린 창문 두 개에는 마치 졸고 있는 이 빠진 노인네의 입술처럼 주름진 그물 커튼이 달려 있었다.

지난 해에도 똑같은 세간살이였고, 그 전 해에도 마찬가지였다. 아름답지도 않고 화사하지도 않았지만, 해변에 천막 친 것보다는 백 배 낫다.

나는 옷걸이에 모자와 외투를 걸고 얼굴과 손을 찬물에 씻은 후, 담뱃불을 붙이고 책상 위에 전화번호부를 꺼내놓았다. 엘리샤 모닝스타의 주소는 웨스트 9번가의 422번지, 벨폰트 빌딩 824호로 되어 있었다. 나는 주소와, 그와 함께 적혀 있는 전화번호를 옮겨 적고 나서 응접실에 버저를 안 켜놓았다는 생각이 떠올라 장치에 손을 댔다. 책상 옆으로 손을 뻗어 버저를 누르니 바로 불이 켜졌다. 그때 누군가 막 바깥 사무실의 문을 열고 들어왔다.

나는 메모지를 책상 위에 뒤집어놓고 누가 왔는지 보러 갔다. 늘씬하게 키가 크고 자기 만족에 가득 차 보이는 젊은이로, 회색이 도는 청색의 소모사 여름 정장을 입고, 검은색과 하얀색의 구두를 신은 데다가 흐린 상앗빛의 셔츠에 타이를 하고 주황색 능소화 빛 손수건을 꽂고 있었다. 그는 무두질한 돼지가죽 장갑을 낀 손에 길고 검은 담뱃대를 들고 있었으며, 서가 탁자와 의자들에 놓인 과월호 잡지들과 색이 바랜 마룻바닥, 그리고 파리 날리는 게 뻔히 보이는 일반적인 분위기에 코를 찡그리고 있었다.

샛문을 열자, 그는 살짝 몸을 돌리고 좁은 콧대에 바짝 붙은, 약간 꿈꾸는 것 같은 투명한 눈동자로 나를 응시했다. 피부는 태양에 그을려 있었으며 붉은 머리는 빗질하여 좁은 머리 뒤로 바짝 넘겼고 가느다란 콧수염은 머리 색보다도 더 붉었다.

 남자는 별로 서두르지도 않고, 별로 유쾌한 것 같지도 않은 태도로 나를 훑어보았다. 그는 섬세하게 담배 연기를 뿜어내더니 다소 비웃는 듯한 어조로 말했다.

 "당신이 말로요?"

 나는 고개를 끄덕였다.

 "이거, 약간 실망인걸. 나는 손톱에 때가 덕지덕지 낀 그런 사람으로 기대했는데."

 "안으로 들어오시오. 자리에 앉으면 더 재미있는 말을 할 수 있을 거요."

 나는 그를 위해 문을 열어주었고 그는 나를 스쳐가면서 아무것도 쥐지 않은 쪽 손의 가운뎃손가락 손톱으로 담뱃재를 바닥에 털어냈다. 그는 책상 너머 의뢰인 석에 앉아 오른손에서 장갑을 벗은 후, 이미 벗어버린 다른 한 짝과 함께 잘 개켜서 책상 위에 놓았다. 그는 긴 검은 담뱃대에서 타다 남은 담배 끝을 털어버리고, 연기가 안 날 때까지 담배 찌꺼기를 성냥으로 쑤셔댔다. 그리고 다른 담배를 다시 끼운 뒤에 폭이 넓은 마호가니 빛 성냥으로 불을 붙였다. 그는 심심해진 귀족 같은 미소를 지으며 의자 뒤에 기댔다.

 "다 됐소? 심장도 호흡도 정상이고? 머리에 차가운 수건이라도 대줬으면 좋겠소?"

 나는 물었다.

 그는 입을 삐죽이지도 않았다. 이미 그가 들어왔을 때부터 입술이 삐죽 올라가 있었기 때문이었다.

"사립탐정이라. 이전에는 한 번도 만나본 적이 없소. 농간을 부리는 직업이겠지. 정보를 모으고, 열쇠 구멍으로 들여다 보고. 스캔들을 캐거나 뭐 그런 종류의 일인 거지."

"당신은 일 때문에 온 거요, 아니면 단지 불우 이웃 방문차 온 거요?"

그의 미소는 소방관 자선 무도회에 참석한 뚱뚱한 여인네의 미소만큼이나 희미했다.

"내 이름은 머독이오. 내 이름을 들으면 아마 떠오르는 바가 있을 거요."

"이 근방에서 보람찬 시간을 보냈겠군."

나는 대답하고서는 파이프를 채우기 시작했다.

그는 내가 파이프를 채우는 것을 바라보고 있었다. 그는 느릿하게 말했다.

"우리 어머니가 어떤 일을 하라고 당신을 고용한 걸 알고 있소. 어머니가 당신에게 수표를 줬겠지."

나는 파이프를 다 채우고서는 성냥불을 붙여 천천히 빨아들였다. 그리고 뒤로 기대 담배 연기를 오른쪽 어깨 너머 열린 창문 밖으로 내뿜었다. 나는 아무 말도 하지 않았다.

그는 약간 앞으로 몸을 숙이고 진지하게 말했다.

"나도 빈틈없이 구는 게 당신 일의 전부라는 것 정도는 알고 있소. 그렇지만 나도 지레짐작으로 때려 맞춘 건 아니오. 작은 벌레가 내가 말해줬지. 아주 단순한 정원의 벌레가 말야. 때로는 사람의 발에 밟히지만, 어떻게 하든 죽지 않고 살아나지. 나처럼 말이오. 그래서 나는 당신 뒤에 바짝 붙게 된 거요. 이제 설명이 되겠소?"

"그렇군. 뭐 별반 내게 상관이 있다고 한다면."

"당신은 내 아내를 찾도록 고용되었겠지."

나는 소리내어 코웃음치고 파이프 너머로 그를 바라보며 싱긋 웃었다.

"말로, 열심히 노력하겠지만 나는 당신을 좋아하게 될 것 같지는 않소."

그는 더욱더 진지하게 말했다.

"아, 이거 비명이 절로 나오는 걸. 화가 나고 마음이 쓰려서 말이오."

"그리고 흔해 빠진 말로 하자면, 당신의 터프가이 노릇은 구역질 나."

"당신에게 그런 말을 들으니 더욱 쓰라리군."

머독은 다시 뒤로 기대고서는 투명한 눈으로 나를 살펴보았다. 그는 편안한 자세를 잡으려고 의자에서 엉덩이를 들썩들썩 했다. 많은 사람들이 그 의자에서 편하게 앉으려고 애써왔다. 언젠가 나도 직접 해봐야 할 것 같았다. 아마 의자 때문에 내 사업이 잘 안 되는지도 모를 일이었다.

"왜 우리 어머니가 린다를 찾고 싶어하는 거요?"

그는 느릿하게 물었다.

"어머니는 린다를 속속들이 싫어했소. 내 말뜻은, 싫어한 쪽은 어머니였단 거요. 린다는 어머니에게 예의바르게 굴었지. 당신은 어떻게 생각하오?"

"당신 어머니 말이오?"

"물론이오. 당신은 린다를 만난 적이 없잖소. 만났소?"

"당신 어머니 비서의 자리는 다 끊어진 동아줄에 매달려 있는 거나 마찬가지겠군. 그녀는 경솔하게 말하던데."

머독은 세차게 고개를 저었다.

"어머니는 모를 거요. 어쨌거나 어머니는 멀이 없으면 아무것도 할 수 없으니까. 어머니는 누군가 겁줄 사람이 필요하오. 어머니는 그 여자에게 소리칠 수도 있고 심지어 뺨을 때릴 수도 있겠지. 하지만 그 여자 없이는 지낼 수 없소. 당신은 어떻게 생각하오?"

"약간 귀엽더군. 고전적 취향으로 보면 말이오."

머독은 얼굴을 찡그렸다.

"나는 어머니 말이었소. 멀은 그저 순진한 어린애지. 나도 알고 있소."

"당신 관찰력은 정말 놀라울 정도로군."

그는 놀란 듯했다. 거의 담뱃재를 털어내는 걸 잊어버릴 지경이었다. 그렇게 많이 놀란 건 아니었다. 어쨌든 재를 절대로 재떨이에는 떨어뜨리지 않을 정도로 주의 깊었으니까.

"어머니 말이오."

그는 끈질기게 말했다.

"거대한 늙은 전투마와 같은 사람이오. 황금과 같이 고결한 마음을 가졌소. 그런데 그 황금이 아주아주 깊이 잘 묻혀 있지."

내가 말했다.

"그런데, 왜 어머니가 린다를 찾고자 하는 거요? 나는 이해할 수 없소. 게다가 거기에 돈을 너무나 많이 쓰고. 어머니는 돈 쓰는 걸 싫어하는 분이오. 어머니는 돈을 자기 피부처럼 생각하오. 왜 린다를 찾고 싶어하는 거죠?"

"내가 알게 뭐요. 어머니가 부탁했다고 누가 그랬소?"

"왜, 당신이 그런 낌새를 보였잖소. 게다가 멀이……."

"멀은 그냥 낭만주의자요. 그녀가 꾸며낸 얘기지. 글쎄, 그 여자는 남자 손수건에 대고 코를 풀더라니까. 아마도 당신 거겠지."

머독은 얼굴을 붉혔다.

"바보 같은 얘기요. 이봐요, 말로. 부디 합리적으로 이 일이 다 뭣 때문인지 내게 실마리 좀 주시오. 나는 돈은 별로 없지만, 그래도 이백 달러 정도는……."

"한 대 맞아야 정신 차리겠군. 게다가 나는 당신에게 말해줘서는 안 되게 되어 있소. 그게 지시 사항이오."

"왜, 대체 무엇 때문이오?"

"내가 알지 못하는 일을 내게 묻지는 마시오. 나는 대답해줄 수 없으니까. 도대체 평생 동안 어디서 뭐 한 거요? 나와 같은 직종에 있는 사람이 일을 맡는다면, 그에 대해서 궁금해하는 사람들이 퍼붓는 질문에 다 대답해주고 다닐 것 같소?"

"땅 파면 돈이라도 나오는 모양이군. 당신 같은 직종에 있는 사람이 이백 달러를 거절하다니 말이오."

그는 비아냥거렸다.

물론 내게 그런 일이 일어날 리는 없었다. 나는 머독의 폭 넓은 마호가니 성냥갑을 재떨이에서 집어들고는 그걸 들여다보았다. 가장자리에 얇은 노란색 테를 두르고 하얀 글자가 박힌 성냥갑이었다. 로즈몬트 H. 리처즈 3—나머지 글자는 타버리고 없었다. 나는 성냥을 반으로 꾸깃꾸깃 접어 쓰레기통에 던져넣었다.

"나는 아내를 사랑하오."

그가 단단하고 하얀 이로 입술을 꾹 깨물며 갑자기 말했다.

"유행가 가사 같은 소리지만, 사실이오."

"롬바르도 밴드(Lombardos. 가이 롬바르도와 그의 동생들로 구성된 로열 캐내디언을 말한다—옮긴이)가 여전히 인기인가 보군."

머독은 여전히 이를 악물고 말했다.

"아내는 나를 사랑하지 않았소. 딱히 사랑해야 할 이유도 없었지. 우리 사이의 일들은 모두 부자연스러웠소. 아내는 빠르게 움직이는 삶에 익숙해져 있었고, 우리 집에서의 생활은 다소 지루했었지. 사실 아주 지루했소. 우리는 부부 싸움은 하지 않았소. 린다는 냉정한 타입이었으니까. 그렇지만 나랑 결혼해서 크게 재미는 없었을 거요."

"너무 겸손하신데."

그의 눈이 번득였다. 하지만 그는 침착한 태도를 잘 유지하고 있었다.

"별로 좋지 못한 농담이군, 말로. 게다가 참신하지도 못해. 이봐, 당신은 점잖은 부류의 사람 같은 분위기가 있소. 나도 우리 어머니가 단지 기분 좋아서 이백오십 달러를 던져버릴 사람이 아니라는 것 정도는 알고 있소. 아마 다른 이유가 있겠지,

아마······."

그는 말을 멈추고 내 눈을 들여다보며 아주 천천히 말했다.

"아마도, 모니 일이겠지."

"그럴지도 모르지."

나는 쾌활하게 말했다.

그는 자기 장갑을 집어들더니 그걸로 책상을 한 대 치고서는 다시 내려놓았다.

"나는 아주 곤란한 처지에 처해 있소. 그렇지만 어머니가 그걸 아는 줄은 몰랐소. 모니가 전화를 했겠지. 그러지 않겠다고 약속해놓고서는."

일이 쉽게 풀릴 것 같았다. 내가 말했다.

"그 사람에게 얼마나 빚이 있소?"

그다지 쉽게 풀릴 것 같지 않아졌다. 머독은 다시 의심하는 태도였다.

"어머니랑 통화를 했으면 그가 말을 했겠지. 그랬다면 어머니가 당신에게 얘기했을 거고."

그는 가는 목소리로 말했다.

"모니 일이 아닐지도 모르지."

이렇게 말하면서, 한잔 하고 싶은 생각이 간절해지기 시작했다.

"요리사가 아이스크림 장수랑 사고를 쳐서 애를 가졌는지도 모르고. 그렇지만 모니 일이라면, 얼마요?"

"만 이천 달러요."

그가 고개를 숙이고 얼굴을 붉혔다.

"협박이오?"

머독은 고개를 끄덕였다.

"가서 발 씻고 잠이나 자라고 하시오. 어떤 작자요? 터프한 타입인가?"

머독은 고개를 들더니 용감한 표정을 지었다.

"그렇다고 봐요. 그 패거리들은 다 그럴 거요. 그는 악역 전문 배우였소. 번지르르하게 잘생긴 외모에 여자 꽁무니나 쫓아다니는 사람이지. 그렇지만 이상한 생각은 하지 마시오. 린다는 단지 거기서 일했을 뿐이고, 웨이터나 밴드나 다름없는 거였소. 그녀를 찾으려면 고생 꽤나 할 거요."

나는 예의바르게 그의 말을 비웃어줬다.

"내가 왜 당신 아내를 찾는 데 고생할 거란 거요? 그녀가 뒷마당에 묻혀 있는 것도 아닐 텐데."

머독은 흐린 눈동자에 분노의 빛을 번득이며 일어났다. 그 자리에 우뚝 서서 잠시 책상을 내려다보다가 절도 있는 동작으로 오른손을 휙 움직여 호두나무 손잡이가 달린 25구경 자동권총을 꺼냈다. 내가 보았던 멀의 책상 서랍 속에 있는 것의 자매품 같았다.

"누가 린다의 털끝 하나라도 건드리려면, 나부터 해치워야 할 거요."

그는 다부지게 말했다.

"그렇게 어려운 일도 아닐 것 같은데. 총을 좀더 가져오는 게 어떻겠소, 상대가 벌레라고 생각하는 게 아니라면?"

머독은 권총을 속주머니에 다시 넣었다. 그는 나를 똑바로 쏘아보더니 장갑을 주워들고 문간으로 향했다.

"당신과 얘기한 건 시간낭비였군. 하는 말이라고는 죄다 허풍에 잘난 척밖에 없었어."

"잠깐만."

나는 일어서서 책상을 돌아갔다.

"나를 만난 건 어머니에게 말하지 않는 편이 나을 것 같군. 다만 그 젊은 아가씨를 위해서 하는 말이오."

그도 동의했다.

"내가 얻은 정보를 생각하면 말할 가치도 없소."

"당신이 모니한테 만 이천 달러 빚진 얘기도 그럴까?"

그는 떨군 고개를 들었다가 다시 숙였다. 그는 말했다.

"알렉스 모니한테 만 이천 달러를 빌리고 싶다면 누구라도 나보다는 훨씬 똑똑하게 처신해야 할 거요."

나는 그에게 바짝 다가섰다.

"솔직히 말해서, 나는 당신이 당신 아내를 걱정하고 있다는 생각은 안 드는군. 당신은 이미 그녀가 어디 있는지 알고 있겠지. 그녀는 당신에게서 도망간 건 아니니까. 단지 당신 어머니한테서 도망간 거지."

머독은 눈을 들고는 한쪽 장갑을 꼈다. 그는 아무 말도 하지 않았다.

"아마도 그녀는 일거리를 얻었겠지. 당신을 먹여 살릴 만큼 충분한 돈도 벌고 있을 거고."

머독은 다시 바닥을 내려다보다가 몸을 약간 오른쪽으로 트는가 싶더니 장갑 낀 주먹이 팽팽한 호를 그리며 위쪽 허공을 갈랐다. 나는 턱을 향해 날아오는 주먹을 피하고는 그의 손목을 잡아 그의 가슴 쪽으로 천천히 비틀면서 체중을 실었다. 그는 한 발이 바닥에 미끄러지면서 다시 숨을 거칠게 몰아쉬기 시작했다. 손목이 아주 날씬했다. 내 손가락으로 다 휘감을 수 있을 정도였다.

우리는 그 자리에 서서 서로의 눈을 응시했다. 그는 주정뱅이처럼 숨을 몰아쉬고 있었고 입을 벌린 채, 입술이 안으로 말려 있었다. 그의 뺨에 홍조가 번득이기 시작했다. 그는 손목을 빼려고 했으나, 내가 몸으로 밀자 넘어지지 않으려고 또 한 발짝 뒤로 물러설 수밖에 없었다. 우리의 얼굴은 거의 2~3센티미터밖에 떨어져 있지 않았다.

"어째서 당신 아버지는 당신에게 유산을 남겨주지 않은 거지? 아니면 당신이 죄다 날려버렸나?"

나는 비웃었다.

그는 여전히 손목을 빼내려고 하면서, 이를 꽉 물고 말했다.

"당신하고 눈곱만큼이라도 상관이 있는지 모르겠지만 재스퍼 머독을 말한 거라면 그 사람은 내 아버지가 아니오. 그 사람은 날 좋아하지도 않았고 내게 땡전 한 푼 남겨주지 않았소. 내 아버지는 호레이스 브라이트라는 사람으로 주가 하락 때 재산을 날리고 사무실 창문에서 투신했소."

"술술 잘도 부는군. 하지만 아직도 너무 정보가 빈약한데. 당신 아내가 당신을 먹여 살린다고 말한 건 미안하오. 나는 단지 약 좀 올려주려고 했을 뿐이오."

나는 머독의 손목을 놓아주고 뒤로 물러섰다. 그는 여전히 숨을 거칠게 몰아쉬고 있었다. 나를 보는 그의 눈빛은 대단히 화가 나 있었지만 그의 목소리는 가라앉아 있었다.

"어쨌든, 성공했소. 이제 만족했다면 나는 그만 가겠소."

"난 당신에게 호의를 베풀어준 거요. 총을 가진 사람이 그렇게 쉽게 열을 받으면 안 되지. 차라리 도망가는 게 나을 거요."

"남 일에 상관 마시오."

"주먹질을 해서 미안하오. 맞았더라도 별로 아프진 않았을 거요."

"괜찮소."

머독은 문을 열고 밖으로 나갔다. 그의 발소리가 복도를 따라서 사라져갔다. 또 한 명의 괴짜다. 나는 그의 발소리가 들리지 않을 때까지 그 소리에 박자를 맞춰 주먹으로 이를 톡톡 두드렸다. 그런 다음 자리로 돌아가 메모장을 보고 수화기를 들었다.

4

전화벨이 세 번 울리자 전화기 저편에서 껌을 짝짝 씹는 소리 사이로 약간 철없게 들리는 여자의 목소리가 들려왔다.
"네, 모닝스타 씨 사무실입니다."
"사장님 계십니까?"
"실례지만, 전화하신 분은 누구시죠?"
"말로라고 하는 사람입니다."
"사장님과 아는 사이신가요, 말로 씨?"
"사장님께 초기 미국 금화 사시겠느냐고 여쭤봐줘요."
"잠깐만 기다리세요."
안쪽 사무실에 있는 노인네에게 가서 누군가 전화통화 하고 싶어한다는 사실을 알릴 정도의 적당한 시간 동안 아무 소리도 나지 않았다. 그러고 나서 전화가 딸각하더니 한 남자가 대답했다. 그는 무미건조한 음성을 가지고 있었다. 바짝 탄 목소리라고도 할 수 있을 것 같았다.

"모닝스타입니다."

"파사디나에 사는 머독 부인에게 전화하셨다고 들었습니다, 모닝스타 씨. 어떤 금화 일 때문에."

"어떤 금화 일 때문이라……."

그는 내 말을 반복했다.

"그렇소. 그런데요?"

"제가 알기로는 사장님께서 머독 집안의 수집품 중에서 문제의 그 금화를 사고 싶어한다던데요."

"그렇소? 그런데 선생은 누구시오?"

"필립 말로라 합니다. 사립탐정이지요. 저는 머독 부인의 일을 하고 있습니다."

"그렇소?"

모닝스타는 그 말만 세 번이나 되풀이했다. 그는 조심스럽게 목소리를 가다듬었다.

"그런데 저와 무슨 얘기를 하고 싶은 거요, 말로 씨?"

"그 금화 얘깁니다."

"그렇지만 내가 듣기로는 그 금화는 팔지 않는다던데."

"그 일에 대해서 얘기를 나누고 싶은데요. 직접 만나서."

"선생 말씀은, 부인이 팔기로 마음을 바꿨다는 거요?"

"아뇨."

"그렇다면 선생께서 원하는 게 뭔지 잘 모르겠소만, 말로 씨, 할 얘기가 뭐가 있겠소?"

그의 말은 이제 교활하게 들렸다.

나는 숨겨두었던 에이스 카드를 꺼내어 나른하고도 우아한 태도로 써먹었다.

"요점은 말입니다, 모닝스타 씨, 선생께서 전화 건 시점에는 그 금화가 팔 물건이 아니라는 걸 이미 알고 있었다는 것이죠."

"재미있는 얘기구먼. 어떻게 말이오?"

그는 천천히 말했다.

"선생께서는 그 업계 사람이니 모를 수가 없습니다. 머독 집안의 수집품은 머독 부인의 생전에는 팔 수가 없다는 것은 공공연한 사실이니까."

"아."

그가 말했다.

"아."

잠시 침묵이 흘렀다.

"세시에."

그가 날카롭진 않지만 빠르게 말했다.

"여기 내 사무실에서 뵐 수 있으면 좋겠군요. 어딘지는 아실 테지. 괜찮겠소?"

"그때 봅시다."

나는 전화를 끊고서 파이프에 다시 불을 붙인 뒤 벽을 보며 앉아 있었다. 내 얼굴은 생각으로 굳어져 있었다. 다른 일 때문에 굳어진 것일 수도 있었다. 나는 린다 머독의 사진을 주머니에서 꺼내서 잠시 들여다본 후, 그 얼굴은 어쨌거나 아주 흔한 타입이라고 결론을 내렸다. 나는 사진을 책상 속에 넣고 잠가버렸다. 나는 재떨이에서 머독의 두번째 성냥을 집어들고 자세히 살폈다. 거기 쓰여 있는 글자는 다음과 같았다.

앞줄 W. D. 라이트 '36.

나는 성냥을 도로 재떨이에 떨어뜨리고 이 일이 중요한 걸까 하고 잠시 궁금하게 여겼다. 어쩌면 실마리일 수도 있었다.

나는 머독 부인의 수표를 지갑에서 꺼내어 이서한 후에 현금으로 바꾸려고 입금 전표를 작성했다. 그리고 책상에서 은행장부를 꺼낸 후 다른 것들과 고무줄로 한데 묶어 내 주머니에 넣었다.

로이스 매직의 이름은 전화번호부에 없었다.

나는 광고면을 책상 위에 펼쳐놓고 규모가 큰 연예기획사를 대여섯 개 뽑아 목록을 만든 다음 전화를 걸었다. 그들은 모두 밝은 목소리로 기운차게 전화를 받았고 많은 질문을 하고자 했으나, 로이스 매직이라는 연예인에 대해서는 아는 바도 없고 물어봐도 신경 쓰는 사람 하나 없었다.

나는 목록을 쓰레기통에 던져버리고 크로니클 지의 범죄 전문 기자인 케니 헤이스트에게 전화를 걸었다.

"알렉스 모니에 대해서 뭐 아는 거 있나?"

서로 몇 마디 농담을 주고받은 후에 나는 물었다.

"아이들 밸리에서 으리으리한 나이트클럽 하나랑 도박장을 운영하는 사람이지. 고속도로에서 언덕 쪽으로 삼 킬로미터 정도 떨어진 곳에서. 영화에 출연도 했었고. 연기는 형편없었어. 뒤가 든든한 모양이야. 그 사람이 백주 대낮에 공공 장소에서 사람을 쏴 죽였다는 얘기는 들어본 적이 없어. 뭐 그런 비슷한 문제에 연루되었단 말도 들어본 적 없고. 그렇다고 그런 일을 저지른 적이 없는지는 알 수 없는 일이지."

"위험한 사람이야?"

"굳이 말한다면 그렇다고 할 수 있지. 그런 패거리들은 다 영화판에 있었고, 영화에서 나이트클럽 주인이 어떻게 행동해야 하는지 알고 있으니까. 모니는 경호원이 한 명 있는데, 그 자도 참 인물이야. 에디 프루라고 하는데, 키가 195센티미터에 진실한 알리바이만큼이나 비쩍 마른 사람이라네. 한쪽 눈이 의안인데 전쟁에서 부상당한 탓이지."

"모니는 여자들에게 위험한 인물인가?"

"빅토리아 시대 사람처럼 굴지 말게, 이 친구야. 여자들은 그런 걸 위험으로 여기지 않는다네."

"로이스 매직이란 여자는 알고 있나? 연예인이라고 하던데. 키가 큰 멋진 금발머리라고 들었네만."

"아니, 그런 여자라면 알고 지내고 싶은데."

"귀여운 척하지 말게. 그럼 바니에르라는 이름은 들어본 적 있나? 이 사람들 이름은 전화번호부에 없던데."

"아니. 그렇지만 거티 아보가스트에게 물어봐주지. 나중에 다시 전화한다면 말이야. 그 친구는 온갖 나이트클럽 간부들을 다 알거든. 게다가 말단들까지도."

"고맙네, 케니. 나중에 다시 전화하겠네, 반 시간쯤 후면 되겠나?"

그는 괜찮다고 하고 전화를 끊었다. 나는 사무실 문을 잠그고 나갔다.

복도 끝 벽이 꺾어지는 곳에 갈색 양복에 갈색과 노란색의 열대 과일 무늬 띠를 두른 코코아 색 모자를 쓴 젊은 금발 남자가 벽에 기대어 석간 신문을 읽고 있었다. 내가 지나쳐가자 그는 하품을 한 뒤 겨드랑이 밑에 신문을 끼워넣고 몸을 쭉 폈다.

그는 나와 함께 엘리베이터에 올라탔다. 그는 너무 피곤하다는 듯 눈도 제대로 뜨고 있지 않았다. 나는 거리로 나가서 한 블록 정도 걸어 은행까지 가서는 수표를 입금하고 수사 비용으로 쓰려고 돈을 약간 인출했다. 그곳을 떠나 타이거테일 라운지로 가서 좁은 부스에 앉아서 마티니 한 잔을 마시며 샌드위치를 먹었다. 갈색 양복을 입은 남자가 바 끝에 우뚝 서서 코카콜라를 마시고 있었다. 그는 지루한 듯 동전을 꺼내어 쌓아올려 조심스럽게 끝을 잘 맞추려 애쓰고 있었다. 그는 검은 선글라스를 다시 쓰고 있었다. 그렇게 하니 그는 별로 눈에 띄지 않았다.

나는 가능한 한 천천히 샌드위치를 다 먹은 후 바의 안쪽 끝에 있는 공중전화로 갔다. 갈색 양복을 입은 남자는 고개를 홱 돌렸지만 자기 행동을 감추기 위해 잔을 들어올리는 척했다. 나는 크로니클 신문사로 다시 전화를 걸었다.

"알았어."

케니 헤이스트가 말했다.

"거티 아보가스트가 그러는데, 모니는 자네가 말한 멋진 금발 머리와 얼마 전에 결혼했다는군. 로이스 매직 말야. 거티는 바니에르는 모르겠대. 모니는 벨에어 너머에 집을 하나 샀다는데, 스틸우드 크레센트 드라이브에 있는 하얀 집으로, 선셋 북쪽으로 다섯 블록 정도 떨어진 동네라는군. 거티 말로는 모니는 그 집을 아서 블레이크 포프햄이라고 하는 우편 사기죄로 체포된 남자에게서 넘겨받았다던데. 아직도 문에는 포프햄의 이니셜이 새겨 있다고 하는군. 아마도 화장지에도 자기 이니셜을 새겼을 거라더군, 거티 말로는. 포프햄은 그런 놈이었다는군. 여기까지가 알아낸 것 다야."

"그 정도면 충분한데. 아주 고맙네, 케니."

전화를 끊고 공중전화 부스를 나오다가 갈색 양복에 코코아색 밀짚모자를 쓴 남자와 딱 마주쳤지만, 상대방이 황급히 발길을 돌렸다.

나는 한 번 돌아보고는 부엌으로 향하는 회전문으로 돌아가서 부엌 문으로 나간 뒤 4분의 1 블록쯤 골목길을 쭉 따라가서 차를 세워놓은 주차장 뒤쪽으로 나갔다.

차를 몰고 나갈 때 보니 모래 빛깔 쿠페는 더이상 미행하고 있지 않았다. 나는 벨에어 방향으로 향했다.

5

 스틸우드 크레센트 드라이브는 선셋 대로에서 북쪽으로 완만하게 구부러진 길로, 벨에어 컨트리 클럽 골프장 너머에 있었다. 길 양쪽에는 담과 울타리를 두른 저택들이 늘어서 있었다. 어떤 집에는 높은 담이, 어떤 집에는 낮은 담이 세워져 있었고 또 다른 집은 장식이 되어 있는 철제 울타리가 둘러져 있었다. 어떤 집은 약간 구식으로 높은 나무 울타리가 빙 두르고 있었다. 거리에는 인도가 없었다. 이 동네에서는 아무도 걸어다니지 않는 것이다. 우체부조차도 그랬다.
 더운 오후였으나 파사디나처럼 덥지는 않았다. 태양이 내리쬐는 가운데, 졸린 듯한 꽃향기가 풍기고 울타리와 담 너머에서 살수기가 휙휙 돌아가는 소리와 잔잔하고 말끔한 잔디밭 위를 섬세하게 움직이는 잔디 깎는 기계의 윙윙거리는 소리가 들려오고 있었다.

나는 집집마다 문패를 살펴보면서 언덕을 천천히 올라갔다. 아서 블레이크 포프햄이 이름이라고 했으니 ABP가 그 약자일 것이다. 거의 꼭대기까지 올라가서야 검정색 방패 문양에 금색으로 새긴 이니셜을 찾아냈다. 검은 바닥이 깔린 자동차 진입로에 있는 뒤로 접히는 문이었다.

갓 지은 듯한 분위기가 풍기는 번지르르한 하얀 집이었지만, 조경은 아주 세련되게 꾸며진 편이었다. 이런 동네에서는 소박하다고 할 만한 집으로, 방이 많아야 열네 개 정도 되고 수영장도 한 개밖에 없을 것이다. 벽돌 사이에 넣은 콘크리트가 새어 나온 낮은 담은 흰색 페인트 칠이 되어 길가에 서 있었다. 벽 위에는 검은 색으로 칠한 철제 난간이 있었으며, 고용인 출입문 앞에 있는 커다란 은색 우체통 위에는 A. P. 모니라는 이름이 찍혀 있었다.

나는 내 고물차를 길가에 세우고 검은 진입로를 걸어서 반짝이는 하얀 옆문으로 갔다. 문에는 스테인드글라스 차양이 달려 알록달록한 무늬를 드리우고 있었다. 나는 커다란 놋쇠 문고리를 두드렸다. 집 옆의 뒤쪽에서 운전사 한 명이 캐딜락을 닦고 있었다.

문이 열리더니 하얀 코트를 입고 눈매가 날카로운 필리핀 인이 나를 보며 입을 삐죽댔다. 나는 그에게 명함을 주었다.

"모니 부인 있소?"

나는 말했다.

필리핀 인은 문을 닫았다. 내가 남의 집을 방문할 때마다 언제나 그렇듯이 시간이 흘러갔다. 캐딜락에 물 뿌리는 소리가 시원하게 들렸다. 운전사는 반바지와 각반, 그리고 땀에 얼룩진 셔츠를 입은 젊은 애송이였다. 그는 너무 몸이 자란 경마 기수처럼 보였으며 말에게 빗질을 해줄 때 내는 쉿쉿 소리를 차를 닦으면서도 내고 있었다.

목덜미가 빨간 벌새가 문 옆의 진홍색 덤불 위에 날아와서 잠시 크고 멋지게 피어 있는 꽃들을 흔들더니만 잽싸게 날아올라 저 멀리 하늘로 사라져버렸다.

문이 열리더니 아까의 필리핀 인이 내 명함을 도로 내밀었다. 나는 받지 않았다.

"무슨 일입니까?"

누군가 달걀 껍질이 잔뜩 깔린 위를 발끝으로 걷는 것처럼 쩍쩍 갈라지는 목소리였다.

"모니 부인을 만나고 싶소."

"집에 부인 없어요."

"내가 명함을 줬을 때는 부인이 집에 없는지 몰랐단 말이오?"

필리핀 인이 손을 펴자 명함이 바닥에 팔랑팔랑 떨어졌다. 그가 히죽 웃을 때 싸구려 치과 치료를 받은 흔적이 잔뜩 보였다.

"부인 말하면 나 알아요."

그는 내 눈앞에서 부드럽지 못한 태도로 문을 닫아버렸다.

나는 명함을 주워 들고 집 옆을 따라서 운전사가 캐딜락 세단에 물을 끼얹으며 큰 스펀지로 먼지를 문질러 닦아내고 있는 곳까지 갔다. 운전사는 눈 주위가 붉었고 옥수수 빛 머리를 내려 이마를 가리고 있었다. 다 타버린 담배가 그의 입술 구석에 매달려 있었다.

운전사는 까다롭게 자기 일에만 신경 쓰는 사람이 그러듯이 나를 그냥 곁눈으로 슬쩍 쳐다보기만 했다. 나는 물었다.

"주인 어디 있소?"

입에 문 담배가 가볍게 흔들렸다. 물은 도색한 차 위로 계속 튀었다.

"집에다 대고 물어봐요, 형씨."

"벌써 물어봤지. 문전박대를 하던데."

"내 마음이 다 아프군요, 형씨."

"모니 부인은 어딨소?"

"마찬가지인데, 형씨. 나는 단지 여기서 일하는 사람일 뿐이죠. 뭐 팔러 왔나요?"

나는 그가 볼 수 있도록 내 명함을 내밀었다. 이번에는 사업상 쓰는 명함이었다. 그는 스펀지는 차 발판에, 호스는 시멘트 바닥에 그냥 내려놓았다. 기사는 수돗가를 돌아가 차고 문 옆에 걸려 있던 수건에 손을 닦았다. 그러고는 성냥을 바지에서 꺼내서 켜더니 고개를 숙여 입에 물고 있던 꽁초에 다시 불을 붙였다.

그는 여우 같은 작은 눈을 여기저기 깜박이더니 머리를 흔들면서 차 뒤로 갔다. 나는 그에게 가까이 다가갔다.

"이런 일이 어디 맨입으로 되겠소?"

그는 작고 조심스러운 목소리로 말했다.

"하는 일 없이 배만 채우겠다는 속셈이로군"

"오 달러면 생각 좀 해보겠는데."

"그렇게 힘든 일을 시킬 생각은 없다네."

"십 달러면 카나리아 네 마리 몫의 노래를 할 수도 있는데, 기타를 치면서."

"그런 요란한 오케스트라도 필요 없고."

기사는 고개를 옆으로 갸웃했다.

"알아듣게 얘기 좀 해보시지, 형씨."

"난 자네가 잘리기를 바라지 않네. 내가 알고 싶은 건 모니 부인이 집에 있냐는 것뿐이야. 이 말을 해주는 데도 일 달러보다 더 내야 하나?"

"내 일에 대해서는 걱정 마시지, 형씨. 나는 사이가 썩 좋으니까."

"모니와, 아니면 다른 사람과?"

"그것도 일 달러에 다 알고 싶소?"

"이 달러 주지."

기사는 나를 훑어보았다.

"당신은 그 사람 밑에서 일하고 있지 않지, 아니오?"

"물론."

"거짓말하고 있네."

"물론."

"이 달러나 주시오."

그는 딱딱거렸다.

나는 그에게 돈을 주었다.

"부인은 뒤뜰에 친구와 함께 있소. 멋진 친구지. 놀고 먹는 친구와 일하는 남편이 있다면, 모든 게 다 갖춰진 것 아닌가?"

그는 곁눈질했다.

"자네야말로 요즘 같은 때 도랑에 빠질 준비가 다 갖춰진 것 같군."

"나는 아니지, 형씨. 난 똑똑하거든. 그 작자들 요리하는 법을 아니까. 나는 평생 동안 이런 류의 사람들을 갖고 놀았다고."

그는 이 달러짜리 지폐를 손바닥 사이에 넣고 문지르더니 입김을 훅 분 다음에 가로세로로 접어 반바지에 달린 시계 넣는 주머니에 찔러넣었다.

"이제까지는 맛만 보여준 거고. 이제 오 달러를 더 내면……."

약간 크고 털이 노란 코커스파니엘이 캐딜락 주위를 뛰어다니다가 젖은 콘크리트에 살짝 미끄러졌다. 그러더니 뛰어올라 네 발로 내 배와 허벅지에 와서 부딪쳤다. 개는 내 얼굴을 훑고 땅으로 내려와서 내 다리 주위를 빙빙 돌다가 가랑이 사이에 앉아서 혀를 죽 빼고 숨을 헐떡거렸다.

나는 개를 넘어가 차 옆에 버티고 서서 손수건을 꺼냈다.

어떤 남자의 목소리가 개를 불렀다.

"이리 와, 히스클리프. 이리 와, 히스클리프."

딱딱한 보도를 걸어오는 발소리가 들렸다.

"저게 히스클리프요."

기사가 아니꼽다는 듯 말했다.

"히스클리프?"

"저런, 저게 개 이름이라니까, 형씨."

"『폭풍의 언덕』 말인가?"

나는 물었다.

"이런, 또 딴소리 하고 있구먼. 조심하라고."

그가 코웃음쳤다.

운전사는 스펀지와 호스를 다시 집어들더니 세차하러 돌아갔다. 나는 운전사를 뒤로 하고 그 자리를 떴다. 코커스파니엘은 내 가랑이 사이를 뛰어다녀 나는 거의 넘어질 지경이었다.

"이리 와, 히스클리프."

남자의 목소리가 더 크게 들려왔다. 덩굴장미로 덮인 격자 터널 입구를 통해 한 남자의 모습이 시야에 들어왔다.

키가 크고 가무잡잡한 맑은 올리브 색 피부에 반짝이는 검은 눈동자, 이가 하얗게 빛나는 거무스름한 머리의 남자였다. 구레나룻에 가늘고 검은 콧수염을 기르고 있었다. 구레나룻은 너무, 지나치게 너무 긴 편이었다. 남자는 주머니에 머리글자를 수놓은 하얀 셔츠에, 하얀 바지를 입고 하얀 신발을 신고 있었다. 가늘고 가무잡잡한 손목에는 금줄이 달린 손목시계를 차고 있었으며, 구릿빛 날씬한 목에는 노란 스카프를 두르고 있었다.

남자는 개가 내 다리 사이에 쭈그리고 앉아 있는 모습을 보았고 그것을 못마땅하게 여겼다. 그는 기다란 손가락을 튕기며 엄한 목소리로 또박또박 말했다.

"이리 와, 히스클리프. 빨리 이리 와!"

개는 숨을 헐떡이더니 꼼짝도 하지 않고 내 오른쪽 다리에 더 가까이 기댔다.

"누구시오?"

그가 나를 쏘아보면서 물었다.

나는 명함을 꺼냈다. 남자는 올리브 빛 손가락으로 내 명함을 집었다. 개는 내 다리 사이에서 슬슬 뒤로 빠지더니 차 앞부분을 끼고 돌아 소리도 없이 멀리 사라져버렸다.

"말로."

남자가 말했다.

"말로라, 흠, 이게 뭐요? 탐정? 뭘 바라는 거요?"

"모니 부인을 만나고 싶소."

그는 나를 위아래로 훑어보았다. 반짝이는 검은 눈동자를 천천히 굴리자 비단 술 같은 긴 속눈썹이 따라서 움직였다.

"부인이 안에 없다는 말 못 들었소?"

"들었소. 그렇지만 믿을 수 없소. 당신이 모니 씨요?"

"아니오."

"그 분이 바니에르 씨입니다."

운전사가 내 등뒤에서 고의적으로 무례하게 들리도록 점잔을 빼면서 과장되게 예의바른 태도로 말했다.

"바니에르 씨는 가족의 친구분입니다. 이 댁에 아주 자주 들르시지요."

바니에르는 격노한 눈으로 내 어깨 너머를 쏘아보았다. 기사는 차를 빙 돌아와서 아무렇지 않은 경멸을 담아 담배 꽁초를 탁 뱉었다.

"저 탐정 양반에게 주인 어른이 여기 없다고 했수다, 바니에르 씨."

"알았네."

"저 사람에게 모니 부인하고 당신은 여기 있다고 말해줬어요. 내가 잘못했나요?"

"자네 일이나 신경 쓰는 게 좋을 걸 그랬군."

"어째서 눈곱만치도 그 생각을 못했는지 모르겠네."

"내가 네 더러운 목을 비틀어놓기 전에 꺼지는 게 좋을 걸."

바니에르가 말했다.

운전사는 그를 조용히 바라보다가 어두컴컴한 차고로 돌아가 휘파람을 불기 시작했다. 바니에르는 열이 잔뜩 받은 듯 성난 눈길을 내 쪽으로 향하더니 딱딱거렸다.

"모니 부인이 안에 없다는 말을 들었지만 못 믿겠다. 그게 다요? 다른 말로 하면 그 얘기만으로는 충분치 않다는 거로군?"

"다른 말로 굳이 하자면, 그렇다는 거요."

"알았소. 여기까지 와서 모니 부인과 하고자 하는 얘기의 요점이 뭐요?"

"그 얘기는 모니 부인과 직접 하고 싶군."

"그 말뜻은 모니 부인은 당신을 만나기 싫다는 건데."

차 뒤에서 운전사가 말했다.

"그 사람 오른손을 조심해요, 형씨. 그 안에 칼이라도 가지고 있을지 아나."

바니에르의 올리브 빛 피부가 바짝 마른 해초색으로 변했다. 그는 발을 홱 돌리더니 감정을 억누른 소리로 웅얼거렸다.

"따라오시오."

바니에르는 장미 터널 아래 벽돌길을 따라 그 끝에 있는 하얀 문을 지나쳐 갔다. 그 너머에는 벽으로 둘러싼 정원이 있었는데 그 안에는 화려한 일년생 식물들로 빽빽이 채워진 화단과, 배드민턴 코트, 멋지게 펼쳐진 잔디밭과 햇빛 속에서 성난 듯 반짝이는, 타일이 깔린 수영장이 있었다. 수영장 옆에는 포석이 깔린 공간이 있었는데, 그 안에는 파랑과 하양의 정원 가구들—조립식 윗면의 낮은 탁자들, 발판이 있는 안락의자와 거대한 쿠션, 그리고 거의 작은 텐트만 한 파랑과 하양의 양산—이 있었다.

뼈대가 길고 나른해 보이는 쇼걸 타입의 금발 머리 여자가 그 중 한 의자에 편안하게 누워 있었다. 발은 패드를 댄 발판에 올리고 있었고, 팔꿈치 옆에는 김이 서린 높은 유리잔이 은제 얼음 바구니와 스카치 병과 함께 놓여 있었다. 우리가 잔디밭을 넘어가자 여자는 우리를 게슴츠레하게 쳐다보았다. 10미터쯤 거리에서 볼 때는 그녀는 귀티가 흘러 보였다. 3미터쯤 떨어졌을 때는 10미터 거리에서 볼 때처럼 보이기 위해서 애써 꾸민 것처럼 보였다. 입이 너무 컸고 눈이 너무 파랬으며 화장은 너무 진해서 얇은 아치형의 눈썹은 그 곡선과 폭이 거의 환상적일 정도인데다 눈썹에 바른 마스카라는 너무 두꺼워서 모형 철제 울타리처럼 보일 지경이었다.

그녀는 멋진 하얀 바지를 입고, 빨간 패디큐어를 한 맨발에는 파랑과 하양의 앞이 터진 샌들을 신고 있었으며, 하얀 실크 블라우스 위로 네모나게 세공한 에메랄드는 아닌 푸른 보석 목걸이를 하고 있었다. 그녀의 머리칼은 나이트클럽 로비처럼 인공적이었다.

그녀 옆에 있는 의자 위에는 거의 스페어 타이어 크기의 챙과 목에 묶는 하얀 새틴 끈이 달린 하얀 밀짚모자가 놓여 있었다. 모자의 챙 위에는 안경알이 도넛 크기만 한 녹색 선글라스 하나가 놓여 있었다.

바니에르는 여자 쪽으로 척척 걸어가더니 기분 나쁘다는 듯 말했다.

"저 재수 없는 빨간 눈을 한 조그만 운전사 녀석 해고하도록 해. 그것도 당장. 그러지 않으면 조만간 그 녀석 목을 부러뜨려 버릴 테니. 저 인간 옆에 갈 때마다 열 받는다니까."

금발 머리는 가볍게 기침을 하더니 하릴없이 손수건을 이리저리 흔들다가 말했다.

"여기 앉아서 당신의 섹스어필을 회복하도록 해요. 당신 친구는 누구죠?"

바니에르는 내 명함을 찾다가 자기가 손에 쥐고 있었다는 걸 알고는 여자의 무릎에 던졌다. 여자는 나른한 동작으로 명함을 주워서 훑어보더니 이번에는 나를 훑어본 후, 한숨을 쉬고 손톱으로 자기 이를 톡톡 두드렸다.

"덩치가 크네요, 안 그래요? 자기가 상대하기에는 너무 큰 것 같은데."

바니에르는 아니꼽다는 듯 나를 쳐다보았다.

"좋아, 무슨 일로 왔든지 간에 빨리 끝내버리시지."

"내가 직접 얘기해도 되겠소?"

내가 물었다.

"아니면, 당신에게 얘기하면 우리 말로 통역해주나?"

금발 머리가 웃었다. 풍선을 달고 춤을 출 때처럼 손 대지 않은 자연스러움이 있는, 은빛 물결이 퍼져나가는 듯한 웃음이었다. 작은 혀가 말썽꾸러기처럼 입술 위를 뛰놀았다.

바니에르는 앉아서 금띠를 두른 담배에 불을 붙였다. 나는 우뚝 선 채 그들을 내려다보았다.

"나는 부인의 친구를 찾고 있습니다, 모니 부인. 내가 알기로는 두 분이 일 년 전쯤 같은 아파트를 썼다고 하더군요. 친구분 이름은 린다 컨퀘스트입니다."

바니에르는 눈을 두 번 연속 깜박였다. 그는 머리를 돌리고 수영장을 바라보았다. 히스클리프라고 하는 코커스파니엘이 거기에 앉아서 한쪽 눈에 흰자위를 보이며 우리를 쳐다보고 있었다.

바니에르가 손가락을 튕겼다.

"이리 와, 히스클리프! 이리 와, 히스클리프! 여기로 와, 착하지!"

금발 머리가 말했다.

"닥쳐요. 저 개는 당신을 아주 싫어해. 당신 허영심일랑 좀 쉬게 해줘요. 제발 부탁이니."

바니에르가 내뱉었다.

"나한테 그런 식으로 말하지 마."

금발 머리는 킥킥대더니 그의 얼굴을 어루만지듯 보았다.

"나는 린다 컨퀘스트라는 여자를 찾고 있어요, 모니 부인."

금발 머리는 나를 보고 말했다.

"그 말은 이미 했어요. 나는 그냥 생각하고 있었어요. 그 애를 못 본 지 여섯 달은 된 것 같네요. 걔 결혼했거든요."

"여섯 달이나 못 봤다고 했습니까?"

"그렇게 말했잖아요, 키다리 양반. 뭣 때문에 알고 싶어하죠?"

"지금 하고 있는 사적인 조사 때문입니다."

"무엇에 관한 조사죠?"

"비밀스러운 일입니다."

"생각 좀 해봐요."

금발머리가 밝게 말했다.

"이 사람은 사적인 문제에 대해서 조사를 하고 있대요, 들었어요, 루? 자기를 보고 싶어하지도 않는 생판 남에게 들이닥친 것은 괜찮은 일이군요, 그렇죠, 루? 자기가 사적으로 조사하고 있는 비밀 문제 때문에 말이죠."

"그럼 지금 친구가 어디 있는지 모른다는 말인가요, 모니 부인?"

"내가 말 안 했던가요?"

그녀의 목소리가 두 단 정도 높아졌다.

"아뇨. 부인 말은 그냥 친구를 여섯 달 동안 못 본 것 같다는 겁니다. 같은 얘기가 아니죠."

"내가 걔랑 아파트를 같이 썼다고 누가 말하던가요?"

금발 머리가 날카롭게 말했다.

"정보원은 밝힐 수 없습니다, 모니 부인."

"당신은 무용 감독을 해도 될 만큼 까다롭군요. 나는 당신에게 무슨 얘기든 다 해야 하지만, 당신은 내게 어떤 말도 할 수 없다니 말이죠."

"처지가 다릅니다. 나는 지시 사항을 따라야 하는 고용된 몸이고, 숙녀분은 숨길 이유가 없는 거고. 그렇지 않습니까?"

"누가 그 애를 찾고 있어요?"

"가족들이죠."

"다시 생각해봐요. 그 애한테는 가족이 없어요."

"그런 걸 알고 있다면 친구를 잘 아는 것이 틀림없군요."

"한때는 그랬죠. 그렇다고 해서 지금도 그러란 법은 없죠."

"알겠습니다. 대답은 알고 있지만 말해줄 수 없다는 거로군요."

바니에르가 갑자기 끼어들었다.

"대답은 당신은 여기서 환영받지 못하고 있고, 빨리 나가면 나갈수록 우리가 더 좋아할 거란 거지."

나는 계속 모니 부인을 바라보고 있었다. 그녀는 내게 눈을 찡긋하더니 바니에르에게 말했다.

"그렇게 적대적으로 굴지 말아요, 달링. 당신은 매력이 많은 사람이지만, 뼈대가 너무 약해요. 험한 일을 할 체격이 못 되잖아요. 그렇지 않나요, 키다리 양반?"

"그런 생각은 해본 적이 없어요, 모니 부인. 부인 생각에 모니 씨가 나를 도와줄 수 있을 것 같습니까? 아니면 도와줄 마음이 있거나?"

부인은 고개를 흔들었다.

"내가 어떻게 알겠어요? 한번 말해보시죠. 만약 남편이 당신을 좋아하지 않으면 부하들을 시켜 당신을 던져버리라고 할 걸요."

"그럴 마음만 먹는다면 부인 입으로 얘기해줄 수 있을 것 같은데요."

"어떻게 내가 그럴 마음을 먹게 할 건가요?"

그녀의 눈빛이 유혹적이었다.

나는 말했다.

"이렇게 주변에 사람들이 잔뜩 있는데, 내가 어떻게 그럴 수 있겠습니까?"

"그것도 좋은 생각이군요."

그녀는 말하고서 나를 잔 너머로 건너다보며 술을 한 모금 마셨다.

바니에르는 아주 천천히 일어섰다. 그의 얼굴은 창백했다. 그는 셔츠 안에 손을 찔러넣고 이 사이로 천천히 말을 뱉었다.

"나가, 사기꾼 같은 놈아. 아직 걸어갈 수 있을 때에."

나는 놀란 표정으로 그를 쳐다보았다.

"세련된 태도는 다 어디 갔나?"

내가 물었다.

"그리고 자네가 실외복과 함께 총을 차고 있다고는 하지 말게."

금발 머리는 고르고 건강한 치열을 드러내며 웃었다. 바니에르는 손을 셔츠 속 왼쪽 겨드랑이 밑에 쑤셔넣고서는 입술을 굳게 다물었다. 그의 검은 눈은 뱀의 눈처럼 날카로운 동시에 공허했다.

그는 거의 부드럽다고도 할 수 있는 목소리로 말했다.

"내 말 들었을 텐데. 나를 그렇게 우습게 보지 말라고. 일단 한번 붙으면 너 같은 건 한방에 때려눕힐 수 있어. 처치해버리는 건 그 다음이고."

나는 금발 여자를 쳐다보았다. 우리를 바라보는 그녀의 눈은 빛나고 있었고 입은 육감적이고 열망하는 듯 보였다.

나는 돌아서서 잔디밭을 가로질러 나갔다. 잔디밭을 반 정도 지나쳐 갈 때쯤 나는 그들을 돌아보았다. 바니에르는 손을 셔츠 속에 넣은 채 그 자리에 그대로 서 있었다. 금발 머리는 여전히 눈을 동그랗게 뜨고 입은 벌린 채였지만, 양산이 그녀의 얼굴에 그늘을 드리워서 멀리서는 공포에 떨고 있는 표정인지 아니면 즐거운 기대에 가득 차 있는 얼굴인지 분간하기 힘들었다.

나는 잔디밭을 건너 하얀 문을 지나 장미 덩굴 그늘 아래 벽돌길을 따라갔다. 길 끄트머리에 이르자, 나는 뒤돌아 도로 문 쪽으로 살금살금 걸어가 그들을 엿보았다. 다시 살펴볼 만한 일이 있거나, 볼 것이 있더라도 신경 쓸 만한 거리가 될지는 알 수 없었지만 말이다.

내가 본 것은 바니에르가 금발 머리 위에 거의 올라탄 자세로 키스를 하고 있는 모습이었다.

나는 머리를 흔들고 다시 길을 돌아 나왔다.

빨간 눈을 한 운전사는 아직도 캐딜락을 가지고 작업을 하고 있었다. 그는 세차를 마치고 큰 세무 가죽으로 유리와 주석 부분을 닦아내고 있었다. 나는 빙 돌아가서 그 옆에 섰다.

"어땠어요?"

그는 입 한쪽 끝으로 물어보았다.

"엉망이지 뭐. 나를 완전히 뭉개버렸네."

운전사는 고개를 끄덕이고는 말을 빗질할 때 내는 식식 소리를 냈다.

"자네, 행동을 조심하는 게 좋을 걸. 그 사람 무기를 갖고 있던데. 아니면 그런 척만 하는지도 모르지만."

내가 말했다.

운전사는 즉각 웃음을 터뜨렸다.

"그 옷 속에? 절대 아니오."

"저 바니에르란 사람은 누구지? 하는 일이 뭔가?"

운전사는 몸을 꼿꼿이 펴고는 세무 가죽을 창문 턱에 걸쳐놓은 뒤 손목 밴드에 꽂아놓은 수건으로 손을 닦았다.

"여자들을 상대하는 일이겠지. 내 짐작으로는."

"약간 위험하지 않나? 이 여자와 불장난하는 건?"

"내 말이 그 말이오."

운전사도 동의했다.

"사람들마다 위험에 대한 생각이 각각 다르니까. 나라면 겁도 날 텐데."

"저 남자 사는 곳은 어디지?"

"셔먼 오크스. 여자가 그리로 다니지. 앞으로는 뻔질나게 다닐 거고."

"혹시 어디서 린다 컨퀘스트라는 여자 만난 적 없나? 키가 크고 피부가 거무스름한데다 예쁘게 생겨서 이전에는 밴드와 함께 가수로 일했다던데?"

"겨우 이 달러에 너무 많은 서비스를 바라시는구먼, 형씨."

"오 달러까지 낼 수 있네."

그는 고개를 흔들었다.

"나는 그런 치들 모르오. 이름만으로는 모르지. 각종 여자들이 여기 오고, 대부분 다 야하게 하고 다니지. 하지만 나한테까지 소개하지는 않으니까."

그는 싱긋 웃었다.

나는 지갑을 꺼내어 그의 작고 축축한 손에 3달러를 올려놓았다. 명함도 함께 건넸다.

"나는 체구가 작고 단단한 사람들을 좋아하지. 그런 사람들은 겁이 없거든. 언제 한번 날 찾아오게."

"언제 그러리다. 고맙소, 형씨. 린다 컨퀘스트라고 했소? 앞으로는 귀를 쫑긋 세우고 있겠소."

"잘 있게. 이름이?"

"사람들은 나를 시프티(교활하고 농간을 잘 부린다는 뜻—옮긴이)라고 부르지. 이유는 모르겠소만."

"잘 있게, 시프티."

"잘 가시오. 겨드랑이 밑에 총을 가지고 있다고 했소? 저 옷 속에? 절대 그럴 리 없소."

"모르지. 저 남자는 총을 꺼낼 태세였어. 나는 모르는 사람하고 총싸움이나 하라고 고용된 건 아니네."

"제길, 저 인간이 입고 있는 셔츠에는 단추가 위에 달랑 두 개밖에 없소. 벌써 알아챘지. 저기서 권총을 꺼내려면 일주일은 걸릴 거요."

그렇지만 그는 슬며시 걱정이 되는 눈치였다.

"나도 저 친구가 그저 허풍 떠는 거라고 생각하네."

나도 동의했다.

"만약 자네가 린다 컨퀘스트에 대해 듣게 된다면 기꺼이 자네와 비즈니스 이야기를 나누도록 하지."

"알았소, 형씨."

나는 검정 진입로를 따라 돌아나왔다. 운전사는 턱을 긁으며 거기 서 있었다.

6

나는 주차할 장소를 찾아 블록을 따라 차를 몰고 있었다. 시내에 들어가기 전에 잠깐 사무실에 들르기 위해서였다.

운전기사가 모는 패커드가 내 건물 입구로부터 9미터쯤 떨어진 담배가게 앞 커브길에 바짝 대어 있었다. 나는 빈 공간으로 차를 넣고 차문을 잠근 뒤 빠져나왔다. 그제서야 나는 내 차 바로 앞에 서 있는 차가 눈에 익은 모래 빛깔 쿠페라는 것을 알아차렸다. 반드시 똑같은 차라고 할 수는 없었다. 그런 차는 수천 대나 되니까. 아무도 그 안에 타고 있지 않았다. 갈색과 노란색 띠를 두른 코코아 색 밀짚모자를 쓴 사람은 근처에 없었다.

나는 인도 옆으로 내려가 운전석을 들여다보았다. 운전 면허증이 없었다. 나는 만약에 대비해서 봉투 뒷면에 자동차 번호를 적어넣고는 건물 안으로 들어갔다. 그 남자는 로비에도, 위층 복도에도 없었다.

나는 사무실로 들어가 바닥에 우편물이 떨어져 있나 보고서는 아무런 우편물도 오지 않았다는 것을 확인하자 사무실용 술병에서 가볍게 한 잔 마시고 사무실을 떠났다. 세시 이전에 시내에 도착하려면 어물쩡거릴 시간이 없었다.

모래 빛깔 쿠페는 여전히 서 있었고 여전히 사람이 없었다. 나는 차에 올라타고 시동을 걸어 차들의 행렬에 들어섰다.

바인 가와 교차하는 선셋 대로 아래쯤 접어들자, 그 남자가 나를 따라잡았다. 나는 싱긋 웃고 계속 운전해가면서 도대체 그가 어디에 숨어 있었을까 생각했다. 아마도 자기 차 뒤에 서 있던 차였을 것이다. 나는 그 생각은 미처 하지 못했었다.

나는 3번가 남쪽으로 차를 몰아 시내까지 계속 갔다. 모래 빛깔 쿠페는 여전히 반 블록 정도 떨어져서 나를 미행하고 있었다. 나는 7번가와 그랜드 로(路) 사이로 이동하여 7번가와 올리브 로 가까이에 주차한 후 필요치도 않은 담배를 사러 내려서 뒤도 돌아보지 않고 7번가를 따라 동쪽으로 걸어갔다. 스프링 가에서 나는 메트로폴 호텔로 들어가 어슬렁어슬렁 거닐며 큰 U자 형의 담배 판매대에서 담뱃불을 붙인 뒤 로비에 있는 큰 갈색 가죽의자에 앉았다.

갈색 양복에 선글라스, 그리고 이제는 낯익은 모자를 쓴 금발 머리 남자가 로비로 들어와 화분에 심은 종려나무와 벽토로 만든 아치 사이를 지나, 조심스럽게 담배 판매대까지 다가왔다. 그는 담배 한 갑을 사서 그 자리에 선 채로 포장을 뜯으며 그동안 등을 판매대에 기대고 독수리 같은 눈으로 로비를 살폈다.

 남자는 거스름돈을 받고 걸어가 기둥 하나에 등을 기대고 앉았다. 그는 선글라스 위로 모자를 눌러 쓰더니 입에 문 담배에는 불도 붙이지 않은 채 잠든 듯 보였다.

 나는 일어나서 이리저리 거닐다가 그의 옆에 있는 의자에 주저앉았다. 나는 그를 곁눈으로 보았다. 그는 꼼짝도 하지 않았다. 가까이에서 보니, 그의 얼굴은 어리고 분홍빛으로, 포동포동했으며 턱에 난 금빛 수염은 무척 성의 없게 면도가 되어 있었다. 선글라스 너머 그의 속눈썹이 위아래로 빠르게 깜박거렸다. 무릎 위에 놓인 손에 힘이 들어가고 주름이 지도록 옷을 잡아당겼다. 오른쪽 눈꺼풀 바로 아래 뺨에는 사마귀가 나 있었다.

 나는 성냥불을 붙여서 그의 담배에 불을 대주었다.
 "불 필요하십니까?"
 "아…… 고맙습니다."

 그는 아주 놀라서 말했다. 그는 담배 끝에 불이 타오를 때까지 숨도 못 쉬고 있었다. 나는 성냥을 흔들어 끈 후, 내 팔꿈치께에 있는 모래 항아리 속으로 던져넣고 기다렸다. 그는 나를 여러 번 곁눈질하더니 입을 열었다.
 "우리 어디서 만난 적 없었나요?"
 "파사디나에 있는 드레스덴 로 쪽에서 봤지요. 오늘 아침에."

 나는 그의 뺨이 이전보다도 더 상기되는 걸 볼 수 있었다. 그는 한숨 쉬었다.
 "제가 아주 서툴렀나 보군요."

"아주 엉망이었소."

"아마도 모자 때문이었겠죠."

"모자도 도움이 되었지. 그렇지만, 그게 없어도 알아봤을 거요."

"이 도시는 물가가 너무 비싸서요."

그가 슬프게 말했다.

"걸어다닐 수도 없고, 택시를 타면 택시 요금이 너무 비싸고요. 자가용을 이용하면, 항상 빨리 움직일 수 없으니까, 너무 가까이 붙어서 쫓아가야 하지요."

"그렇다고 쫓는 사람 주머니에 들어가 따라가야만 하는 것도 아니잖소."

내가 말했다.

"나한테 바라는 게 있는 거요, 아니면 그냥 연습하는 거요?"

"당신이 얘기를 해볼 만큼 똑똑한 사람인지 알아봐야겠다고 생각했죠."

"나야 아주 똑똑하지. 나한테 얘기를 안 한다면 유감스러운 일이 될 거요."

남자는 자기 의자 뒤와 우리가 앉아 있는 양쪽 옆을 주의 깊게 살피더니, 돼지 가죽으로 된 작은 지갑을 꺼냈다. 그는 멋진 새 명함을 꺼내어 내게 건넸다. 거기에는 '조지 앤슨 필립스. 비밀 조사. 할리우드, 노스 윌콕스 로(路) 1924번지, 셍거 빌딩 212호'라고 적혀 있고, 글렌뷰 사서함 전화번호가 기재되어 있었다. 왼쪽 윗부분 모서리에는 놀라움에 치켜 올라간 눈썹 밑에 긴 속눈썹이 달린 눈 하나가 그려져 있었다.

"이런 짓을 하면 안 되지."

나는 그 눈 모양을 가리키면서 말했다.

"이건 핑커튼 마크인데. 당신은 그 사람들의 일을 훔치고 있는 게 되는 거요."

"아, 제길. 내가 일거리 좀 가져간다고 해도 그 사람들은 신경도 쓰지 않을 걸요."

나는 명함을 손톱으로 튕기고 잇새에 넣고 꽉 깨물어본 후 내 주머니 속에 쓱 집어넣었다.

"내 명함도 받겠소? 아니면 이미 나에 대해서 조사가 끝났나?"

"아, 당신에 대해서는 속속들이 알고 있어요. 당신이 그렉슨 사건을 맡았을 때, 내가 벤추라 쪽 대리인이었죠."

그렉슨은 오클라호마시티 출신의 사기꾼으로 그의 피해자 중 한 명이 미국 전역을 2년 동안이나 그를 쫓아다니는 바람에 결국은 신경과민이 되어 자기를 아는 사람으로 착각한 역 직원을 총으로 쏴버린 사람이었다. 나에게는 아주 오래 전처럼 느껴지는 일이었다.

"계속해봐요."

"당신 이름을 오늘 오전에 자동차 번호판에서 보자 기억이 났어요. 그래서 당신을 시내로 들어오는 길에서 놓치자 당신을 찾아다녔죠. 사무실에 가서 말을 해보려고 했는데, 그러면 비밀이 누설될 것 같아서요. 이런 방법밖에 다른 도리가 없더라구요."

괴짜가 또 한 명 있었군. 역시 괴짜라고 할 수도 있는 머독 부인을 셈에 넣지 않고도 하루에 세 명이나 만난 셈이었다.

나는 그가 선글라스를 벗어서 닦은 뒤 다시 쓰고 또 한 번 주위를 둘러보는 동안 기다리고 있었다. 필립스가 말했다.

"내 생각엔 우리가 거래를 할 수 있을 것 같았죠. 소위 정보 풀을 만드는 거예요. 나는 오늘 당신 사무실에 들어간 남자를 봤어요. 그래서 그 사람이 당신을 고용했을 거라 생각했죠."

"그 남자가 누군지 아오?"

"나는 그에 대한 조사를 하고 있어요."

그리고 그는 맥이 빠지고 약간 의기소침한 어조로 말했다.

"그런데 아무것도 알아내지 못했어요."

"그 사람이 당신에게 무슨 짓을 했길래?"

"음, 난 그 사람 부인에게 고용됐어요."

"이혼 사건인가?"

그는 주위를 조심스럽게 둘러보더니 목소리를 낮췄다.

"부인은 그렇게 말하던데, 난 약간 의심이 가요."

"둘 다 한 가지를 바라는군. 각자 서로에 대해서 뭔가 얻길 바라는 거지. 웃기는 일이네, 그렇지 않소?"

"나는 여기서 끝장나고 싶진 않아요. 어떤 남자가 언제부턴가 나를 미행하고 있어요. 한쪽 눈이 이상한 아주 키 큰 남자예요. 내가 그 사람을 떨쳐버리면 금방 또 나타나요. 아주 키가 큰 사람이에요. 마치 가로등처럼."

한쪽 눈이 이상한 아주 키가 큰 남자라. 나는 생각에 잠겨 담배를 피웠다.

"뭐 집히는 일 있어요?"

금발의 남자는 다소 걱정스러운 듯이 물었다.

나는 고개를 젓고 담배를 모래 항아리에 던져넣었다.

"내가 아는 사람 중에는 그런 사람 없소."

나는 손목시계를 바라보았다.

"힘을 모아서 이 일을 잘 의논하는 게 좋겠지. 하지만 지금은 안 되오. 약속이 있어서."

"저도 그러고 싶습니다."

그가 말했다.

"무척이나."

"그러면 그렇게 하지. 내 사무실, 내 아파트, 아니면 당신 사무실. 아니면 어디가 좋겠소?"

필립스는 엉망으로 면도한 턱을 잘 물어뜯어놓은 엄지손톱으로 긁적였다.

"내 아파트에서 하죠."

그가 마침내 말했다.

"전화번호부에는 안 나와 있어요. 그 명함 좀 잠깐 줘보세요."

내가 명함을 건네주자 필립스는 명함을 뒤집어 손바닥 위에 올려놓고서는 혀로 입술을 핥으면서 작은 금속 연필로 천천히 끄적거렸다. 그는 매순간마다 더 어려지고 있었다. 지금 보니 그는 스무 살도 안 되어 보였지만, 그럴 리가 없었다. 그렉슨 사건이 6년 전의 일이었기 때문이다.

필립스는 연필을 집어넣고 내게 명함을 돌려주었다. 그가 써준 주소는 코트 가 128번지 플로렌스 아파트 204호였다.

나는 의심스워하며 그에게 물었다.

"벙커힐에 있는 코트가 말이오?"

그는 얼굴 전체가 새빨개지면서 고개를 끄덕였다. 그는 황급히 말했다.

"그다지 좋은 곳은 아니죠. 최근엔 약간 돈에 쪼들려서요. 거기서 만나기 싫어요?"

"아니. 그럴 이유가 있겠소."

나는 일어나서 손을 내밀었다. 그가 악수를 하고 내 손을 놓자, 나는 손을 뒷주머니에 찔러넣고 거기 넣어두었던 손수건에 손바닥을 문질러 닦았다. 그의 얼굴을 자세히 들여다보니, 윗입술과 콧망울에 땀방울이 송송 맺힌 것이 보였다. 날씨가 그 정도로 덥지는 않았다.

나는 발을 떼려다가 고개를 돌려 그의 얼굴에 가까이 대고 말했다.

"뭐, 누구나 나를 속여 먹을 수는 있을 거요. 그렇지만, 한 가지만 확실히 하자고. 키가 크고 금발 머리에 경솔한 눈매를 한 여자 아니오, 응?"

"나라면 경솔한 눈매라고는 하지 않을 걸요."

말하는 동안 나는 얼굴 표정을 가다듬었다.

"우리 둘 사이의 얘기지만, 이혼 건이라는 건 다 헛소리겠지. 완전히 다른 게 있는 거요, 그렇지 않소?"

"맞아요."

그는 부드럽게 말했다.

"그리고 생각할 때마다 점점 마음에 안 드는 일이죠. 여기요."

그는 주머니에서 뭔가를 꺼내서 내 손에 쥐어주었다. 아파트 열쇠였다.

"그러면 복도에서 기다릴 필요가 없을 거예요. 내가 집에 없더라도 말이죠. 나는 열쇠가 두 개 있어요. 언제쯤 올 수 있을 것 같아요?"

"지금 봐서는 사십오 분 정도면 될 것 같소. 이 열쇠를 나한테 줘도 정말 괜찮겠소?"

"그럼요. 우리는 같은 배를 탄 사이니까."

그는 나를 순진하게, 선글라스를 낀 상태로는 최대한 순진하게, 나를 올려다보면서 말했다.

로비의 끝에서 뒤를 돌아다보았다. 그는 거기에 평화롭게 앉아 입에 반쯤 타다 꺼진 담배를 물고 있었다. 갈색과 노란색 띠를 두른 그의 번지르르한 모자도 〈새터데이 이브닝 포스트〉지(誌)의 맨 뒤 페이지에 나온 담배 광고처럼 고요하게 보였다.

우리는 같은 배를 탄 사이였다. 그러니 나는 그를 속이지는 않을 것이다. 단지 그런 것이다. 나는 열쇠로 그의 아파트에 들어가서 내 집처럼 편안하게 있을 수 있었다. 나는 그의 실내화를 신을 수도 있고 술을 마실 수도 있으며, 양탄자를 들어올리고 그 밑에 숨겨놓은 천 달러 지폐를 세볼 수도 있다. 우리는 같은 배를 탄 사이였다.

7

 8층짜리 벨폰트 빌딩은 그 자체로는 특별할 게 없었으며, 커다란 초록색 할인 의류 백화점과 먹이 시간의 사자 우리처럼 소음을 내는 지하 1층과 지상 3층으로 된 차고 옆에 끼어 있었다. 작고 어둡고 좁은 로비는 양계장만큼이나 더러웠다. 빌딩의 사무실 안내판에는 빈 자리가 많았다. 그 중 이름 하나만이 내게는 의미가 있었고, 나는 그 이름을 이미 알고 있었다. 안내판 건너편에는 인조 대리석 벽에 새겨진 커다란 간판이 있었는데, 거기에는 '담배 판매대 자리 세놓음. 316호로 문의할 것'이라고 쓰여 있었다.
 쇠창살을 끼운 엘리베이터가 두 개 있었는데, 그 중 하나만 작동하는 것 같았고 그나마 사람이 많이 이용하는 것 같지도 않았다. 그 안에는 노인 한 명이 턱을 늘어뜨린 채 물기가 어린 눈을 하고 나무 의자에 접은 삼베천을 깔고 앉아 있었다. 그는 마치 남북전쟁 이후로 그렇게 앉아 있어 그 모양이 된 것처럼 보였다.

나는 엘리베이터를 올라타고 8층에 간다고 말했다. 노인은 낑낑대며 문을 닫고서는 고물 엘리베이터의 기중기를 돌렸다. 우리는 비틀비틀 위로 올라갔다. 노인은 마치 등에 엘리베이터를 지고 올라가기라도 하는 것처럼 헉헉거렸다.

나는 8층에 내려 복도를 따라 걸어가기 시작했고 뒤에서 노인이 엘리베이터에서 나와 꽉 찬 쓰레기 상자에 대고 손으로 코를 풀었다.

엘리샤 모닝스타의 사무실은 화재 비상계단 건너편 맨 뒤쪽에 있었다. 방이 두 개였으며, 양쪽 다 우툴두툴한 유리문에 살짝 벗겨진 검은 페인트로 '엘리샤 모닝스타, 주화 수집상'이라고 쓰여 있었다. 맨 뒤의 문에는 '출입문'이라고 적혀 있었다.

나는 문손잡이를 돌려 작고 좁은 방 안으로 들어갔다. 방 안에는 두 개의 창문과 작고 초라한 타자용 책상 하나가 있고, 비스듬한 홈에 녹슨 주화를 넣고 잠근 여러 개의 벽장들 아래에는 타자로 친 노란색 라벨들이 각기 붙어 있었다. 뒤쪽에는 벽에 붙여 두 개의 갈색 서류장이 있고 창문에는 커튼이 달려 있지 않았으며 먼지가 낀 회색 융단은 너덜너덜해져서 그 틈새에 발이 걸려 넘어지지 않는 한 해진 부분이 어딘지 알아볼 수 없을 지경이었다.

서류장 맞은편, 작은 타자용 책상 뒤편으로 안쪽 나무문이 열렸다. 문을 통해 사람이 아무 일도 하지 않을 때 내는 작은 소음이 들려왔다. 엘리샤 모닝스타의 건조한 목소리가 울렸다.

"어서 들어오시오, 들어와요."

나는 안으로 들어갔다. 안쪽의 사무실은 물건들이 꽉 들어차 있어서 더 좁아 보였다. 녹색 금고가 거의 정면의 반을 차지하고 있었다. 출입문과 마주하여 있는 육중하고 오래된 마호가니 테이블 위에는 몇 권의 우중충한 책과 너덜너덜한 잡지 과월호, 그리고 수북한 먼지가 쌓여 있었다. 뒤쪽 벽에 창문 하나가 조금 열려 있었으나 곰팡내를 빼는 데는 별로 효과가 없었다. 모자걸이에는 기름 낀 검은 펠트 모자가 걸려 있었다. 유리판을 얹은 세 발 달린 탁자도 한 개 있었는데 유리판 아래에는 동전들이 들어 있었다. 검은 가죽을 깐 육중한 책상이 방 한가운데에 있었으며 그 위에는 보통의 사무용품들과 더불어 유리 뚜껑을 덮어놓은 보석상용 저울 한 짝과, 커다란 주석테 확대경이 두 개가 있었고 렌즈 닦는 판 위에는 보석상용 외알 안경이, 그 옆에는 잉크로 얼룩지고 구겨진 노란 비단 손수건이 놓여 있었다.

책상 뒤의 회전의자에는 옷깃이 높고 단추가 지나치게 많이 달린 짙은 회색 양복을 입은 늙은 남자가 앉아 있었다. 숱이 성긴 백발은 귀를 덮을 만큼 길었고 정수리는 수목 한계선 너머의 바위처럼 머리카락이 없어서 훤히 드러나 보였다. 삐죽 비어져 나온 귀털은 나방도 잡을 수 있을 것 같았다.

노인의 날카로운 검은 눈 밑에는 갈색이 도는 자줏빛 피부가 주름과 핏줄이 엉겨서 불룩 튀어나와 있었다. 그의 뺨은 빛났고 짧고 날카로운 코는 술을 단숨에 몇 잔 들이킨 것처럼 보였다. 세탁을 제대로 안 한 것 같은 후버 칼라(미국 31대 대통령 후버 시절에 유행했던 양복의 깃 모양으로, 보수적인 의상을 의미한다—옮긴이)는 목뼈를 찌를 것처럼 죄어 있었고, 검은 줄의 타이를 작고 단단하게 맨 모양이 쥐구멍에서 빠져나오려고 하는 생쥐 같았다.

그가 말했다.

"우리 비서 아가씨는 치과에 갔다오. 당신이 말로 씨군요?"

나는 고개를 끄덕였다.

"자리에 앉으시구려."

그는 앙상한 손으로 책상 너머에 있는 의자를 가리켰다. 나는 자리에 앉았다.

"신분증은 가지고 오셨지요?"

나는 그에게 신분증을 보여주었다. 그가 신분증을 들여다보는 동안 책상 너머로 그에게 풍겨오는 냄새를 맡을 수 있었다. 깔끔한 중국 사람처럼 마른 곰팡내 같은 것이 났다.

그는 내 신분증을 책상 위에 엎어놓고 팔짱을 꼈다. 그의 날카로운 검은 눈은 내 얼굴의 무엇 하나 놓치지 않았다.

"그래, 말로 씨, 내가 무엇을 도와드릴까?"

"브라셔 더블룬에 대해서 듣고 싶습니다."

"아, 그래요. 브라셔 더블룬이라, 흥미로운 물건이지."

모닝스타는 책상에서 손을 들어올려, 다소 복잡한 일을 설명하려고 하는 구시대의 가족 변호사처럼 양 손가락을 마주 세워 산 모양을 만들었다.

"어떤 면에서는 모든 초기 미국 주화 중에서 가장 흥미롭고 가치있는 물건이지요. 뭐, 당신도 잘 아시겠지만."

"제가 초기 미국 주화에 대해서 아는 정도는 당신이 로즈볼(미국 대학 미식축구 챔피언 결정전—옮긴이)에 대해서 아는 정도일 겁니다."

"그렇소? 그렇단 말이죠? 내가 설명해주기를 바랍니까?"

"그래서 제가 여기 온 겁니다, 모닝스타 씨."

"그건 이십오 달러 정도의 금이 들어가고, 크기는 반 달러짜리 정도 되는 금화라오. 거의 똑같지. 1787년에 뉴욕 주에서 만들어졌지요. 그건 주조소에서 발행된 건 아니라오. 1793년에 첫번째 금화가 필라델피아에서 나오기 전까지는 주조소에서 발행된 금화는 없었지요. 브라셔 더블룬은 아마도 압력 성형 공법으로 주조된 걸 거고, 제조자는 에프라임 브라셔, 혹은 브라시어라고 하는 민간 금세공인이었다오. 보통 그 이름이 남아 있는 곳에서는 브라시어라고 표기하지만, 금화에는 그렇게 되어 있지 않지요. 이유는 잘 모르겠소만."

나는 담배를 입에 물고 불을 붙였다. 담배에서도 곰팡내가 날 것 같은 생각이 들었다.

"그 압력 성형 공법이란 게 뭡니까?"

"주형의 양쪽 반을 철에다 새기는 거라오, 물론 음각으로. 그리고 이 양쪽을 납 속에 끼워 박지요. 그리고 압축기 위에 그걸 놓고 사이에 금을 끼워 누르는 거요. 그러고 나서 무게를 맞추기 위해 가장자리는 잘라내버리고 다듬고 한다오. 이런 금화는 옆 둘레에 들쑥날쑥한 홈이 파여져 있지 않지요. 1787년에는 홈을 새기는 기계가 없었으니까."

"시간이 많이 드는 과정이로군요."

내가 말하자 그는 정수리가 훤히 드러난 백발 머리를 끄덕였다.

"그렇지요. 게다가 당시는 모양을 망가뜨리지 않고 철의 표면을 굳히는 기술이 아직 완성되지 않았을 때라, 거푸집이 닳아 없어져서 때때로 다시 만들어야만 했다오. 그래서 크게 확대를 해보면 모양이 다들 약간씩 다르지요. 실상 어떤 동전도 서로 똑같은 건 하나도 없다고 해야 할 거요. 현대의 현미경을 사용한 조사 방법 기준으로 판단하자면 말이오. 내 말 알아듣겠소?"

"뭐, 지금까지는요. 이런 금화들이 몇 개나 되고 얼마나 값어치가 나갑니까?"

그는 손을 다시 책상 위에 내려놓은 뒤 손을 위아래로 가볍게 두드렸다.

"이런 게 몇 개나 있는지는 나도 잘 모른다오. 아무도 모르지요. 몇백 개일 수도 있고, 천 개, 그보다 많을 수도 있지요. 그렇지만, 소위 갓 발행되어 한 번도 사용되지 않은 표본인 것들은 정말 몇 개 안 되지요. 가격도 이천 불부터 시작해서 각양각색이고. 요새 같으면 달러 가치도 하락되었고 하니(1933~4년에 루즈벨트 정부와 의회가 취한 통화 가치 인하 조치로 인하여 달러당 금 가치가 59.06센트까지 떨어졌다—옮긴이), 이런 한 번도 사용된 적 없는 것들은 믿을 만한 중개인이 조심스럽게 취급한다면 만 달러 이상도 받을 수 있지요. 물론, 제품 보증서가 딸려 있어야 하지만.(실제로 브라셔 더블룬은 1979년 경매에서 725,000달러에 거래되었다. 이 기록은 미국 주화 중에서는 최고의 기록으로 아직까지 깨지지 않았다고 한다―옮긴이)"

"아, 그렇군요."

나는 이렇게 말하고서는 허파에서 연기를 뿜어낸 후 내 앞에 있는 노인에게 연기가 가지 않도록 손을 저었다. 그는 담배를 피우지 않는 사람 같았다.

"그러면, 보증서가 없고 그다지 조심스럽게 취급받지 못한 것은 얼마나 나갑니까?"

모닝스타는 어깨를 으쓱했다.

"불법적으로 취득한 것 같은 눈치가 있는 물건들도 있지요. 훔치거나 사기쳐서 얻은 것처럼. 물론 꼭 그렇지 않을지는 몰라도. 희귀한 동전은 이상한 시기에 이상한 장소에서 나타나고는 하지요. 오래된 뉴잉글랜드 가옥에 있는 책상의 비밀 서랍 속, 오래된 상자 같은 곳 말이오. 자주 있는 일은 아니지만 그런 일도 일어나고는 한다오. 골동품 중개인이 복원하던 말총으로 된 소파 속에서 동전이 나온 일도 있었지요. 그 소파는 구십 년 동안이나 메사추세츠 주의 폴리버에 있는 똑같은 집, 똑같은 방에 놓여 있었는데 아무도 그 동전이 어떻게 그 속에 들어갔는지 모른다고 하더구만. 그렇지만 보통은 훔친 물건 같은 느낌이 강하지. 특히 이런 동네에서는 말이오."

모닝스타는 무심한 눈길로 천장 모서리를 쳐다보았다. 나는 그다지 무심하지 않은 눈길로 그를 쳐다보았다. 그는 비밀을 잘 지킬 수 있는 사람 같았다. 만약 그것이 자기 자신의 비밀이라면 말이다.

그는 천천히 내 쪽으로 눈길을 돌리더니 말했다.

"오 달러만 내시오."

"네?"

"오 달러만 내시라고."

"뭣 때문에요?"

"시치미 뗄 생각은 마시구려, 말로 씨. 내가 말해준 건 공공도서관에서도 다 알 수 있는 것이오. 특히 포스다이크 등기부만 봐도 다 나와 있지. 당신은 여기를 택했고 내 시간을 뺏고 있소. 이에 대해 오 달러를 청구하는 거요."

"그런데 저는 돈을 낼 생각이 없습니다."

모닝스타는 뒤로 기대더니 눈을 감았다. 그의 입가에 희미한 미소가 떠올랐다.

"돈을 내게 될 거요."

그가 말했다.

나는 돈을 냈다. 나는 지갑에서 5달러를 꺼내고 책상 위로 몸을 굽혀 그의 앞으로 조심스럽게 지폐를 밀었다. 나는 지폐가 새끼 고양이라도 되는 양, 손가락으로 가볍게 튕겼다.

"오 달러요, 모닝스타 씨."

모닝스타는 눈을 뜨더니 지폐를 보았다. 그는 미소지었다.

"그럼 이제, 어떤 사람이 당신에게 팔려고 하는 브라셔 더블룬에 대해서 얘기를 해볼까요."

모닝스타는 눈을 약간 크게 떴다.

"오, 어떤 사람이 내게 브라셔 더블룬을 팔려고 했단 말이오? 그 사람들이 왜 그렇게 하려고 했을까?"

"그 사람들은 돈이 필요했습니다. 그리고 꼬치꼬치 캐묻지 않길 바랐죠. 그 사람들은 당신이 이런 업종에 종사하고 있고, 당신 사무실은 어떤 일이든 일어날 수 있는 지저분한 쓰레기장이라는 걸 알고 있었든지 알아냈든지 했겠죠. 그 사람들은 당신 사무실이 복도 끝에 있고, 당신이 건강을 생각해서라도 섣부른 행동을 하지 않을 노인이라는 것도 알고 있었습니다."

"그 사람들은 참 많은 것을 알고 있었나 보군."

엘리샤 모닝스타는 무미건조하게 말했다.

"그들은 거래를 성사시키기 위해서 알아야만 하는 것들을 알고 있었죠. 당신과 나처럼 말입니다. 그리고 그런 것들은 알아내기 어렵지 않은 것들이죠."

모닝스타는 손가락으로 귀를 후벼 귀지를 파냈다. 그는 그걸 아무렇게나 코트에 닦아버렸다.

"그리고 선생은 이 모든 걸 내가 머독 부인에게 전화를 해서 브래셔 더블룬을 팔려고 내놓았냐고 물었다는 사실만으로 추측하고 있는 거고?"

"물론입니다. 부인도 저와 같은 생각입니다. 그럴 법하죠. 내가 전화로 당신에게 말한 것처럼, 당신은 그 금화가 팔 물건이 아닌 것을 알고 있었습니다. 당신이 이 사업에 대해서 조금이라도 아는 것이 있다면 말이죠. 이제 보니 사업을 잘 아시는 것 같군요."

그는 살짝 고개 숙여 인사했다. 그는 웃음을 띠진 않았지만, 후버 칼라가 달린 옷을 입은 남자가 즐거워할 수 있는 한 즐거워하는 것처럼 보였다.

"당신은 이 금화를 사지 않겠느냐는 제의를 받았을 겁니다.

아주 수상한 정황이었겠죠. 당신은 그걸 싸게 얻을 수 있고, 그걸 취급할 만한 돈이 있었으면 사고 싶었겠지요. 그렇지만 당신은 그 출처를 알고 싶었습니다. 그게 훔친 물건이라는 것을 알았더라도 그 물건을 충분히 싼 가격에 얻을 수 있다면 샀을 겁니다."

"아, 내가 그랬을 것 같소? 그랬을까?"

그는 재미있어하는 것 같았지만, 대단히 재미있어하는 것 같지는 않았다.

"물론 그랬을 겁니다. 당신이 명망 있는 수집상이라면 말입니다. 제가 보기엔 그러신 것 같군요. 금화를 싸게 사면 당신은 그 소유주나 보험회사를 완전한 손실로부터 보호하게 됩니다. 그 사람들은 기꺼이 당신에게 경비를 지불하겠죠. 언제나 그렇게 일이 진행이 되는 거죠."

"그러면, 그 머독의 브러셔는 도둑맞았단 말이군."

그가 무뚝뚝하게 말했다.

"제가 말했다고는 하지 마십시오. 그건 비밀입니다."

모닝스타는 이번에는 코를 거의 잡아뜯을 뻔했다. 그는 무슨 말을 하려다 자제했다. 대신에 그는 움찔하면서 코털을 하나 재빨리 뽑았다. 그는 뽑은 털을 들고 들여다보았다. 그 너머로 나를 넘겨다보며 그가 말했다.

"그럼 당신 의뢰인은 그 동전을 돌려주는 대가로 얼마를 내겠다 하오?"

나는 책상 위로 몸을 숙이고 의심쩍은 눈빛을 던졌다.

"천 달러요. 당신은 얼마 냈습니까?"

"아주 영리한 젊은이로군."

모닝스타는 말했다. 그러고 나서 얼굴을 치켜들자 턱이 부들부들 떨렸고, 가슴이 들썩들썩하면서 오랫동안 병을 앓다가 회복된 수탉이 다시 활개치는 듯한 소리가 가슴에서 터져나왔다.

그는 웃고 있었다.

웃음은 잠시 뒤에 그쳤다. 그의 얼굴은 다시 원상으로 돌아왔고, 활짝 뜬 눈은 검고 날카로우며 교활했다.

"팔백 달러요. 유통되지 않은 브라서 더블룬 표본을 팔백 달러에 사는 거지."

그는 킥킥 웃었다.

"좋습니다. 지금 가지고 있습니까? 그러면 이백 불이 남겠군요. 그 정도면 괜찮겠는데요. 빨리 넘기게 됐고 합리적인 이윤에, 아무에게도 말썽을 일으키지도 않고."

"지금 내 사무실에는 없다오. 나를 바보로 아시오?"

그는 조끼에 달린 검은 시계 주머니에서 골동품 은시계를 꺼냈다. 그는 시계를 보려고 눈을 가늘게 떴다.

"오전 열한시에 얘기하도록 합시다. 돈을 가지고 오시오. 동전은 여기 있을 수도 있고, 없을 수도 있다오. 하지만 당신 행동이 마음에 들면, 일을 잘 처리하도록 하겠소."

"그렇게 하면 되겠군요."

나는 그렇게 말하고 일어섰다.

"어쨌거나 나도 돈을 가지고 와야 하니까요."

"헌 지폐로 가지고 오시오. 헌 이십 달러 지폐면 되겠소. 오십 달러짜리가 조금 섞여 있어도 별 해는 없겠지."

그는 거의 꿈꾸듯이 나른하게 말했다.

나는 싱긋 웃고 문 쪽을 향했다. 반쯤 가다가 돌아와서 두 손을 책상 위에 얹고 얼굴을 그 위로 디밀었다.

"그 여자는 어떻게 생겼습디까?"

그는 무심한 표정을 지었다.

"당신한테 동전을 판 여자 말입니다."

그는 더욱 무심한 표정을 지었다.

"알았습니다. 여자가 아니었군요. 그 여자는 조력자가 있었군요. 남자였겠죠. 그 남자는 어떻게 생겼습니까?"

그는 입술을 오므리더니 다시 손가락을 산 모양으로 세웠다.

"중년의 땅딸막한 체격에 키가 한 백칠십 센티미터 정도 되고 몸무게는 한 칠십칠 킬로 정도 되어 보이는 남자였소. 자기 이름을 스미스라고 하더군. 푸른색 양복에 검은 신발, 녹색 타이에 셔츠를 입고 모자는 쓰지 않았소. 양복 바깥 주머니에 갈색의 줄무늬 손수건을 꽂고 있더군. 머리는 군데군데 새치가 섞인 어두운 갈색이었고. 머리 정수리 부분에는 일 달러 지폐 정도 크기로 머리가 벗겨졌더군. 그리고 턱 옆으로 오 센티미터 정도 되는 긴 상처가 위아래로 죽 나 있었소. 내 생각엔 왼쪽인 것 같군. 그랬소. 왼쪽이었다오."

"나쁘지 않군요. 오른쪽 양말에 구멍이라도 나 있지 않던가요?"

"그 사람에게 신발을 벗어보라는 말을 안 해서."

"참으로 부주의하시군요."

모닝스타는 아무 말도 하지 않았다. 우리는 새로운 이웃을 만난 것처럼 반쯤 호기심에 차고 반쯤은 반감에 차서 서로를 노려보았다. 그러자 갑자기 그가 다시 웃음을 터뜨렸다.

내가 그에게 건넸던 오 달러 지폐는 여전히 그 앞의 책상에 놓여 있었다. 나는 손을 뻗어 그걸 집었다.

"이제 이건 필요 없겠죠. 우리는 이제 수천 달러가 걸린 얘기를 하고 있으니까."

그는 갑자기 웃음을 멈췄다. 그는 어깨를 으쓱했다.

"오전 열한시요. 속임수는 안 되오, 말로 씨. 내가 내 몸 하나 지키지 못한다고 생각하진 마시오."

"그러길 바랍니다. 당신이 지금 취급하고 있는 건 다이너마이트니까."

나는 모닝스타를 남겨두고 텅 빈 바깥쪽 사무실을 쿵쿵 걸어 나와 문을 열었다가 나가지 않은 채 문을 닫았다. 바깥 복도에 발소리가 들려야 하지만, 중간문이 닫혀 있는 데다가 내 신발에는 고무 밑창이 되어 있어 별로 소리가 나지 않았다. 나는 그가 그런 사실을 기억하기를 바랐다. 나는 올이 풀린 카페트 위를 살금살금 돌아가서 문 뒤, 작은 타자용 책상과 문 사이에 끼어 들어갔다. 유치한 속임수긴 하지만, 때때로 잘 먹히는 편이었다. 게다가 온갖 세속적인 사실과 교활한 위트로 가득 찬 영리한 대화 끝에는 더욱 그랬다. 풋볼 경기에서의 속임수 플레이와 유사한 것이었다. 그리고 이번에 이 속임수가 먹혀들지 않는다 해도 우리는 서로 다시 비웃으며 마주 보고 있게 될 뿐이다.

속임수는 먹혀들었다. 코를 푸는 소리 이외에는 잠시 동안 아무 일도 일어나지 않았다. 그러다가 그 안에 홀로 있던 모닝스타가 다시 병든 수탉 같은 웃음을 터뜨렸다. 그러고 나서 그는 헛기침을 했다. 그 다음 회전의자가 삐걱거리더니 발소리가 들렸다.

더러운 하얀 머리가 문 끝에서 5센티미터 정도 방 안으로 쑥 들어왔다. 머리는 그대로 잠시 머물렀고 나는 정지한 만화영화와 같은 상태로 있었다. 그러더니 머리가 도로 들어가고 깨끗치 못한 네 개의 손톱이 문 가장자리를 잡아당겼다. 문이 닫히고 찰칵하는 소리가 났다. 문을 잠근 것이다. 나는 다시 숨을 내쉬고 나무판에 귀를 갖다댔다.

회전의자가 다시 삐걱거렸다. 전화 다이얼을 돌리는 소리가 들려왔다. 나는 작은 타자용 책상 위의 전화기로 달려가 수화기를 들었다. 수화기 너머로 벨이 울리기 시작하고 있었다. 벨이 여섯 번 울리자 남자의 목소리가 들렸다.

"예?"

"거기 플로렌스 아파트입니까?"

"그런데요."

"아파트 204호에 사는 앤슨 씨 있소?"

"잠깐만 기다려요. 집에 있나 보죠."

모닝스타와 나는 수화기를 들고 있었다. 수화기 너머로 소음이 들려왔다. 야구 경기를 중계하는 라디오 소리가 커다랗게 울려퍼지고 있었다. 라디오가 전화기에 가깝지는 않았지만 충분히 시끄러웠다.

잠시 후 텅 빈 계단으로 올라오는 소리와 수화기를 거칠게 낚아채는 소리가 들려 왔다. 상대방이 말했다.

"집에 없어요. 뭐 전할 말 있어요?"

"나중에 내가 전화하리다."

모닝스타가 말했다.

나는 전화를 빨리 끊고 출입문 쪽으로 재빨리 미끄러져 가서 마치 눈이 내리는 것처럼 문을 조용하게 연 후, 마지막 순간까지 문을 잡고 조용히 닫아 문고리가 짤깍하는 소리가 1미터 밖에서는 들리지 않도록 했다.

나는 숨소리를 스스로 들을 수 있을 만큼 숨을 거칠게 쉬면서 복도를 지나왔다. 나는 엘리베이터 버튼을 눌렀다. 그러고 나서 조지 앤슨 필립스 씨가 메트로폴 호텔 로비에서 내게 건네준 명함을 꺼냈다. 나는 진정한 의미에서 명함을 본 것이 아니었다. 그 명함에 코트 가 128번지, 플로렌스 204호라고 쓰여 있었던 것을 기억해내기 위해서 다시 들여다볼 필요도 없었다. 엘리베이터가 U자 모양의 급커브길을 도는 공사 트럭처럼 힘들게 통로를 내려가는 동안, 나는 그 자리에 서서 명함을 손톱으로 튕기고 있을 뿐이었다.

시간은 세시 오십 분이었다.

8

벙커힐은 오래된 동네이고 퇴락한 동네이며 지저분한 동네이고 기분 나쁜 동네였다. 한때, 아주 오래 전에는 도시의 선택 주거 지구였기 때문에 여전히 넓은 포치와 끝을 둥글린 판자로 덮은 벽이 있고 회전 첨탑이 있는 내민창이 모퉁이를 다 차지하는 들쑥날쑥한 고딕형 저택들이 남아 있었다. 이 저택들은 지금은 모두 하숙집이 되었으며, 쪽모이 세공을 한 바닥은 다 긁혀 있었고 한때는 번들거렸던 마감칠이 다 벗겨져버렸다. 넓게 뻗은 계단은 시간이 지나고 먼지가 오랫동안 쌓인 위에 싸구려 칠을 해서 더러워져 있었다. 천장이 높은 방에서는 눈이 매서운 집주인 여자들이 교활한 세입자들과 말다툼을 벌이고, 넓고 시원한 포치에서는 구겨진 신발을 햇빛에 말리며 허공만 바라보고 있는 패잔병 같은 얼굴의 노인들이 앉아 있었다.

이런 집들의 주변에는 초라한 식당들과 이탈리아 인들이 하는 과일 판매대, 싸구려 아파트들과 사탕보다 더 추잡한 물건도 살 수 있는 사탕가게들이 있었다. 또한 스미스나 존스 같은 이름의 사람들 외에는 아무도 숙박부에 서명하지 않으며 야간 근무자가 감시인과 뚜쟁이 역할을 동시에 하는 초라한 호텔들도 있었다.

이런 아파트 건물들로부터, 나이는 어리지만 김빠진 맥주 같은 얼굴을 한 여자들, 납작해진 모자를 쓰고 담뱃불을 꺼뜨리지 않기 위해 손으로 바람을 막으면서 거리를 두리번거리는 재빠른 눈을 가진 남자들, 흡연으로 인해 기침을 해대면서 은행에는 돈 한 푼 없는 지식인, 화강암 같은 얼굴에 동요하지 않는 눈을 가진 사복 형사, 마약 중독자들과 마약 밀매꾼, 달리 특별해 보이지도 않고 자신도 그것을 알고 있는 사람들, 그리고 가끔은 진짜로 출근하는 평범한 사람들이 나오는 것이다. 그러나 이런 사람들은 넓고 금이 간 보도가 비고 아직 이슬에 젖어 있는 이른 시간에 아파트를 나선다.

나는 네시 반 이전에 그곳에 도착했지만 그렇게 이른 시각은 아니었다. 나는 전동차가 힐 가로부터 황토 비탈을 힘들게 올라오고 있는 도로의 끝 지점에 차를 세우고는 코트 가를 따라 플로렌스 아파트로 향했다. 아파트는 전면이 어두운 벽돌로 되어 있고 1층 창이 보도에 접해 있는 3층 건물로, 녹슨 차양과 때묻은 망사 커튼으로 가려져 있었다. 현관 유리문에는 간신히 읽을 수 있을 정도의 아파트 이름이 남아 있었다. 나는 문을 열고 놋쇠로 가장자리를 두른, 복도로 통하는 계단을 세 단 내려갔다. 복도는 팔을 뻗으면 양쪽 벽에 닿을 정도로 폭이 좁았다. 어두컴컴한 문마다 희미한 페인트로 번호가 적혀 있었다. 계단 발치의 쑥 들어간 곳에는 공중전화가 있었고 '관리실-106호'라는 안내판이 보였다. 복도 끝에는 망사문 하나가 있었으며, 문 너머의 골목에는 찌그러진 커다란 쓰레기통 네 개가 한 줄로 놓여 있고 그 위에 내리쬐는 햇빛 속에서 파리들이 춤을 추고 있었다.

나는 계단을 올라갔다. 전화에서 들었던 라디오에서는 여전히 야구 중계 소리가 쾅쾅 울려 나오고 있었다. 방 번호를 보면서 앞으로 갔다. 204호는 오른쪽에 있었고 야구 경기 소리는 바로 그 방의 건너편 복도에서 흘러나오고 있었다. 나는 문을 두드렸지만 아무런 대답이 없었다. 내 등뒤에서는 세 명의 다저스 선수가 스튜디오에서 만들어낸 가짜 관중의 어지러운 소음 속에서 삼진을 당하고 있었다. 나는 세번째로 문을 두드려 보고 나서 복도 정문 창을 내다보며 주머니를 더듬어 조지 앤슨 필립스가 내게 준 열쇠를 찾았다.

거리 건너에는 깔끔하고 조용하며 소박한 이탈리아 장의사가 있었는데, 하얀 벽돌로 되어 보도를 접하고 있는 건물이었다. 피에트로 팔레르모 장의사라는 이름이었다. 네온사인의 가느다란 녹색 글씨가 품위 있는 분위기를 풍기며 정문 위에 가로 박혀 있었다. 검은 옷을 입은 키 큰 남자가 정문에서 나와 하얀 벽에 기댔다. 매우 잘생긴 남자였다. 피부가 거무스름하고 강철빛 회색 머리를 뒤로 빗어넘겨 잘생긴 이마가 드러나 보였다. 그는 멀리서 보기에는 은인지 백금인지와 검은 에나멜로 된 담배갑을 꺼내서 무료한 듯 긴 갈색 손가락으로 열더니 금테를 두른 담배를 꺼냈다. 남자는 담배갑을 다시 넣고는 담배갑과 세트로 만들어진 듯한 주머니 라이터를 꺼내서 담뱃불을 붙였다. 그는 담배를 던져버리더니 팔짱을 끼고 반쯤 감은 눈으로 그저 허공만 멍하니 바라보았다. 미동도 없는 담배 끝에서 새벽녘 꺼져가는 캠프파이어의 연기처럼 그의 얼굴 위로 가는 연기가 한 줄기 곧게 피어올랐다.

내 뒤에서 펼쳐지는 야구 녹음 중계 속에서 또 다른 타자 한 명이 삼진 아니면 플라이 아웃을 당했다. 나는 키 큰 이탈리아인을 내려다보는 것을 그만두고 몸을 돌려 열쇠를 204호실 문에 꽂고 안으로 들어갔다.

가구가 거의 없고 갈색 양탄자가 깔린 네모난 방으로, 마음을 끄는 구석이 없었다. 문을 열자, 벽에 접어놓는 침대와 흔히 볼 수 있는 사물을 일그러뜨리는 거울이 방문을 마주 보고 있어서 내 모습을 마리화나 파티를 마치고 집으로 기어들어가는 전과 2범처럼 비추었다. 자작나무로 만든 편안한 의자 옆에 단단해 보이는 장식가구가 대형 소파 모양으로 놓여 있었다. 창문 앞에 있는 탁자 위에는 주름진 종이 갓을 씌운 램프가 있었다. 침대 양쪽으로는 문이 하나씩 있었다.

왼쪽 문은 작은 간이 부엌으로 연결되어 있었는데, 갈색 나뭇결 무늬 석재로 된 싱크대와, 버너가 세 개가 있는 오븐, 문을 열면 철컥 소리가 나면서 몸살을 앓듯이 덜덜거리는 오래된 냉장고가 있었다. 개수대에는 누군가 아침 식사를 먹고 난 찌꺼기 즉, 컵 바닥에 붙어 있는 얼룩, 타고 남은 빵 조각, 개수대에 떨어진 부스러기들, 접시 가장자리에 눌어붙은 버터의 끈끈하고 노르스름한 찌꺼기, 더러워진 나이프, 뜨거운 마구간의 건초 같은 냄새를 풍기는 쑥돌 커피 포트 따위가 그대로 놓여 있었다.

나는 침대 뒤로 돌아 나와 다른 문으로 들어갔다. 다른 쪽은 옷을 놓는 빈 공간과 붙박이 옷장이 있는 짧은 복도로 이어졌다. 옷장 속에는 머리빗과 금발 머리카락이 솔 사이에 붙어 있는 검정 브러시가 들어 있었다. 또한 탤컴파우더(활석 가루에 붕산, 향료 따위를 섞어 만든 화장용 분—옮긴이) 한 통, 렌즈에 금이 간 작은 손전등, 메모지 한 묶음, 받침대가 있는 펜, 압지가 딸린 잉크 한 병과 담배 꽁초가 대여섯 개 담긴 유리 재떨이 속에 담배와 성냥이 들어 있었다.

옷장 서랍에는 서류 가방 하나에 담을 수 있을 만한 양말, 속옷, 손수건이 들어 있었다. 새것은 아니지만, 아직도 쓸 만한 짙은 회색 양복이 옷걸이에 걸려 있었고 다소 먼지가 앉은 방수화 한 켤레가 그 아래 바닥에 놓여 있었다.

나는 욕실 문을 밀고 들어갔다. 문은 한 30센티미터 정도 열리다가 어딘가에 걸린 듯 움직이지 않았다. 코가 움찔했고, 입술이 굳어지는 것을 느낄 수 있었다. 그리고 문 너머로 지독하게 코를 찌르는 냄새를 맡을 수 있었다. 나는 문을 어깨로 밀었다. 문은 조금 움직이는 듯하더니, 누가 반대쪽에서 잡고 있는 것처럼 다시 밀려왔다. 나는 문틈으로 머리를 집어넣었다.

욕실 바닥은 그에게는 너무 좁아서, 무릎은 위로 구부러져 있었으며 머리는 반대쪽 끝의 돌 바닥에 누워 있었는데 위로 구부러지지 않고 바짝 밀어붙여져 있었다. 그의 갈색 양복은 다소 구겨져 있었고, 선글라스는 윗주머니에서 불안해 보이는 각도로 삐죽 튀어나와 있었다. 불안하고 안 하고가 문제가 되는 것처럼. 오른손은 배 위에 놓여 있었으며, 왼손은 손바닥을 위로 하고 손가락이 약간 구부러진 상태로 바닥에 떨어져 있었다. 머리 오른편 금발 머리카락 속에 피가 뭉친 멍든 자국이 있었다. 그의 벌린 입에도 빛나는 선홍색의 피가 가득 차 있었다.

문은 그의 다리에 걸린 것이었다. 나는 문을 세게 민 후, 그 틈새로 비집고 들어갔다. 나는 몸을 굽혀 손가락 두 개를 그의 목 동맥에 대보았다. 맥박이 뛰는 게 느껴지지 않았고, 작은 움직임도 없었다. 아무것도 없었다. 피부는 얼음처럼 차가웠다. 피부가 얼었을 리는 없다. 그저 내가 그렇게 생각했을 뿐이다. 나는 몸을 펴서 등을 문에 기대고 주머니 속에서 주먹을 불끈 쥐고 무연 화약 냄새를 맡았다. 야구 경기는 계속되고 있었으나, 닫힌 문 두 개를 사이에 두고서는 소리는 멀게 느껴졌다.

나는 일어서서 그를 내려다보았다. 아무 일도 아니지, 말로. 아무 일도 아니야. 여기서 네가 할 일은 없는 거야. 아무것도. 너는 심지어 잘 알지도 못하는 사람이잖아. 여기서 나가, 빨리.

나는 문에서 비켜선 후, 문을 열고 거실로 향하는 복도를 되돌아 나갔다. 거울에 비친 얼굴이 나를 보고 있었다. 굳어버린 표정으로 곁눈질하고 있는 얼굴. 나는 거울에서 빨리 돌아서서 조지 앤슨 필립스가 내게 준 열쇠를 꺼내어 축축한 손바닥으로 문지른 뒤, 램프 옆에 내려놓았다.

나는 안쪽 문손잡이와 바깥쪽 손잡이 둘 다 문질러서 지문을 알아볼 수 없게 했다. 다저스가 8회 초, 7대 3으로 앞서고 있었다. 술을 마셔서 목소리가 커진 여자가 위스키를 들이켰어도 더 나아지지 않은 목소리로 〈프랭키와 자니〉를 라운드하우스 버전으로 부르고 있었다. 굵은 남자 목소리가 그 여자를 향해 입 닥치라고 소리를 질렀지만, 그녀가 계속 노래하자 누군가 마룻바닥 위를 서둘러 가로질러가는 소리가 나더니 한 대 치는 소리에 이어 비명이 들리고 나서 여자는 노래를 멈췄고, 야구 경기가 계속되었다.

나는 담배를 입에 물고는 불을 붙인 후, 계단을 내려가 '관리실-106호'라고 쓰여진 작은 안내판을 보며 어두침침한 복도 귀퉁이에 서 있었다.

그런 걸 보고 있다니 나는 어리석은 인간이었다. 나는 담배를 이 사이에 꽉 문 채 안내판을 오랫동안 보고 있었다.

나는 몸을 돌려 복도를 다시 걸어나왔다. 문에 붙은 작은 에나멜 칠을 한 안내판에 '관리실'이라고 쓰여 있었다. 나는 문을 두드렸다.

9

의자를 뒤로 빼는 소리가 나고, 발소리가 나더니 문이 열렸다.
"당신이 관리인?"
"그런데요."
내가 전화로 들었던 것과 같은 목소리였다. 엘리샤 모닝스타와 이야기를 나누던.
그는 속이 빈 더러운 유리잔을 손에 들고 있었다. 누군가 금붕어를 넣어 기르기라도 한 것 같은 잔이었다. 그는 당근색 머리를 이마 앞까지 내린 호리호리한 남자였다. 그 머리는 길고 좁았으며, 지저분한 속임수로 가득 차 있을 것 같았다. 초록빛 눈동자가 오렌지빛 눈썹 아래에서 쏘아보고 있었다. 귀는 커서 바람이 불면 접힐 것 같았다. 그는 어디에든 들어가 박힐 것 같은 긴 코를 가지고 있었다. 전체적인 얼굴 생김새는 단련된 분위기로, 비밀을 지킬 줄 아는 얼굴, 시체공시소에서 시체를 보고도 무리 없이 침착함을 유지할 수 있는 얼굴이었다.

그는 조끼 단추를 푼 채였고 코트도 입지 않았으며, 실로 짠 시계줄을 늘어뜨리고 금속 잠금쇠가 달린 둥글고 파란 소매 고정 밴드를 하고 있었다.

나는 말했다.

"앤슨 씨는?"

"이백사 호실이오."

"안에 없던데."

"그럼 뭘 어떻게 하란 말이오? 알이라도 낳아줄까?"

"그거 좋군. 항상 알을 품고 다니나 보군. 아니면 오늘이 당신 생일인가?"

"집어치워요. 가시오."

그는 문을 닫으려 했다. 그러다가 다시 열고 말했다.

"꺼지라고. 내 눈앞에서 사라지라고. 가버려."

그는 자기 뜻을 분명히 밝히고 나서 문을 다시 닫으려 했다.

나는 문을 밀었다. 그도 자기 쪽에서 문을 밀었다. 그러자 우리의 얼굴이 서로 맞닥뜨렸다.

"오 달러."

나는 말했다.

이 말에 그는 잠잠해졌다. 그가 문을 급작스럽게 열어, 나는 머리로 그의 턱을 치지 않기 위해 한 발짝 앞으로 내디딜 수밖에 없었다.

"들어오시오."

접이식 침대가 있는 거실은 주름진 종이갓을 씌운 램프부터 유리재떨이까지 모든 걸 엄격하게 규격에 맞춘 모습이었다. 이 방은 달걀 노른자 같은 노란색으로 칠해져 있었다. 성미 급한 사람의 공격 대상이 되려면 노란 벽 위에 살찐 검은 거미 몇 마리만 그려놓으면 될 것 같았다.

"앉으시오."

그는 문을 닫으면서 말했다.

나는 앉았다. 우리는 한 쌍의 중고차 세일즈맨이 가지는 맑고 순진한 눈동자로 서로를 바라보았다.

"맥주 드시겠소?"

그가 말했다.

"고맙소."

그는 캔 두 개를 따더니 하나는 손에 들고 있던 지저분한 컵에다 따르고, 다른 컵 하나를 꺼내려고 손을 뻗었다. 나는 그냥 캔으로 마시겠다고 했다. 그는 내게 캔을 건네주었다.

"일 다임이오."

나는 그에게 다임 한 개를 주었다.

그는 동전을 주머니 속에 넣고 계속 나를 바라보았다. 그는 의자를 뒤로 빼고 앉아서 뼈가 튀어나온 무릎을 펴고는 아무것도 들지 않은 손을 무릎 새에 늘어뜨렸다.

"난 당신의 오 달러에는 관심도 없수다."

그가 말했다.

"그거 잘됐군. 나도 사실 줄 생각은 없었으니까."

"영리한 양반이군. 뭘 바라오? 여기는 깨끗하고 평판 좋은 영업장이오. 이상한 것들이 나올 구석이 없다고."

"조용하기까지 하지."

내가 말했다.

"위층에서는 독수리 울음소리도 들을 수 있을 정도겠지."

그는 2센티미터 정도로만 미소지었다.

"나는 별로 잘 웃는 사람이 아니라서."

"빅토리아 여왕님 같으시군."

"무슨 뜻인지 모르겠는데."

"나도 기적은 바라지 않소."

나는 말했다. 이런 의미 없는 대화가 내게는 긴장을 풀어주고, 굳건하고 단호한 날카로운 상태를 만드는 데 효과가 있었다.

나는 지갑을 꺼내어 거기서 명함을 하나 골랐다. 그것은 내 명함이 아니었다. 거기에는 '제임스 B. 폴록, 손해 보험 회사, 현장 관리인'이라고 적혀 있었다. 나는 제임스 폴록이 어떻게 생겼었고 어디서 그를 만났는지 기억해내려고 했었지만, 소용없었다. 나는 당근 머리 남자에게 그 명함을 건넸다.

그는 명함을 읽더니 명함 귀퉁이로 코끝을 긁었다.

"사기꾼이오?"

그는 내 얼굴에 초록빛 눈을 고정시킨 채 물었다.

"보석 관련한 일이오."

나는 손을 내저었다.

관리인은 곰곰이 생각했다. 그가 곰곰이 생각하는 동안, 나는 그가 내 말 때문에 걱정이 되는지 살펴보았다. 그렇게 보이지는 않았다.

"때때로 그런 입주자도 있소."

그가 동의했다.

"어쩔 수가 없는 일이거든. 그렇지만, 그 사람은 그렇게 보이지는 않던데. 부드러운 인상이었소."

"아마도 내가 가진 정보가 쓸잘데기 없는지도 모르겠군."

나는 말했다. 나는 조지 앤슨 필립스, 살아 있을 때의 조지 앤슨 필립스를 그에게 묘사해주었다. 검은 양복을 입고, 선글라스를 끼고, 갈색과 노란색의 띠를 두른 코코아색 맥고모자까지도. 나는 그의 모자는 어떻게 된 건지 궁금해졌다. 그건 그 자리에 없었다. 아마 그가 너무 눈에 띈다고 생각해서 치워버렸음에 틀림없다. 그의 금발머리도 그 정도는 아니었지만, 그래도 충분히 눈에 띄었다.

"그 사람 같소?"

당근 머리 남자는 마음을 결정하는 데 뜸을 들였다. 마침내 그는 그렇다고 고개를 끄덕이고, 초록빛 눈으로 나를 유심히 보면서 가늘고 단단한 손으로 명함을 입에 가져가 말뚝 울타리를 막대기로 훑듯 명함으로 자기 이를 훑었다.

"나는 그 사람이 사기꾼이라고는 생각 안 했소. 그렇지만 빌어먹을, 사기꾼 자식들도 가지각색이니까. 그 사람은 여기 단지 한 달 정도만 있었소. 그가 야바위꾼처럼 보였다면, 여기 발도 못 붙였을 거요."

나는 그의 면전에 대고 웃음이 터져 나오려는 것을 간신히 참았다.

"그 사람이 밖에 나가 있는 동안 방이라도 뒤지면 어때요?"
관리인은 머리를 흔들었다.
"팔레르모 씨가 좋아하지 않을 거요."
"팔레르모 씨?"
"그 사람이 집주인이오. 길 건너에 살지. 장의사를 하고 있소. 이 빌딩도 갖고 있고, 다른 빌딩도 많지. 실질적으로 말해서 이 구역을 소유하고 있소. 내 말뜻을 안다면 말이오."

그는 나를 향해 입술을 씰룩거리고 오른쪽 눈을 찡긋해 보였다.

"예상대로 표를 얻지. 어떤 사람도 강요하지 않고."
"뭐, 그가 예상대로 표를 얻고 있든 송장을 만지고 있든 혹은 지금 뭘 하든 간에, 올라가서 아파트나 좀 뒤져봅시다."
"내 신경 건드리지 마쇼."
당근 머리가 단호하게 말했다.
"그렇다고 내가 눈썹이나 까딱할 것 같소. 올라가서 아파트나 뒤져보자니까."

나는 빈 맥주 깡통을 쓰레기통에 던져버리고 깡통이 다시 튕겨 올라 방을 반쯤 굴러가는 것을 지켜보았다.

당근 머리는 갑자기 일어서서 다리를 죽 펴더니 손을 탁탁 털고 아랫입술을 꽉 깨물었다.

"오 달러 어쩌고 한 것 같은데."
그가 어깨를 으쓱했다.
"그거야 몇 시간 전 일이지. 내게 더 좋은 생각이 있소. 올라가서 아파트를 뒤지는 거요."

"그 말 한 번만 더 했다간……."

그의 오른손이 엉덩이 쪽으로 미끄러져갔다.

"총을 꺼낼 생각이라면, 팔레르모 씨가 좋아할 것 같지 않은데."

"빌어먹을 팔레르모 씨, 좋아하네!"

관리인은 갑자기 성난 어조로 으르렁댔다. 그의 얼굴에 갑자기 검은 피가 몰렸다.

"팔레르모 씨가 당신이 자기를 어떻게 생각하는지 알면 참 기뻐하겠는 걸."

"이봐."

당근머리가 아주 느릿느릿 말했다. 그는 손을 옆으로 떨어뜨린 채 엉덩이를 쑥 내밀고 앞으로 몸을 기울여 할 수 있는 한 가까이 얼굴을 내게 들이밀었다.

"이봐. 나는 여기 앉아서 맥주를 한두 잔 들이켰지. 석 잔일지도 모르고. 뭐 아홉 잔일 수도 있어. 그래서 뭐 불만 있어? 나는 아무도 방해하지 않고 있었다고. 날도 좋았고. 근사한 저녁 시간이 될 것 같았다 이거지. 그런데, 당신이 들어와버렸어."

그는 손을 격렬하게 흔들었다.

"올라가서, 아파트나 뒤져봅시다."

나는 말했다.

그는 두 주먹을 꽉 쥐고 앞으로 휘둘렀다. 다 휘두르기 전에 손가락을 최대한 뻗으며 손을 활짝 폈다. 그의 코가 날카롭게 씰룩거렸다.

"만약 일 때문이 아니라면……."

그가 말했다. 나는 말을 하려고 입을 열었다.

"말하지 마쇼!"

그가 고함쳤다.

그는 모자를 쓰고, 코트는 입지 않은 채로 서랍을 열고 열쇠 꾸러미를 꺼낸 후, 내 앞을 지나쳐서 문을 열고 문 앞에 서서 내게 턱으로 가리켰다. 그의 얼굴은 여전히 약간 광포해 보였다.

우리는 복도로 나가 계단으로 올라갔다. 야구 경기는 끝나 있었고, 댄스 음악이 그 자리를 채우고 있었다. 아주 시끄러운 댄스 음악이었다. 당근 머리는 열쇠를 하나 골라내더니, 204호실 열쇠 구멍에 꽂았다. 우리 뒤에 댄스 밴드가 쾅쾅 울려대는 가운데, 복도 너머로 신경질적으로 지르는 여자의 비명소리가 들렸다.

당근 머리는 열쇠를 빼더니 나를 향해 이를 드러냈다. 그는 좁은 복도를 걸어가서 반대쪽 문을 쾅쾅 두드렸다. 그가 한참 동안 문을 세게 두드린 후에야 안에서 누가 대답을 했다. 그리고 나서 문이 열리더니, 주홍색 바지와 푸른 스웨터를 입은 뾰족한 얼굴의 금발 머리 여자가 불쾌한 눈으로 내다보았는데, 그녀의 한쪽 눈은 부어 있었고, 다른 눈은 며칠 전에 맞은 것 같았다. 그녀의 목에도 멍이 있었으며, 손에는 호박색 액체가 들어 있는 기다란 유리잔을 들고 있었다.

"입 다무쇼. 그것도 당장."

당근 머리가 말했다.

"너무 시끄럽잖아. 다시는 좋게 말하지 않을 거요. 다음 번엔 경찰을 부를 테니까."

여자는 어깨 너머로 라디오 소리가 울려 나오는 곳에 대고 소리쳤다.

"이봐요, 델! 이 남자가 소리 좀 줄이래요. 이 사람 손 좀 봐줄래요?"

의자가 삐그덕거리더니 라디오 소리가 갑자기 줄어들었다. 그리고 험악하고 씁쓸한 눈빛의 거무스름한 피부의 남자가 금발 머리 여자 뒤에서 나타나 한 손으로 그녀를 확 잡아당기고는 자기 머리를 우리에게 디밀었다. 면도가 필요한 남자였다. 그는 바지에, 외출용 구두, 속옷 윗도리만 입은 채였다.

그는 발을 문간에 디디고 서서 코로 숨을 내쉬었다.

"가버려. 나는 지금 막 점심 먹고 들어온 참이라고. 아주 거한 점심이었지. 누구도 나한테 자기 힘 자랑하는 건 못 봐."

그는 술에 잔뜩 취해 있었으나, 열심히 연습이라도 한 듯이 그렇게 말했다.

당근 머리가 말했다.

"내 말 들었겠지, 헨치 씨. 저 라디오 소리를 죽이고, 여기 그만 난장판으로 만들라고. 그것도 당장."

헨치라고 불린 남자가 오른쪽 발을 들어 앞으로 쿵 내딛으며 말했다.

"내 말 들어, 이 꼴보기 싫은 인간아……."

당근 머리는 왼쪽 발이 가만히 밟히도록 내버려두지 않았다. 그가 야윈 몸을 민첩하게 뒤로 빼자, 열쇠 꾸러미가 마룻바닥에 내동댕이쳐져 204호실 문에 절거덕 부딪혔다. 당근 머리는 오른손을 휘둘러 가죽으로 만든 곤봉을 들었다.

헨치는 코웃음을 치고, 털이 북슬북슬한 두 손에 가득 바람을 넣더니 오므려 주먹을 쥐고 허공을 향해 휘둘렀다.

당근 머리는 헨치의 정수리를 후려쳤고 여자는 다시 비명을 지르며 술 한 잔을 그녀의 남자 친구 얼굴에 뿌렸다. 지금이 그렇게 하기에 안전한 기회라 생각해서였는지, 아니면 단순한 실수였는지는 나는 알 수 없었다.

헨치는 뚝뚝 술이 떨어지는 얼굴을 하고 멍하니 돌아서더니 발걸음마다 코를 바닥에 박을 듯이 흔들거리며 마루를 가로질러 뛰어갔다. 침대가 내려져 있었고 움푹 들어가 있었다. 헨치는 한쪽 무릎을 꿇고 베개 밑에 손을 넣었다.

"조심하시오. 총이오."

내가 말했다.

"나도 그에 맞먹는 게 있다고."

당근머리는 이를 악물고 말하면서 지금은 아무것도 들고 있지 않은 오른손을 잠그지 않은 조끼 속으로 집어넣었다.

헨치는 양 무릎을 꿇고 앉아 있었다. 그는 한 무릎만 일으켜 세운 채 몸을 돌렸는데, 그의 오른손에는 작고 검은 총이 들려 있었다. 그는 손잡이를 잡고 있진 않았지만, 총을 손바닥 위에 가지런히 올려놓고 뚫어지게 내려다보고 있었다.

"내려놔!"

당근 머리는 단호하게 말하고 방 안으로 들어섰다.

금발 머리 여자가 재빨리 그의 목으로 뛰어올라, 기세좋게 소리를 지르며 그녀의 길고 푸르뎅뎅한 팔로 그의 목을 휘감았다. 당근 머리는 비틀거리다가 욕을 내뱉고서는 그의 총을 이리저리 휘둘렀다.

"그를 잡아요, 델!"

금발 여자가 소리쳤다.

"그에게 본때를 보여줘!"

헨치는 침대 위에 한 손을 올려놓고 한 발로는 바닥을 디딘 채, 두 무릎을 구부리고 있었다. 오른손은 손바닥 위에 가지런히 검은 총을 얹고 눈은 총을 응시하면서 헨치는 몸을 천천히 발 쪽으로 숙이고 목에서 끓어오르는 듯한 소리로 말했다.

"이건 내 총이 아닌데."

나는 당근 머리로부터 무용지물일 뿐인 총을 빼앗고, 알아서 금발 여자를 자기 등에서 떨쳐내라고 내버려둔 채 그를 지나쳤다. 복도에서 문이 큰 소리를 내면서 닫히더니 발자국 소리가 우리에게로 다가왔다.

"총을 내려놓으시오, 헨치."

내가 말했다. 그는 갑자기 술이 확 깬 듯, 당황한 검은 눈동자로 나를 올려다보았다.

"이건 내 총이 아닌데. 내 총은 콜트 32구경으로 벨리건(bellygun. 상대방의 복부에 들이대고 발사하기 위해 총열을 잘라낸 회전식 연발 권총—옮긴이)이란 말야."

그는 총을 그대로 들고 있었다. 나는 총을 그에게서 빼앗았다. 그는 나를 제지하려고 하지도 않았다. 그는 침대에 앉아서 느릿느릿 자기 머리를 문지르면서 어려운 생각을 하느라 얼굴을 일그러뜨렸다.

"그럼 제길, 어디에……."

그의 목소리는 잦아들었고 그는 머리를 흔들며 움찔했다.

나는 총의 냄새를 맡아보았다. 발사한 흔적이 있었다. 나는 탄창을 빼내고 옆에 뚫린 작은 구멍으로 총알 수를 세보았다. 모두 여섯 개가 있었다. 한 개가 탄창 속에 있었으니 모두 일곱 개인 셈이었다. 총은 콜트 32구경 자동 권총으로 8연발이었다. 발사한 적이 있는 것이었다. 만약 재장전하지 않았다면, 한 발이 발사된 것이었다.

당근 머리는 금발 여자를 그의 등에서 떼어냈다. 그는 여자를 의자에 던져버리고는 뺨에 난 긁힌 자국을 닦았다. 그의 녹색 눈에는 악의가 타오르고 있었다.

"경찰을 부르는 게 좋겠소. 이 총에서는 한 발이 발사되었고, 당신은 복도 너머 아파트 어디에 죽은 사람이 있나 찾아볼 때요."

내가 말했다. 헨치는 나를 바보같이 올려다보고는 차분하고 분별 있는 어조로 말했다.

"친구, 이건 내 총이 아니오."

금발 여자는 다소 연극적인 태도로 흐느끼면서 비참하게 비틀린 입을 벌리고 과장된 연기를 보여주었다. 당근 머리는 조용히 문 밖으로 나갔다.

10

"목에 중간 구경의 총을 맞았소. 탄두가 부드러운 총알로."

형사 반장 제스 브리즈가 말했다.

"이것과 같은 총에 여기 든 것과 같은 총알이오."

그는 손으로 총을 놀리고 있었다. 헨치가 자기 총이 아니라고 했던 그 총이었다.

"총알은 위쪽으로 발사되었고, 아마도 두개골 뒤쪽을 맞춘 모양이오. 아직도 머리 속에 박혀 있지요. 죽은 지는 두 시간 정도 된 것 같군요. 손과 얼굴은 차갑지만, 몸은 아직 따뜻하오. 아직 사후경직은 일어나지 않았습니다. 총을 맞기 전에 둔기로 세게 맞은 모양이군요. 아마 총 손잡이인 것 같고. 뭐 여기까지 여러분은 감 잡히는 게 있습니까?"

형사 반장이 깔고 앉아 있는 신문지가 부스럭거렸다. 그는 모자를 벗어 얼굴과 거의 대머리인 정수리를 닦았다. 머리가 벗어진 주변의 밝은 색 머리가 땀으로 젖어 축축해져 있었다. 그는 모자를 다시 썼다. 정수리가 납작한 파나마 모자로, 햇볕에 변색되어 있었다. 올해 산 모자도 아니고, 아마 작년에 산 것도 아닐 것이다.

그는 배가 불뚝 나온 덩치 큰 남자로, 갈색에 하얀색 신발과 너저분한 양말, 가는 검은 줄이 있는 하얀 바지에, 가슴 위쪽에 생강빛 털이 드러나 보이는 열어 젖힌 셔츠를 입고, 차 두 대를 넣을 수 있는 차고 넓이 정도 되는 남루한 하늘색 스포츠 코트를 입고 있었다. 나이는 쉰 살 정도 되었고, 외모에서 경찰다운 면이라고는 눈에 띄는 연한 파란색 눈으로 바라보는 차분하고 전혀 흔들림 없는 눈매 정도였다. 그것은 무례하게 보이려는 의도는 아니었겠지만 경찰이 아닌 다른 사람이라면 무례한 태도라고 생각할 수도 있는 눈매였다. 그의 눈 밑으로, 뺨 위쪽과 콧등을 가로질러 군사 지도의 지뢰밭처럼 주근깨가 여기저기 퍼져 있었다.

우리는 헨치의 아파트에 앉아 있었고, 문은 닫혀 있었다. 헨치는 셔츠를 입고 부들부들 떨리는 두껍고 무딘 손가락으로 정신없이 넥타이를 매고 있었다. 여자는 침대에 누워 있었다. 그녀는 머리에 푸른 천 같은 것을 두른 채, 지갑은 자기 옆에 놓고 짧은 다람쥐털 코트는 발에 걸치고 있었다. 여자의 입은 약간 벌린 채였으며 얼굴은 기진맥진하고 충격을 받은 모습이었다.

헨치는 탁한 목소리로 말했다.

"그 남자가 침대 밑에 있었던 총으로 죽은 것 같다는 생각이라면, 좋아요. 뭐 그랬을 수도 있겠죠. 그렇지만 그건 내 총도 아니고, 당신네 형사들이 내가 그게 내 총이라고 인정하게 할 만한 건 없을 겁니다."

브리즈가 말했다.

"그렇다고 한다면 말이오, 어떻게 그랬을까요? 누군가 당신의 총을 훔쳐가고, 대신 이걸 놔뒀소. 어제, 어떻게, 당신의 총은 어떤 종류요?"

"우리는 세시 반쯤 나가서, 저기 모퉁이에 있는 간이 식당에 먹을 걸 사러 갔었죠."

헨치는 말했다.

"알아보시면 될 겁니다. 문도 안 잠그고 갔어요. 우리는 한잔 걸친 상태였거든요. 우리가 아마 좀 시끄러웠나 봅니다. 우리는 라디오 야구 중계를 계속 틀어놓았었는데, 나갈 때는 껐던 것 같아요. 확실하지가 않네요. 당신은 기억해?"

그는 얼굴이 하얗게 질린 채 침대에 말없이 누워 있는 여자를 쳐다보았다.

"기억하냐고, 여보."

여자는 그를 쳐다보지도, 대답하지도 않았다.

"저 여자는 완전히 지쳤어요. 나도 총이 있었죠. 콜트 32구경으로 저것과 같은 구경인데, 그렇지만 내 건 벨리건이에요. 자동 권총은 아니고 리볼버입니다. 고무 손잡이 부분이 좀 깨졌어요. 모리스라는 유태인이 삼사 년 전쯤 나한테 넘긴 거죠. 우리는 바에서 같이 일했어요. 총기 소지 허가증은 없지만, 그 총을 가지고 다닌 적도 없어요."

브리즈가 말했다.

"당신네처럼 술을 진탕 퍼마시고 총을 베개 밑에 넣어둔다면, 누군가 언젠가는 총을 맞게 마련이오. 그걸 아셨어야지."

"제길, 우린 그 남자를 알지도 못해요."

헨치가 말했다. 그는 이제 넥타이를 다 매긴 했으나 맨 꼴이 엉망이었다. 그는 술이 확 깨어 몹시 떨고 있었다. 그는 자리에서 일어나서 침대 발치에 있던 코트를 집어들어 입은 후, 다시 앉았다. 나는 그의 손가락이 바들거리며 담뱃불을 붙이는 모습을 지켜보았다.

"우리는 그 사람 이름도 몰라요. 그 사람에 대해서 아는 게 하나도 없다고요. 복도에서 한 두세 번 봤나? 그렇지만 나한테 말 한 번 안 붙입디다. 그 사람인 것 같은데. 그것도 확실치 않아요."

"저기 살던 남자요. 잠깐 봅시다. 그 야구 경기는 스튜디오 녹음 중계였죠, 흠?"

브리즈가 말했다.

"세시쯤 방송됐어요. 세시에서 네시 반쯤? 아니면 더 늦게까지 했을 걸요. 우리는 6회 말 끝나고 잠깐 나갔다 왔어요. 우리는 한 이닝 반 정도 나가 있었나, 어쩌면 두 이닝 정도였던 것도 같고. 이십 분에서 삼십 분 정도일 걸요. 그 이상은 아니었어요."

"제 짐작으로는 그 남자는 당신들이 나가기 직전에 총을 맞은 것 같소. 라디오 소리 때문에 가까운 곳에서 총이 발사되었어도 몰랐겠지. 당신들은 문을 안 잠그고 나갔고. 또는 아예 활짝 열어놓았겠지."

"그럴 수도 있어요. 당신은 기억나?"

헨치가 싫증난 듯 말했다. 이번에도 여자는 대답도 하지 않았고, 그를 쳐다보지도 않았다. 브리즈가 말했다.

"당신들은 문을 열어젖혔거나 안 잠그고 간 거요. 살인자는 당신들이 나가는 소리를 들었소. 그는 당신들 아파트로 들어와서 총을 버리려고 했겠지. 침대가 내려져 있는 것을 보고 다가가서 자기 총을 베개 밑에 쑤셔넣은 거요. 그러자, 놀랍게도 다른 총이 거기 있는 것을 발견했소. 그래서 그걸 가지고 간 거요. 그런데 살인자가 자기 총을 버리려고 했다면, 왜 살인 현장에 버려두지 않았을까? 왜 다른 아파트까지 들어오는 위험을 무릅썼을까? 이 변덕스런 사내는 왜 그렇게 했을까?"

나는 창문 옆 대형 소파 한구석에 앉아 있었다. 나는 한 푼 가치 없는 참견을 했다.

"살인자가 총을 버릴 생각을 하기 전에 필립스의 아파트 문을 닫고 나와버렸다고 가정할 수도 있지 않을까요? 생각해보십시오, 살인의 충격에서 헤어나고 보니, 살인한 총을 든 채로 복도에 서 있는 자기 자신을 발견한 거죠. 살인자는 그 총을 빨리 처리해버리고 싶었습니다. 그런데, 헨치 씨네 문이 열려 있었고, 그들이 복도를 지나가는 소리를 들었다면……"

브리즈는 나를 힐끗 보더니 으르렁대듯 말했다.

"그렇지 않다고는 안 했소. 나는 단지 생각하고 있는 거요."

그는 다시 관심을 헨치에게로 돌렸다.

"자, 그러면 만약 이 총이 앤슨을 죽인 총이라는 것이 밝혀지면, 우리는 당신 총의 행방을 추적해야만 할 거요. 우리가 그렇게 할 동안, 당신과 저 젊은 여성은 우리랑 같이 가야 합니다. 물론 이런 건 잘 알겠죠?"

헨치가 말했다.

"다른 형사를 시켜서 나를 겁주고 딴소리하게 하진 않겠죠."

브리즈는 온화하게 말했다.

"언제나 그렇게 할 수 있소. 준비를 하는 게 좋을 거요."

그는 일어서서, 몸을 돌려 의자에 올려놓았던 구겨진 신문지를 바닥으로 치웠다. 그는 문으로 걸어가다가 몸을 돌리고는 서서 침대에 누워 있던 여자를 내려다보았다.

"괜찮겠죠, 아가씨. 아니면 돌봐줄 여자를 불러줄까요?"

침대에 누워 있는 여자는 대답하지 않았다. 헨치는 말했다.

"술 한잔 마셔야겠소. 나는 독한 술이 필요해."

"내가 지켜볼 동안은 안 되오."

브리즈는 이렇게 말한 후 문 밖으로 나갔다.

헨치는 방 안을 가로질러 가서 술병째로 꿀꺽꿀꺽 마셨다. 그는 병을 내리고 얼마나 남았는지 본 다음에 여자에게로 갔다. 그는 여자의 어깨를 밀었다.

"일어나서 한잔 마셔봐."

그가 여자에게 딱딱거렸다.

여자는 천장을 응시했다. 그녀는 대답도 하지 않았고 그의 말을 들은 기색도 없었다.

"여자는 가만 내버려둬요. 충격을 받았소."

내가 말했다.

헨치는 병에 남은 것을 다 마셔버린 후에, 빈 병을 조심스럽게 내려놓고는 여자를 다시 한번 쳐다보았다. 그러고 나서 그녀에게 등을 돌린 다음, 바닥을 보며 얼굴을 찡그린 채로 서 있었다.

"빌어먹을, 기억이 더 잘 나면 좋겠는데."

그는 숨을 몰아쉬면서 말했다.

브리즈는 젊고 아직 얼굴이 보송보송한 사복 형사를 데리고 방으로 다시 들어왔다.

"이쪽은 스팽글러 형사요. 당신을 데리고 갈 겁니다. 그럼 갈까요?"

헨치는 침대로 돌아가서 여자의 어깨를 흔들었다.

"일어나봐, 여보. 우리는 차를 타야 한다고."

여자는 고개는 까닥하지 않은 채, 눈동자만 굴려서 그를 천천히 바라보았다. 그녀는 침대에서 어깨를 들어올려 손으로 몸을 받친 뒤 다리를 옆으로 흔들더니, 오른쪽 발이 저린 것처럼 발을 구르며 일어섰다.

"힘들지, 그래도 이런 일이 어떤지 알잖아."

헨치가 말했다. 여자는 손을 입에 갖다대더니, 그를 멍하니 바라보며 새끼손가락의 관절을 깨물었다. 그러고 나서 그녀는 갑자기 팔을 휘둘러 할 수 있는 한 힘껏 그의 얼굴을 세게 쳤다. 그리고 그녀는 문 밖으로 뛰어나갔다.

헨치는 한참 동안 꼼짝도 하지 않았다. 바깥에서는 남자들이 이야기하는 알아들을 수 없는 소리가 들려왔고, 거리 아래에서는 차들이 지나가는 소음이 마구 섞여 있었다. 헨치는 육중한 어깨를 으쓱하더니 다시 바로 펴고는, 마치 금방은 돌아오지 않을, 아니 영원히 돌아오지 않을 사람처럼 방 안을 천천히 둘러보았다. 그는 얼굴이 보송보송한 젊은 형사를 지나쳐서 밖으로 나갔다.

형사도 밖으로 나갔다. 문이 닫혔다. 알아들을 수 없는 바깥의 소음은 점점 희미해져 갔고, 브리즈와 나는 서로를 뚫어지게 바라보면서 앉아 있었다.

11

 잠시 후, 브리즈는 나를 바라보는 데 지쳐서 주머니에서 시가를 꺼냈다. 그는 셀로판 밴드를 칼로 찢어 시가의 가장자리를 잘라낸 후, 조심스럽게 불을 붙였다. 시가를 성냥 불꽃 속에서 빙글빙글 돌리고 아직 타고 있는 성냥을 시가에서 떨어뜨리고는 상념에 잠긴 듯이 허공을 바라보았다. 그런 다음 시가를 한 모금 빨아들여 담배가 자기가 원하는 방식대로 타고 있는지 확인했다.

그런 다음, 그는 성냥을 아주 천천히 흔들어 끄고 열린 창틀에 올려놓았다. 그러고 나서 그는 나를 다시 바라보았다. 그가 말했다.

"당신과 나는 잘 지낼 것 같군요."
"그것 잘됐군요."
내가 말했다.

"당신은 별로 그렇게 생각하지 않는 모양인데, 우리는 잘 지낼 거요. 그렇지만, 그건 내가 당신에게 어떤 기대를 품고 있어서가 아니오. 그게 내가 일하는 방식이오. 모든 일을 명료하게 하는 거요. 모든 일을 합리적으로. 모든 일을 조용하게. 아까 그 부인 같은 방식은 안 되오. 그런 종류의 여성들은 인생을 말썽거리를 찾는 데 헛되이 쓰고 그걸 찾아내면, 그건 자기가 손톱으로 할퀼 수 있는 첫번째 남자의 책임이 되는 거지요."

"그 남자는 그 여자의 눈을 두어 번 멍들게 했더군요. 그 때문에 그 남자를 너무 깊이 사랑하게 되지는 않을 겁니다."

브리즈가 말했다.

"내가 보기엔 당신은 그런 종류의 여성들에 대해서 잘 아는 것 같군."

"그들에 대해서 잘 모르는 것이 내 일에 도움이 됩니다. 나는 항상 마음이 열려 있죠."

나는 대답했다. 그는 고개를 끄덕이더니, 시가의 끝을 잘 살폈다. 그는 종이 한 장을 주머니에서 꺼내서 읽었다.

"델마 B. 헨치. 사십오 세, 직업은 바텐더였다가 현재 무직. 메이벨 매스터스, 이십육 세, 댄서. 이게 내가 그들에 대해서 아는 것 다요. 내 감으로는 그 사람들에 대해서는 더이상 알아야 할 것도 없을 것 같군."

"그럼 반장님은 그가 앤슨을 쐈다고 생각하진 않는군요?"

내가 물었다.

브리즈는 달갑지 않다는 듯 나를 바라보았다.

"이봐요. 나는 막 여기 도착했다오."

그는 주머니에서 명함을 꺼내더니 읽었다.

"제임스 B. 폴록, 손해보험 회사, 현장 관리인. 무슨 속셈이죠?"

"이런 동네에서는 실명을 쓰는 건 위험합니다. 앤슨도 아마 실명이 아닐 겁니다."

"이 동네에 뭐 잘못된 것이라도?"

"실질적으로는 모든 게 다 잘못됐죠."

"내가 알고 싶은 것은, 당신이 죽은 사람에 대해서 뭘 알고 있냐는 거요."

"이미 말하지 않았습니까."

"다시 한번 말해보시오. 사람들이 내게 너무나 많은 얘기를 해대서 혼동이 된다오."

"그의 명함에 써 있는 대로, 그는 이름이 조지 앤슨 필립스이고, 자기가 사립탐정이라고 했습니다. 내가 점심 먹으러 나갈 때 보니까, 내 사무실 밖에 서 있더군요. 그가 나를 시내의 메트로폴 호텔 로비까지 미행했습니다. 내가 그를 그곳으로 유인했지요. 나는 그에게 말을 걸었고, 그는 자기가 나를 미행했다는 걸 인정했습니다. 그는 내가 함께 일을 할 만큼 영리한 사람인지 알고 싶어서였다고 말하더군요. 아마도 어떻게 해야 할지 갈피를 확실히 잡지 못하고, 뭔가 결정이 되기를 기다리고 있었나 봅니다. 그는 자기 말로는 약간 의심이 가는 임무를 수행하는 중이었고, 누군가와 같이 합동으로 일하고 싶어했어요. 그 사람보다 약간 경험이 많은 사람하고 함께요. 물론 그 사람이 경험이 있기는 하다는 전제하에서 말이지만. 그는 경험자처럼 행동하지 않았으니까요."

"그러면 그가 당신을 고른 유일한 이유는 육 년 전에 자신이 대리인을 했던 벤추라 사건에서 당신이 일했기 때문이라는 거군요."

"그게 내 이야기의 전부죠." 내가 말했다.

"그렇지만 그 말을 고집할 필요는 없습니다. 더 좋은 얘기를 해줄 수도 있을 텐데요."

브리즈는 태연하게 말했다.

"그 정도면 충분히 좋은 거죠. 제 말뜻은, 이 얘기가 사실이 되기엔 너무 나쁘다는 의미에서 충분히 좋다는 겁니다."

브리즈는 크고 우둔한 머리를 끄덕였다. 그가 물었다.

"이 모든 일에 대한 당신의 생각은 뭐요?"

"필립스의 사무실 주소를 조사해본 적이 있습니까?"

그는 고개를 가로저었다.

"제 생각은, 그 사람이 단순한 사람이었기 때문에 고용되었다는 사실을 당신네들이 알아낼 거란 겁니다. 그는 이 아파트를 가명으로 빌리고 그가 좋아하지 않았던 것으로 밝혀진 어떤 일을 하라고 고용되었겠죠. 그는 친구가 필요했고, 도움이 필요했습니다. 그가 그렇게 오랜 시간이 지난 뒤, 그리고 나에 대해서 전혀 모르는 채로 나를 택했다는 사실로 보아 그가 탐정업에 종사하는 사람들을 많이는 몰랐다는 걸 알 수 있습니다."

브리즈는 손수건을 꺼내더니 그의 머리와 얼굴을 다시 닦았다.

"그렇지만, 그 말로는 어째서 그 사람이 당신의 사무실로 직접 찾아 들어오는 대신 길 잃은 강아지마냥 당신 주위를 빙빙 돌아야 했는지는 설명이 안 되는데요."

"그렇죠. 그건 설명이 안 됩니다."

"당신은 설명할 수 있겠소?"

"아뇨, 사실 못합니다."

"흠, 그러면 설명하려고 노력해보는 건 어떻소?"

"나는 이미 내가 아는 한 가지 방법으로 설명했습니다. 그는 나에게 말을 할지 말지 결정을 못 내렸던 거죠. 그는 결정을 내리게 해줄 무언가를 기다리고 있었습니다. 내가 그에게 말을 걸음으로써 결정을 내려준 것이지요."

"그건 아주 간단한 설명이로군요. 너무 간단해서 좀 구린내가 나오."

"반장님 말이 맞습니다."

"그러면 이 호텔 로비에서의 짧은 대화의 결과로 전혀 낯선 사람인 이 사람이 당신에게 자기 아파트로 오라고 열쇠를 건네줬다는 거죠. 당신하고 말을 하고 싶어서."

"그렇습니다."

"왜 그때는 말을 못했을까요?"

"내가 약속이 있었습니다."

"일 약속이오?"

나는 고개를 끄덕였다.

"알겠소. 당신은 무슨 일을 하고 있는 거죠?"

나는 머리를 흔들고 대답하지 않았다.

"이건 살인사건이오. 내게 말을 해줘야 합니다."

나는 다시 고개를 흔들었다. 그는 약간 얼굴이 붉어졌다.

"이봐요, 말해야 하오."

그는 단호하게 말했다.

"미안합니다, 브리즈 반장님. 그렇지만 일이 되어가는 것으로 봐서는 확신을 못하겠군요."

"물론 내가 당신을 물적 증인으로 감방에 던져넣을 수 있다는 것도 알고 있겠죠."

그는 아무렇지 않게 말했다.

"무슨 근거로요?"

"당신이 시체를 발견한 사람이고, 여기 관리인에게 가명을 댔으며, 당신과 죽은 남자 사이에 대해서 만족할 만한 설명을 못했다는 근거지."

"그럼 나를 감방에 보낼 겁니까?"

그는 차갑게 미소지었다.

"변호사 있어요?"

"변호사 몇 명을 알고 있죠. 변호 계약을 한 변호사는 없습니다."

"개인적으로 지방 행정관은 얼마나 알고 있죠?"

"아무도 없습니다. 세 명과 이야기를 나눈 적은 있지만, 그들은 나를 기억 못할 겁니다."

"그렇지만, 좋은 연줄이 있겠죠? 시청이나, 뭐 그런 데에."

"그런 사람 있으면 좀 알려주십시오. 알고 싶네요."

"이 사람 보게나. 어딘가에 친구가 있어야 할 거요. 반드시."

그가 진지하게 말했다.

"보안관 사무실에는 좋은 친구가 한 명 있습니다만, 그는 이 일에 말려들게 하고 싶지 않습니다."

브리즈는 눈썹을 치켜올렸다.

"왜죠? 아마도 친구들이 필요하게 될 텐데. 우리가 아는 경찰한테서 좋은 소리 한 마디만 나오면 일이 잘 풀릴 텐데."

"그 사람은 단지 개인적인 친구일 뿐입니다. 나는 그에게 폐를 끼치고 싶진 않아요. 내게 문제가 생기면 그에게 좋을 게 하나도 없을 겁니다."

"강력반은 어떻소?"

"거기엔 랜들이 있죠. 그가 아직도 본부 강력반에서 일하고 있다면 말입니다. 한때 그 사람과는 어떤 사건에서 잠깐 같이 일한 적이 있죠. 그렇지만 그 사람은 나를 썩 좋아하진 않습니다."

브리즈는 한숨을 쉬더니, 의자 위에서 끌어내린 신문지를 부스럭거리면서 마룻바닥 위를 움직였다.

"정말 이게 다요, 아니면 똑똑한 척 구는 거요? 당신이 모른다고 하는 주요 인사들에 대한 얘기요."

"솔직하게 말한 겁니다. 그렇지만 제가 말을 똑똑하게 한 것은 있죠."

"그렇게 직접적으로 말해버리면 별로 똑똑한 게 아닌데."

"제 생각은 다릅니다."

그는 주근깨가 나 있는 커다란 손을 자기 얼굴 아래쪽에 대고 비틀었다. 그가 손을 떼자, 그의 뺨에는 손가락에 눌려서 빨간 자국이 둥글게 나 있었다. 나는 그 자국이 점차 사라지는 것을 지켜보았다.

"그럼 집으로 가는 게 어떻겠소. 나 좀 일하게."

그가 언짢은 듯 말했다.

나는 일어서서 고개를 끄덕이고는 문 쪽으로 향했다. 브리즈는 내 등뒤에 대고 말했다.

"당신 집 주소나 남기시오."

나는 그에게 집 주소를 불러주었고 그는 받아 적었다. 그는 지겹다는 듯이 말했다.

"엄청 길군. 이 지역을 떠나지 마시오. 우리는 아마 오늘 밤에 진술이 필요하게 될 것 같으니까."

나는 밖으로 나갔다. 층계참에는 제복을 입은 경관 두 명이 있었다. 길 건너 문은 열려 있었고, 지문 채취반에서 나온 사람이 아직도 안에서 일하고 있었다. 아래층 복도에서 나는 경찰 두 명을 더 만났고, 복도 끝에서 또 한 명을 보았다. 당근 머리 관리인은 볼 수가 없었다. 나는 정문으로 나왔다. 커브길에 앰뷸런스가 들어오고 있었다. 한 무리의 사람들이 거리 양쪽에서 모여들었지만, 다른 동네에서 모이는 것만큼은 아니었다.

나는 보도를 따라 내려갔다. 한 남자가 내 팔을 잡더니 물었다.

"이봐요, 무슨 일이 생겼소?"

나는 아무런 대꾸도 하지 않고, 그의 얼굴도 쳐다보지 않은 채 그의 팔을 뿌리치고는 거리를 따라 내려가 내 차가 서 있는 곳으로 갔다.

12

내가 사무실로 돌아갔을 때는 7시 15분 전이었다. 나는 사무실 등을 켜고, 바닥에 떨어져 있는 종이 한 장을 주웠다. 그린 페더 택배 회사에서 온 통지서로, 소포가 와 있으니 전화 연락을 바라며 요청하면 낮이든 밤이든 배달해주겠다는 내용이었다. 나는 통지서를 책상 위에 올려놓고, 코트를 벗은 후 창문을 열었다. 나는 책상의 깊은 서랍에서 반 병 정도 남은 올드 테일러(버번 위스키의 하나―옮긴이)를 꺼내어 한 모금 입에 물고 혀 위에서 이리저리 굴리며 마셨다. 그리고 싸늘한 병의 목을 쥔 채 자리에 앉아서, 강력반 형사가 되어 시체가 여기저기 누워 있는 걸 목격해도 전혀 신경쓰지 않고, 몰래 손잡이를 닦아낼 필요도 없으며 고객을 다치게 하지 않고 어디까지 말할지, 그리고 나 자신이 크게 다치지 않으면서 어디까지 말하지 않을지 곰곰이 따져야 할 필요가 없다는 게 어떤 느낌일지 생각해보았다. 나는 그런 일은 내 적성이 아니라고 결론내렸다.

나는 전화를 끌어당겨 종이쪽지에 쓰여 있는 번호로 전화를 걸었다. 택배 회사에서는 즉시 소포를 배달해주겠다고 했다. 나는 기다리겠다고 말했다.

밖은 이제 어두워지고 있었다. 차들이 질주하는 소리는 약간 잦아들었고 열린 창문으로 들어오는 공기는 아직 밤의 냉기를 품고 있진 않았으나, 그 속에는 지친 하루의 일과를 마친 듯한 먼지 냄새, 자동차의 배기가스, 뜨거운 벽과 보도에서 피어오르는 햇빛, 천 개의 식당에서 흘러나오는 아련한 음식 냄새, 그리고 할리우드 너머 주거 지역에서 떠내려오는—사냥개 같은 코를 가졌다면 하는 말이지만—유칼립투스 나무가 더운 날씨에 내뿜는 특이한 수코양이 냄새의 기운이 뒤섞여 있었다.

나는 앉아서 담배를 피웠다. 10분 후 누군가 문을 두드렸고, 나는 제복 모자를 쓴 소년에게 문을 열어주었으며 내가 서명을 하자 소년은 내게 너비가 6센티미터 정도 되는 작은 사각 상자를 건네주었다. 나는 소년에게 다임 한 개를 주었고 그는 휘파람을 불며 엘리베이터 쪽으로 사라져버렸다.

꼬리표에는 내 이름과 주소가 타자로 친 글씨를 아주 비슷하게 흉내내어 12포인트 활자보다 약간 크고 가늘게 잉크로 적혀 있었다. 나는 박스에 꼬리표를 묶어놓은 끈을 자르고 얇은 갈색 포장지를 풀었다. 안에는 얄팍한 싸구려 마분지 상자가 갈색 종이로 포장되어 있었고, 고무 도장으로 '일본 산'이라고 찍혀 있었다. 일본 가게에서 흔히 작은 동물 조각품을 넣거나 옥

제품을 넣는 것 같은 종류의 상자였다. 뚜껑은 잘 맞춰 단단히 닫혀 있었다. 뚜껑을 열자 티슈와 면솜이 있었다.

이런 것들을 끄집어내자 50센트 동전 크기만 하고, 갓 주조소에서 나온 듯 밝고 빛나는 금화가 나왔다.

내가 보고 있는 윗면에는 가슴에 방패 문장이 있고 날개를 펼친 독수리 그림과 왼쪽 날개에 새겨진 E. B.라는 이니셜이 선명했다. 이 주위를 구슬 선이 두르고 있고, 구슬 선과 톱니를 새기지 않은 매끈한 옆면 사이에는 'E PLURIBUS UNUM'(여러 개 중 하나라는 뜻의 라틴어―옮긴이)이라는 제명이 새겨져 있었다. 아랫부분에는 1787년이라는 연도가 있었다.

나는 동전을 손바닥 위에 올려놓고 뒤집어보았다. 동전은 무겁고 차가웠으며, 바닥의 습기가 손바닥에 느껴졌다. 뒷면에는 태양이 뾰족한 산봉우리 뒤로 떠오르거나 지고 있는 문양이 있었고, 참나무 잎처럼 보이는 이중 원에 'NOVA EBORACA COLUMBIA EXCELSIOR'(New York Columbia Ever Upward라는 뜻의 라틴어로, Columbia는 미국을 뜻하며, Ever Upward는 뉴욕 주의 모토이다―옮긴이)라는 라틴어가 또 새겨져 있었다. 이쪽 면의 아랫부분에는 작은 대문자로 'BRASHER'라는 이름이 있었다.(이 브라셔 더블룬에 대한 챈들러의 묘사는 대부분 맞지만, 실제 1787년의 브라셔 더블룬의 앞면에는 참나무 잎의 이중원이 독수리를 두르고 있는 모양인 반면, 뒷면의 태양 문양을 두르고 있는 것이 구슬 선이다. 이 부분에서는 혼동이 있었던 것으로 보인다―옮긴이)

나는 브라셔 더블룬을 보고 있는 것이다.

상자 안이나 종이 속에는 다른 아무것도 없었으며, 종이 위에도 아무것도 쓰여 있지 않았다. 손으로 쓴 글씨는 내게 아무런 의미도 없었다. 그런 필체를 쓰는 사람을 나는 알지 못했다.

나는 비어 있는 담배 쌈지를 반쯤 채운 후, 동전을 티슈로 싸고 그 주위를 고무줄로 묶어 그걸 담배 쌈지 속에 쑤셔넣고는 그 위에 담배를 더 채워넣었다. 나는 지퍼를 닫고 쌈지를 내 주머니에 넣었다. 나는 포장지와 끈, 상자와 꼬리표를 서류장에 넣고는 엘리샤 모닝스타의 번호로 전화를 걸었다. 전화벨이 여덟 번 울렸지만 아무도 받지 않았다. 나도 누군가가 받을 것이라고는 기대하지 않았다. 나는 수화기를 도로 올려놓고 전화번호부에서 엘리샤 모닝스타를 다시 찾아보았지만, 전화번호부의 로스앤젤레스나 근교 지방에는 그의 집 전화번호가 나와 있지 않았다.

나는 홀스터를 책상에서 꺼내어 두르고 콜트 38구경 자동 권총을 차고서는 모자와 코트를 입고 다시 창문을 닫은 뒤 위스키 병을 치웠다. 전등을 끄고 사무실 문 걸쇠를 벗기려고 하는 순간 전화벨이 울렸다.

전화벨은 불길하게 들렸다. 그 자체로만은 그럴 이유가 없었으니 아마 듣는 사람 때문이었을 것이다. 나는 긴장으로 몸이 굳어, 반쯤은 히죽 웃는 것처럼 입술을 뒤로 바싹 당긴 채 자리에 멈춰 섰다. 닫힌 창문 너머로 네온 불빛이 반짝였다. 죽은 듯 잠잠한 공기는 움직이지 않았다. 복도 바깥도 고요했다. 전화벨은 어둠 속에서 끈질기고 완강하게 울렸다.

나는 돌아가서 책상 위에 기대어 전화를 받았다. 전화선 반대편에서는 짤깍 소리와 함께 윙윙거리는 소리만 들리더니 더

이상 아무런 소리가 나지 않았다. 나는 전화를 끊고서 한 손에는 수화기를, 다른 손으로는 받침대 위의 납작한 전화기 본체를 내리누른 채로 어둠 속에서 몸을 기대고 서 있었다. 나는 무엇을 기다리고 있는지 알지 못했다.

전화가 다시 울렸다. 나는 헛기침을 하고 수화기를 귀에 갖다 대고서는 아무 말도 하지 않았다.

그렇게 우리는, 우리 둘 다, 침묵을 지킨 채 그 자리에 있었다. 아마도 수 마일 떨어진 곳에서, 각자 수화기를 들고 숨소리만 내며 귀를 기울이지만 아무것도, 심지어 숨소리조차도 듣지 못하면서.

아주 오랜 동안처럼 느껴지는 시간이 흐른 후에, 먼 곳에서 속삭이는 조용한 목소리가 아무런 억양 없이 희미하게 말했다.

"당신에겐 너무 안된 일이군, 말로."

그러자 다시 딸깍 소리가 난 후에 윙윙 소리가 들려왔다. 나는 전화를 끊고 사무실을 나섰다.

13

나는 선셋 대로의 서쪽으로 차를 몰아 누군가 나를 미행하려 하는지 확실히 알지 못하면서 몇 블록을 그냥 돌았다. 그러고 나서 편의점 가까이 차를 세우고 공중전화로 들어갔다. 나는 동전을 넣고 교환원에게 파사디나 번호를 연결해 달라고 했다. 교환원은 전화 요금을 얼마 넣어야 하는지 내게 말해주었다.

전화를 받은 목소리는 모나고 차가왔다.

"머독 부인 댁입니다."

"필립 말로요. 머독 부인 부탁합니다."

잠깐 기다리라는 말을 들은 후에, 부드럽지만 명료한 목소리가 들려왔다.

"말로 씨? 머독 부인은 지금 쉬고 계세요. 무슨 일인지 제게 말씀해주시겠어요?"

"당신은 그 사람에게 그런 얘기를 하지 말았어야 했소."

"내가……, 누구에게요?"

"당신이 붙들고 울던 그 손수건의 임자인 미친 남자 말이오."

"어떻게 함부로 그런 말을?"

"됐소. 머독 부인하고 통화나 하게 해주시오. 통화해야만 하오."

"알았어요. 한번 말씀 드려보죠."

부드럽고 명료한 목소리가 사라진 후, 나는 오랫동안 기다렸다. 그들은 부인을 일으켜 베개에 기대게 하고는 부인의 회색 손에서 포트와인 병을 뺏은 뒤 수화기를 쥐어줄 것이다. 갑자기 전화선 건너편에서 헛기침 소리가 들렸다. 터널을 통과하는 화물 열차 같은 소리였다.

"머독 부인이에요."

"우리가 오늘 아침에 얘기했던 그 물건의 진위를 판별하실 수 있습니까, 머독 부인? 제 말뜻은 당신은 그런 비슷한 물건들 속에서 그 물건을 골라내실 수 있겠냐는 겁니다."

"흠…… 그런 비슷한 것이 또 있기는 한가요?"

"틀림없이 있습니다. 제가 아는 것만도 수십, 수백 개입니다. 어쨌거나 수십 개는 될 겁니다. 물론 그것들이 어디에 있는지는 모릅니다만."

부인은 기침했다.

"나는 그 물건에 대해서 잘 알지는 못해요. 아마 그렇다면 나는 잘 분간할 수 없겠죠. 그렇지만, 상황에 따라서는……."

"그것이 제가 확인하고 싶은 것입니다, 머독 부인. 진품 감별은 부인에게 돌아온 물건의 내력을 추적하는 데 달려 있다고 봅니다. 적어도 확신하기 위해서는 말이죠."

"아마도 그렇겠죠. 그런데 왜 그러죠? 지금 어디 있는지 아나요?"

"모닝스타는 그 물건을 봤다고 했습니다. 그가 말하기로는 누군가 사지 않겠냐고 제의를 했다고 하더군요. 부인께서 의심하신 대로 말이죠. 그는 사지 않으려고 했습니다. 그의 말로는 팔려고 한 사람은 여자는 아니었다고 하더군요. 그런 건 중요하지 않습니다. 그는 단지 자세한 인상착의를 지어냈을 수도 있고 혹은 단순히 알고 있는 사람의 인상착의를 댔을 수도 있으니까요. 그러니 팔려고 한 사람이 여자였을 수도 있습니다."

"알았어요. 그런 건 지금 중요하지 않아요."

"중요하지 않습니까?"

"그래요. 다른 보고할 것은 없나요?"

"하나만 더 묻겠습니다. 조지 앤슨 필립스라고 하는 젊은 금발 남자를 아십니까? 다소 건장한 체격에 갈색 양복을 입고 화려한 띠를 두른 어두운 색 납작한 모자를 쓴 남자입니다. 오늘 입은 옷이 그랬습니다. 자기가 사립탐정이라고 하더군요."

"몰라요. 알아야 할 이유라도 있나요?"

"모르겠습니다. 그가 어딘가로부터 사건에 뛰어들었습니다. 저는 그 사람이 그 장물을 팔려고 했던 사람이라고 생각합니다. 모닝스타는 제가 떠나자 그 사람에게 전화를 걸더군요. 저는 그의 사무실에 도로 기어들어가서 엿들었습니다."

"당신이 어쨌다고요?"

"기어들었다고 했습니다."

"말장난하려 하지 말아요, 말로 씨. 그 밖에는?"

"네, 저는 모닝스타에게 물건을 돌려받는 대가로 천 달러를 지급하기로 합의했습니다. 그는 팔백 달러에 물건을 입수할 수 있다고……."

"그렇다면 당신은 그 돈을 어디에서 마련할 건지 물어봐도 될까요?"

"흠, 그냥 말해본 겁니다. 이 모닝스타라는 사람은 만만치가 않습니다. 그렇게 해야 그와 말이 통하죠. 그리고 또한 부인께서 지급하실 용의가 있을지도 몰랐으니까요. 부인을 설득하려는 마음은 없었습니다. 부인께서야 언제든 경찰에 가실 수 있겠죠. 그렇지만 어떤 이유에서든 부인께서 경찰에 갈 마음이 없다면, 그게 물건을 찾는 유일한 방법이 될 겁니다. 그걸 되사는 것이 말이죠."

부인이 물개가 짖는 것 같은 소리로 내 말을 끊지 않았더라면, 나는 내가 무슨 말을 하려는지도 모르는 채로 이런 이야기를 계속할 뻔했다.

"이젠 다 필요 없어요, 말로 씨. 나는 이제 이 문제에서 손 떼기로 했어요. 동전은 되돌아왔으니까요."

"잠깐만 끊지 말고 기다리십시오."

나는 전화기를 선반에 올려놓고 공중전화 문을 열고 고개를 내밀어 편의점 안의 공기를 가슴 깊이 들이마셨다. 아무도 내게 주의를 기울이지는 않았다. 앞쪽에서는 연한 파란색 작업복을 입은 조제사가 담배 카운터 너머로 수다를 떨고 있었다. 담배 파는 소년은 수돗가에서 안경을 닦고 있었다. 바지를 입은 두 소녀가 핀볼을 하고 있었다. 검은 셔츠를 입고 옅은 노란 스카프를 한 키 크고 마른 남자는 판매대에 놓인 잡지를 뒤적이고 있었다. 그는 총잡이로 보이지는 않았다.

나는 전화 부스 문을 잡아당기고 수화기를 다시 들어 말했다.

"쥐새끼가 내 발을 물어뜯고 있었습니다. 지금은 괜찮습니다. 동전이 되돌아왔다고 하셨습니까? 그렇게 말씀하셨죠? 어떻게요?"

"너무 실망하지 않았으면 좋겠군요."

부인은 타협을 모르는 바리톤의 목소리로 말했다.

"상황은 약간 복잡해요. 설명해줄 수도 있고 안 할 수도 있어요. 내일 아침에 우리 집으로 전화를 줘요. 나는 조사를 진행시키고 싶지 않으니까, 선불금은 수사 비용조로 전액 가져요."

"이 일을 정리해보죠. 부인께서는 단순히 물건을 돌려주겠다는 약속이 아닌, 물건을 받았다 이겁니까?"

"물론이에요. 그리고 나는 이 일에 지쳤어요. 그러니 당신이 만약……"

"잠깐만요, 머독 부인. 모든 일이 그렇게 간단하지 않습니다. 여러 가지 일이 생겼습니다."

"무슨 일이 일어났는지는 아침에 말해주면 되겠죠."

그녀는 날카롭게 말하더니 전화를 끊어버렸다.

나는 공중전화에서 나와 굵고 서투른 손가락으로 담뱃불을 붙였다. 나는 편의점 안을 되짚어갔다. 지금은 조제사 혼자였다. 그는 아주 집중해서 얼굴을 찡그린 채 작은 칼로 연필을 깎고 있었다.

"뾰족한 연필이 멋지군요."

나는 그에게 말했다. 그는 놀라서 고개를 쳐들었다. 핀볼 머신에 붙어 있던 소녀들도 놀라서 나를 보았다. 나는 걸어가서 카운터 뒤에 있는 거울에 나 자신을 비춰 보았다. 나도 놀란 모습이었다.

나는 의자 중 하나에 걸터앉고는 말했다.

"스카치 더블 주시오. 스트레이트로."

카운터 뒤의 남자는 놀란 듯했다.

"죄송합니다. 여기는 바가 아닌데요. 선생님. 주류 코너에서 병으로 사실 수는 있습니다."

"그렇군요. 내 말뜻은 그렇지 않단 거요. 충격을 받아서요. 조금 어질어질해요. 약하게 커피 한 잔 타 주고, 상한 빵에 얇은 햄 샌드위치 하나 줘요. 아니, 둘 다 안 먹는 게 낫겠군. 잘 있어요."

나는 의자에서 일어서 침묵 속에서 문으로 향했다. 석탄 일 톤이 배출구로 와르르 떨어지는 것만큼이나 요란맞은 침묵이었다. 검은 셔츠를 입고 노란 타이를 한 남자는 〈뉴퍼블릭〉지 너머로 흘끔 보며 나를 비웃었다.

"그런 시시한 것 집어치우고 뭔가 멋진 것에 그렇게 코 박고 열중해보쇼. 뭐 싸구려 대중 잡지 같은 것 있잖소."

나는 그저 친밀하게 그에게 말했다.

나는 밖으로 나왔다. 내 뒤에서 누군가 말했다.

"할리우드엔 저런 놈 천지라니까."

14

바람이 일어 건조하게 당기는 느낌이 들면서 나무 위를 흔들고, 보도 위에 활 모양으로 걸려 있는 가로등 불빛을 흔들어 용암이 스물스물 기어가는 것 같은 그림자가 드리워졌다. 나는 차를 돌려 다시 동쪽으로 갔다.

그 전당포는 윌콕스 근처 산타모니카에 있는, 구식의 조용한 가게로, 밀려오는 세월의 파도 속에 부드럽게 씻겨나간 듯한 곳이었다. 정면 창문에는 상상할 수 있는 모든 것이 있었는데, 얇은 나무상자 속에 든 연어 낚시 세트부터 이동식 풍금까지, 접이식 유모차부터 4인치 렌즈가 달린 초상 카메라까지, 색이 바랜 안경집 속에 든 진주조개 장식이 달린 오페라용 쌍안경부터 할아버지에게 방아쇠를 손질하고 공이를 당겨서 발사하는 법을 배운 서부의 보안관들을 위해 아직도 생산되는 단발식 프론티어형 44구경 콜트도 있었다.

가게로 걸어들어가자 벨이 내 머리 위에서 딸랑 울리고 뒤에서 누군가 발을 질질 끌며 걸어 나오면서 코를 푸는 소리가 들렸다. 테두리 없는 운두 높은 검은 모자를 쓴 늙은 유태인이 카운터 뒤에서 걸어 나와 세공 안경 너머로 나를 보고 웃었다.

나는 담배 주머니를 꺼내, 브래서 더블룬을 꺼내서 카운터 위에 올려놓았다. 앞쪽 창문은 깨끗한 유리로 되어 있어 벌거벗은 기분이 들었다. 손으로 깎은 타구가 있는 칸막이 탈의실이나 닫으면 저절로 잠기는 문 같은 것도 없었다.

유태인은 동전을 집어 손으로 들어올렸다.

"금이군요, 그렇죠? 당신 금 사재기꾼인가 보군요."

그는 눈을 깜박이며 말했다.

"이십오 달러에 해주시죠. 마누라와 애새끼들이 굶고 있으니까."

"아, 그거 끔찍하네요. 무게로 봐서는 금 같군요. 순금이나 백금일 수도 있겠네요."

그는 아무렇지 않은 태도로 작은 저울에 무게를 재보았다.

"금 맞네요. 그래서 십 달러 달라고요?"

"이십오 달러요."

"이십오 달러나 주고 이걸 내가 뭐에다 쓴단 말이오? 팔아요? 이 안에는 십오 달러 가치의 금밖에 안 들어갔는데. 좋아요. 십오 달러 쳐주죠."

"튼튼한 금고는 있습니까?"

"손님, 이런 사업에서는 돈으로 살 수 있는 가장 좋은 금고가 필수요. 여기서는 걱정할 필요 없어요. 그럼 십오 달러 드리리다."

"표 끊어주십시오."

그는 자기 펜과 자기 혀를 다 써가며 전당표를 썼다. 나는 내 실명과 주소를 주었다. 할리우드, 노스브리스톨 로(路) 1634번지, 브리스톨 아파트.

"이런 지역에 살면서도 십오 달러를 꾸는군요."

유태인이 슬프게 말하며 전표의 반쪽을 찢고 돈을 세주었다.

나는 모퉁이에 있는 편의점까지 걸어와서는 봉투를 하나 사고 펜을 빌려서 전당표를 내 주소로 부쳤다.

나는 배가 고팠고 마음이 공허했다. 뭔가 먹으려고 바인 가로 갔다가 식사 후 다시 시내로 차를 몰고 갔다. 바람은 여전히 불어왔으며, 전보다 더 건조해져 있었다. 손가락 아래의 운전대는 뻑뻑한 감촉이었고 코 안쪽은 당기고 뻣뻣한 느낌이 들었다.

높은 빌딩에 불빛이 여기저기 들어왔다. 9번 가와 힐 가 모퉁이에 있는 초록색과 크롬색의 양복점은 타오르는 것 같았다. 벨폰트 빌딩에는 몇 개의 창문이 여기저기 빛을 발하였지만, 많지는 않았다. 아까의 늙은 말 같은 노인이 엘리베이터 안, 삼베 깔개 위에 앉아서 모든 역사를 담은 듯한 공허한 눈으로 앞을 똑바로 바라보고 있었다.

"이 건물 책임자하고 연락을 하려면 어디로 가야 하는지 혹시 알고 계십니까?"

그는 고개를 천천히 돌리더니 내 어깨 너머로 시선을 던졌다.

"내가 듣기에는 '누욕'에선 사람들이 엘리베이터를 총알처럼 쌩쌩 돌린다네. 한번에 삼십 층도 간다는군. 초고속이지. 그런 게 '누욕'에 있다니까."

"뉴욕 같은 건 지옥이나 가라지요. 저는 여기가 좋습니다."

"그렇게 엘리베이터 걸들이 빨리 운행하려면 좋은 기술자가 필요할 거야."

"농담하지 마십시오, 노인장. 그런 귀염둥이들이 하는 일이라고는 버튼을 누르고, '안녕하세요, 아무개 씨'라고 하고 자동차 미러에 자기 얼굴을 비춰보는 것뿐입니다. 지금 노인장은 이런 T형(포드 사의 초기 자동차 모델—옮긴이) 일을 하시잖습니까. 돌리려면 사람이 필요한 것이죠. 만족하십니까?"

"나는 하루에 열두 시간 일해. 일이 있어서 즐겁지."

"노조한테는 그런 말 하지 마십시오."

"자네, 노조가 할 수 있는 일이 뭔지 아나?"

나는 머리를 흔들었다. 노인이 내게 말해주었다. 그러고 나서 그는 눈을 내리깔고 나를 훔쳐보았다.

"내가 언제 다른 데서 자네 본 적 있었나?"

"건물 책임자에 대해서 말해주세요."

나는 부드럽게 말했다.

"일 년 전쯤 그 사람 자기 안경을 깼었지. 아주 웃겼어. 거의 웃을 뻔했다니까."

"그렇군요. 그럼 오늘 저녁 그 사람하고 연락하려면 어디로 가야 할까요?"

그는 나를 약간 더 직접적으로 바라보았다.

"아, 건물 책임자? 그 사람이야 집에 있겠지. 그렇지 않겠어?"

"물론 그렇겠죠. 아마 그럴 겁니다. 아마 영화를 보러 갔을 수도 있겠죠. 그렇지만 집은 어디고 이름은 뭡니까?"

"자네 뭐 바라는 게 있어?"

"네."

나는 주머니 속에서 주먹을 꽉 쥐고 고함을 지르고 싶은 것을 가까스로 참았다.

"여기 세입자 한 사람의 주소를 알고 싶어서 그럽니다. 제가 알고 싶은 사람의 주소는 전화번호부에 없었어요. 집 전화 말이죠. 그 사람이 사무실에 없을 때 어디 사냐 이 말입니다. 아시겠죠. 집 말이에요."

나는 손을 뻗어 공중에 'ㅈ-ㅣ-ㅂ'이라고 천천히 썼다.

노인이 말했다.

"누구 말이야?"

질문이 너무 직접적이라 약간 거슬렸다.

"모닝스타라는 사람입니다."

"그 사람 집에 안 갔어. 아직도 사무실에 있어."

"확실합니까?"

"그럼, 확실하고말고. 나는 사람들을 잘 못 알아봐. 그렇지만 그 사람은 나만큼 늙었으니까 얼굴을 알고 있지. 그 사람 아직 아래층에 안 내려왔어."

나는 엘리베이터에 올라탔다.

"팔층 부탁합니다."

노인이 낑낑대며 힘겹게 문을 닫자 우리는 위로 올라갔다. 그는 나를 더이상 바라보지 않았다. 엘리베이터가 멈춰서 내가 내렸을 때도 그는 아무런 말도 하지 않고 나를 다시 보지도 않았다. 그는 멍한 눈을 하고 나무 걸상 위 삼베 깔개에 앉아 있었다. 내가 복도 모퉁이를 돌아섰을 때도 그는 여전히 거기 앉아 있었다. 모호한 표정이 그의 얼굴에 다시 떠올랐다.

복도의 끝에서는 두 개의 문에서 불빛이 흘러나왔다. 나는 담뱃불을 붙이기 위해 바깥에 멈춰서서 귀를 기울였지만, 인기척은 들리지 않았다. 나는 출입문이라고 쓰여진 문을 열고 작은 타자 책상이 있는 좁은 사무실로 발걸음을 옮겼다. 나무 문은 여전히 조금 열려 있었다. 나는 그 사이에 서서 문을 똑똑 두드렸다.

"모닝스타 씨."

아무런 대답도 없었다. 침묵만 흘렀다. 숨소리도 들리지 않았다. 목덜미의 털이 쭈뼛 곤두섰다. 나는 문으로 들어갔다. 천장의 불빛이 가죽을 씌운 책상에 놓인 오래되고 반들반들한 나무판의 보석상용 저울과 책상 옆 아래쪽, 그리고 끝이 네모나고 고무 밑창을 댄 검은 구두 한 짝과 그 위로 보이는 하얀 면양말을 은은히 비추고 있었다.

신발은 약간 이상한 각도로 천장 구석을 가리키는 형상이었다. 다리의 나머지 부분은 커다란 금고의 구석 뒤에 있었다. 방을 걸어갈 때는 진흙탕을 헤치고 나아가는 기분이었다.

그는 몸을 구부린 채로 누워 있었다. 정말로 외롭고, 정말로 죽음에 사로잡힌 채로.

금고 문은 활짝 열려 있었고 안쪽 칸의 자물쇠에 열쇠가 걸려 있었다. 금속 서랍은 뽑혀 있었다. 금고는 비어 있었다. 한때는 돈이 들어 있었을 것이다.

노인의 주머니도 뒤집혀 있었지만, 나는 고개를 숙이고 핏기가 사라져 자주색이 되어버린 얼굴에 손등을 대보는 것 말고는 그의 시체를 건드리지 않았다. 마치 개구리 배를 만지는 기분이었다. 얻어맞은 옆 이마에서 피가 흘러나오고 있었다. 그렇지만 이번에는 공기 중에서 화약 냄새를 맡을 수 없었으며, 그의 자줏빛 피부로 보아 심장마비가 일어나 죽은 것을 알 수 있었다. 공포와 충격 때문이었을 것이다. 그렇다고 해서 살인이 아닌 것은 아니었다.

나는 불이 켜진 채로 그냥 놔두고는 문손잡이를 닦고, 비상계단으로 6층까지 걸어 내려왔다. 나는 아무런 이유도 없이 문에 쓰여진 이름을 따라 읽으면서 갔다. H. R. 티거 치과 기공소, L. 프리드뷰, 공인 회계사, 달튼 & 리스 타자 대행업, E. J. 블라스코비츠 의원, 그리고 그 밑에는 작은 글씨로 척추 정형의라고 쓰여 있었다.

엘리베이터가 웅웅 소리를 내며 올라왔고 노인은 나를 쳐다보지 않았다. 그의 얼굴은 내 머릿속만큼이나 텅 비어 있었다.

나는 모퉁이에서 병원에 전화를 걸었다. 이름은 대지 않았다.

15

빨간색과 하얀색의 상아로 된 체스 말들은 출발할 준비를 갖추고 줄지어 서서, 경기 시작 전에는 언제나 그런 것처럼 날카롭고 유능하고 복잡한 표정을 짓고 있었다. 시간은 밤 10시였고 나는 아파트 내 방에서 입에는 파이프를, 팔꿈치께에는 술 한 잔을, 머릿속에는 두 건의 살인사건과 엘리자베스 브라이트 머독 부인이 내가 주머니 속에 가지고 있었던 브라셔 더블룬을 어떻게 되찾았는지에 대한 수수께끼만을 두고 있었다.

나는 라이프니츠에서 출간된 토너먼트 경기에 대한 작은 문고판 책을 펼치고, 위풍당당해 보이는 퀸스 갬빗(Queen's Gambit. 체스의 고전적인 시작 수 중의 하나로 졸을 희생시키는 초반 첫 수—옮긴이) 부분을 골라서, 화이트의 폰을 퀸 앞의 4열로 이동시켰다. 그때 초인종이 울렸다.

나는 탁자 뒤로 돌아가서 참나무 책상의 보조판 위에 올려놓았던 콜트 38구경을 집어들어 내 오른쪽 다리 뒤에 숨기고서 문으로 갔다.

"누구요?"

"브리즈요."

나는 책상으로 돌아가서 총을 다시 내려놓고 문을 열었다. 문 앞에 서 있는 브리즈는 이전처럼 크고 초라한 모습인 것은 같았지만 약간 더 피로해 보였다. 스팽글러라고 했던 젊은 애송이 형사도 그와 함께였다.

그들은 아무런 내색하지 않고 나를 방 안으로 밀어붙였고 스팽글러가 문을 닫았다. 그의 밝고 젊은 눈동자는 여기저기 깜박거렸고, 브리즈의 더 나이 들고 굳센 눈은 나의 얼굴에 오랫동안 머물렀다. 그리고 나서 브리즈는 나를 지나쳐 대형 소파 쪽으로 걸어갔다.

"뒤져봐."

브리즈는 입을 악물고 말했다. 스팽글러는 문 앞을 떠나 방을 가로질러 작은 식당을 들여다보고 도로 건너와 복도로 갔다. 욕실 문이 삐걱거렸고, 그는 더 안까지 들어갔다.

브리즈는 모자를 벗고 반쯤 벗겨진 정수리를 닦았다. 저 멀리서 이 문 저 문이 열렸다 닫혔다. 찬장도 마찬가지였다. 스팽글러가 돌아왔다.

"아무도 없습니다."

그가 말했다.

브리즈는 고개를 끄덕이고 파나마 모자를 옆에 내려놓으면서 자리에 앉았다.

스팽글러는 내 총이 책상 위에 있는 것을 보았다. 그가 말했다.

"제가 좀 봐도 될까요?"

"당신 둘 다 집어치워요."

내가 말했다.

스팽글러는 총 쪽으로 다가가더니 총구를 코에 갖다대고 냄새를 맡았다. 그는 탄창을 분리하더니 약실에 들어있는 탄피를 꺼내들고는 탄창에 끼워넣었다. 그는 탄창을 책상 위에 내려놓고 개머리판 바닥의 열린 쪽을 불빛에 비춰볼 수 있도록 총을 들었다. 그렇게 든 채로 그는 총신을 들여다보았다.

"먼지가 약간 있습니다. 많지는 않습니다만."

"뭐라도 기대했소? 루비?"

그는 내 말을 무시하고 브리즈를 바라보면서 덧붙였다.

"이 총은 이십사 시간 이내에는 발포된 적이 없습니다. 확실합니다."

브리즈는 고개를 끄덕이고는 입술을 꽉 깨물고 내 얼굴을 탐색했다. 스팽글러는 단정하게 총을 다시 조립한 뒤 총을 옆으로 치워버리고 걸어와서 의자에 앉았다. 그는 입에 담배를 끼워 물고는 불을 붙이고 만족한 듯 연기를 내뿜었다.

"어쨌거나 우리는 그것이 총신이 긴 38구경은 아니라는 사실을 빌어먹을 정도로 잘 알고 있으니까요. 저런 것들은 벽도 뚫을 수 있습니다. 탄알이 시체의 머리 속에 남아 있을 가능성은 없습니다."

"대체 당신들, 무슨 이야기를 하고 있는 거요?"

내가 물었다. 브리즈가 대답했다.

"우리에겐 흔히 있는 일이죠. 살인사건 말이오. 의자를 가져와서 편히 앉아요. 내 생각엔 여기서 목소리가 들렸는데, 아마 옆집이었나 봅니다."

"아마 그렇겠죠."

"당신은 항상 총을 책상 위에 굴러다니게 둡니까?"

"내 베개 밑에 안 넣었을 때는 그렇죠. 아니면 겨드랑이에 끼거나. 그도 아니면, 책상 서랍 속에 넣어둡니다. 그것도 아니면 어디에 놓아두었는지 기억할 수도 없는 어딘가에. 도움이 됩니까?"

"우리는 거칠게 굴려고 여기 온 게 아니오, 말로."

"그거 잘됐군요. 그래서 당신들은 내 아파트로 어슬렁거리며 들어와 내 허락도 받지 않고 내 사유물을 마음대로 다루는 거군요. 당신들이 거칠게 굴 때는 어떻게 하죠? 나를 때려눕히고 얼굴을 발로 찰 겁니까?"

"저런, 끔찍하군."

그는 싱긋 웃었다. 나도 싱긋 웃어주었다. 우리 모두가 싱긋 웃었다. 그러자 브리즈가 말했다.

"전화 좀 쓸까요?"

나는 전화를 가리켰다. 그는 번호를 돌리더니 모리슨이라는 사람과 이야기를 했다.

"브리즈요, 여기 전화번호가……."

그는 전화 바닥을 보더니 번호를 불러주었다.

"지금 언제라도 좋네. 그 전화번호 주인 이름은 말로라고 하고. 오 분이나 십 분 정도면 좋겠군."

그는 전화를 끊고, 대형 소파로 돌아왔다.

"당신은 왜 우리가 여기 왔는지 짐작도 못하고 있겠지요."

"나는 언제나 친구들이 방문해주기를 고대하고 있죠."

"살인은 우스운 일이 아니오, 말로."

"누가 그렇다고 했나요?"

"당신이 지금 그런 것처럼 행동하고 있잖소."

"난 미처 몰랐는데요."

그는 스팽글러를 보고 어깨를 으쓱해 보였다. 그리고 그는 바닥을 내려다보았다. 그런 뒤 그는 눈꺼풀이 무겁기라도 하다는 듯 눈을 천천히 들어올려 나를 다시 쳐다보았다. 나는 이제 체스 테이블 옆에 앉아 있었다.

"체스 자주 하시오?"

그는 체스 말들을 보고 물었다.

"자주는 아닙니다. 가끔 여기서 생각을 좀 하면서 게임을 붙잡고 빈둥거리죠."

"게임을 하려면 두 사람이 필요하지 않소?"

"나는 기록하여 출판된 토너먼트 경기 내용을 보면서 게임을 합니다. 체스에 대해서는 많은 저서들이 있죠. 때때로 문제를 풀어보기도 합니다. 정확히 말하자면, 체스 문제만은 아니죠. 그런데 뭣 때문에 우리가 체스 얘기를 하고 있는 거죠? 술 한잔 하시겠습니까?"

"지금은 아니오. 난 당신에 대해서 랜들과 얘기를 좀 했소.

그는 당신을 잘 기억하고 있더군요. 해안가에서 일어난 사건과 연관해서 말이오."

브리즈는 발이 매우 피곤한 것처럼 양탄자 위로 발을 뻗었다. 그의 강인하고 늙은 얼굴은 피로로 주름지고 회색빛이었다.

"그는 당신은 절대 누구도 살인할 사람이 아니라고 하더군요. 그는 정직하게 말해서 당신이 좋은 사람이라고 합디다."

"친절한 말씀이었군요."

"그 사람이 그러는데 당신은 커피를 맛있게 끓이고 아침에는 약간 늦게 일어나며 잡담을 할 땐 아주 재치 있는 말을 잘한다더군요. 그리고 다섯 명의 다른 증인들에게 물어봐도 알겠지만, 당신이 말한 것이라면 다 믿어야 할 것이라고 했소."

"그 사람 얘기 따위는 집어치우시죠."

브리즈는 마치 내가 그런 말을 할 줄 기대하고 있었다는 듯 고개를 끄덕였다. 그는 웃지도 않았고, 거칠게 나오지도 않았다. 단지 덩치 크고 굳건한 남자가 자기 일을 한다는 태도였다. 스팽글러는 의자에 등을 기대고 앉아서 눈을 반쯤 감고서 담배에서 연기가 피어오르는 것을 보고 있었다.

"랜들은 우리가 당신을 주시해야 한다고 하더군요. 그는 당신이 본인이 생각하는 것만큼 영리한 사람이 아니라고 했소. 그렇지만 사건이 자꾸 일어나는 사람이고, 매우 영리한 사람보다는 훨씬 더 말썽거리가 될 수 있는 사람이라고. 그게 그 사람이 말한 내용이오. 이해할 거요. 내가 보기에 당신은 괜찮은 사람 같소. 나는 모든 것을 확실히 해두길 좋아하죠. 그래서 이런 얘기를 하는 거요."

나는 그렇게 말해줘서 고맙다고 했다.

전화가 울렸다. 나는 브리즈를 보았지만, 그는 움직이지 않았다. 그래서 나는 전화기를 들고 대답했다. 여성의 목소리였다. 나는 어딘가 귀에 익은 목소리라고 생각했지만, 누군지 알 수가 없었다.

"필립 말로 씨 댁인가요?"

"그렇습니다만."

"말로 씨, 저는 문제에, 아주 커다란 문제에 빠졌어요. 당신을 아주 급하게 만나고 싶은데요. 언제쯤 만날 수 있을까요?"

"오늘 밤 말씀이십니까? 그런데 누구시지요?"

"제 이름은 글래디스 크레인이에요. 저는 램파트에 있는 노르망디 호텔에 살아요. 언제쯤……."

"그럼 오늘 밤 제가 만나러 와달라는 말씀이십니까?"

나는 그 목소리를 어디서 들었을까 떠올리려고 애쓰면서 물었다.

"저는……."

전화가 딸깍하고 끊겼다. 나는 전화기를 들고 얼굴을 찡그린 채로 앉아 건너편의 브리즈를 보았다. 그의 얼굴은 전혀 무관심해 보였다.

"어떤 아가씨가 문제가 생겼다고 하네요. 전화가 끊겼습니다."

나는 수화기를 전화기에 내려놓고 전화가 다시 오기를 기다렸다. 두 명의 경찰들은 완전히 침묵을 지키면서 미동도 하지 않았다. 지나치게 조용했고, 지나치게 움직임이 없었다.

전화가 다시 울리고 나는 수화기를 들었다.

"브리즈 반장과 통화하려는 거죠? 그렇지 않습니까?"

"그런데요."

남자의 목소리로 약간 놀란 것 같았다.

"계속 속임수를 써보시죠."

나는 이렇게 말하고는 의자에서 일어나 부엌으로 갔다. 나는 브리즈가 짤막하게 통화하고 수화기를 도로 올려놓는 소리를 들었다.

나는 부엌 찬장에서 포 로지즈(Four Roses. 켄터키 버번 위스키의 한 브랜드—옮긴이) 한 병과 유리잔 세 개를 꺼냈다. 나는 냉장고에서 얼음과 진저에일을 꺼내 석 잔의 하이볼을 만들어 쟁반에 담은 후 브리즈가 앉아 있는 소파 앞 칵테일 테이블 위에 쟁반을 놓았다. 나는 잔 두 개를 집어 한 잔을 스팽글러에게 주고 다른 잔은 내 의자로 갖고 왔다.

스팽글러는 엄지손가락과 다른 손가락으로 아랫입술을 꼬집으며 머뭇거리며 잔을 받더니, 술을 받아도 되는지 브리즈의 눈치를 보았다.

브리즈는 아주 끈질기게 나를 보고 있었다. 그리고 한숨을 내쉬었다. 그는 유리잔을 들어 맛을 보더니 다시 한숨을 내쉬고는 반쯤 미소지으며 머리를 옆으로 흔들었다. 술이 매우 필요했었는데 누군가 술 한 잔을 권해서 받은 후 한 모금 마시자 세상이 더 깨끗하고 밝고 환하게 느껴진 사람이 지을 만한 태도였다.

"아주 빨리 감을 잡았군요, 말로 씨."

그는 완전히 긴장을 풀고 소파에 등을 기댔다.

"이제 일을 같이 할 수 있을 것 같군."

"이런 식으로는 안 됩니다."

나는 말했다.

"허?"

그는 눈썹을 찌푸렸다. 스팽글러는 의자에 앉아 몸을 앞으로 내밀더니 정신을 차리고 주의를 기울였다.

"어떤 정신 나간 계집애들을 시켜 내게 전화를 걸어서 내게 노래와 춤을 보여주게 하면 그 애들이 내 목소리를 언젠가 어디서 들은 적 있다고 말했다고 할 수도 있겠죠."

"그 아가씨의 이름은 글래디스 크레인이오."

브리즈가 말했다.

"그 여자가 그렇게 말했습니다. 나는 그런 이름 들어본 적 없어요."

"알았소. 알았어요."

그는 주근깨가 있는 자기 손의 바닥을 내게 보여주었다.

"우리는 합법적이지 않은 일을 억지로 하진 않아요. 당신도 그러지 않길 바랄 뿐이오."

"뭘 하지 말라고요?"

"합법적이지 않은 일을 억지로 하지 말란 거요. 예를 들어서 우리에게 무언가 숨긴다거나 하는 것이죠."

"내가 그러고 싶다면 숨기지 말아야 할 이유가 뭐죠? 당신이 내 월급을 주는 것도 아니잖습니까."

"이봐요. 거칠게 굴지 맙시다, 말로."

"나는 거칠지 않아요. 그럴 생각도 없고요. 나는 경찰에 대해 충분히 알고 있기 때문에 경찰한테 거칠게 굴지 않습니다. 당신 얘기나 계속해보시죠. 그리고 전화 통화 같은 수작은 다시 부리지 마십시오."

브리즈가 말했다.

"우리는 살인사건을 맡고 있는 거요. 우리는 가능한 한 최선의 방법으로 그걸 해결해야 해요. 당신이 시체를 발견한 사람이오. 당신이 그 사람하고 대화도 나누었고. 피해자는 당신에게 자기 아파트로 와달라고 했소. 그는 당신에게 열쇠도 주었죠. 당신은 그 사람이 왜 당신을 만나고 싶어하는지는 몰랐다고 했지요. 우린 언젠가 때가 오면 당신이 기억해낼 수도 있지 않을까 생각한 것뿐이오."

"다른 말로 하면 처음에 내가 거짓말을 했다는 거군요."

브리즈는 약간 피곤한 미소를 지었다.

"당신도 살인사건에서는 사람들이 항상 거짓말을 한다는 것을 알 만큼은 세상 물정을 알잖소."

"그럼 여기서 문제는 내가 언제 거짓말을 그만둘 것인지 당신이 어떻게 알아낼 것인가 하는 것이로군요."

"당신이 말한 게 상식적으로 말이 되기 시작하면, 그때 우리도 만족할 거요."

나는 스팽글러를 바라보았다. 그는 거의 의자에서 굴러떨어질 듯한 자세로 몸을 앞으로 내밀고 있었다. 그는 마치 뛰어오르려고 하는 사람처럼 보였다. 나는 그가 뛰어올라야 할 이유를 생각해낼 수가 없어서 그가 단지 흥분했나 보다 생각했다. 나는 브리즈를 다시 바라보았다. 그는 벽에 뚫린 구멍 정도로밖에 흥분하지 않은 상태였다. 그는 두꺼운 손가락으로 셀로판 포장을 씌운 시가를 들고서 종이칼로 셀로판지를 뜯어내고 있었다. 나는 그가 포장을 뜯어 시가의 가장자리를 자른 후, 칼날을 바지에 문질러 잘 닦고 칼을 치워버리는 것을 보았다. 나는 그가 나무 성냥을 켜서 조심스럽게 시가를 불 속에서 이리저리 돌린 후 불이 잘 붙었다 싶었을 때 성냥을 담배에서 떼는 것을 지켜보았다. 그러고 나서 그는 성냥을 흔들어서 끄고는 칵테일 테이블의 유리판 위 구겨진 셀로판지 옆에 성냥개비를 올려놓았다. 그는 등을 기대고 바지 다리 한 짝을 걷어올리고는 평화롭게 담배를 피웠다. 모든 동작이 헨치의 아파트에서 그가 시가를 태울 때와 똑같았다. 시가에 불을 붙일 때면 언제나 똑같은 동작을 할 것이다. 그는 그런 종류의 사람이었고, 그래서 위험했다. 똑똑한 사람만큼 위험하지는 않지만, 스팽글러같이 잘 흥분하는 사람들보다는 훨씬 위험한 사람인 것이다.

"필립스는 오늘 처음 본 겁니다. 그 사람이 나를 벤추라 사건 때 봤다고 하는 것은 빼고요. 왜냐하면 나는 그 사람을 기억하지 못하니까요. 반장님께 말씀드린 대로 그를 만났습니다. 나를 미행했을 때 내가 그의 덜미를 잡았죠. 나하고 이야기하고 싶다면서 열쇠를 준 겁니다. 나는 아파트로 가서 열쇠로 문을 따고 들어갔습니다. 아무런 대답이 없었기 때문에 그 사람이 하라고 한 대로 했습니다. 그는 죽어 있더군요. 경찰을 불렀고, 나와 관계없는 사건과 일들이 일어나는 동안 총은 헨치의 베개 밑에서 발견된 겁니다. 그 총은 발사된 적이 있었고요. 말한 대로 이게 사실입니다."

브리즈가 말했다.

"당신이 시체를 발견했을 때 당신은 패스모어라고 하는 아파트 관리인에게 내려가서 죽은 사람이 있다는 말도 안 하고 그와 함께 올라왔소. 패스모어에게 가짜 명함을 주었고, 보석 관련 일이라고 말했지."

나는 고개를 끄덕였다.

"패스모어 같은 사람들이나 그런 아파트에서는 조심성 있게 행동하는 것이 조금이라도 남는 장사죠. 나는 필립스에게 관심이 있었어요. 나는 패스모어가 그에 대해서 무언가 말해줄지도 모른다고 생각했습니다. 그가 죽었다는 것을 모른다면 말이죠. 경찰이 짧은 시간 내에 들이닥치면 쉽게 말해주지 않을 것들을요. 그 일에 대해서는 그게 답니다."

브리즈는 술을 약간 들이키더니 시가를 한 모금 빨았다.

"내가 명확하게 하고 싶은 것은 이거요. 당신이 우리에게 말한 모든 것은 아마 전적으로 사실이겠지요. 그렇지만 아직도 사실을 말하지 않은 게 있어요. 당신도 내 말뜻을 알 거요."

"어떤 것이죠?"

나는 그의 말뜻을 완전히 이해할 수 있었지만 물었다.

그는 자기 무릎을 두드리더니 조용함을 감춘 표정으로 나를 바라보았다. 적대적이지도 않고, 의심하는 것 같지도 않았다. 단지 조용한 남자가 자기 일을 하고 있는 것이었다.

"이런 거요. 당신은 사건을 하나 맡고 있죠. 우리는 그 일이 뭔지 몰라요. 필립스는 사립탐정인 것처럼 행동했죠. 그도 사건을 맡고 있었소. 그는 당신을 미행했지요. 당신이 우리에게 말해주지 않는다면, 그 사람 일과 당신 일이 어딘가에서 연관되지 않는다는 걸 우리가 알 턱이 없잖소? 그리고 그 일들이 서로 연관이 된다면, 그건 우리 일이 되는 거요, 안 그렇소?"

"그것도 이 사건을 보는 한 방식이겠군요. 하지만 그건 유일한 방식도 아니고, 제 방식도 아닙니다."

"이 사건이 살인사건이라는 건 잊지 마시오, 말로."

"잊지 않고 있습니다. 하지만 당신이야말로 내가 이 도시에 오랫동안, 십오 년 이상이나 살았다는 것을 잊지 말아야 할 겁니다. 나는 수많은 살인사건들이 일어났다가 사라져가는 것을 봤어요. 어떤 것은 해결이 되고, 어떤 것은 해결이 안 되었죠. 그리고 해결 안 되었지만, 해결될 수도 있었던 사건들도 있습니다. 또 사건의 삼분의 일 내지 이 정도는 잘못 해결되었습니다. 누군가 남의 죄를 뒤집어썼고 그런 사실이 알려지거나 혹은 깊이 의심할 여지도 있었습니다. 그런 사건에 눈길을 돌리기도 하죠. 하지만 그냥 넘어갑니다. 그런 일도 일어나지만 자주는 아닙니다. 캐시디 사건 같은 것들을 생각해보세요. 무슨 사건인지 기억나시겠죠?"

브리즈는 손목시계를 보았다.

"나는 지쳤소. 캐시디 사건은 그만두자고. 필립스 사건에나 매달려봅시다."

나는 고개를 저었다.

"나는 요점을 말하려고 하는 겁니다. 중요한 점이죠. 캐시디 사건을 봐요. 캐시디는 아주 부유한 사람이었죠, 백만장자였습니다. 그는 다 자란 아들이 하나 있었어요. 어느 날 밤, 경찰이 신고를 받고 캐시디 집으로 출동했더니 아들이 얼굴에 피범벅을 하고 머리에는 총구멍이 난 채 바닥에 누워 있었어요. 그의 비서도 옆에 딸린 욕실에서 누워 있었죠. 그 남자의 머리는 복도 쪽으로 향하는 두번째 욕실 문에 기대 있었고, 그의 왼손 손가락은 꽁초만 남고 다 타버려 손이라도 데었을 것 같은 담배를 쥐고 있었어요. 총은 오른손 옆에 놓여 있었습니다. 그는 머리에 총을 맞았지만, 총을 대고 쏜 상처는 아니었습니다. 술을 많이 마셨었죠. 죽은 지 네 시간쯤 흘렀고, 가족 주치의가 그 세 사람을 위해서 거기 와 있었습니다. 그럼, 이 캐시디 사건을 어떻게 해결했겠습니까?"

브리즈는 한숨 쉬었다.

"술 잔치를 벌이다가 살인과 자살이 일어난 거지. 비서는 갑자기 미쳐버려서 젊은 캐시디를 쏜 거요. 나는 이 사건을 신문이나 뭐 그런 데서 읽었소. 이런 게 당신이 원하는 얘기요?"

"신문에서 그렇게 읽으셨겠죠. 하지만 사실은 그렇지가 않았습니다. 더욱이 당신은 그렇지 않다는 걸 알았고 지방 검사도 그렇지 않다는 것을 알고 있었습니다. 그런데 지방 검사의 수사관들은 이 시간을 몇 시간의 조사로 축소시켜버렸으며 심문 같은 건 없었습니다. 그렇지만 이 도시에 있는 모든 기자들이나 강력반에 있던 모든 경찰들이 총을 쏜 건 캐시디의 아들이었고, 정신 나갈 정도로 술을 마신 것도 아들이란 것을 알고 있었습니다. 비서는 단지 그를 말리려고 했을 뿐이지만, 말릴 수가 없었고 마침내 그도 아들로부터 도망치려 했지만 너무 늦었던 거죠. 젊은 캐시디는 머리에 대고 쏜 상처였으나, 비서는 아니었습니다. 비서는 왼손잡이었고 총을 맞았을 때 왼손에 담배를 쥐고 있었지요. 심지어 오른손잡이라고 해도 담배를 다른 손에 바꿔 쥐고 계속 든 채로 사람을 쏠 수는 없습니다. 그건 〈갱 버스터〉 같은 라디오 드라마에나 나올 법한 것이지 재벌 비서가 할 수 있는 일이 아닙니다. 게다가 네 시간 동안이나 가족들과 가족 주치의가 경찰도 안 부르고 뭘 했겠습니까? 사건을 조작했고 단지 피상적인 수사만이 이루어진 것이죠. 그렇다면 왜 손에 질산염 검사도 하지 않았겠습니까? 단지 진실이 필요없었기 때문입니다. 캐시디는 너무 거물이었으니까요. 그렇지만, 이런 것도 살인사건이죠. 그렇지 않습니까?"

"그 사람들은 둘 다 죽었소. 도대체 누가 누구를 쐈는지가 뭐가 중요하겠소?"

브리즈가 말했다.

"당신은 한 번이라도, 캐시디의 비서가 어머니나 여동생, 애인이 있었을 거라는 생각을 해본 적 있습니까? 주인의 아버지가 단지 백만장자였기 때문에 주정뱅이 정신병자가 되어버린 아들에 대해서 사랑과 자긍심을 가졌을 가족들에 대해서는요?"

브리즈는 자기 잔을 천천히 들어올려 술을 천천히 다 마셔버리고는 천천히 잔을 내리고 칵테일 테이블의 유리판 위로 잔을 천천히 올려놓았다. 스팽글러는 경직된 자세로 앉아서 반짝이는 눈을 하고 경직된 미소를 반쯤 지은 채 입술을 벌리고 있었다.

브리즈가 말했다.

"당신 요점을 말해보시오."

"당신네들이 스스로의 영혼을 가지기 전까지는 내 영혼도 가질 수 없을 거요. 어떤 상황에서나 당신들이 언제나 진실을 구하고, 결과야 어찌 되든 진실을 찾아내는 사람들이라고 신뢰할 수 있을 때까지는, 그때가 올 때까지는, 나는 내 양심을 따르고 나의 의뢰인을 최선을 다해서 보호할 권리가 있습니다. 당신들이 진실을 찾는 것은 고사하고 내 의뢰인에게 해를 더 끼치지 않을 거라는 것을 확신할 때까지는요. 또는 누군가 내 입을 열게 하려고 체포할 때까지는 말이죠."

브리즈가 말했다.

"당신 말은 자기 양심을 계속 지키려고 애쓰는 사람의 말처럼 들리는데."

"젠장."

내가 말했다.

"술이나 한잔 더 하죠. 그런 다음 당신이 나한테 전화를 걸게 시켰던 여자에 대해서나 말해보시죠."

브리즈는 히죽 웃었다.

"그 여자는 필립스 옆집에 사는 여자요. 그 여자는 어느 저녁에 한 남자가 필립스와 문간에서 얘기를 하는 걸 들었다는군. 그래서 우리는 그 여자가 당신 목소리를 들어봐야 한다고 생각했소. 아무것도 아닌 일로 넘겨버리시오."

"목소리가 어땠다고 하던가요?"

"약간 비열한 목소리라고 합니다. 그 여자는 좋아하지 않는 목소리였다는군."

"그래서 나라고 생각한 모양이로군요."

내가 말했다. 나는 잔 세 개를 들고 부엌으로 가져갔다.

16

 내가 잔을 부엌으로 가지고 오자 무엇이 누구 것이었는지 알 수 없게 되어버렸다. 그래서 나는 모두 물에 헹구고 닦은 뒤 술을 더 만들기 시작했다. 그때 스팽글러가 어슬렁거리면서 들어와서 내 어깨 뒤에 섰다.

"괜찮소. 나는 오늘 저녁에는 청산가리를 쓰지 않을 작정이니까."

"저 노인네한테 너무 교활하게 굴지 말아요. 그는 당신이 생각하는 것보다 더 여러 방면을 보고 있으니까."

스팽글러가 내 목 뒤에서 조용하게 말했다.

"친절도 하셔라."

"이봐요, 나도 그 캐시디 사건을 한번 읽어보고 싶어요. 흥미로울 것 같군요. 내가 경찰이 되기 전에 일어난 사건이겠죠."

"아주 오래 전 일이죠. 그리고 결코 일어난 적도 없소. 단지 농담 좀 한 거요."

나는 잔을 쟁반 위에 올려놓고 쟁반을 다시 거실로 가져가서 차려놓았다. 나는 내 잔을 체스 테이블 뒤로 가져왔다.

"또 수작을 부리나요. 당신 부하가 부엌으로 슬금슬금 들어와서는 당신이 모를 거라고 내가 생각하고 있는 면들에 대해 당신이 실제로는 잘 알고 있다면서 나보고 항상 주의를 기울이라고 당신 몰래 내게 충고하더군요. 저 사람은 그런 일을 하기에 제격인 얼굴을 하고 있죠. 친절하고 솔직하며 얼굴도 쉽게 빨개지고."

스팽글러는 의자에 걸터앉아서 얼굴을 붉혔다. 브리즈는 별다른 의미 없이 그를 무심하게 바라보았다.

"당신들은 필립스에 대해서 뭘 알아냈습니까?"

내가 물었다.

"그렇소. 필립스는, 음, 조지 앤슨 필립스는 약간 불쌍한 경우죠. 그는 자기가 탐정이라고 생각했지만, 아무도 그걸 믿게 하지는 못했던 것 같소. 나는 벤추라 사건을 담당했던 보안관하고 이야기를 좀 했지요. 그는 조지는 착한 사람이라면서 좋은 수사관이 되기에는 좀 너무 착하다고 하더군요. 설령 그에게 머리라는 게 있었더라도 말이지. 조지는 그들이 시키는 대로 했고 일을 상당히 잘 해냈을 거라고 하더군요. 그들이 그에게 어느 쪽 발부터 시작하고 어느 쪽으로 가기 위해 몇 걸음을 걸어야 한다든가 하는 세세한 것들을 일러주기만 한다면. 그렇지만 그는 더 발전하지 못했소. 내 말뜻을 알겠죠. 그는 병아리 도둑이나 체포할 만한 그런 종류의 경찰이었소. 그러니까 어떤 사람이 병아리를 훔쳐가는 걸 목격하고 도둑이 도망가다가 넘어져서 전봇대에 머리라도 부딪히면 가서 때려눕혔을 거다 이거요. 그렇지 않으면 조지는 지시를 받으러 다시 경찰서로 돌아와야 하는 그런 하찮은 인간이었다는 거요. 얼마 지나자 보안관은 그에게 완전히 질려서 그를 해고해버렸소."

브리즈는 술을 좀 들이키더니 삽날 같은 엄지손톱으로 턱을 긁었다.

"그 후에 조지는 서트클리프라는 사람이 운영하는 시미에 있는 일반 가게에서 일했소. 그 가게는 고객들 각각에 대한 외상 장부를 가지고 하는 신용 사업을 했는데, 조지는 장부하고는 거리가 먼 사람이었지요. 그는 외상 내역을 받아 적는 것을 잊어버리곤 했고, 다른 정부에 받아 적기도 했는데 어떤 고객들은 그의 실수를 바로잡아주기도 했지만 다른 사람들은 조지가 그냥 잊어버리게 놔두었죠. 그래서 서트클리프는 조지가 다른 일을 하면 더 잘할 수 있을 거라고 생각했고, 조지는 LA로 왔어요. 조지는 대단하지는 않지만 약간의 돈을 들여 면허증을 얻었고 채권을 받아서 사무실 한 칸을 얻었지요. 나는 거기에 갔었소. 그가 가진 것이라고는 크리스마스 카드를 판다는 남자와 같이 쓰는 책상 딸린 방이 전부더군요. 그 사람의 이름은 마시라고 했소. 조지가 손님을 받으면, 마시는 산책을 나가거나 하는 방식으로 일을 조율했소. 마시는 조지가 어디 사는지도 몰랐고, 조지는 손님 자체가 없었다고 하더군요. 즉, 마시가 아는 한 그 사무실에서 일이 있은 적은 없었다는 거요. 그렇지만 조지는 신문에 광고를 냈고 거기서 손님을 받았을지도 모르는 일이죠. 나는 그랬을 거라고 짐작하오. 왜냐하면 일주일 전쯤, 마시는 조지가 며칠 동안 이곳을 떠나 있을 거라고 하는 메모가 책상 위에 놓여 있는 것을 봤어요. 그게 그 사람이 마지막으로 조지의 소식을 들은 때요. 그리고 조지는 코트 가로 가서 앤슨이라는 이름으로 아파트를 하나 얻고 죽어버린 거죠. 여기까지가 우리가 조지에 대해서 알아낸 것 다요. 참으로 불쌍한 경우죠."

그는 침착하고 호기심이 결여된 눈길로 나를 보고서는 그의 잔을 입술에 가져갔다.

"이 광고에 대해서는요?"

브리즈는 잔을 내려놓고 지갑을 뒤져 얇은 종이 한 장을 찾아내어 칵테일 테이블 위에 올려놓았다. 나는 다가가서 그걸 주워 들고서는 읽어보았다. 그것은 다음과 같은 내용이었다.

걱정이 있습니까? 의심과 혼란에 빠져 있습니까? 의혹으로 마음이 지치고 피로합니까? 그렇다면 냉정하고 신중한 조사원과 의논하십시오. 비밀보장에 전적으로 신뢰할 수 있습니다. 조지 앤슨 필립스, 글렌뷰 9521로 지금 연락하세요.

나는 유리판 위에 광고를 다시 내려놓았다. 브리즈가 말했다.

"사업 광고 중에 이보다 더 나쁜 건 없을 거요. 상류층 고객을 상대로 하는 것같이 보이지는 않죠."

스팽글러가 말했다.

"사무실에 있는 여직원이 그를 대신해서 썼답니다. 그 여자

말로는 자기는 우스워서 죽을 뻔했다던데 조지는 아주 멋있다고 생각했다더군요. 크로니클 지의 할리우드 대로 지사입니다."

"빨리도 알아냈군요."

내가 말했다.

"우리는 정보를 얻는 데 어려움은 별로 없소. 당신에게서만은 예외지만."

"헨치는 뭐라고 합니까?"

"헨치는 대단한 게 없더군. 그 사람과 여자는 술 파티를 했다고 합디다. 그들은 술을 좀 마시고 노래를 좀 부르고 좀 다툰 후에 라디오를 듣고서, 가끔 생각나면 뭔가 먹으러 나갔다 들어왔다고 했소. 그렇게 며칠씩 지낸 모양이었소. 우리가 가서 말릴 때까지 말이오. 여자는 두 눈 다 멍이 들어 있었소. 아마 다음 단계에서는 헨치가 그 여자 목을 부러뜨리겠죠. 세상은 헨치 같은 그런 쓰레기들로 가득 차 있다니까, 그런 여자들도 물론이고."

"헨치가 자기 것이 아니라고 한 총은 어찌 됐습니까?"

"그게 바로 범행에 사용된 총이오. 우리는 아직 총알을 찾진 못했지만, 탄피를 가지고 있소. 그건 조지의 시체 밑에 있었고 딱 들어맞더군요. 우리는 두어 발 더 쏘아보고, 발사흔과 탄조흔을 비교했소."

"누군가 헨치의 베개 밑에 그걸 심어놓았다고 생각하는군요?"

"물론이오. 왜 헨치가 필립스를 쐈겠소? 그는 심지어 필립스를 알지도 못했소."

"어떻게 그걸 압니까?"

"나는 알 수 있소."

브리즈가 손을 뻗으며 말했다.

"이봐요. 세상에는 흑백이 분명하기 때문에 알 수 있는 일이 있소. 또, 일이 합리적이고 그렇게 되어야만 하기 때문에 알 수 있는 일도 있지요. 당신이 누군가를 쐈으면, 소란을 피워서 주위를 끌지는 않겠지요. 그리고 총을 베개 밑에 보관하고 있을 리도 없지요. 여자도 헨치와 하루 종일 같이 있었소. 헨치가 누군가를 쐈다면 여자도 눈치챘을 거요. 그 여자는 전혀 아무 생각 없더군요. 만약 눈치를 챘으면 홀렸을 거요. 헨치가 여자에게 뭐나 된다고 숨기겠소? 같이 놀 남자, 그 이상은 아니오. 이봐요. 헨치는 잊어버려요. 총을 쏜 남자는 시끄러운 라디오 소리를 듣고서는 그게 총소리를 가려줄 것을 알았소. 그렇지만, 그는 필립스를 둔기로 치고서는 그를 욕실까지 끌고 들어와서는 그를 쏘기 전에 문을 닫았소. 살인자는 술주정뱅이가 아니오. 그는 자기 일에 신경을 쓰고 있었고, 신중했소. 그는 밖에 나가서 욕실 문을 닫았죠. 그때 라디오 소리가 그치고 헨치와 여자가 밥 먹으러 나갔소. 그런 식으로 일이 이루어진 거요."

"어떻게 라디오 소리가 그친 줄 알았죠?"

"들었소."

브리즈는 조용하게 말했다.

"그 쓰레기장에 사는 다른 사람들이 말해줬소. 라디오 소리가 그치고 그들은 나갔소. 조용히 나가지 않았죠. 살인자는 아파트를 나와서 헨치의 문이 열린 걸 봤소. 문이 열려 있었겠죠. 그렇지 않았으면 헨치의 집으로 들어갈 생각은 못했을 테니까."

"사람들은 아파트 문을 열어놓고 다니지 않아요. 특히 이런 동네에서는."

"술주정뱅이는 열어놓죠. 술주정뱅이는 부주의하니까. 그런 사람들 정신은 초점이 잘 맞지 않소. 그런 사람들은 한 번에 한 개씩만 생각하오. 문은 열려 있었소. 약간이었을 수도 있지만, 어쨌거나 열려 있었던 거지요. 살인자는 안으로 들어가서 자기 총을 침대에 파묻었소. 그때 거기서 다른 총을 발견하지. 살인자는 그걸 가지고 나가서 헨치에게 상황이 더 불리하게 돌아가게 하려고 했던 거요."

"총을 추적해볼 수 있을 겁니다."

"헨치의 총이요? 해 보기는 하겠지만, 헨치는 등록번호는 모른다고 하더군요. 우리가 총을 찾아낸다면, 거기서 무언가를 해볼 수는 있겠죠. 하지만 난 의심스럽소. 우리가 가지고 있는 총도 추적해보기는 하겠지만, 그런 일들이 어떤지 알지 않소. 길을 잘 찾아가다가 마침내 일이 막 풀릴 것 같은 순간에 실마리는 냉정하게 끊겨버리죠. 우리가 알고 있을 것 같은 얘기 중 당신 일에 도움이 될 만한 게 또 있소?"

"피곤해지는군요. 내 상상력은 그렇게 잘 돌아가고 있지 않습니다."

"좀 전에는 잘하는 것 같던데. 캐시디 사건을 말할 때는 말이오."

나는 아무 말도 하지 않았다. 나는 파이프를 다시 채웠지만, 너무 뜨거워서 불을 붙일 수가 없었다. 나는 파이프를 식히려고 테이블 가장자리에 내려놓았다.

"내가 당신을 어떻게 판단해야 할지 모르고 있는 것도 사실이오. 당신이 고의적으로 어떤 살인사건을 덮어버릴 사람이라고 볼 수는 없어요. 그리고 당신이 그런 척하는 것만큼이나 이 사건에 대해서 아는 게 없을 거라고 볼 수도 없소."

나는 다시 아무 말도 하지 않았다.

브리즈는 몸을 숙여 시가를 재떨이에 눌러 껐다. 그는 잔을 비운 뒤, 모자를 쓰고 일어섰다.

"얼마나 오랫동안 입을 열지 않고 있을 작정이오?"

그가 물었다.

"잘 모르겠습니다."

"내가 도와주지. 내일 정오까지 시간을 주겠소. 열두 시간이 좀 넘지. 어쨌거나 그 전에는 사후보고서를 작성하지 않겠소. 당신 측과 이야기를 해보고 모든 걸 깨끗이 처리할 시간을 그때까지 주겠소."

"그리고 그 후에는요?"

"그 후에는 나는 수사 과장을 만나서 필립 말로라는 사립탐정이 내가 살인사건 수사에 필요한 정보를 쥐고 놓지 않는다고 말하겠지. 내가 그렇게 확신하고 있다고 말하든가. 그러면 어떻게 되겠소? 그는 당신을 즉시 체포해서 당신 분수를 알게 해 줄 거요."

"오호, 당신은 필립스의 책상을 다 살펴봤습니까?"

"물론이오. 아주 단정한 젊은이였더군. 아무것도 없었소, 단지 일기 같은 게 하나 있더군요. 그 속에는 자기가 해변에 간 애기나 여자를 영화에 데려갔는데 여자가 별로 달아오르지 않았더라 이런 얘기밖에 없었소. 또 사무실에 앉아서 파리만 날렸다는 얘기도 있었고. 한번은 빨래하는 데 진력이 나서 한 장을 그 얘기만 쓰고 끝낸 적도 있더군. 보통 서너 줄 정도밖에 되지 않았소. 한 가지 특기할 만한 점이라면, 모두 필기체가 아니고 또박또박 인쇄체로 적었다는 거요."

나는 되물었다.

"인쇄체로 적었다고요?"

"그렇소, 펜하고 잉크로 인쇄체로 적혀 있었죠. 사람들이 필적을 감추려고 할 때처럼 일부러 네모난 대문자로 쓴 건 아니었소. 글씨를 쉽고 빠르게 적는 남자들이 하는 것처럼 깔끔하고 빠르게 작은 인쇄체로 적혀 있었소."

"그가 내게 준 명함에는 그렇게 글씨를 쓰지 않았어요."

내가 말했다. 브리즈는 잠깐 그에 대해서 생각했다. 그러더니 그는 고개를 끄덕였다.

"맞소. 아마도 그건 이런 식일 테지. 일기에는 이름도 쓰여 있지 않았소. 아마도 인쇄체로 적는 건 혼자 논 작은 게임 같은 것이었겠지."

"페피스의 일기처럼 말이죠.(Samuel Pepys. 1633~1703. 영국의 정치가, 장서가. 젊은 시절 자신만의 속기로 기록한 일기로 유명하다—옮긴이)"

내가 말했다.

"그게 뭐요?"

"한 남자가 개인적인 속기로 썼던 일기입니다. 아주 오래 전 일이죠."

브리즈는 스팽글러를 보았다. 그는 의자 앞에 서서 유리잔에서 남은 술을 홀짝홀짝 마시고 있었다.

"때려치우는 게 좋겠군. 이 사람은 또 다른 캐시디 사건을 꾸며내려고 준비 운동 중이야."

스팽글러는 잔을 내려놓았고 두 사람은 문으로 향했다. 브리즈는 발을 질질 끌며 걷더니 문손잡이에 손을 올려놓은 채 나를 곁눈질로 보았다.

"키 큰 금발 여자들을 좀 아시오?"

"생각해봐야겠군요. 알았으면 좋겠네요. 얼마나 큰데요?"

"그냥 큰 거죠. 어느 정도 큰지는 모르겠소. 그 자신 키가 큰 남자한테도 커보였다는 것밖에는. 팔레르모라고 하는 이탈리아 인이 코트 가의 그 아파트 주인이오. 우리는 그의 장의사로 건너가서 그 사람을 만났소. 장의사도 그가 주인이죠. 그는 세 시 반경 한 키 큰 금발 여자가 아파트에서 나오는 걸 봤다고 합디다. 관리인, 패스모어는 그 집에서는 키 큰 금발 여자라고 할 만한 사람이 없다고 합니다. 그 이탈리아 인 말로는 꽤나 미인이라는군요. 나는 그 사람 말에 중점을 두고 있는데, 그 사람은 당신에 대해서도 잘 묘사했기 때문이죠. 그 사람은 그 금발 여자가 안으로 들어가는 건 못 보고 단지 나오는 것만 봤다고 했소. 그 여자는 바지에 스포츠 재킷을 입고 머리에 머플러를 두르고 있었답니다. 그렇지만 머플러 밑으로 밝은 금발 머리가 보였다고 하더군요."

"아무것도 생각나는 게 없습니다. 그렇지만 다른 일이 떠오르는군요. 나는 필립스의 차 번호를 봉투 뒤에 받아 적어놓았습니다. 아마도 그걸로 그의 이전 주소를 찾아볼 수 있겠지요. 가져오겠습니다."

내가 침실에 있는 외투에서 봉투를 꺼내러 간 동안 그들은 그 자리에 서 있었다. 나는 봉투를 브리즈에게 건네주었고 그는 위에 써 있는 것을 읽은 다음 지갑에 접어넣었다.

"그래, 지금 막 생각났단 말이죠, 흠?"

"그렇습니다."

"좋아요, 좋아."

그가 말했다.

"좋아, 좋다고."

두 사람은 머리를 저으며 엘리베이터로 향하는 복도로 사라졌다.

나는 문을 닫고서는 거의 손도 대지 않았던 두번째 잔을 들었다. 술은 김이 빠져 있었다. 나는 그것을 부엌으로 가져가서 병에서 다시 잔 위까지 가득 채웠다. 나는 술잔을 든 채, 유칼립투스 나무가 검푸른 하늘을 배경으로 유연한 우듬지를 펼치고 있는 바깥 광경을 창문 너머로 내다보며 그대로 서 있었다. 바람이 다시 일기 시작한 것 같았다. 나무는 북쪽 창을 쿵쿵 치고 있었고, 두꺼운 전선이 벽 속에 든 절연체 사이의 벽토를 치는 것처럼, 건물 벽에는 육중하고 느리게 고동치는 소리가 울렸다.

나는 술을 한 모금 맛보고는 새 위스키를 부어서 낭비하는 짓을 하지 말 것을 하고 후회했다. 나는 술을 다 싱크에 쏟아버린 후, 새 잔을 꺼내서 얼음물을 마셨다.

아직 이해하지도 못한 상황을 해결할 시간이 단지 열두 시간밖에 없었다. 사건을 해결하거나, 의뢰인에게 가서 경찰이 부인과 부인 가족을 수사하게 해야만 했다. 말로를 불러주세요. 당신 가정에는 법의 정의가 실현될 것입니다. 걱정이 있습니까? 의심스러운 일이 있습니까? 혼란스러운가요? 의혹으로 마음이 지치고 피로합니까? 그렇다면 주정꾼에 덤벙대는 조사원과 의논하십시오. 안짱다리에 난봉꾼이기도 합니다. 필립 말로, 글렌뷰 7537번으로 지금 연락하세요. 와서 이 도시에서 가장 유능한 탐정을 만나보세요. 절망에 빠져 있습니까? 외로우십니까? 말로에게 전화하세요. 그러면 경찰차가 당신을 데리러 갈 것입니다.

이렇게 생각한다고 해서 나아질 것은 없었다. 나는 거실로 돌아가서 체스 테이블 위에서 차갑게 식어 있던 파이프에 성냥불을 붙였다. 나는 연기를 천천히 빨아들였지만, 여전히 뜨거운 고무 냄새가 났다. 나는 파이프를 치워버리고는 마룻바닥 한가운데에 서서 아랫입술을 내밀었다가 다시 꽉 깨물었다.

전화가 울렸다. 나는 수화기를 들고 으르렁대는 소리로 받았다.

"말로요?"

목소리는 거칠고 낮게 속삭였다. 이전에도 들었던 거칠고 낮은 속삭임이었다.

"좋아요. 누구건 간에 얘기 좀 해봅시다. 지금 내가 누구 손 아귀에 있는 거요?"

"당신은 똑똑한 사람인가 보군. 당신에게 이득이 될 만한 일을 하고 싶겠지."

그는 거슬리는 소리로 속삭였다.

"얼마나 이득이 되는 일이오?"

"큰 걸로 다섯 장 정도라고나 할까."

"그거 괜찮군. 무엇을 하는 대가로?"

"말썽 안 부리고 얌전하게 있는 대가지. 그에 대해서 얘기나 좀 할까?"

목소리가 말했다.

"어디에서 언제 누구와?"

"아이들 밸리 클럽으로 오시오. 모니에게로, 여기 오는 대로."

"당신은 누구요?"

희미하게 킥킥대는 소리가 전화선을 통해 들렸다.

"정문에서 에디 프루를 찾으시오."

전화는 딸깍 끊겼다. 나는 전화를 내려놓았다.

11시 반이 가까운 시각이었다. 나는 차를 차고에서 빼서 카후엔가 길로 차를 몰았다.

17

길을 따라 북쪽으로 32킬로미터 정도 가자, 가장자리에 이끼가 깔린 넓은 대로가 언덕으로 이어졌다. 다섯 블록쯤 지나자 길은 사라지고 인가 하나 없는 지역이 나왔다. 그 끝에서 아스팔트 커브길이 언덕 아래로 뻗어 있었다. 이곳이 아이들 밸리였다.

첫번째 언덕 등성이 근처에 타일 지붕을 덮은 하얀 낮은 건물이 길 옆에 있었다. 그 집 앞에는 지붕 달린 포치가 있고 그 위에는 '아이들 밸리 순찰대'라고 쓰인 안내판이 사방에서 조명을 받고 있었다. 열린 정문은 갓길 뒤로 젖혀 있었고, 그 가운데에 있는 초소에 서 있는 네모난 하얀 안내판에는 '멈춤'이라는 글자가 반사재로 반짝이고 있었다. 다른 투광 조명이 안내판 앞의 길을 비추고 있었다.

나는 멈춰섰다. 별을 달고 가죽 권총집을 찬 제복 입은 남자가 내 차를 보고, 초소에 있는 푯말을 보았다.

그는 내 차로 다가왔다.

"안녕하십니까. 차를 이쪽으로 몰고 오시면 안 됩니다. 이 길은 사유지입니다. 방문객이십니까?"

"클럽으로 갑니다."

"어느 클럽 말씀이십니까?"

"아이들 밸리 클럽이오."

"팔십칠 칠십칠이군요. 여기서는 그렇게 부릅니다. 모니 씨의 클럽 말씀이십니까?"

"맞습니다."

"회원은 아니시지요?"

"아닙니다."

"그럼 확인해보겠습니다. 회원인 분이나 이 밸리 안에 사시는 분에게요. 여기는 모두 사유지입니다, 아시겠지만."

"무단 침입자는 없겠군요, 흠?"

그는 미소지었다.

"무단 침입자는 없습니다."

"내 이름은 필립 말로요. 에디 프루에게 전화해봐요."

"프루?"

"그는 모니 씨의 비서나 뭐 그런 거요."

"잠깐만 기다리십시오."

그는 건물 문으로 가더니 말을 했다. 다른 제복 입은 사람이 나와서 사설 전화 교환대의 전선을 꽂았다. 차가 내 뒤에서 경적을 울리며 지나갔다. 순찰 사무소의 열린 문에서 타자기의 시끄러운 소리가 들려왔다. 나와 이야기를 나눴던 남자가 경적을 울리는 차를 보고서는 경례를 했다. 차는 나를 지나쳐서 어둠 속으로 사라졌다. 그것은 초록색의 기다란 오픈 컨버터블 세단으로 앞 좌석에는 아찔한 미인들이 세 명 앉아 있었는데, 모두 담배를 피웠고, 눈썹을 활처럼 그린 채였으며 저속한 욕을 해댔다. 차는 커브길로 돌아 사라졌다.

제복 입은 남자가 돌아오더니 차 문에 손을 올려놓았다.

"좋습니다, 말로 씨. 클럽 앞에 있는 경비원에게 검사를 받으십시오. 오른쪽으로 1.6킬로미터 앞입니다. 주차장에는 불이 켜져 있고 벽에 번호가 써 있습니다. 번호만 있습니다. 팔십칠 칠십칠입니다. 거기서 경비원에게 검사를 받으시면 됩니다."

"왜 그렇게 해야 하죠?"

그는 아주 침착하고, 아주 예의바르고, 아주 확고했다.

"우리는 선생님이 어디로 가시는지 알고 있어야만 합니다. 아이들 밸리를 보호하기 위해서 중요한 일입니다."

"내가 검사를 받지 않는다면요?"

"농담하십니까?"

그의 목소리는 굳어졌다.

"아뇨. 난 단지 알고 싶을 뿐이죠."

"순찰차 두 대가 당신을 찾으러 출발할 겁니다."

"순찰대는 모두 몇 명이나 됩니까?"

"죄송합니다. 오른쪽으로 1.6킬로미터 앞입니다. 말로 씨."

나는 그의 엉덩이에 찬 총과 셔츠에 단 특별 배지를 보았다.

"여기 사람들은 이런 걸 민주주의라고 하는군요."

나는 말했다. 그는 등뒤를 돌아보더니 땅에 침을 뱉고 한 손을 차 문턱에 올려놓았다.

"당신 같은 사람들이 한둘이 아니죠. 나는 존 리드 클럽(1922년 유명한 좌익 잡지 〈뉴매시즈〉지의 편집진에서 시작된 클럽의 이름으로,『세계를 흔든 10일』을 쓴 작가 존 리드의 이름을 따서 지었다. 급진적 사회주의의 문화적 호소력을 넓히기 위한 모임으로 미국 내에서 30개의 지부가 있었다고 한다―옮긴이)에 있는 한 남자를 알고 있었죠. 저기 보일 하이츠에 있던 클럽이죠."

"오호, 혁명 동지로군."

"혁명의 문제점은 그게 나쁜 사람들에 손에 들어간다는 겁니다."

"옳거니."

"다른 한편으로는 그 사람들이 이 주변에 살고 있는 부자 사기꾼들보다 더 나쁠 게 뭐가 있겠습니까?"

"어쩌면 언젠가는 당신도 여기서 살게 될지 모르죠."

내가 말했다.

그는 다시 침을 뱉었다.

"일 년에 만오천 불씩 월급을 주고 시폰 파자마에 어울리는 분홍색 진주 목걸이를 내 목에 걸어준다고 해도 여기서 살지는 않을 겁니다."

"당신에게 그런 제안을 하기는 싫군요."

"언제라도 그런 제안을 해보시죠. 밤이든 낮이든. 그런 제안을 해보고 무슨 일이 일어날지 한번 보시죠."

"알았소, 그럼 나는 지금 가서 클럽의 경비원에게 검사나 받겠소."

나는 말했다.

"그 사람한테 가서 자기 왼쪽 바지 다리에 침이나 뱉으라고 전해주시죠. 내가 그랬다고 해요."

"그렇게 하리다."

차 한 대가 뒤쪽으로 지나가면서 경적을 울렸다. 나는 차를 계속 몰았다. 반 블록을 지나칠 동안, 검은 리무진은 경적을 울려대며 내 뒤를 계속 따라오더니 낙엽이 떨어지는 것 같은 소리를 내면서 나를 추월했다.

이곳의 바깥 바람은 고요했고, 골짜기의 달빛은 날카로워서 검은 그림자들이 조각칼로 도려낸 것처럼 보였다.

모퉁이를 돌자 골짜기 전체가 내 앞에 펼쳐졌다. 언덕 전체에 걸쳐 지어진 천 개의 하얀 집들과 만 개의 불 켜진 창들, 그리고 그 위로 순찰대를 겁내어 너무 가깝지 않게 얌전히 매달려 있는 별들.

길 쪽을 향하고 있는 클럽 건물의 벽은 하얗고 아무런 장식도 없었다. 출입문도 없고 아래층에는 창문도 없었다. 숫자는 작지만 보라색 네온으로 빛나고 있었다. 8777. 그 외에는 아무것도 없었다. 옆에는, 등갓을 쓰고 내리비치는 가로등의 대열 아래로, 차들의 정연한 대열이 평탄한 검은 아스팔트 위에 하얀 선이 그려진 칸 속에 놓여 있었다. 빳빳하고 깨끗한 제복을 입은 직원들이 불빛 속에서 움직였다.

길은 건물 뒤로 이어져 있었다. 커다란 콘크리트 포치 위에 유리와 알루미늄으로 된 차양이 걸려 있었지만 빛은 희미했다.

나는 차에서 내려 등록 번호가 적힌 표를 받은 뒤, 제복을 입은 남자가 앉아 있는 책상 앞으로 가서 표를 던졌다.

"필립 말로요. 방문객입니다."

"고맙습니다. 말로 씨."

남자는 이름과 번호를 받아 적고, 내게 표를 다시 돌려준 다음 전화기를 들었다.

하얀 마직 경비원 제복에 황금 견장을 하고 넓은 황금빛 띠를 두른 모자를 쓴 흑인이 내게 문을 열어주었다.

로비는 돈을 많이 들인 뮤지컬 무대 같았다. 화려한 조명에, 화려한 배경, 화려한 의상과 화려한 음악, 스타들이 총출동하고 독창성과 손톱을 부러뜨릴 만큼 아슬아슬함이 가득찬 구성이 있는 그런 뮤지컬. 아름답고 부드러운 간접 조명 아래에서 벽들은 영원히 우뚝 서서, 실제로 빛나고 있는 부드럽고 선정적인 별들 속에서 길을 잃은 듯했다. 양탄자 위를 걸으려면 방수 장화가 필요할 정도였다. 뒤편으로는 크롬과 흰 에나멜로 된 통로가 양탄자가 깔린 넓고 얕은 계단으로 이어지는, 아치가 달린 계단 길이 있었다. 식당으로 통하는 입구에는 뚱뚱한 급사장이 5센티미터 정도의 비단 줄을 댄 바지를 입고 금색 판으로 된 메뉴판 묶음을 겨드랑이에 끼고서는 무관심한 태도로 서 있었다. 그는 근육 하나 움직이지 않고 정중한 억지 웃음에서부터 냉정한 분노의 표정까지 쉽사리 바꿀 수 있는 얼굴을 하고 있었다.

바의 출입구는 왼쪽이었다. 바는 어둡고 조용했으며 바텐더는 쌓여 있는 유리 그릇의 희미한 불빛 속에서 나방처럼 움직였다. 사금과 함께 체로 걸러낸 바닷물처럼 보이는 드레스를 입은 키가 큰 금발 미인이 자기 입술을 두드리며 여자 화장실에서 나와서 콧노래를 부르며 아치 쪽으로 향했다.

룸바 음악 소리가 아치 쪽에서 들려오자 그녀는 음악에 맞춰 황금빛 머리를 끄덕이면서 미소지었다. 얼굴이 붉고 눈이 번득이는 땅딸막한 남자가 손에 하얀 머플러를 들고 그녀를 기다리고 있었다. 그는 뚱뚱한 손가락으로 그녀의 드러난 팔을 잡고 멍하니 그녀를 쳐다보았다.

복숭아꽃 빛의 중국 옷을 입은 여직원이 내 모자를 받으러 와서 내 옷을 보더니 은근히 불만스러워하는 눈치였다. 그녀의 눈은 마치 이상한 죄를 짓는 듯한 눈빛을 하고 있었다.

담배 파는 여자가 통로를 따라 걸어왔다. 그녀는 머리에는 해오라기 깃털을 꽂고, 이쑤시개나 간신히 숨길 수 있을 만한 옷을 입고 있었으며, 길고 아름다운 맨다리의 한쪽은 은색, 다른 쪽 다리는 금색이었다. 그녀는 오랜 간격을 두고 데이트 약속을 하는 여자 특유의 아주 오만한 표정을 짓고 있었다.

나는 바에 들어가 깃털을 넣은 가죽의자에 주저앉았다. 유리잔들이 부드럽게 부딪쳤고, 조명은 부드럽게 빛났으며, 사랑이라든가 일 할 이자라든가, 뭐든 간에 그런 장소에서 속삭일 수 있는 모든 이야기에 대해서 속삭이는 조용한 목소리가 들려 왔다.

천사가 재단해준 것 같은 회색 정장을 입은 키 크고 잘생긴 남자가 갑자기 벽 옆의 작은 테이블에서 일어나더니 바를 향해 걸어와 바텐더 중 한 명에게 욕을 했다. 그는 오랫동안 시끄럽고 뚜렷한 목소리로 욕을 해댔으며, 보통 잘 재단한 회색 정장을 입은 키 크고 잘생긴 남자들은 잘 하지 않는 험한 말들을 지껄였다. 모든 사람이 대화를 멈추고 그를 조용히 바라보았다. 그의 목소리는 쌓인 눈을 삽질하는 소리처럼 조용해진 삼바 음악 속에 울려퍼졌다.

바텐더는 완벽하게 미동도 하지 않고 그를 바라보고 있었다. 바텐더는 곱슬머리에 맑고 따스한 피부와 크고 사려 깊은 눈을 가진 남자였다. 그는 움직이거나 입을 열지 않았다. 키 큰 남자는 말을 멈추고 거들먹거리며 바에서 나갔다. 바텐더만 빼고는 모든 사람이 그가 밖으로 나가는 모습을 지켜보았다.

바텐더는 천천히 바를 따라 움직여 내가 앉아 있는 곳까지 왔다. 그는 내게서 눈길을 피하고 있었고, 그의 얼굴에는 창백한 기운 말고는 아무런 표정이 없었다. 그러자 그는 내게 몸을 돌려 말했다.

"손님, 뭘 드릴까요?"

"에디 프루라는 사람을 만나고 싶은데요."

"그래서요?"

"그 사람은 여기서 일하죠."

내가 말했다.

"여기서 무슨 일을 합니까?"

그의 목소리는 완벽하게 침착했고 사막의 모래알처럼 메말랐다.

"내가 알기로는 사장의 뒤에 서서 다니는 그런 사람이오. 당신이 내 말뜻을 안다면 말이요."

"아, 에디 프루."

바텐더는 천천히 입술을 오므리더니 행주로 바 위에 작은 동그라미를 그렸다.

"성함이?"

"말로."

"말로 씨. 기다리시는 동안 뭐 마실 거라도?"

"진한 마티니면 될 것 같군요."

"마티니, 진한 걸로 말이죠. 아주 아주 진한 걸로."

"좋소."

"숟가락으로 드시겠습니까, 아니면 나이프와 포크로 드시겠습니까?"

"채 썰어주시지. 그냥 뜯어먹게."

"학교 갈 때 먹게, 올리브를 가방에 넣어드릴까요?"

"그냥 내 코를 한 대 치시오. 그래서 당신 기분이 좋아진다면야."

"고맙습니다, 손님. 진한 마티니죠."

그는 내게서 세 걸음 물러나더니, 돌아와서는 바 위로 몸을 숙이고 말했다.

"제가 술을 만들 때 실수를 했습니다. 아까 신사분은 그것에 대해서 제게 말씀하신 겁니다."

"나도 들었소."

"그 분이 제게 실수를 말하는 태도는 신사분들이 당신에게 그런 일을 얘기하는 태도랑 똑같았죠. 거물 영화감독들이 당신의 사소한 실수를 당신에게 지적해주기를 좋아하는 것과 마찬가지입니다. 당신도 그 사람 말을 들었지요."

"그렇소."

나는 도대체 이게 얼마나 오랫동안 계속될까 생각했다.

"그는 자기 말을 일부러 남이 들을 수 있도록 말했습니다. 신사분이 그랬다 이거죠. 그래서 나는 여기 와서 사실상 당신을 모욕했습니다."

"이해하겠소."

내가 말했다.

그는 손가락 하나를 들어올리더니 생각에 잠겨서 그것을 바라보았다.

"그것과 똑같이, 완전한 이방인에게 말이죠."

"내 커다란 갈색 눈 때문일 거요. 내 눈이 아주 점잖게 보이기 때문이지."

"고맙습니다. 손님."

그는 조용히 가버렸다.

나는 그가 바의 끝에 있는 전화에 대고 무어라 말하는 것을 보았다. 그런 다음 그가 셰이커로 칵테일을 만드는 것을 지켜보았다. 그가 술을 가지고 다시 돌아왔을 때 그는 다시 평상시의 상태로 되돌아가 있었다.

18

나는 벽에 붙어 있는 작은 테이블로 술잔을 들고 가서 자리에 앉은 후 담뱃불을 붙였다. 5분이 흘렀다. 현악기에서 흘러나오던 음악은 어느새 템포를 바꾸었다. 한 여자가 노래를 하고 있었다. 그녀의 풍부하고 발목까지 빠질 정도로 깊은 음역을 가진 콘트랄토(테너와 소프라노의 중간 음역―옮긴이) 목소리는 듣기에 좋았다. 그녀는 〈어두운 눈동자〉(Dark Eyes. 해리 홀릭과 그레고리 스톤이 러시안 집시 음악을 편곡해서 만든 곡―옮긴이)를 부르고 있었고, 그녀 뒤의 밴드는 꾸벅꾸벅 조는 것처럼 보였다.

노래가 끝나자 갈채가 터져나왔고, 어떤 사람은 휘파람을 불어댔다.

옆자리에 앉은 남자가 여자 친구에게 말했다.

"린다 컨퀘스트가 밴드와 함께 다시 공연하는군. 내가 듣기로는 파시디나에 사는 부호와 결혼했었다는데, 오래가지 않았나 봐."

여자가 말했다.

"좋은 목소리네요. 저음의 여성 가수를 좋아한다면요."

나는 일어서려 했지만 그림자 하나가 내 자리에 드리웠다. 한 남자가 거기 서 있었다.

엄청나게 키가 큰 남자로, 망가진 얼굴에 매처럼 날카로운 오른쪽 의안은 굳은 홍채와 보이지 않기 때문에 움직이지 않는 시선을 담고 있었다. 그는 어찌나 키가 컸던지 내 자리 건너편의 의자 등에 손을 올려놓으려면 몸을 구부려야만 했다. 그는 그 자리에 서서 아무 말도 하지 않고 나를 재보고 있었으며, 나는 그 자리에 앉아 마지막 남은 술 한 방울을 들이키며 다른 노래를 부르는 콘트랄토 목소리에 귀를 기울이고 있었다. 이곳의 손님들은 감상적인 노래를 좋아하는 것 같았다. 아마도 자신들의 일터에서 한 발짝 앞서나가려고 노력하는 일에 지친 것이리라.

"내가 프루요."

남자가 거센 소리로 속삭였다.

"그럴 거라고 생각했소. 당신은 내게 할 말이 있고, 나도 당신에게 할 말이 있소. 그리고 나는 저기 노래 부르는 여자에게도 할 말이 있소."

"갑시다."

바의 뒤쪽 막다른 곳에는 잠긴 문이 있었다. 프루는 빗장을 풀고 나를 위해서 문을 잡아주었고 우리는 문을 통해서 양탄자가 깔린 계단참으로 올라가 왼쪽으로 갔다. 길게 뻗은 복도에는 닫혀 있는 문들이 몇 군데 있었다. 복도 끝에는 반짝이는 별 모양이 걸려 있는 망사 휘장이 드리워 있었다. 프루는 휘장 가까이에 있는 문을 두드리고 문을 열어 내가 지나갈 수 있도록 한 발 옆으로 비켜 섰다.

편안해 보이는 사무실로, 크기는 그다지 크지 않았다. 프랑스식 창문 옆으로는 붙박이로 되어 있는 구석 의자가 있었고, 하얀 디너 재킷을 입은 남자가 창 밖을 내다보면서 등을 보이고 서 있었다. 머리가 희끗희끗한 남자였다. 그곳에는 커다란 검은 크롬 금고와 몇 개의 서류장, 대 위에 놓여 있는 지구본과 작은 붙박이 바, 그리고 평범한 스타일의 넓고 육중한 중역용 책상 뒤에는 등받이가 높고 패드를 댄 평범한 가죽의자가 있었다.

나는 책상 위에 있는 장식물들을 보았다. 모든 것이 평균적이고 모두 구리로 된 제품들이었다. 구리로 된 전등, 펜 세트, 연필 그릇, 구리로 된 코끼리가 테두리에 붙어 있는 유리와 구리로 된 재떨이, 구리로 된 편지 뜯는 칼, 구리로 된 접시 위에 놓은 구리 온도계, 모서리가 구리로 되어 있는 압지대가 놓여 있었다. 구리 꽃병에 꽂혀 있는 스위트 피까지도 구릿빛이었다.

모두 다 구리 천지였다.

창문 옆에 서 있던 남자가 뒤로 돌아섰다. 쉰이 다 되어가는 나이에 부드럽고 숱이 많은 잿빛 머리의 남자였다. 건장하고 잘생긴 얼굴은 별 특별할 것이 없었지만, 왼쪽 뺨에 오그라든

짧은 흉터가 있어 보조개 같은 효과를 냈다. 나는 그 보조개를 기억해냈다. 잊어버렸을 수도 있는 일이었다. 나는 아주 오래 전, 적어도 10년 전에 그를 영화에서 본 것을 기억해냈다. 지금은 그 영화도 기억할 수 없었고, 그 영화가 무엇에 대한 영화인지, 그 영화에서 그가 무엇을 하고 있었는지도 기억이 나지 않았다. 그렇지만, 그 가무잡잡하고 건장한 잘생긴 얼굴과 오그라든 흉터를 기억해낼 수 있었다. 그의 머리카락도 그때는 더 검었다.

그는 책상으로 걸어가서 자리에 앉은 다음 편지 뜯는 칼을 집어들더니 칼끝으로 엄지손가락 끝을 찔렀다. 그는 무표정하게 나를 보며 말했다.

"당신이 말로인가?"

나는 고개를 끄덕였다.

"앉게."

나는 자리에 앉았다. 에디 프루는 벽에 기대어 앉아 의자 앞다리를 바닥에서 비스듬히 들어올렸다.

"나는 염탐꾼들을 좋아하지 않네."

모니가 말했다.

나는 어깨를 으쓱했다.

"여러가지 이유로 그런 작자들을 좋아하지 않지. 그런 작자들이 언제 어떻게 나타나든 좋아하지 않아. 그 작자들이 내 친구들을 성가시게 할 때도 싫고. 내 아내에게 갑자기 들이닥치는 것도 마음에 안 들고."

나는 아무 말도 하지 않았다.

"그런 작자들이 내 운전기사에게 캐묻고 다니거나, 내 손님들에게 거칠게 굴어도 마음에 안 들어."

나는 아무 말도 하지 않았다.

"한 마디로, 나는 그냥 그 사람들이 싫은 거야."

"말하는 뜻이 이제 슬슬 감이 오는군요."

내가 말했다. 그는 얼굴이 붉어지더니 눈을 번득였다.

"반면, 지금 막 당신에게 유용한 제안이 떠올랐어. 나에게 협조하면 이득이 되는 거지. 좋은 생각 같지 않나. 당신이 입 다물고 얌전하게 있어주면 이득이 될지도 몰라."

"제게 얼마나 이득이 되는 일입니까?"

"시간과 건강에 있어서 이득이 될 걸세."

"똑같은 소리를 이전에도 들은 것 같은데요. 누가 그랬는지 이름은 떠오르지 않습니다만."

그는 편지 뜯는 칼을 내려놓고, 책상 뚜껑을 활짝 열어젖힌 후 세공 유리로 만든 디캔터(식탁용의 마개 있는 유리병―옮긴이)를 꺼냈다. 그는 유리잔에 술을 따라 마시고 디캔터의 뚜껑을 다시 닫은 후 책상 안에 다시 넣었다.

"내 사업에는 거친 애들이 아주 흔해 빠졌지. 그리고 거친 애들 흉내를 내고 싶은 애들은 더 흔해 빠졌네. 자네는 자네 일이나 신경 쓰고 나는 내 일이나 신경 쓰면 우리는 아무 문제도 없을 걸세."

그는 담뱃불을 붙였다. 손이 약간 떨렸다.

나는 방 건너편에서 시골 가게에 있는 건달처럼 벽에 비스듬하게 기대어 앉아 있는 키 큰 남자를 보았다. 그는 미동도 않고 손을 늘어뜨린 채로 주름진 얼굴에 아무런 표정도 없이 거기 앉아 있었다.

"누군가 어떤 돈에 대해서 어떤 이야기를 했었죠."

나는 모니에게 말했다.

"그게 무엇을 위한 것이죠? 호통을 치는 것은 뭣 때문인지 알고 있습니다. 당신이 나를 겁줄 수 있다고 스스로에게 확신시키려는 거죠."

"그런 식으로 계속 지껄여봐."

모니가 말했다.

"네 조끼에 납 단추를 예쁘게 박아주지."

"이런, 납 단추가 박힌 조끼를 입은 불쌍한 말로라."

내가 말했다. 에디 프루는 목구멍에서 킥킥대는 소리 같기도 한 메마른 소리를 냈다.

"그리고 내 일이나 신경 쓰고 그쪽 일에는 신경 끄라는 얘기에 대해서 말인데, 내 일과 그쪽 일이 약간 엉킬 수도 있겠죠. 그렇더라도 내 잘못은 아니죠."

"자네 잘못이 아닌 편이 신상에 좋을 걸. 그런데 어떤 식으로 엉킨다는 건가?"

모니는 눈을 재빨리 치켜떴다가, 다시 내리깔았다.

"글쎄요, 예를 들면 말이죠. 그쪽의 험한 친구가 내게 전화를 걸어서 죽여버리겠다고 겁을 준다거나 하는 거죠. 또, 저녁 늦게 전화해서 큰 것 다섯 장을 주겠다고 한다거나 여기 와서 당신하고 이야기를 하면 좋은 일이 있을 거라고 말하는 것 같은 식이죠. 그리고 또 예를 들면, 아까 그 험한 친구거나 아니면 그와 똑같이 생긴 사람이, 뭐 그럴 일은 없을 것 같지만, 내 일에 관련 있는 한 남자를 졸졸 쫓아다녔는데 오늘 오후 벙커힐에 있는 코트 가의 아파트에서 그 남자가 우연히 총을 맞고 죽었다. 이런 식인 거죠."

모니는 담배를 입술에서 떼고는 그 끝을 보려고 눈을 가늘게 떴다. 모든 동작, 모든 손짓이 광고 전단지에서 튀어나온 것처럼 보였다.

"누가 총을 맞았다고?"

"필립스란 사람입니다. 금발의 애송이죠. 당신이라면 그를 싫어했을 겁니다. 그는 염탐꾼이었으니까요."

나는 필립스를 그에게 묘사해주었다.

"나는 그런 사람 들어본 적이 없는데."

모니가 말했다.

"그리고 또 예를 들면, 거기 살지 않는 늘씬한 금발 미인이 그가 살해당한 직후 그 아파트에서 나오는 것이 목격되었다는 것 같은 얘기죠."

"어떤 늘씬한 금발 미인이지?"

그의 목소리가 약간 바뀌었다. 거기에는 약간 다급한 기색이 섞여 있었다.

"잘 모르겠습니다. 여자를 목격한 사람은 여자를 다시 보면 알아볼 수 있다고 하더군요. 물론 필립스와 반드시 상관이 있다고 할 수는 없죠."

"필립스란 남자는 탐정 나부랭이인가?"

나는 고개를 끄덕였다.

"그렇다고 두 번이나 말했는데요."

"그 사람은 왜 어떻게 해서 죽었지?"

"그는 아파트에서 둔기로 얻어맞은 뒤 총을 맞았습니다. 우리는 그 사람이 왜 살해당했는지 아직 모릅니다. 알고 있다면 누가 그를 죽였는지도 알겠죠. 이건 그런 류의 상황입니다."

"여기서 말하는 '우리'는 누군가?"

"경찰과 나를 말하는 겁니다. 내가 그의 시체를 발견했습니다. 그래서 꼼짝없이 엮이게 됐죠."

프루는 비스듬하게 들려 있던 의자 다리를 아주 조용하게 바닥에 내려놓고 나를 바라보았다. 그의 성한 눈은 졸린 표정을 하고 있었다. 나는 그 표정이 마음에 들지 않았다.

"자넨 경찰에게 무슨 얘기를 했나?"

모니가 물었다.

"별로요. 여기 왔을 때 당신이 처음 한 말로 미루어보니 내가 린다 컨퀘스트, 레슬리 머독 부인을 찾고 있다는 것을 알고 있군요. 나는 그녀를 찾았습니다. 여기서 노래하던데요. 나는 그 일을 왜 비밀로 해야 하는지 잘 모르겠습니다. 당신 부인과 바니에르 씨는 나에게 말해줄 수도 있었을 텐데요. 그렇지만 말해주지 않았죠."

"내 아내가 염탐꾼에게 해줄 말이라면, 모기 눈알만큼밖에 없을 걸."

"확실히 부인은 나름대로의 이유가 있죠. 그렇지만 지금 그런 건 중요하지 않아요. 사실상 내가 컨퀘스트 양을 봤다는 것도 그다지 중요하지 않습니다. 마찬가지로 저는 그녀와 잠깐 얘기를 나누고 싶습니다. 당신이 괜찮다고 한다면."

"내가 안 괜찮다고 하면?"

모니가 말했다.

"어쨌거나 그녀와 얘기를 하고 싶은데요."

나는 담배 한 개비를 주머니에서 꺼내 손가락 사이에서 빙글빙글 돌리면서 그의 두껍고 진한 눈썹에 감탄을 금치 못했다. 눈썹은 근사하고 우아한 곡선을 그리고 있었다.

프루가 킥킥거렸다. 모니는 그를 보고 얼굴을 찌푸리더니 그 표정 그대로 다시 나를 보았다.

"당신이 경찰에게 무슨 말을 했는지 물었어."

"경찰에게는 가능한 한 조금만 말했습니다. 필립스란 남자는 나한테 와서 자기를 만나달라고 했습니다. 그는 마음에 안 드는 일에 깊게 연관이 되었다고 하면서 도움이 필요하다는 눈치를 내비쳤습니다. 내가 거기 갔을 때는 그 사람은 죽어 있었죠. 나는 경찰에게 그렇게 말했습니다. 경찰들은 그게 얘기의 전부라고 생각하지는 않아요. 아마도 그렇겠죠. 나는 내일 정오까지 빠진 얘기를 메꿔야 합니다. 그래서 지금 메꾸려고 노력하는 거죠."

"여기 와서 자네 시간만 낭비했군."

모니가 말했다.

"나는 여기 와달라고 부탁받은 것이라고 생각했는데요."

"자네가 좋을 때 꺼져버려도 좋아. 아니면, 나를 위해서 사소한 일을 해주든가. 오백 달러에. 어느 쪽이든 자네는 경찰과 어떤 이야기를 할 때라도 에디와 내 얘기는 빼놓는 거야."

"그 일의 성격이 뭡니까?"

"오늘 아침에 내 집에 있었으니, 눈치챘을 텐데."

"나는 이혼 관련 사건은 맡지 않습니다."

나는 말했다. 그의 얼굴이 하얗게 변했다.

"나는 아내를 사랑해. 우리는 결혼한 지 팔 개월밖에 안 되었지. 나는 이혼은 원치 않아. 아내는 멋진 여자고 대체로 사리분별은 할 줄 알지. 하지만 이번에는 잘못된 남자와 불장난하고 있다고 생각하네."

"어떤 면에서 잘못됐다는 겁니까?"

"나도 몰라. 그걸 알고 싶은 거야."

"이건 하나는 똑바로 하죠. 그럼 지금 내게 일을 하라고 고용하는 겁니까, 아니면 이미 하고 있는 일에서 손을 떼달라고 고용하는 겁니까?"

프루는 벽에 기댄 채로 다시 킥킥 웃었다.

모니는 자기 손으로 브랜디를 더 따라 목구멍으로 휙 넘겼다. 그의 얼굴에 핏기가 다시 돌았다. 그는 내 말에는 대답하지 않았다.

"다른 일도 짚고 넘어가죠. 당신은 부인이 불장난하고 다니는 건 괜찮지만, 바니에르라는 남자와 하는 건 싫다, 이겁니까?"

"나는 아내의 마음을 믿네. 그렇지만 그녀의 판단력은 못 믿어. 이 정도로만 해두지."

그가 느릿느릿 말했다.

"그럼 나보고 이 바니에르라는 남자에 대해서 조사해달라는 겁니까?"

"지금 이 남자가 무슨 일에 관련되어 있는지 알고 싶네."

"아, 이 남자가 무슨 일에 관련이 되어 있습니까?"

"그런 것 같네. 뭔지는 모르지만."

"그 남자가 그렇다고 생각하는 겁니까, 아니면 그렇게 생각하고 싶은 겁니까?"

그는 잠시 동안 나를 차분하게 쏘아보더니, 중간 책상서랍을 열고 손을 넣어 접힌 종이를 내 앞으로 던졌다. 나는 그것을 주워서 펴보았다. 그것은 회색 계산서를 복사한 종이었다. '서 캘리포니아 치과 재료 공급상'이라고 쓰여 있고 주소가 있었다. 계산서는 커(Kerr's)의 크리스토볼라이트(chrystobolite. 석영과 유사한 규산염광물—옮긴이) 상회에서 14킬로그램어치를 15.75달러에, 화이트 알바스톤(albastone. 석회의 일종—옮긴이) 상회에서는 11킬로그램어치의 물건을 7.75달러를 주고 구입하여 거기에 부가세가 합산된 것으로 나와 있었다. 계산서는 윌 콜의 H. R. 티거 앞으로 발행된 것으로, 고무 도장으로 '지불 완료'라고 찍혀 있었다. 구석에는 'L. G. 바니에르'라는 서명이 있었다.

나는 종이를 책상 위에 올려놓았다.

"이것은 그 자가 여기 왔던 어느 날 밤에 그 작자 주머니에서 떨어진 거네. 한 열흘 전인가. 에디가 저 거대한 발로 밟고 있어서 바니에르는 자기가 떨어뜨린 줄도 모르더군."

나는 프루를, 다음에는 모니를, 다음에는 내 엄지손가락을 보았다.

"이게 내게 무슨 의미가 있을 것 같습니까?"

"자네는 똑똑한 탐정 같으니, 밝혀낼 수 있을 거라고 생각하네."

나는 종이를 다시 본 후 그것을 접어서 주머니에 넣었다.

"이게 아무런 의미가 없다면 당신이 이걸 저한테 주었을 리가 없겠죠."

모니는 벽에 붙어 있는 검정색 크롬 금고로 다가가 그것을 열었다. 그는 다섯 장의 새 지폐를 포커를 칠 때처럼 손가락 새에 쫙 펼쳤다. 그는 가장자리를 잘 맞춰서 가볍게 세어본 후, 내 앞의 책상 위로 던졌다.

"여기 자네 오백 달러가 있네. 바니에르를 내 아내의 인생에서 제거해주면 같은 것을 더 주겠네. 나는 자네가 어떻게 하든지 관심도 없고, 어떻게 하는지에 대해 아무것도 알고 싶지도 않네. 그냥 하도록 해."

나는 빳빳한 새 지폐를 굶주린 손가락으로 집었다. 그리고 나는 그것을 밀어버렸다.

"내가 일을 해결했을 때, 만약 해결하게 된다면 그때 지불해도 됩니다. 컨퀘스트 양과 짧은 대화를 나누게 해주면 오늘 밤 수고료는 받은 것으로 하죠."

모니는 돈을 건드리지 않았다. 그는 사각 병을 들어서 술 한 잔을 더 따랐다. 이번에는 나를 위해서도 한 잔을 따라준 후, 책상 건너로 밀었다.

"그리고 필립스 살인사건에 대해서는, 여기 있는 에디가 그를 잠깐 미행했었죠? 이유를 말해줄 수 있습니까?"

"아니."

"이런 사건의 문제점은 정보가 다른 누군가로부터 나올 수도 있다는 것이죠. 살인사건이 신문에 실리기라도 하면 무슨 얘기가 나올지는 모르는 겁니다. 만약 그렇게 되면 당신은 제 탓이라고 하겠죠."

모니는 흔들림 없이 나를 보면서 말했다.

"그렇게 생각하진 않네. 자네가 여기 들어올 때 내가 약간 거칠게 굴긴 했지만, 자네는 아주 잘 넘겼지. 나는 기회를 잡을 걸세."

"고맙습니다. 그럼 왜 에디를 시켜서 나에게 전화를 걸게 해서 겁을 줬는지는 이유를 말해줄 수 있습니까?"

모니는 내려다보고는 책상을 똑똑 두드렸다.

"린다는 나의 오랜 친구지. 젊은 머독이 오늘 여기 와서 그녀를 만나고 갔어. 그가 린다에게 당신이 머독 부인을 위해서 일한다고 말해줬지. 그녀가 내게 말했고. 나는 그게 어떤 일인지는 몰랐네. 자네는 이혼 사건은 맡지 않는다고 했으니, 아마 그 노친네가 자네에게 그런 일을 조작해 올리라고 시키지는 않은 것 같군."

그는 마지막 문장을 말할 때 눈을 치켜뜨고서는 나를 응시했다.

나는 그의 눈길을 맞받아치면서 다음 말을 기다렸다.

"나는 그저 친구들을 좋아하는 그런 사람일 뿐이야. 그리고 내 친구들이 탐정들에게 방해받는 걸 원치 않지."

"머독이 당신에게 빚을 좀 졌죠, 그렇지 않습니까?"

모니는 얼굴을 찡그렸다.

"그런 일은 여기서 논하고 싶지 않네."

그는 술을 다 마셔버리고 고개를 끄덕이면서 일어섰다.

"린다를 불러서 자네와 얘기를 나누게 해주지. 돈을 집게."

그는 문 밖으로 나갔다. 에디 프루는 기다란 몸을 펴고 일어나서 내게 아무 의미 없는 음침한 미소를 보낸 후, 모니를 따라 어슬렁어슬렁 나갔다.

나는 새 담배에 불을 붙이고 치과 재료 공급상 계산서를 다시 보았다. 내 마음 속에서 희미하게 무언가가 꾸물꾸물 피어오르고 있었다. 나는 창문으로 걸어가서 골짜기 너머를 내다보았다. 차 한 대가 언덕 위를 올라 반쯤 유리 벽돌로 되어 뒤에서 조명이 비치는 탑이 있는 집으로 향해 가고 있었다. 차의 헤드라이트가 집 위로 이리저리 움직이더니 차고를 향했다. 불은 꺼졌고 골짜기는 더 어두워 보였다.

지금은 아주 조용하고 아주 시원했다. 댄스 밴드는 내 발 밑 어딘가에 있는 것 같았다. 소리는 웅웅거렸고 음조는 분간할 수 없었다.

린다 컨퀘스트가 내 뒤의 열린 문으로 들어와서 문을 닫고 차가운 눈빛으로 나를 바라보며 섰다.

19

 그녀는 사진과 비슷해 보이기도 하고 그렇지 않기도 했다. 크고 멋진 입, 짧은 코에 크고 멋진 눈, 가운데 가르마를 타서 머리카락 사이로 하얀 피부가 드러나 보이는 검은 머리를 하고 있었다. 그녀는 드레스 위에 하얀 코트를 깃을 세워 입고 있었다. 그녀는 코트 주머니에 손을 찌르고 입에는 담배를 물고 있었다.

그녀는 더 나이 들어 보였고 눈은 더 매서웠으며 입술은 미소 짓는 것을 잊어버린 것처럼 보였다. 노래 부를 때는 무대용의 인공적인 미소를 짓고 있었다. 그러나 가만히 있을 때 입술은 가늘고 긴장되고 화가 나 있었다.

여자는 책상 쪽으로 다가와서 구리 장식품들을 헤아리기라도 하는 것처럼 아래를 내려다보며 섰다. 그녀는 유리 디캔터를 보더니 뚜껑을 열어서 술 한 잔을 따른 후 손목을 휙 꺾어서 단숨에 마셔버렸다.

"당신이 말로라고 하는 사람이에요?"

그녀는 나를 들여다보며 물었다. 그녀는 엉덩이를 책상 가장자리에 걸치고 다리를 꼬았다.

나는 내가 말로라는 사람이라고 했다.

그녀가 말했다.

"아무래도 당신을 눈꼽만큼도 좋아하게 될 것 같지 않으니, 당신 용건이나 말하고 꺼지시죠."

"이곳에서 마음에 드는 건 모든 것이 대단히 전형적으로 돌아간다는 거요."

나는 말했다.

"현관의 경비원, 반짝이는 문, 담배 파는 여직원과 옷을 받아주는 여직원, 뚱뚱하고 기름지고 관능적인 유태인과 늘씬하고 당당하고 지루해 보이는 쇼걸, 잘 차려입고 술에 취해서 바텐더에게 욕이나 퍼붓는 끔찍할 정도로 건방진 영화감독, 총을 지닌 말 없는 남자, 희끗희끗한 머리와 B급영화의 매너리즘을 가진 나이트클럽 주인. 그리고 이젠 당신. 늘씬한 검은 머리의 가수. 무심한 듯한 경멸과 허스키한 목소리와 하드보일드풍 어휘를 가진."

"그래요?"

그녀는 그렇게 말하고 담배를 입술 사이에 끼우고 천천히 연기를 빨아들였다.

"그럼 철 지난 개그와 유혹하는 미소를 가진 신랄한 탐정은 어떤가요?"

"그러면 도대체 무엇으로 내가 당신과 만날 권한을 갖게 된 걸까요?"

"모르겠네요. 뭔데요?"

"부인이 그걸 되돌려받기를 원해요. 그것도 빨리. 긴급히 하지 않으면 문제가 생길 거요."

"내 생각에는……."

그녀는 말하려다가 차갑게 끊었다. 나는 그녀가 담배를 만지작거리다가 얼굴을 담배에 갖다댈 때 그녀의 얼굴에서 갑작스런 관심의 흔적이 나타났다 사라지는 것을 보았다.

"부인이 뭘 돌려받기를 원한다고요, 말로 씨?"

"브라셔 더블룬."

그녀는 나를 올려다보고 기억을 떠올리며, 아니, 기억을 떠올리는 것처럼 보이도록 하며 고개를 끄덕거렸다.

"아, 브라셔 더블룬."

"아주 까맣게 잊어버렸군요."

내가 말했다.

"아, 아녜요. 그걸 몇 번 본 적은 있어요. 부인이 돌려받기를 원한다고 했죠. 그 여자가 제가 그걸 가져갔다고 생각한다는 뜻인가요?"

"그렇소. 바로 맞췄소."

"더러운 거짓말쟁이 할멈 같으니."

린다 컨퀘스트가 말했다.

"단순히 그렇게 생각한다고 해서 거짓말쟁이라고 할 수는 없어요."

내가 말했다.

"때때로 잘못 생각하게 되는 것일 뿐이지. 그 분 말이 틀렸나요?"

"내가 그 여자의 웃기지도 않는 옛날 동전을 가져다 뭐에 쓰겠어요?"

"글쎄요. 그건 꽤 가치가 나가지요. 부인 생각에는 당신이 돈이 필요할 거라고 하던데. 내 짐작에도 부인이 대단히 관대한 사람은 아니었던 것 같고."

그녀는 웃었다. 다소 긴장된 듯한 비웃는 웃음이었다.

"물론 아니죠. 엘리자베스 브라이트 머독 부인은 전혀 관대하다고 할 수 없는 사람이에요."

"어쩌면 당신은 단지 앙갚음 같은 걸 하려고 가져갔을 수도 있겠죠."

나는 희망을 품고 말했다.

"어쩌면 나는 당신 따귀를 갈겨야 할 것 같군요."

그녀는 모니의 구리로 된 금붕어 어항에 담배를 넣어서 끄고는 짓눌린 담배꽁초를 멍하니 편지 뜯는 칼로 뚫어서 쓰레기통에 떨어뜨렸다.

"그럼 그 얘기는 넘어가고 더 중요할지도 모르는 얘기를 해봅시다. 그 사람과 이혼할 거요?"

"위자료로 이만오천 달러를 주면요. 그러면 기꺼이 해주죠."

그녀는 나를 보지도 않고 말했다.

"그 남자를 사랑하고 있는 게 아니오, 흠?"

"내 마음을 찢어지게 하는군요. 말로 씨."

"그는 당신을 사랑하고 있어요. 결국 당신도 그와 결혼했잖소."

그녀는 나른한 눈빛으로 나를 보았다.

"이보세요, 내가 그 실수의 대가를 치르지 않았다고 생각하진 말아요."

그녀는 다른 담배에 불을 붙였다.

"그렇지만 여자들은 살아가야 하죠. 그리고 보기만큼 사는 게 쉬운 게 아녜요. 그러니까 여자들이 실수도 할 수 있고, 잘못된 남자한테, 잘못된 집안에 시집가서 그곳에는 있지도 않은 걸 찾는 거에요. 안정이든 뭐든."

"그렇지만 그러기 위해서 사랑은 필요없다는 거군요."

내가 말했다.

"나는 너무 냉소적으로 말하긴 싫지만, 말로 씨. 얼마나 많은 여자들이 가정을 찾기 위해서 결혼하는지 알면 당신도 놀랄 거예요. 특히 이런 술집으로 흘러들어오는 온갖 낙천주의자들과 싸워나가는 데 지쳐서 파김치가 된 여자들은요."

"당신은 가정을 찾았지만, 포기했잖습니까?"

"너무 대가가 비쌌어요. 포트와인에 절어 사는 그 할망구가 거래를 너무 힘들게 만들었죠. 고객으로서 그 여자가 마음에 드나요?"

"더 나쁜 고객도 많이 있었죠."

그녀는 담배 가루를 입술에서 털어냈다.

"그 여자가 그 여자애에게 어떻게 하는지 봤어요?"

"멀 말이오? 부인이 그 여자를 겁주는 것 같기는 합디다."

"단지 그 정도가 아녜요. 그 여자는 멀을 완전히 돌아버리게 만들었어요. 그 애는 약간 충격을 받은 일이 있었고, 그 짐승 같은 할망구가 그 효과를 이용해서 그 애를 완전히 자기 맘대로 하죠. 사람이 앞에 있으면 멀에게 마구 고함치지만, 둘만 있을 때는 머리도 토닥여주고 귀에 대고 다정하게 속삭여주기도 하고 그래요. 그러면 그 애는 벌벌 떤다니까요."

"그런 걸 전부 눈치채지는 못했소."

내가 말했다.

"그 애는 레슬리에게 푹 빠져 있어요. 하지만 자기는 그걸 모르죠. 그 앤 정서적으로는 거의 열 살 어린애예요. 뭔가 괴상한 일이 근래에 그 집안에 일어날 거예요. 그 자리에 없게 되어 다행이에요."

"당신은 똑똑한 여성이군요, 린다. 강한 데다가 현명하기도 하고. 당신이 그와 결혼했을 때는 한밑천 챙길 거라고 생각한 것 같은데요."

그녀는 입술을 삐죽거렸다.

"적어도 휴가 정도는 될 거라고 생각했어요. 그런데 그에 미치지도 못했어요. 똑똑하고 무모한 여자가 있다고 쳐요, 말로씨. 그 여자가 당신한테 무어라고 한다고 해도, 말한 그대로는 아니죠. 그녀는 무언가를 꾸미고 있어요. 조심하셔야 할 거예요."

"그 여자가 남자 두 명을 죽일 수도 있을까?"

여자는 웃음을 터뜨렸다.

"농담이 아니오. 두 명의 남자가 죽었고, 그들 중 적어도 한 사람은 희귀 동전과 관련이 있소."

"무슨 말인지 못 알아듣겠는데요. 살해당했다는 건가요?"

그녀는 침착하게 나를 바라보았다. 나는 고개를 끄덕였다.

"모니에게 그런 얘기를 했나요?"

"그 중 한 사람에 대해서만 얘기했죠."

"경찰에게는 말했나요?"

"한 사람 얘기만 했소. 역시 같은 사람 얘기를."

여자는 내 얼굴로 눈길을 옮겼다. 우리는 서로를 응시했다. 그녀는 약간 창백해 보였다. 단지 피곤했던 것인지도 몰랐다. 나는 그녀가 전보다 더 창백해졌다고 생각했다.

"얘기를 꾸며내고 있군요."

그녀는 이를 악물면서 말했다. 나는 싱긋 웃고 고개를 끄덕였다. 그녀는 다시 긴장이 풀어지는 것 같았다.

"브라셔 더블룬에 대해서는요? 당신은 가져가지 않았다 이거죠. 좋소. 그럼 이혼은 어쩔 거요?"

"당신이 상관할 일이 아니에요."

"그래요. 어쨌든 이야기를 해줘서 고맙소. 바니에르라는 남자를 아시오?"

"네. 잘 알지는 못해요. 그는 로이스의 친구예요."

그녀의 얼굴은 이제 얼음장처럼 굳어 있었다.

"아주 좋은 친구인가 보군요."

"요새는 작고 소리 없는 골칫거리로 여겨지는 것 같더군요."

"그런 쪽으로 눈치가 있더군요."

내가 말했다.

"그 사람에게는 뭔가 수상한 점이 있소. 그 이름이 나올 때마다 사람들이 얼어붙지."

여자는 나를 쏘아보면서 아무 말도 하지 않았다. 나는 그녀의 눈 깊은 곳에서 어떤 생각이 소용돌이치고 있지만 떠오르지는 않고 있다는 생각이 들었다. 그녀는 조용히 말했다.

"모니라면 확실히 그를 죽여버릴 거에요. 그가 로이스와 헤어지지 않는다면요."

"계속해봐요. 로이스는 손가락만 까딱해도 넘어올 여자지. 누구나 알 수 있을 거요."

"아마도 알렉스만 그걸 모르는 유일한 사람일 거예요."

"바니에르는 내 일하고는 어쨌거나 상관없소. 그는 머독 집안과는 아무런 관계가 없으니까."

그녀는 나를 향해 입꼬리를 치켜올리며 말했다.

"상관없다고요? 이 얘기는 해주죠. 해야 될 이유 같은 건 없지만. 나는 단지 마음이 아주 탁 트인 사람이니까요. 바니에르는 엘리자베스 브라이트 머독을 알아요. 그것도 잘 아는 사이죠. 내가 거기 살 때는 그는 한 번밖에는 그 집에 온 적이 없었지만, 전화는 수도 없이 했어요. 나도 그런 전화를 몇 통 받은 적이 있죠. 항상 멀을 바꿔달라고 하더군요."

"그건 좀 재미있군. 멀이라고 했소, 흠?"

그녀는 몸을 굽혀 담배를 눌러 끄더니 다시 꽁초에 구멍을 뚫어 쓰레기통에 던져버렸다. 그녀는 갑자기 말했다.

"난 좀 피곤하군요. 잘 가세요."

나는 잠시 동안 그녀를 바라보면서 호기심을 가지고 서 있었다. 그리고 말했다.

"고맙소, 잘 있어요. 행운을 빌겠소."

하얀 코트 주머니에 손을 찌른 채 머리를 숙이고 바닥을 내려다보고 있는 그녀를 뒤로 하고 나는 밖으로 나왔다.

내가 할리우드로 돌아왔을 때는 두시였다. 나는 주차하고 내 아파트로 올라가는 계단으로 향했다. 바람은 불지 않았지만 대기에서는 여전히 사막의 건조하고 가벼운 느낌이 들었다. 아파트의 공기는 탁했으며 브리즈의 시가 꽁초 때문에 그보다 더 나쁜 냄새가 스며들어 있었다. 나는 창문을 열고 환기를 시킨 후 옷을 갈아입으면서 주머니에 든 물건들을 다 꺼냈다.

그 물건 중에 치과 재료 공급상 계산서가 있었다. 여전히 H. R. 티거 앞으로 발행된, 14킬로그램의 크리스토볼라이트와 11킬로그램의 알바스톤 값에 대한 계산서였다.

나는 전화번호부를 거실 책상 위로 끌어와서는 티거라는 이름을 찾아보았다. 그때 혼란스러운 기억이 번쩍 떠올랐다. 그의 주소는 웨스트 9번가 422번지였다. 벨폰트 빌딩의 주소가 웨스트 9번가 422번지였다.

H. R. 티거 치과 기공소는 벨폰트 빌딩의 6층에서 내가 엘리샤 모닝스타의 사무실에서 뒷계단으로 기어 내려왔을 때 보았던 간판 중 하나였다.

그렇지만, 핑커튼의 탐정들이라도 잠을 자야 하는 법이다. 게다가 말로는 핑커튼의 탐정들보다 훨씬 더 잠이 필요했다. 나는 잠을 청했다.

20

그 전날의 파사디나의 날씨만큼이나 더운 날이었다. 드레스덴 로에 있는 커다란 암적색 벽돌 저택은 여전히 시원해 보였고, 말을 매는 돌 위에 서 있는 흑인 소년의 채색상은 여전히 슬픈 얼굴이었다.

같은 나비가 같은 수국꽃 덤불, 아니면 똑같이 생긴 다른 것에 앉았고 같은 강한 여름 향기가 아침 공기 속에 흘렀으며, 초인종을 누르자 전과 같은 중년의 얼굴 찌푸린 하녀가 탐색하는 목소리로 문을 열어주었다.

하녀는 같은 복도를 지나 나를 해가 비치지 않는 같은 일광욕실로 안내해주었다. 방 안에는 엘리자베스 브라이트 머독 부인이 같은 갈대 의자에 앉아 있었다. 내가 방에 들어서자, 부인은 똑같아 보이는 포트와인 병에서 술 한 잔을 따르고 있었지만, 아마 어제 마셨던 와인병의 손자의 손자 정도 되는 병일 것이다.

하녀가 문을 닫고 나가자 나는 어제와 똑같이 자리에 앉아서 모자를 바닥에 놓았다. 머독 부인은 똑같이 흔들림 없는 눈길로 나를 쏘아보며 말했다.

"그래서요?"

"사정이 안 좋습니다. 경찰이 제 뒤를 쫓고 있습니다."

그녀는 소 옆구리살처럼 당황한 것 같았다.

"그런가요. 당신이 그것보다는 유능할 거라고 생각했었는데."

나는 그녀의 말을 무시했다.

"제가 어제 아침 이곳을 떠날 때 쿠페를 탄 남자가 저를 미행했습니다. 그 사람이 여기서 무엇을 하고 있었는지, 어떻게 여기 왔는지는 모릅니다. 제 짐작으로는 그는 여기까지 저를 미행했다고 보지만, 그것에 대해서는 의심이 갑니다. 전 그 사람을 떨쳐버렸지만, 제 사무실 밖의 복도에 다시 나타났죠. 그가 저를 다시 미행하길래, 저는 그 사람을 불러서 이유를 물었습니다. 그랬더니 그 사람은 제가 누군지 알고 있고 도움이 필요하니 저보고 벙커힐에 있는 자기 아파트로 와서 얘기 좀 하자고 하더군요. 저는 모닝스타 씨를 만난 후에 거기로 갔는데, 그 사람은 자기 욕실 바닥에 총을 맞고 죽어 있었습니다."

머독 부인은 포트와인을 한 모금 마셨다. 그녀의 손은 약간 떨렸을지도 모르지만, 방 안의 불빛이 너무 어두침침해서 확신할 수는 없었다. 부인은 목을 가다듬었다.

"계속해봐요."

"그의 이름은 조지 앤슨 필립스입니다. 젊은 금발 남자로 다소 멍청한 사람이었죠. 그는 자기가 사립탐정이라고 했습니다."

머독 부인은 차갑게 말했다.

"그런 이름은 들어본 적이 없군요. 내가 기억하는 한에서는 그런 사람을 본 적도 없고 그 사람에 대해서 아는 것도 없어요. 내가 그 사람을 시켜 당신 뒤를 밟게 했다고 생각한 건가요?"

"저는 무슨 생각을 해야 할지 몰랐죠. 그는 우리의 정보를 합치자고 했고, 부인 가족분들 중 누군가를 위해서 일하고 있다는 인상을 주었습니다. 대놓고 그렇게 말하지는 않았습니다만."

"우리 가족과는 상관없어요. 전적으로 확신할 수 있어요."

바리톤의 목소리는 바위처럼 굳건했다.

"생각하시는 것만큼 부인이 가족들에 대해서 잘 알고 있다는 생각은 안 듭니다, 머독 부인."

"당신이 내 아들을 심문한 걸 알고 있어요. 내 명을 어기고서."

부인이 차갑게 말했다.

"저는 아드님을 심문하지 않았습니다. 아드님이 저를 심문했죠. 아니 그러려고 했죠."

"그 얘기는 나중에 하도록 하죠."

부인이 거칠게 말했다.

"총 맞은 남자에 대해서 알아낸 것은 뭐죠? 그의 사건 때문에 경찰과 연루된 거로군요?"

"당연히 그렇죠. 경찰들은 그가 왜 저를 미행했고, 제가 무슨 사건을 맡고 있으며, 그 사람이 왜 제게 말을 걸었고, 왜 자기 아파트로 와달라고 했으며, 왜 제가 거길 갔는지를 궁금해하고 있습니다. 그렇지만, 이건 단지 사건의 반 토막일 뿐이죠."

부인은 포트와인을 다 마셔버리고는 또 한 잔 따랐다.

"천식은 괜찮으십니까?"

내가 물었다.

"안 좋아요. 당신 이야기나 하세요."

"저는 모닝스타를 만났습니다. 그 얘기는 전화로 말씀드렸죠. 그 사람은 브라셔 더블룬을 가지고 있지 않은 척했습니다. 하지만 그런 제안이 있었다는 것은 인정했고 입수할 수 있다고도 했습니다. 이런 말씀은 드렸죠. 그랬더니 부인께서는 그 물건이 다시 돌아왔으니, 여기서 끝내자고 하셨죠."

부인이 동전이 어떻게 돌아왔는지에 대해서 어떤 사연을 얘기해줄까 생각하면서 나는 다음 말을 기다렸지만, 그녀는 와인잔 너머로 나를 냉정하게 보았다.

"그래서, 제가 모닝스타 씨에게 금화 값으로 천 달러를 주기로 일종의 협의를 했을 때……."

"당신에게는 그런 일을 할 권한이 없어요."

부인이 호통쳤다.

나는 부인의 말에 동의한다는 뜻으로 고개를 끄덕였다.

"아마 모닝스타 씨에게 좀 장난을 치고 있었던 거죠. 제 자신에게도 장난질이 될 거라는 것도 알고 있었지요. 어쨌거나 부인과 전화 통화를 한 후에, 모닝스타 씨에게 연락을 해서 거래가 깨졌다는 말을 하려고 했습니다. 전화번호부에는 그 사람 사무실 주소밖에는 없더군요. 저는 그 사람 사무실로 갔습니다. 아주 늦은 시각이었죠. 엘리베이터 노인이 그 사람이 아직 사무실에 있다고 말해줬습니다. 그는 죽은 채로 바닥에 누워 있더군요. 머리를 크게 한 대 얻어맞고서는 충격으로 죽은 것으로 보였습니다. 노인들은 쉽게 죽지요. 머리를 때린 것은 죽이려는 의도는 아니었을 수도 있습니다. 저는 병원에 전화를 했지만, 제 이름을 대지는 않았습니다."

"그건 현명했군요."

"그런가요? 인정이 있었다고 할 수는 있겠지만, 저는 그걸 현명함이라고 부르고 싶지는 않습니다. 저는 점잖게 행동하고 싶습니다, 머독 부인. 부인의 거친 방식대로 밀어붙이시더라도 그 점은 이해하시기 바랍니다. 그렇지만 두 건의 살인사건이 몇 시간 이내에 일어났고 시체 둘 다 제가 처음 목격했습니다. 그리고 희생자들은 어떤 식으로든 당신의 브라셔 더블룬과 관련되어 있습니다."

"무슨 말인지 모르겠네요. 그 다른 젊은 사람도 그렇다는 말인가요?"

"그렇습니다. 전화로 말씀드리지 않았던가요? 저는 그랬던 것 같은데요."

나는 생각을 되살리려고 눈썹을 찡그렸다. 나는 이야기한 사실을 기억했다.

그녀는 조용하게 말했다.

"그랬을 수도 있겠지요. 당신이 말한 것에 크게 주의를 기울이지는 않았어요. 아시겠지만, 더블룬은 이미 돌아왔으니까요.

그리고 당신은 약간 취한 것 같던데요."

"저는 술 취하지 않았습니다. 아마 약간 충격은 받았겠지만, 취하진 않았어요. 부인께서는 이 모든 일들을 아주 침착하게 받아들이시는군요."

"나한테 뭘 바라죠?"

나는 숨을 깊게 들이쉬었다.

"저는 시체를 발견해서 신고했기 때문에 이미 살인사건 하나에는 연루되었습니다. 다른 시체는 발견했지만 신고하지 않았기 때문에 다른 살인사건에도 현재로는 관련이 있다고 할 수 있겠죠. 이것이 아마 제게는 더 심각한 문제일 겁니다. 게다가 현재 상황으로 봐서는 오늘 정오까지는 제 의뢰인의 신원을 밝혀야 합니다."

부인은 여전히 내 취향에는 맞지 않는 지나치게 침착한 태도로 말했다.

"그렇다면, 신원 보장 계약의 불이행 아닌가요? 당신이라면 그런 일은 하지 않을 거라 생각해요."

"그 빌어먹을 포트와인은 내버려두고 사태를 이해하려고 해보시죠."

나는 날카롭게 말했다 부인은 다소 놀란 것 같더니 잔을 멀리―한 10센티미터 정도―치웠다.

"이 필립스라는 남자는 사립탐정 면허증이 있었습니다. 내가 어쩌다가 그의 시체를 발견하게 되었을까요? 아마도 그가 나를 미행해서 내가 그 사람하고 말을 했고 그 사람이 나보고 자기 아파트로 오라고 했기 때문이겠지요. 그래서 제가 거기 갔을 때는 그 사람은 죽어 있었습니다. 경찰도 이 사실을 다 알아요. 그들은 심지어 제 말을 믿고 있을 수도 있습니다. 그래도 경찰들은 필립스와 저의 관계가 단순히 우연의 일치라는 것은 믿지 않아요. 그 사람들은 필립스와 저 사이에는 더 깊은 관계가 있다고 생각하고 있고, 제가 무슨 사건을 맡고 있고, 누가 제 의뢰인인지 알아야 한다고 주장한다 이겁니다. 이제 알아들으시겠습니까?"

"당신은 거기에서 빠져나올 길을 찾을 거예요. 물론 비용이 좀더 들 거라는 것은 나도 예상하고 있어요."

코 주변이 점점 죄어오는 느낌이 들었다. 입 안은 바짝 말랐다. 나는 공기가 필요했다. 나는 다시 한 번 숨을 깊이 들이마시고, 방 건너편 갈대 의자에 마치 대출을 거절하는 은행장처럼 침착하게 앉아 있는 비곗덩어리에게 다시 한 번 부딪쳐보기로 했다.

"제 의뢰인은 부인입니다. 지금, 이번 주, 오늘은 그렇죠. 다음주가 되면 다른 사람을 위해서 일하게 될지도 모르죠. 그랬으면 좋겠습니다. 그리고 그 다음 주가 되면 다시 다른 사람을 위해서 일하겠죠. 그렇게 하기 위해서는 저는 경찰과 상당히 원만한 관계를 유지해야 합니다. 그 사람들이 저를 좋아할 필요까지는 없지만, 적어도 제가 그 사람들을 속이지 않는다는 것 정도는 확신해야 하죠. 만약 필립스가 브래셔 더블룬에 대해서 아무것도 모른다고 칩시다. 심지어 그가 알고 있었다고 해도 그 사람의 죽음이 그것과는 아무런 상관이 없다고 쳐요. 그래도 저는 경찰에게 제가 그 사람에 대해서 아는 것을 말해야 합니다. 그리고 경찰들은 그들이 심문하고 싶은 게 있으면 누구든 간에 심문해야 하지요. 그래도 이해가 안 되십니까?"

"당신에게는 의뢰인을 보호해야 할 권리가 있다는 것을 법이 보장해주지 않나요? 그렇지 않다면 탐정을 고용해봤자 무슨 소용이 있지요?"

나는 일어서서 의자를 한 바퀴 돈 다음 다시 자리에 앉았다. 나는 몸을 앞으로 구부려 종아리뼈를 잡고 주먹이 얼얼할 때까지 쥐어짰다.

"법은, 그게 뭐든 간에, 상호 교환의 문제입니다, 머독 부인. 다른 대부분의 일들과 마찬가지죠. 제가 법적으로 묵비권이 있다고 해도—즉, 말하지 않을 권리 말입니다—그걸 한번 써버리면 그땐 제 사업이 끝장납니다. 저는 말썽꾼으로 찍힐 겁니다, 머독 부인. 어떤 식으로든 그 사람들은 나를 옭아넣을 겁니다. 저는 당신 일도 중요하게 생각합니다, 머독 부인. 그렇지만 당신을 위해서 제 목을 잘라서 당신 무릎 위에서 피를 흘려도 괜찮을 정도는 아닙니다."

부인은 잔에 손을 뻗더니 깨끗이 비웠다.

"당신은 이 모든 일을 잘도 엉망진창으로 만들어버렸군요. 당신은 내 며느리도 찾지 못했고, 내 브러셔 더블룬도 찾지 못했어요. 그런데 나와 전혀 관계없는 죽은 사람 둘을 찾아내서는 무능한 당신을 보호하기 위해 내가 사생활이나 개인 일에 대해서 경찰에 고해야만 한다니, 참 일을 멋지게도 처리했군요. 내가 보기엔 일이 그러네요. 내가 틀렸다면, 정정해봐요."

부인은 와인을 좀더 따르더니, 너무 급하게 꿀꺽꿀꺽 마시는 바람에 사레가 들려 기침을 해댔다. 그녀는 떨리는 손으로 테이블 위에 있는 유리잔을 잡으려다 와인을 엎질러버렸다. 그녀는 자리에 주저앉았고, 얼굴은 보랏빛으로 변해 있었다.

나는 벌떡 일어나 부인에게 다가가서 시청도 흔들어버릴 것 같은 그녀의 거대한 등을 손으로 두드렸다.

그녀는 목이 막혀서 긴 울음소리를 내더니 심하게 숨을 헐떡이다가 기침을 멈췄다. 나는 부인의 내선 전화의 단추 하나를 눌렀고, 금속판을 통해 금속성의 시끄러운 소리가 대답했다.

"머독 부인에게 물 한 잔 가져다주시오. 빨리!"

그러고는 나는 단추에서 손을 뗐다. 나는 자리에 다시 앉아서 부인이 자기를 다시 추스르는 것을 보았다. 힘들이지 않고도 부인의 숨결이 고르게 되자, 나는 말했다.

"부인은 강하지 않습니다. 단지 강하다고 생각하실 뿐입니다. 부인께서는 너무 오랫동안 부인을 두려워하는 사람들과 살아오셨어요. 경찰들과 마주칠 때 한번 보시죠. 그 사람들은 전문가예요. 부인께서는 단지 성격 나쁜 아마추어에 불과합니다."

문이 열리더니 하녀가 얼음물 주전자와 유리잔을 들고 들어왔다. 그녀는 그것들을 테이블 위에 놓고 나갔다.

"한 모금씩 마셔보세요. 들이키지 마시고. 물 맛은 싫으실 테지만, 그렇다고 죽지는 않아요."

부인은 조금씩 마시다가 물 반 잔을 들이켜버리더니 잔을 내려놓고 입술을 닦았다. 부인은 신경질적으로 말했다.

"생각해봐요. 널려 있는 많고 많은 탐정 중에서 내 집에서 내게 겁주는 그런 사람을 골라냈다니."

"그런 생각해봤자 별 수 없습니다. 우린 시간이 별로 없어요. 경찰에 무슨 이야기를 할까요?"

"경찰은 별로 중요하지 않아요. 전혀 중요하지 않죠. 그리고 만약 당신이 내 이름을 댄다면, 나는 그걸 신뢰를 완전히 배신하는 역겨운 행위로 간주하겠어요."

우리는 다시 원점으로 돌아가버렸다.

"살인사건이 모든 걸 바꿔버렸습니다, 머독 부인. 부인이라고 살인사건에서 침묵하실 수는 없어요. 우리는 부인이 나를 왜 고용했고, 무슨 일을 하라고 했는지 말해야만 합니다. 경찰들은 신문에 흘리지는 않을 겁니다. 그들이 부인 말을 믿으면 그렇게는 안 할 거라는 거죠. 그 사람들은 단지 엘리샤 모닝스타가 전화해서 더블룬을 사고 싶다고 말했다고 해서 당신이 나를 시켜서 그 사람을 조사하라고 했다면 믿지 않을 겁니다. 그 사람들은 부인이 금화를 팔고 싶어도 팔 수 없었다는 사실을 밝혀내지 못할지도 모르죠. 경찰은 사건을 그런 각도에서는 보지 않으니까요. 그렇지만, 경찰이라고 부인이 단지 가능성 있는 구매자를 조사하도록 사립탐정을 고용했다는 것은 믿지 않을 겁니다. 그럴 이유가 뭐 있겠습니까?"

"그건 내 일이에요. 그렇지 않나요?"

"아니오. 경찰들에게 그렇게 눈 가리고 아웅할 수는 없어요. 부인께서 솔직하게 터놓고 아무것도 숨기지 않아야 경찰이 만족할 겁니다. 부인이 무언가 숨기고 있다고 경찰이 생각하는 한, 그들은 가만 놔두지 않을 거예요. 그 사람들에게 합리적이고 그럴 법한 사연을 줘야 그 사람들은 신이 나서 가버릴 겁니다. 그리고 가장 합리적이고 그럴 법한 사연이란 언제나 진실이지요. 진실을 말하는 데 반대하실 이유라도 있습니까?"

"반대할 이유야 널리고 널렸죠. 그렇다고 해서 큰 차이가 있을 것 같진 않군요. 그럼 경찰들에게 내가 내 며느리가 동전을 훔친 것으로 의심했는데 알고 보니 내가 틀렸더라 하고 말해야 한다는 건가요?"

"그럼 더 좋겠죠."

"그럼 물건이 돌아오고, 어떻게 왔는지에 대해서는?"

"그럼 더 좋겠죠."

"그렇게 하면 나는 아주 굴욕감을 느낄 거예요."

나는 어깨를 으쓱했다.

"당신은 피도 눈물도 없는 짐승이군."

부인이 말했다.

"냉혈동물이야. 나는 당신이 싫어. 처음부터 당신을 만난 것부터가 후회스럽군."

"피차일반입니다."

나는 말했다.

그녀는 굵은 손가락으로 단추를 누르고는 내선전화에 대고 호통쳤다.

"멀, 아들애에게 당장 여기로 오라고 해. 그리고 너도 그 애랑 같이 오는 게 좋겠어."

부인은 스위치에서 손을 떼고 넓은 손가락을 맞잡아 허벅지에 무거운 듯 내려놓았다. 그녀의 무심한 눈길이 허공을 향했다.

부인의 목소리는 조용하고 슬프게 들렸다.

"내 아들이 동전을 가져갔다는군요, 말로 씨. 내 아들이, 다른 사람도 아닌 내 아들이 말이죠."

나는 아무 말도 하지 않았다. 우리는 서로를 쏘아보면서 거기 앉아 있었다. 2분쯤 뒤에 그들 두 사람이 들어오자 부인은 앉으라고 호통쳤다.

21

 레슬리 머독은 푸른 빛이 도는 양복을 단정치 못하게 입고 있었고 머리카락은 막 샤워를 하고 난 사람처럼 축축했다. 그는 앞으로 웅크리고 앉아서 흰송아지 가죽 구두를 내려다보며 손가락에 있는 반지를 이리저리 돌렸다. 그는 긴 검은 담뱃대를 가지고 있지 않아서인지 약간 쓸쓸해 보였다. 그의 콧수염도 내 사무실에서보다 의기소침해 보였다.

멀 데이비스는 그 전날과 똑같았다. 아마도 그녀는 항상 똑같은 모습일 것이다. 그녀의 구릿빛 금발 머리는 단정하게 꼭 묶여 있었고, 조가비 테 안경은 여전히 크고 안이 텅 비어 보였고, 안경 너머 눈동자는 여전히 공허해 보였다. 그녀는 심지어 똑같은 반소매 마직 원피스를 입고 있었으며 장신구는 하나도 달고 있지 않았다. 귀걸이조차도 하지 않았다.

나는 이미 일어났던 어떤 일이 되살아나는 것 같은 기이한 감정을 느꼈다.

머독 부인은 포트와인을 한 모금 마신 뒤, 조용히 말했다.

"좋다, 애야. 말로 씨에게 더블룬에 대해서 말해줘라. 저 사람도 이야기를 들어야 할 것 같구나."

머독은 재빨리 나를 올려다보았다가 다시 눈길을 떨구었다. 그의 입이 움찔했다. 그가 말하는 동안 그의 목소리는 특별한 어조 없이 오랫동안 양심과 싸워온 끝에 기진맥진해서 고백하는 사람처럼 단조롭고 지친 듯이 들렸다.

"어제 당신 사무실에서 말했듯이, 나는 모니에게 많은 돈을 빚졌소. 만이천 달러죠. 나중에 발뺌하기는 했지만, 사실이오. 나는 빚을 졌지. 어머니가 그 사실을 아는 것을 원치 않았소. 모니는 빚을 갚으라고 내게 심한 압력을 줬소. 종국에는 어머니께 사실을 말해야 한다고 생각했지만, 나는 마음이 약해서 할 수 있는 한 미루고 싶었소. 어느 날 오후, 어머니가 잠들고 멀이 외출한 사이에 나는 어머니의 열쇠를 이용해서 더블룬을 가져갔소. 나는 그것을 모니에게 주었고, 모니는 그걸 담보로 잡아두는 데 동의했소. 왜냐하면, 그에겐 보증서가 없고 합법적으로 자신의 소유권을 주장하지 못한다면 그 사람도 만이천 불만큼은 받을 수 없다고 내가 설명했기 때문이오."

레슬리 머독은 말을 멈추고 내가 어떻게 그의 말을 받아들이는지 살펴보려고 나를 올려다보았다. 머독 부인의 눈길은 풀이라도 발라놓은 것처럼 내 얼굴에 머물러 있었다. 젊은 여자는 입을 벌린 채 고통스러운 표정을 얼굴에 띠고 머독을 바라보고 있었다.

머독은 계속 말을 이었다.

"모니는 내게 영수증을 주었소. 그 금화를 저당잡고, 나에게 사전 고지나 내 요청이 없이는 넘기지 않겠다고 동의하는 영수증이었지. 그렇게 된 일이오. 나는 솔직히 합법적인 일인지 아닌지는 몰랐소. 이 모닝스타라는 남자가 전화를 해서 금화에 대해서 묻자, 나는 모니가 그것을 팔려고 하든가 아니면 적어도 팔 생각이 있어서 희귀 동전을 잘 아는 사람에게 가격을 매겨달라고 하는 게 아닌가 하는 의심이 즉시 들었소. 나는 정말 겁이 났소."

그는 고개를 들고 나에게 어떤 표정을 지어보였다. 아마도 그것은 지독히 겁이 난 사람의 표정이었을 것이다. 그러고 나서, 그는 손수건을 꺼내 이마를 닦은 후 손수건을 양손으로 쥔 채로 앉아 있었다.

"멀이 어머니가 탐정을 고용했다고 말해주었을 때는, 멀은 내게 말을 해주면 안 되었지만, 어머니는 그 때문에 멀을 야단치지는 않겠다고 했으니까……."

머독은 자기 어머니를 보았다. 늙은 전투마는 턱을 꽉 다물고 냉혹한 표정을 짓고 있었다. 젊은 여자는 눈을 여전히 그의 얼굴에 고정시킨 채, 야단치는 것에 대해서는 그다지 걱정하지 않는 듯한 태도였다. 그는 말을 이었다.

"그래서, 나는 어머니가 더블룬을 찾기 위해서 당신을 고용했다는 것을 확신했소. 나는 정말로 어머니가 린다를 찾기 위해서 당신을 썼다고는 생각하지 않았지. 나는 린다가 어디 있는지는 처음부터 알고 있었소. 나는 뭘 알아낼 수 있을까 하고 당신 사무실로 갔소. 어제 오후에는 모니에게로 가서, 그에게 사실을 말했소. 처음에 모니는 내 면상에 대고 비웃더군. 하지만 내가 어머니는 재스퍼 머독의 유언을 어기지 않고서는 금화를 팔 수가 없고, 내가 어머니에게 동전의 소재를 말하면 어머니는 경찰을 불러 당신을 조사하도록 할 것이라고 말했더니 그는 약간 순순해졌소. 그는 자리에서 일어나 금고에 가서 동전을 꺼내와 아무 말 없이 내게 건네주었소. 나는 그에게 영수증을 돌려주었고 그는 그것을 찢어버렸소. 그래서 나는 동전을 집에 가지고 와 어머니에게 사실을 말씀드렸지."

머독은 말을 멈추고 다시 얼굴을 닦았다. 젊은 여자의 눈은 그의 손의 움직임을 따라 위아래로 움직였다.

뒤이은 침묵을 깨고 나는 말했다.

"모니가 당신을 협박했소?"

그는 고개를 저었다.

"그는 돈을 돌려받기를 원하고 또 돈이 필요하니, 사방으로 뛰어다녀서라도 돈을 그러모으는 편이 좋을 거라고 했소. 하지만 협박하지는 않았소. 그는 정말로 아주 점잖았소. 그 자리에서는."

"이 일은 다 어디서 이루어졌소?"

"아이들 밸리 클럽의 그의 개인 사무실에서요."

"에디 프루도 거기 있었소?"

젊은 여자는 그의 얼굴에서 눈길을 홱 돌려 나를 바라보았다. 머독 부인은 탁한 목소리로 물었다.

"에디 프루는 누구지요?"

"모니의 경호원입니다. 어제 하루 종일 시간 낭비만 한 것은 아니죠, 머독 부인."

나는 대답을 기다리며 부인의 아들을 바라보았다. 그가 대답했다.

"아니, 나는 그 사람은 보지 못했소. 물론 그 사람이 어떻게 생겼는지는 나도 알고 있지. 한 번 보면 쉽게 기억할 수 있는 사람이니까. 하지만 어제는 근처에 없었소."

"그게 다요?"

머독은 어머니를 바라보았다. 부인은 쉰 목소리로 말했다.

"그 정도면 충분하지 않은가요?"

"아마 그렇겠죠. 그럼 지금 금화는 어디 있습니까?"

"어디에 있을 거라고 생각하나요?"

부인이 몰아세우듯 말했다. 나는 그녀가 펄쩍 뛰는 걸 볼까 싶어 거의 말할 뻔했지만, 가까스로 참았다. 나는 말했다.

"그럼 일은 그 정도로 잘 마무리된 것 같군요."

머독 부인은 엄하게 말했다.

"내게 키스해주렴, 애야. 그리고 가도 좋아."

그는 의무적으로 일어나서 어머니에게 다가가서 이마에 입을 맞췄다. 부인은 그의 머리를 토닥였다. 그는 머리를 떨군 채, 조용히 문을 닫고 방을 나섰다. 나는 멀에게 말했다.

"방금 저 사람이 말한 그대로 당신이 받아 적는 게 좋겠소. 그래서 복사를 한 장 해서, 그에게 그 밑에 서명해달라고 하시오."

멀은 깜짝 놀란 것 같았다. 노부인은 비웃었다.

"그 애는 그런 일은 안 할 거예요. 가서 네 일이나 해, 멀. 나는 너도 이 얘기를 다 들어두었으면 했어. 하지만, 다시 한 번 네가 내 비밀을 누설한 사실이 발각되면, 그때는 무슨 일이 일어날지 너도 알겠지."

젊은 여자는 일어나서 반짝이는 눈으로 부인을 향해 미소지었다.

"네, 그럼요, 머독 부인. 다시는 그런 일 없을 거예요. 다시는요. 저를 믿으셔도 돼요."

늙은 용이 으르렁댔다.

"그랬으면 좋겠군. 나가봐."

머독 부인의 두 눈가에 커다란 눈물방울이 맺히더니 천천히 코끼리 가죽 같은 그녀의 뺨 위로 흘러내려 통통한 코끝에 맺혔다가 입술 위로 주르르 미끄러져 내렸다. 그녀는 여기저기를 뒤적여서 손수건을 꺼내더니 눈물을 닦아내고 눈가도 훔쳤다. 그녀는 손수건을 치워버리고 와인 잔을 집은 뒤, 평정을 되찾아 말했다.

"난 우리 애를 아주 아끼지요, 말로 씨. 아주 아껴요. 이 일 때문에 참 마음이 아프군요. 당신 생각에는 우리 애가 이 얘기를 경찰에 해야 할 것 같나요?"

"그러지 않아도 될 것 같습니다. 경찰이 그 이야기를 믿게 하려면 그는 고생깨나 치러야 할 테니까요."

부인의 입이 딱 벌어져, 어두침침한 속에 그녀의 치아만 번쩍거리며 드러나 보였다. 부인은 입을 다물고 악물더니 고개를 낮춘 채 내게 인상을 찌푸렸다.

"그게 무슨 뜻이죠?"

부인은 날카롭게 말했다.

"제가 말한 대로입니다. 저 얘기는 전혀 신빙성이 없어요. 조작해서 지나치게 단순하게 만든 이야기죠. 아드님이 저 얘기를 지어낸 겁니까, 아니면 부인께서 지어내서 가르쳐준 겁니까?"

"말로 씨,"

부인은 무시무시한 목소리로 말했다."

"당신은 살얼음판을 걷고 있군."

나는 손을 내저었다.

"우리 모두 그런 게 아닙니까? 좋습니다. 사실이라고 치죠. 모니는 그 사실을 부인할 거고 그러면 다시 원점으로 돌아오게 됩니다. 그리고 모니는 저 얘기를 부인해야 할 겁니다. 그러지 않는다면 그 사람은 두 건의 살인사건에 연루될 테니까요."

"그게 정확한 정황이라는 것에 뭐가 그렇게 이상한 부분이 있다는 건가요?"

부인은 고함쳤다.

"왜 모니처럼 뒤도 든든하고 영향력도 있는 사람이 담보물을 팔아치우는 것 같은 사소한 일에 엮이는 것을 피하려고 살인사건 두 건에 휘말리려고 하겠습니까? 그건 전혀 말이 안 되지요."

부인은 아무 말도 하지 않고 나를 쩨려보았다. 나는 부인을 보고 싱긋 웃어주었다. 처음으로 부인이 내 말을 마음에 들어하기 시작했기 때문이다.

"전 부인의 며느님도 찾아냈습니다, 머독 부인. 그렇게 어머니의 조종대로 잘 따르는 부인 아드님께서 며느님이 어디 있었는지 부인께 말하지 않았다는 것은 이상하군요."

"나는 그 애에게 물어보지 않았어요."

부인은 부인치고는 이상하게 고요한 목소리로 말했다.

"며느님은 이전 일터로 돌아갔더군요. 아이들 밸리 클럽에서 밴드와 노래하는 일 말이죠. 저는 며느님과 얘기를 나누었습니다. 며느님은 나름대로 아주 강인한 분이시던데요. 아무튼 며느님은 부인을 그다지 좋아하지는 않더군요. 며느님이 부분적으로는 앙심을 품고 동전을 가져갔다는 게 전혀 어처구니없는 생각은 아닌 것 같았습니다. 그리고 레슬리 씨가 그걸 알고 있었든 나중에 알아낸 것이든 간에, 아내를 위해서 그 얘기를 꾸며냈다는 것은 더욱 그다지 어처구니 없는 생각은 아니지요. 아드님 말로는 자기 아내를 극진히 사랑한다던데요."

부인은 미소지었다. 그 미소는 아름답지 않았고, 다소 잘못된 얼굴에 떠오른 것 같은 미소였다. 그러나 어쨌든 미소는 미소였다.

"그렇죠."

부인은 부드럽게 말했다.

"그렇죠, 가여운 레슬리. 그 애는 그 모양이었죠. 그리고 이번 사건에서는······."

부인이 말을 멈추자 그녀의 미소가 거의 희열에 찬 것처럼 널리 퍼져나갔다.

"이 사건에서는 나의 사랑하는 며느리가 살인사건에 관련되어 있을지도 몰라요."

나는 부인이 그 생각을 한 25초 정도 즐기게 그냥 놔두었다.

"그 생각을 하시니 즐거우신가 보군요."

내가 말했다. 부인은 여전히 미소를 지으며 고개를 끄덕이며 이 마음에 드는 생각을 음미했다. 그러다가 내 목소리에 숨겨진 무례한 기색을 깨닫고, 얼굴이 굳어지고 입술이 꼭 다물어졌다. 이를 악물고 부인이 말했다.

"당신 말투가 마음에 안 드는데. 말투가 전혀 마음에 안 들어."

"부인을 비난할 수는 없죠. 제 말투는 저도 마음에 안 드니까요. 사실 제 마음에 드는 건 하나도 없습니다. 이 집도, 부인도, 이 집의 억압된 분위기도, 그리고 저 젊은 여자의 쥐어짜낸 얼굴이나 머저리 같은 부인 아들도, 그리고 이 사건이나 제가 아직 듣지 못한 진실이나, 제가 들었던 거짓말들, 그리고 또……."

부인은 분노로 얼룩진 얼굴에서 고성을 쏟아내기 시작했다. 부인의 눈은 증오로 날카롭게 타오르고 있었다.

"나가! 내 집에서 당장 나가! 조금도 꾸물거리지 말고! 나가!"

나는 일어서서 바닥에 있던 내 모자를 집은 뒤 말했다.

"기꺼이 그렇게 하죠."

나는 부인에게 피곤한 눈길을 던지고, 문으로 가서는 문을 열고 밖으로 나갔다. 나는 문이 부드럽게 딸깍 잠길 때까지 뻣뻣한 손으로 문손잡이를 잡아, 문이 조용히 닫히도록 했다.

아무런 이유는 없었다.

22

알 수 없는 발소리가 내 뒤를 쫓아오면서 누군가 나의 이름을 불렀지만 나는 계속 거실 한가운데까지 갔다. 거기서 나는 발을 멈추고 돌아보며 그녀가 나를 따라잡기를 기다렸다. 그녀는 숨을 헐떡이고 있었고 눈은 안경 밖으로 튀어나올 것 같았으며, 빛나는 구릿빛 금발은 높은 창에서 들어오는 빛을 받아 이상하게 빛났다.

"말로 씨? 잠깐만요! 잠깐 기다려주세요. 부인이 다시 보자고 하세요, 진짜로요!"

"집어치워요. 당신, 오늘 아침에는 입술에 젊은 여자애들이 바르는 빨간색을 칠했군. 괜찮은데."

그녀는 내 소매를 붙잡았다.

"부탁이에요!"

"부인한테 가서 됐다고 그래요. 가서 방해하지 말라고 전하라고. 말로도 성질 있는 사람이라고. 가서 아무도 안 말릴 테니 혼자 잘해보라고 하쇼. 무식하게 빨리 처리해보라고."

나는 내 소매를 잡고 있는 손을 내려다보고서는 가볍게 토닥였다. 그녀는 손을 재빨리 치웠고 눈은 충격을 받은 표정이었다.

"제발 부탁이에요, 말로 씨. 부인은 지금 곤경에 빠져 있어요. 당신이 필요하세요."

"나도 곤경에 빠져 있소."

나는 으르렁댔다.

"내 코가 석자란 말이오. 도대체 뭣 때문에 징징대는 거요?"

"오, 저는 부인을 아주 좋아해요. 부인은 엄하고 호통도 잘 치시지만, 그래도 속마음은 참 착하세요."

"착한 것 좋아하네. 부인이 착하다고 해서 뭐가 달라질 만큼 부인하고 친하게 지낼 마음은 없으니까 됐소. 부인은 뒤룩뒤룩 살만 찐 거짓말쟁이 할멈이오. 이제 그 여자는 지긋지긋해요. 물론 부인은 지금 곤경에 빠져 있겠죠, 하지만 나는 묻어놓은 것을 캐내는 발굴 사업은 하지 않소. 하라는 일만 할 뿐이오."

"오, 좀더 참을성을 가지고 기다려주시기만 한다면, 확실히……."

나는 별 생각 없이 내 팔을 그녀의 어깨에 둘렀다. 그녀는 1미터 정도 펄쩍 뛰어올랐고 눈은 공포에 질려 번득였다.

우리는 서로를 응시하며, 거친 숨소리를 내며 그 자리에 서 있었다. 나는 자주 그러듯이 입을 멍하니 벌린 채였고 그녀는 입술을 꼭 다문 채 작고 창백한 코가 부들부들 떨리고 있었다.

그녀의 얼굴은 솜씨 없이 화장한 사람처럼 창백했다. 나는 천천히 말했다.

"이봐요. 어렸을 때, 무슨 일 당했소?"

그녀는 재빨리 고개를 끄덕였다.

"어떤 남자가 당신을 겁주거나, 혹은 그런 비슷한 일이 있었소?"

그녀는 다시 고개를 끄덕였다. 그녀는 하얀 치아로 아랫입술을 꼭 깨물었다.

"그 이후로 계속 이런 상태란 말이오?"

그녀는 하얗게 질려서 그냥 그 자리에 서 있기만 할 뿐이었다.

"이봐요, 나는 당신이 무서워할 만한 일은 절대 하지 않을 거요. 절대 그런 일은 없소."

그녀의 눈이 눈물로 흐려졌다.

"내가 당신에게 손을 댔다고 해도, 의자나 문에 손 대는 것과 똑같은 거였소. 아무런 의미가 없는 거지. 알았소?"

"알았어요."

그녀는 마침내 한마디 했다. 공포가 여전히 그녀의 눈 깊은 곳, 눈물 속에서 꿈틀거리고 있었다.

"알았어요."

"그렇게 해주면 좋겠소. 이제 나는 다 적응이 됐소. 나에 대해서는 불안해할 게 아무것도 없소. 이제 레슬리 얘기를 해봅시다. 그는 다른 일에 정신을 쏟고 있소. 그 사람은 괜찮을 거라는 걸 알고 있죠? 지금 말하는 의미로 말이오. 그렇지?"

"오, 그럼요. 그렇고말고요."

레슬리는 최고의 남성이로군. 그녀에게는. 나한테는 짜증나는 녀석일 뿐이지만.

"그럼 술고래 할멈에 대해서 말해봅시다. 그 여자는 엄하고 또 거칠고 자기가 벽을 씹어먹고 벽돌을 뱉어낼 수 있다고 생각하는 데다가 당신에게는 호통만 치지만, 그래도 근본적으로는 당신에게는 잘해준다, 이거요?"

"오, 그럼요. 말로 씨. 제가 말씀드리려고 했던 것은……."

"알았소. 그렇다면, 왜 당신은 극복 못하는 거요? 그 남자가 여전히 주변을 맴돌고 있소? 이 남자가 아직도 당신을 괴롭히고 있나?"

그녀는 손을 입에 갖다대고는 엄지손가락 밑의 군살을 물어뜯으면서 그게 발코니라도 되는 양 나를 그 너머로 넘겨다보았다.

"그 사람은 죽었어요. 그 사람은 어, 어, 창문, 창문 밖으로 떨어졌어요."

나는 커다란 오른손을 들어 그녀의 말을 막았다.

"아, 그 남자. 나도 그 얘긴 들었소. 그건 다 잊어버려요. 할 수 있겠소?"

"아뇨."

그녀는 손 뒤에서 진지하게 고개를 저었다.

"아뇨, 할 수가 없어요. 절대 잊혀지지가 않아요. 머독 부인께서는 항상 저한테 잊어버리라고 하세요. 오랫동안 저한테 잊어버리라고 말씀하셨어요. 그렇지만, 잊혀지지가 않아요."

나는 으르렁거렸다.

"만약 부인이 오랫동안이나 그 살찐 입을 다물고 있었으면, 사정은 훨씬 나아졌을 거요. 부인은 계속 그 기억을 되살리는 것뿐이오."

그녀는 놀랐고 그 말에 상처를 받은 것 같았다.

"오, 그런 게 아녜요. 나는 그 사람의 비서였어요. 부인은 그 남자의 아내였고요. 그 사람은 부인의 첫번째 남편이었어요. 부인께서도 잊어버리지 못하는 것은 당연하죠. 어떻게 그럴 수 있겠어요?"

나는 귓등을 긁었다. 이런 일은 애매했다. 내가 여기 있다는 사실을 그녀는 인식하고 있는 것 같지 않다는 것만 빼면 그녀의 표현에는 특별히 문제될 것은 없었다. 나는 어딘가에서부터인가 들려오는 목소리일 뿐, 비인격적인 존재였다. 그녀는 나를 거의 자기 머릿속에서 들려오는 소리로 생각하는 것 같았다.

그때 나에게는 우습기도 하고 종종 잘 틀리기도 하는 예감이 하나 떠올랐다. 나는 말했다.

"이봐요, 당신이 만나는 사람 중에 그런 영향을 주는 사람이 있었소? 다른 사람들보다 특별히 더?"

멀은 방 구석구석을 둘러보았다. 나도 그녀와 함께 둘러보았다. 아무도 의자 밑에 숨어 있거나 문 또는 창문으로 우리를 엿보고 있지 않았다.

"제가 왜 그런 얘기를 당신에게 해야 하죠?"

그녀는 숨을 내쉬었다.

"할 필요는 없죠. 그냥 당신이 그것에 대해 어떻게 느끼느냐 하는 거요."

"아무에게도, 이 세상 아무에게도 말하지 않는다고 약속할 수 있어요? 머독 부인한테도요."

"특히 부인한테는 절대로. 약속하지."

멀은 입을 열고 약간 신뢰하는 듯한 우스꽝스런 미소를 지었지만, 곧 일그러져버렸다. 그녀의 목은 얼음처럼 굳어버렸다. 그녀는 목이 쉰 듯한 이상한 소리를 내었다. 이가 덜덜 맞부딪쳤다.

나는 그녀를 다정하게 꼭 안아주고 싶었지만, 그녀를 만지는 게 꺼려졌다. 우리는 서 있었다. 아무 일도 일어나지 않았다. 우리는 서 있었다. 나는 벌새가 하나 남긴 알만큼이나 쓸모가 없었다.

그때 그녀가 몸을 돌려 뛰어가버렸다. 그녀의 발소리가 복도에 울리는 소리가 들렸다. 그리고 문이 닫히는 소리가 들렸다.

나는 복도를 따라 그녀 뒤를 쫓아서 문 앞에 당도했다. 그녀는 문 뒤에서 흐느끼고 있었다. 나는 그 자리에 서서 그녀가 흐느끼는 소리를 들었다.

내가 할 수 있는 일은 아무것도 없었다. 나는 누구라도 그런 일에 대해서 할 수 있는 일이 있을까 궁금했다.

나는 유리문이 달린 포치로 돌아와 문을 두드린 후 열고는 머리를 디밀었다. 머독 부인은 내가 나올 때와 똑같은 자세로 앉아 있었다. 그녀는 전혀 꼼짝도 하지 않은 것처럼 보였다.

"누가 저 어린 여자애를 죽을 정도로 겁주고 있는 겁니까?"

나는 부인에게 물었다.

"내 집에서 나가요."

부인이 살찐 입술 사이로 말했다.

나는 움직이지 않았다. 부인은 쉰 목소리로 나를 비웃었다.

"당신은 자신이 똑똑한 사람이라고 생각하나요, 말로 씨?"

"뭐, 그렇게 말하고 다니지는 않습니다."

내가 대답했다.

"당신 혼자 힘으로 알아낼 수도 있겠죠."

"부인 비용으로 말입니까?"

부인은 육중한 어깨를 으쓱했다.

"그럴 수도 있겠죠. 상황에 따라 다르겠지요. 누가 알겠어요?"

"부인은 아직 물건을 사지 않으셨습니다. 그리고 아직 저는 경찰하고 얘기를 해야만 합니다."

"나는 아무것도 사지 않았어요. 그리고 어떤 것에도 아직 돈을 지불하지 않았지요. 동전을 돌려받는 대가를 제외하고는요. 이미 당신에게 준 돈으로 그걸 받을 수 있어서 만족해요. 이제 가봐요. 당신이 지긋지긋하군요. 말할 수 없을 정도로."

나는 문을 닫고 되돌아갔다. 문 뒤에서 흐느끼는 소리는 이제는 들리지 않았다. 아주 조용했다. 계속 걸어갔다.

나는 저택 밖으로 나갔다. 나는 그 자리에 서서 햇빛이 풀 위에 내리쬐는 소리를 들었다. 차 한 대가 내 뒤에서 시동을 걸더니, 회색 머큐리가 저택 옆의 차도를 따라 내려왔다. 레슬리 머독 씨가 차를 운전하고 있었다. 나를 보자 그는 차를 멈췄다.

그는 차에서 내려 나에게로 급히 걸어왔다. 그는 근사하게 차려입고 있었다. 이번엔 크림색 개버딘 양복으로 모두 산뜻한 옷이었다. 느슨한 바지에 흑백의 구두는 검은 코가 반짝반짝 윤이 났으며, 아주 작은 흑백의 체크무늬가 있는 스포츠 코트에 흑백의 손수건을 꽂고, 크림색 셔츠에는 타이를 매고 있지 않았다. 그는 콧잔등에 녹색 선글라스를 얹어놓고 있었다.

그는 내 가까이에 서서 낮고 겁먹은 듯한 목소리로 말했다.

"당신은 내가 몹쓸 배신자라고 생각하겠지."

"당신이 더블룬에 대해서 한 얘기 때문에 말이오?"

"그렇소."

"그 얘기를 들었다고 당신에 대한 나의 견해가 조금이라도 달라진 것은 없소."

"글쎄……."

"대체 내가 무슨 말을 하길 바라는 거요?"

머독은 매끈하게 재단한 양복 어깨를 변명하듯이 으쓱했다. 그의 멍청해 보이는 짧고 붉은 콧수염이 햇빛 아래에서 반짝였다. 그가 말했다.

"나는 아마도 호감을 얻고 싶어하나 보오."

"미안하오, 머독. 당신이 아내에게 헌신적인 것은 마음에 드오. 만약 그게 사실이라면 말이오."

"오, 당신은 내가 진실을 말하고 있다고 생각치 않는 거요? 내 말은, 내가 단지 그녀를 보호하기 위해서 그런 얘기를 했다고 생각하느냐는 거요."

"가능성은 있지."

"알겠소."

그는 윗주머니에 꽂은 손수건 뒤에서 길고 검은 담뱃대를 꺼내서 담배를 끼웠다.

"음, 당신이 나를 안 좋아한다는 뜻으로 받아들일 수도 있겠군."

그의 눈동자가 희미하게 움직이는 것이 푸른 안경알 뒤로 보였다. 물고기가 깊은 수영장을 헤엄치는 것 같았다.

"바보 같은 화제요. 하나 중요하지도 않고. 우리 둘 다에게."

그는 담배에 성냥불을 붙이고 연기를 빨아들였다.

"알겠소."

그는 조용히 말했다.

"어리석게 이런 얘기를 꺼내서 미안하오."

그는 발뒤꿈치를 축으로 돌아서서 차로 돌아가 올라탔다. 나는 차가 멀리 사라지는 걸 보고나서야 그 자리를 떴다. 그 저택에서 완전히 빠져나가기 전, 그 흑인 소년의 채색상 머리를 두어 번 가볍게 토닥여주었다. 나는 그에게 말했다.

"애야, 너만이 유일하게 이 집에서 정신병자가 아닌 것 같구나."

23

벽에 붙은 경찰 스피커가 울리더니 목소리가 흘러나왔다.

"KGPL,(1931년부터 1949년까지의 LA 경찰국 호출 부호―옮긴이) 시험 중."

딸각하는 소리와 함께, 스피커가 다시 꺼졌다.

형사 반장 제스 브리즈는 하늘 높이 기지개를 켜더니 하품을 하면서 말했다.

"두 시간 늦었군."

"그렇죠. 그렇지만 약간 늦는다고 메시지를 남겼는데. 치과에 가야 했습니다."

"앉으시오."

브리즈의 작고 어질러진 책상은 방구석에 있었다. 그는 책상 뒤 모서리에 앉아 있었는데, 왼쪽으로는 아무것도 쳐 있지 않은 길다란 창이, 오른쪽에는 눈높이에 커다란 달력이 벽에 걸려 있었다. 지나간 날짜 위에는 조심스럽게 부드러운 검은 연필로 가위표가 쳐져 있었다. 브리즈는 항상 달력을 보면서 오늘이 며칠인지 정확히 확인하는 모양이었다.

스팽글러는 옆에 있는 더 작고 더 깨끗한 책상에 앉아 있었다. 책상 위에는 녹색 압지와 마노 펜 세트와 작은 놋쇠 달력, 그리고 담뱃재와 담배꽁초가 수북히 든 전복 껍데기가 있었다. 스팽글러는 멕시코의 칼잡이가 과녁을 향해 칼을 던지듯, 한 손 가득히 펜을 들고 건너편 벽에 바짝 붙어 있는 의자의 펠트 등받이 쿠션에 던지고 있었다. 그는 하나도 맞추지 못했다. 펜은 좀처럼 꽂히지 않았다.

그런 방들이 보통 그렇듯이 외지고, 무정하고, 아주 더럽지도 않고, 아주 깨끗하지도 않으며, 사람 냄새가 안 나는 방이었다. 경찰청에 갓 새로 지은 건물을 하나 준다고 해도 석 달만 지나면 모든 방이 그런 냄새가 날 것이다. 그 속에는 뭔가 상징적인 것이 있음이 틀림없었다.

뉴욕 경찰청 출입기자가 한때 쓰기를, 일단 경찰 관할구역의 녹색 불빛을 넘어 들어가면 세상에서 완전히 소거되고 법을 넘어선 장소로 들어가는 것이라고 했다.

나는 자리에 앉았다. 브리즈는 셀로판지로 싼 시가를 호주머니에서 꺼내서 정해진 과정을 시작했다. 나는 변함 없고 정확한 그 과정을 자세히 관찰했다. 그는 연기를 들이마시고 성냥불을 흔들어 끄고 검은 유리 재떨이 위에 부드럽게 올려놓은 뒤 말했다.

"어이, 스팽글러."

스팽글러는 고개를 돌렸고, 브리즈도 고개를 돌렸다. 그들은 마주 보며 히죽 웃었다. 브리즈는 시가로 나를 가리켰다.

"저 사람 땀 흘리는 것 좀 보게나."

스팽글러가 내가 땀 흘리는 것을 보기 위해서는 발을 움직여 몸을 많이 돌려야 했다. 내가 땀을 흘리고 있었다고 해도, 나는 깨닫지 못했다.

"당신들, 한 쌍의 잃어버린 골프공처럼 아주 귀엽게 노는군요. 도대체 어떻게 하면 그렇게 할 수 있죠?"

"농담은 그만 하시고. 오늘 아침엔 좀 바쁘셨나 보군?"

브리즈가 말했다.

"조금."

내가 말했다. 그는 여전히 히죽 웃고 있었다. 스팽글러도 여전히 히죽 웃고 있었다. 브리즈가 음미하고 있는 게 무엇인지는 모르지만 그는 감추려고 하지도 않았다.

마침내 브리즈가 목을 가다듬고 그의 주근깨가 가득한 큼직한 얼굴을 똑바로 폈다. 그는 고개를 돌려 나에게서 눈길을 뗐지만, 그래도 여전히 나를 볼 수는 있었다. 그는 약간 모호한 어조로 말했다.

"헨치가 자백했소."

스팽글러는 내 얼굴을 보려고 완전히 돌아 앉았다. 그는 의자 끝에 걸터앉아 몸을 앞으로 숙였고 입술은 점잖지 못할 정도로 희열에 차서 반쯤 벌어져 있었다.

"그 사람에게 뭘 쓴 거죠? 곡괭이?"

"아니."

형사들은 나를 쏘아보면서 입을 다물고 있었다.

"이탈리아 사람이오."

브리즈가 말했다.

"뭐라고요?"

"친구, 기쁘지 않소?"

"내게 말을 해주려는 겁니까, 아니면 그냥 거기 앉아서 느끼하고 흡족한 얼굴을 하고 내가 기뻐하는 것을 보려는 겁니까?"

"우리는 사람들이 기뻐하는 걸 보는 걸 좋아하지. 그럴 기회가 별로 없거든."

나는 담배를 입에 꼬나물고 위아래로 가볍게 흔들었다.

"우리는 이탈리아 사람을 이용했지. 팔레르모라는 이름의 이탈리아 사람이오."

"아, 이거 압니까?"

"뭘 말이오?"

브리즈가 물었다.

"난 경찰의 대화법의 문제가 뭔지 막 생각해냈지요."

"뭔데요?"

"경찰들은 한 마디 한 마디가 다 급소를 찌른다고 생각하죠."

"그리고 찌를 때마다 정확하게 집어내기도 하고."

브리즈는 침착하게 말했다.

"사실을 알고 싶은 거요, 아니면 단지 빈정거리고 싶은 거요?"

"사실을 알고 싶지요."

"그럼, 이렇게 된 거요. 헨치는 술에 취해 있었소. 내 말은 그 사람이 단지 표면적으로만이 아니라, 속속들이 술에 취해 있었다는 거요. 꼭지 끝까지 완전히 돌아 있었지. 헨치는 그렇게 수 주일 동안 지냈소. 실질적으로 먹지도 자지도 않았다고 해요. 그냥 술만 들이켰지요. 그는 마침내, 술을 먹어도 취하지 않고 오히려 더 정신이 말짱해지는 지경에까지 이르렀소. 그건 그 사람을 현실 생활과 이어주는 마지막 끈이었지요. 한 사람이 그런 상태에 다다랐을 때 그 사람 술을 치워버리고 그에게 억제할 수 있는 것을 주지 않으면, 그 사람은 완전히 정신이 나가버리는 거지."

나는 아무런 말도 하지 않았다. 스팽글러는 여전히 농염한 눈길을 솜털이 보송보송한 얼굴에 띠고 있었다. 브리즈는 시가 옆구리를 톡톡 두드려서 재를 털고, 다시 입에 문 뒤 말을 이었다.

"그는 정신병자요. 그렇지만 우리는 정신병 환자가 우리의 수사망에서 빠져나가는 걸 원치 않소. 그걸 확실히 해두고 싶소. 우리는 아무런 정신병력이 없는 사람을 원하오."

"반장님은 헨치가 무죄라는 것을 확신하는 것 같던데요."

브리즈는 모호하게 고개를 끄덕였다.

"그건 어젯밤 얘기요. 아니면 내가 농담을 좀 했겠지. 어쨌거나 밤에, 뻥하고 헨치는 미쳐버렸소. 그래서 간수들이 의무실로 데리고 가서 진정제를 몇 방 놓았소. 유치장 의무관이 주사를 놓았지. 이건 당신과 나 사이의 비밀이오. 진정제를 놓은 건 기록하지 않았으니까. 알겠소?"

"아주 잘 알았습니다."

"좋소."

그는 내 말에 대해 어렴풋한 의심을 품는 것 같았지만, 그것에 시간을 낭비하기에는 할 이야기가 너무 많았다.

"아무튼 그래서, 오전에는 헨치는 상태가 괜찮았소. 아직 진정제 기운이 남아 있어서 창백하긴 했지만, 그래도 안정된 상태였소. 우리는 그를 보러갔지. 어떻게 지내나? 뭐 필요한 거 없어? 뭐 사소한 거라도 말이지. 자네에게 기꺼이 가져다주지. 여기 사람들이 잘 대해주나? 어떤 대사가 오가는지 당신도 알 거요."

"그럼요. 알고 있습니다."

스팽글러는 불쾌하게 입술을 핥았다.

"그래서 잠시 후에, 그는 '팔레르모'라는 이름을 말할 정도로 경계심을 풀었소. 팔레르모는 길 건너에서 장의사를 하고 있고 그 아파트 주인인 이탈리아 사람 이름이라오. 그의 설명에 따르면, 팔레르모는 늘씬한 금발 미인 어쩌고 했다더군. 모두 헛소리요. 그런 이탈리아 인들의 머릿속에는 금발 미인들이 떠나지 않으니까. 열두 개 한 세트로. 그러나 이 팔레르모라는 사람은 중요했소. 나는 주변에 물어보았소. 그 사람은 거기서 투표로 선출되었다고 하더군. 그 사람은 함부로 할 수 없는 사람인 거지. 아무튼 나는 그 사람을 함부로 다룰 마음은 없었소. 나는 헨치에게 말했지.

'팔레르모가 당신 친구라는 뜻이오?'

헨치는 이렇게 말하더군.

'팔레르모를 데려다줘요.'

그래서 우리는 이 토끼집으로 돌아와서 팔레르모에게 전화를 걸었더니 그는 곧장 오겠다고 했소. 잘됐지. 그는 금방 도착했소. 우리는 이렇게 말했소.

'헨치가 당신을 만나고 싶어합니다. 왜인지는 몰라요. 그는 불쌍한 사람이지요.'

팔레르모는 대답했소.

'좋은 친구입니다. 그 사람은 괜찮을 거예요. 그 친구가 나를 만나고 싶다면, 좋습니다. 만나죠. 그 사람을 혼자 만나겠습니다. 경찰은 빼고요.'

내가 말했소.

'좋아요, 팔레르모 씨.'

그러고 나서 의무실에 가서 팔레르모는 헨치와 이야기를 나누었고 아무도 대화를 엿듣지 않았소. 잠시 후에, 팔레르모가 나오면서 말하더군요.

'좋습니다. 경찰 여러분, 저 친구가 자백을 했습니다. 내가 변호사 비용을 대겠습니다. 나는 그 불쌍한 친구를 좋아하니까요.'

그뿐이었소. 그는 그러고 가버렸소."

나는 아무 말도 하지 않았다. 잠깐 대화에 공백이 생겼다. 벽에 붙어 있는 스피커는 안내방송을 내보냈고, 브리즈는 목을 빼고 몇 마디 듣다가 무시해버렸다.

"그래서 우리가 속기사와 함께 안에 들어가자, 헨치가 정보를 말하더군요. 필립스가 그의 여자친구를 집적댔다는 거였소.

그제 복도에서 그랬다더군. 헨치는 방에 있다가 그 광경을 보았는데, 헨치가 나오기도 전에 필립스는 아파트로 들어가서 문을 닫아버렸다고 합디다. 그렇지만 헨치는 화가 났소. 그는 여자의 눈가를 때렸지. 그러나 그걸로는 성에 안 찼소. 그는 주정뱅이들이 그러는 식으로 골똘히 생각했소. 그는 자기 자신에게 말했지. 저 놈은 내 여자를 집적거릴 수 없어, 저 놈에게 본때를 보여주리라고 말이오. 그래서 그는 눈에 불을 켜고 필립스를 감시했소. 어제 오후, 그는 필립스가 자기 아파트로 가는 걸 보았소. 그는 여자에게 산책을 나가라고 했지만, 여자는 싫다고 했다더군. 그래서 그는 여자의 다른 쪽 눈도 때렸소. 여자는 산책을 나갔소. 헨치는 필립스의 문을 두드렸고 필립스가 문을 열었소. 헨치는 그래서 약간 놀랐다더군. 나는 헨치에게 필립스가 그를 기다리고 있었을 거라고 말해줬소. 어쨌든 간에 문이 열리자, 헨치가 안으로 들어가서 필립스에게 자기 기분을 말하고 손을 봐주겠다고 하니, 필립스는 겁에 질려서 총을 뺐다는군요. 헨치는 그를 곤봉으로 때렸소. 필립스는 쓰러졌지만 헨치는 만족할 수 없었다는군. 한 사람을 곤봉으로 때려서 그가 쓰러지면 어떻게 하겠소? 만족도 못했고, 아직 복수도 못했는데. 헨치는 바닥에 떨어져 있던 총을 집었소. 그는 만족스럽지 못한 상태에서 만취해 있었는데 필립스가 그의 발목을 잡았소. 헨치는 그때 왜 그렇게 했는지 모르겠다고 했소. 머리 속이 혼란스러웠던 거지. 그는 필립스를 욕실로 끌고 가서 필립스의 총으로 그를 보내버렸소. 이 얘기는 마음에 드오?"

내가 말했다.

"아주 마음에 드는 얘기로군요. 그러나 그런 일에 있어서 헨치가 느낀 만족감이 뭐죠?"

"글쎄, 주정뱅이가 어떤지 알잖소. 어쨌든 그는 필립스를 보내버렸으니까. 뭐, 당신도 알다시피 그건 헨치의 총이 아니었고 그 사람은 자살할 수도 없었지. 그렇게 되면 그 일을 했다는 만족감이 없으니까. 그래서 헨치는 총을 가져와서 자기 베개 밑에 넣고는 자기 총은 가져다버렸소. 그는 어디다 버렸는지는 말하지 않을 거요. 아마도 이웃에 사는 깡패들에게 넘겼겠지. 그러고 나서 그는 그 여자를 찾으러 가서 함께 밥을 먹었소."

"아주 멋진 솜씨로군요. 베개 밑에 총을 넣다니. 나 같으면 절대 생각도 못할 겁니다."

내가 말했다. 브리즈는 의자에 몸을 기대고 천장을 쳐다보았다. 스팽글러는 오락거리의 가장 중요한 부분이 끝나자 의자를 돌리고 볼펜을 두 개 집어 다시 쿠션을 향해 던졌다.

브리즈가 말했다.

"이런 식으로 봅시다. 이런 묘기의 효과가 뭐요? 헨치가 어떻게 했는지 봐요. 그는 주정뱅이였지만 영리했소. 그는 총을 찾아내서 필립스의 시체가 발견되기 전에 그걸 보였소. 먼저 우리는 누군가를 죽인 총이, 어쨌거나 발사된 흔적이 있는 총이, 헨치의 베개 밑에 있었다는 인상을 받소. 그 다음에 시체를 발견하오. 그러면 우리는 헨치의 이야기를 믿게 되지. 이치에 맞아보이니까. 어느 누가 헨치가 했던 것처럼 얼간이 짓을 할 거라 생각할 수 있겠소? 말이 안 되지. 그래서 우리는 누군가 헨치의 베개 밑에 총을 넣어두고 헨치의 총을 가져가서 버렸다는 얘기를 믿었소. 그리고 자기 총 대신 살인에 사용된 총을 버렸다고 한다면 그에게 더 유리했겠소? 상황이 있는 그대로였으면, 우리는 쉽사리 그를 의심했겠지. 그리고 그런 식으로는 우리가 그에 대해 달리 생각할 수 없었을 거요. 그가 했던 방식으로, 그는 우리가 자기를 밖으로 나갈 때 문이나 열어놓고 다니는 무해한 술주정뱅이며, 누군가 총을 그 사람 집에 버렸다고 생각하게 한 거요."

브리즈는 입을 약간 벌리고, 주근깨가 있는 단단한 손으로 시가를 든 채 기다렸다. 그의 눈에는 희미한 만족감이 가득했다.

"글쎄요, 그가 어쨌거나 자백할 것이었다면, 그렇게 했어도 별 차이는 없지 않습니까. 그는 죄를 시인하고 협상을 할 작정인가요?"

"그렇지. 나는 그렇게 생각하오. 내 짐작으로는 팔레르모가 고의적 살인죄는 면하게 해줄 것 같소. 물론 확신은 할 수 없지만."

"왜 팔레르모가 헨치의 죄를 가볍게 해주고 싶어하는 거죠?"

"그는 헨치를 좋아한다지 않소. 그리고 팔레르모는 우리가 함부로 할 수 있는 사람이 아니라니까."

"알았습니다."

나는 그렇게 말하고 일어섰다. 스팽글러는 번뜩이는 눈으로 나를 곁눈질했다.

"그 여자는 어떻게 하고 있습니까?"

"한마디도 안 할 거요. 똑똑한 여자지. 우리는 그 여자에게는 아무런 짓도 할 수 없소. 어디로 보나 깔끔하고 간단하게 마무리된 거지. 불만은 없을 거요. 안 그래요? 당신 일이 무엇이건 간에, 그건 우리가 상관할 바가 아니오. 알아들었소?"

"그 여자는 키가 크고 금발입니다. 아주 상큼한 편은 아니지만, 키가 크고 금발임에는 변함 없죠. 우리가 아는 유일한 금발이기도 하고요. 그런데도 팔레르모는 신경 쓰지 않나 봅니다."

"제길, 그런 생각은 해본 적이 없소."

브리즈는 말했다. 그는 잠깐 생각해본 후 그 생각을 떨쳐버렸다.

"그럴 리가 없소, 말로. 그 여자는 별로 품위가 없잖소."

"목욕을 하고 정신을 차리면 알 수 없죠. 품위라는 것은 알코올이 들어가면 급속도로 사라져버리는 것이니까요. 그럼 당신 용건은 이게 답니까?"

"생각해보시오."

그는 시가를 비스듬히 들어 내 눈을 가리켰다.

"내가 당신 이야기를 듣고 싶지 않은 건 아니라고 하지. 그렇지만, 일이 그런 식으로 되어야 한다고 주장할 절대적 권리가 내게 있다고 생각지는 않소."

"아주 공명정대하시군요, 브리즈 씨. 그리고 당신도, 스팽글러 씨. 당신 둘에게 좋은 일만 일어나기를 바라지요."

그들은 둘 다 입을 약간 벌리고 내가 밖으로 나가는 것을 보았다.

나는 커다란 대리석이 깔린 로비를 지나 밖으로 나와 차를 건물 전용주차장에서 빼냈다.

24

피에트로 팔레르모 씨는 접는 뚜껑이 달린 마호가니 책상과 세 폭의 성화를 넣은 금색 액자, 커다란 상아와 흑단으로 된 십자가를 제외하고는 빅토리아 시대의 응접실과 똑같아 보이는 방에 앉아 있었다. 방 안에는 장식을 새긴 마호가니 테두리에 섬세한 레이스로 된 덮개가 덮인 말편자 모양의 소파와 의자가 있었다. 녹회색 대리석의 벽난로 선반에는 도금된 시계가 놓여 있었고, 구석에는 괘종시계가 여유롭게 똑딱거리고 있었으며, 대리석 판을 올려놓은, 곡선의 우아한 다리가 달린 타원형의 테이블 위에는 유리 뚜껑 속에 밀랍으로 된 조화들이 있었다. 양탄자는 푹신했고 부드러운 꽃무늬가 여기저기 가득했다. 심지어 골동품 전용 캐비닛까지 있었는데 그 속에는 골동품들이 잔뜩 들어 있었다. 우아한 도기 찻잔이나, 유리와 도기로 된 작은 인형들, 상아와 흑자단으로 된 잡동사니들, 채색된 접시들과 초기 미국식 백조 모양 양념통 세트 같은 물건들이었다.

긴 레이스 커튼이 창문에 드리워져 있었지만 방은 남향이어서 빛이 환하게 비쳤다. 길 건너 조지 앤슨 필립스가 살해된 아파트의 창문이 보였다. 거리는 햇빛이 가득하고 고요했다.

키가 큰 이탈리아 인은 가무잡잡한 피부에 머리가 희끗희끗한 잘생긴 두상의 남자였다. 그는 내 명함을 읽고 나서 말했다.

"나는 이십 분 후에 약속이 있습니다. 무슨 일이시죠, 말로 씨?"

"나는 어제 길 건너에서 죽은 남자를 발견한 사람입니다. 그는 나의 친구였죠."

그의 차갑고 검은 눈이 고요히 나를 건너다보았다.

"그건 당신이 루크에게 한 말하고는 다르군요."

"루크요?"

"저 집을 나 대신 관리하는 사람입니다."

"나는 낯선 사람들하고는 많은 이야기를 나누지 않습니다, 팔레르모 씨."

"그거 좋군요. 지금 당신은 나랑 얘기를 하고 있지 않나요, 흠?"

"당신은 명망 있는 사람이죠, 중요한 사람이란 겁니다. 나는 당신하고는 이야기를 나눌 수 있죠. 어제 나를 봤다면서요. 내 인상착의를 경찰에 묘사해줬다지요. 아주 정확하게요. 경찰이 말해줬습니다."

"Si,('네'라는 뜻—옮긴이) 자세히 봤죠."

그가 별다른 감정 없이 말했다.

"어제 키가 큰 금발 여자가 저기서 나오는 걸 봤다지요."

그는 나를 면밀히 관찰했다.

"어제는 아니었죠. 이틀이나 사흘 전쯤 된 것 같군요. 어제 경찰에게 말했는데요."

그는 길고 가무잡잡한 손가락을 꺾었다.

"경찰 말이죠. 참."

"어제는 낯선 사람을 못 보셨습니까, 팔레르모 씨?"

"들어왔다 나갈 수 있는 뒷문이 있죠. 이층에는 계단도 있고."

그는 손목시계를 보았다.

"그럼 그때는 거기에 아무도 없었군요."

나는 말했다.

"오늘 아침에 헨치를 만나셨다지요?"

그는 눈을 치켜뜨더니 나른한 눈길을 내 얼굴 위로 서서히 옮겼다.

"경찰이 당신에게 말했군요, 흠?"

"경찰이 그러는데, 당신이 헨치에게 자백하도록 했다더군요. 헨치가 당신의 친구라면서요. 친구란 얼마나 좋은 건지 경찰은 몰랐겠죠, 물론."

"헨치가 고백을 했군요, 흠?"

그는 갑자기 밝은 미소를 지었다.

"헨치는 살인을 저지르지 않았습니다."

내가 말했다.

"안 했다고요?"

"안 했습니다."

"그것 흥미롭군요. 계속해봐요, 말로 씨."

"그 자백이라는 건 헛소리일 뿐입니다. 당신은 어떤 이유로 해서 그에게 자백을 하도록 시킨 겁니다."

팔레르모는 일어서더니 문 쪽으로 가서 누군가를 불렀다.

"토니."

그는 다시 자리에 앉았다. 키가 작고 험하게 생긴 이탈리아 인이 들어와서 나를 보더니 등받이가 높은 의자에 앉아 벽에 기댔다.

"토니, 이 분은 말로 씨라고 하네. 명함을 받아."

토니가 와서 명함을 받고 자리에 앉았다.

"이 분을 자세히 봐둬, 토니. 잊지 않겠지. 흠?"

토니가 말했다.

"맡겨두십시오, 팔레르모 씨."

팔레르모가 말했다.

"당신에게 친구였어요, 흠? 좋은 친구였나요, 흠?"

"네."

"그거 안됐어. 암. 정말 안된 일이야. 당신에게 말할 게 있어요. 한 사람의 친구는 한 사람의 친구지. 그래서 내가 당신에게 말해주는 거예요. 그러나 당신은 다른 사람에게 말하면 안 돼요. 저 빌어먹을 경찰들한테는 안 돼요, 흠?"

"안 해요."

"이건 약속이에요, 말로 씨. 잊어버려서는 안 되는 거예요.

잊지 않겠죠?"

"잊지 않을 겁니다."

"토니, 저 분이 너를 잊지 않겠대. 알아들었어?"

"나는 약속했습니다. 말씀하시는 것은 여기 있는 우리끼리의 비밀로 하지요."

"됐습니다. 좋아요. 나는 대가족 출신이죠. 여자 형제, 남자 형제가 많아요. 남동생 하나는 아주 나쁜 애지요. 토니만큼이나 나쁜 애죠."

토니는 히죽 웃었다.

"좋아요. 이 남동생은 조용히 살고 있습니다. 길 건너에서요. 그런데 이사를 가야 한다지요. 경찰들이 저 집을 가득 메우고 있거든요. 별로 좋지 않아요. 너무 많은 질문을 해대죠. 사업하기에도 좋지 않아요. 이 나쁜 동생에게도 좋지가 않아요. 알겠습니까?"

"알겠습니다. 무슨 말인지 이해했어요."

"좋아요. 이 헨치는 쓸모 하나 없지만, 불쌍한 인간이죠. 술주정뱅이에 백수. 집세도 못 내고. 하지만 나는 돈이 많아요. 그래서 내가 말했죠. 이봐, 헨치, 자네 자백하게. 자네는 아픈 사람이야. 이삼 주 계속 아팠지. 자네는 재판을 받게 될 거야. 내가 변호사를 구해줄게. 그냥 자네는 자백만 하면 되는 거야. 나는 술에 취했었어요 하고. 빌어먹을 경찰들은 꼼짝달싹 못하게 될 거야. 판사가 자네를 풀어줄 거고 자네는 내게 돌아오는 거지. 그럼 내가 자네를 돌봐줄게. 그랬더니 헨치가 좋다고 하고 자백을 한 거지요. 그게 답니다."

나는 말했다.

"그럼 이삼 주 후에는 그 나쁜 동생은 여기서 먼 길을 떠나고, 단서는 꽁꽁 얼어붙은 채, 필립스 살인사건은 미제인 채로 흐지부지된다 이거군요. 그런 겁니까?"

"Si."

그는 다시 미소를 지었다. 죽음 전의 키스처럼 밝고 따뜻한 미소였다.

"그렇게 하면 헨치 일은 마무리가 되겠군요, 팔레르모 씨."

내가 말했다.

"그렇지만, 내 친구 일에 대해서는 별로 도움이 안 됩니다."

팔레르모는 고개를 젓더니 다시 그의 손목시계를 보았다. 나는 일어섰다. 토니도 일어섰다. 그는 특별히 할 일이 없었지만, 일어나는 편이 더 나았기 때문이다. 그러면 더 빨리 움직일 수 있다.

"당신 패거리들의 문제점은, 아무것도 아닌 일을 수수께끼처럼 만든다는 겁니다. 빵 한 쪽을 깨물어 먹기 전에도 암호를 걸어야 하죠. 내가 경찰본부로 가서 당신이 내게 말한 얘기를 속속들이 해주면, 그 사람들이 나를 면전에 대고 비웃을 겁니다. 그러면 나도 그 사람들과 함께 그냥 웃어버리겠죠."

"토니는 잘 웃지 않지요."

팔레르모가 말했다.

"이 땅은 잘 웃지 않는 사람들로 가득 차 있습니다. 팔레르모 씨."

내가 말했다.

"당신도 알아두시죠. 당신이 그 중 많은 사람들을 지금 있는 곳에 밀어넣었습니다."

"그게 내 일이죠."

그는 어깨를 커다랗게 으쓱했다. 나는 말했다.

"약속은 지키지요. 그렇지만, 당신이 내 약속을 의심해야 하는 상황이 생겨도, 나를 당신 사업 대상으로 삼으려고 하지는 마십시오. 이 도시의 내 영역에서는 나는 꽤 유능한 사람이고, 만약 나 대신 토니를 당신 사업 대상으로 한다면 비용은 전적으로 주최측 부담이 되니까요. 이윤도 안 남고."

팔레르모는 웃었다.

"그거 좋군요, 토니. 장례식 하나, 비용은 주최측 부담으로. 좋아요."

그는 일어서서 손을 내밀었다. 섬세하고 강하며 따뜻한 손이었다.

25

벨폰트 빌딩 로비의 불이 켜진 엘리베이터 안, 접은 삼베 깔개 위에 촉촉한 눈매를 한 노인이 잊혀진 사람의 흉내를 내면서 여전히 미동도 않고 앉아 있었다. 나는 엘리베이터에 올라탄 후 말했다.

"육층이오."

엘리베이터는 뒤뚱거리며 움직이더니 쿵쿵 울리며 위로 올라갔다. 엘리베이터가 6층에 멈추자 나는 내렸고, 노인은 엘리베이터 바깥으로 얼굴을 내밀어 침을 뱉으며 둔탁한 목소리로 말했다.

"별일 없어?"

나는 회전대 위에 올라가 있는 마네킹처럼 완전히 한 바퀴 돌았다. 나는 그를 응시했다. 노인이 말했다.

"오늘은 회색 양복을 입었네."

"그렇죠. 네, 그렇습니다."

"멋있네. 자네가 어제 입었던 파란 옷도 좋아."

"계속해보시죠. 말씀해보십시오."

"자네는 팔층까지 엘리베이터를 탔었지. 두 번이나. 두번째는 늦은 시각이었어. 돌아올 때는 육층에서 탔잖아. 바로 그 후에 파란 옷을 입은 젊은이들이 들이닥쳤어."

"그 사람들이 지금도 위에 있습니까?"

노인은 고개를 저었다. 그의 얼굴은 텅 빈 공터 같았다.

"나는 그 사람들에게 아무 말도 안 했어. 지금 말하면 너무 늦잖아. 그 사람들이 나를 욕할 걸."

"왜요?"

"왜 안 말했냐고? 그 녀석들은 다 빌어먹을 놈들이야. 자넨 나에게 예의 바르게 대해줬어. 요새 애들은 그렇지 않아. 망할 것들. 난 자네가 그 살인사건과는 아무런 관련이 없다는 걸 알아."

"저는 노인장을 속였습니다."

내가 말했다.

"심하게 속였지요."

나는 명함을 하나 꺼내어 노인에게 주었다. 그는 금속테 안경을 주머니에서 꺼내더니 코에 걸치고는 명함을 받아서 눈에서 30센티미터 정도 떨어뜨리고 보았다. 그는 천천히 명함을 읽더니 입술을 움찔하고는 안경 너머로 나를 본 후에, 내게 카드를 다시 돌려주었다.

"가지고 있는 게 좋을 거야. 내가 정신 없어서 떨어뜨리면 어째. 자네 인생은 아주 재미있겠구만."

"그렇기도 하고 아니기도 하죠. 성함이 어찌 되십니까?"

"그랜디야. 그냥 팝이라고 불러. 누가 그 사람을 죽인 거야?"

"모르겠습니다. 누가 거기로 올라가거나 내려간 것을 보지 못하셨습니까? 이 건물에서 자기가 있던 자리에서 벗어난 사람이나, 낯선 사람이 없었나요?"

"나는 잘 못 봤어. 나는 우연히 자네만 알아봤지."

"혹시 키가 큰 금발 머리 여자나, 옆에 구레나룻을 기르고 서른다섯 정도 된 키 크고 날씬한 남자는요?"

"못 봤어."

"올라가거나 내려가려면 모두 다 엘리베이터를 타잖습니까."

노인은 대머리를 끄덕였다.

"비상계단으로 가지 않으면 그렇지. 문은 저기 복도 끝에 있고, 빗장이 걸려 있어. 사람들은 이쪽으로 오기도 하지만, 이층에는 엘리베이터 뒤에 계단이 있거든. 거기서 비상 계단으로 올라갈 수 있어. 거기에는 아무것도 없어."

나는 고개를 끄덕였다.

"그랜디 씨, 혹시 오 달러 지폐 한 장 쓰시겠습니까? 뇌물은 전혀 아니고요, 단지 친한 친구가 주는 존경의 표시로 말입니다."

"젊은이, 내가 오 달러 지폐를 얼마나 험하게 쓰는지 알아? 링컨의 턱수염이 다 땀투성이가 될 정도라니까."

나는 노인에게 지폐 한 장을 주었다. 나는 건네주기 전에 지폐를 보았다. 오 달러 지폐에는 그의 말처럼 링컨이 그려져 있었다.

노인은 지폐를 조그맣게 접어서 주머니 깊숙한 곳에 찔러넣었다.

"자네 참 친절한 청년이야. 내가 이런 걸 바라고 있었다고 생각하지 않았으면 좋겠어."

나는 고개를 젓고 간판들을 다시 읽으면서 복도를 따라갔다. 'E. J. 블라스코비츠 의원, 척추 정형의. 달튼 & 리스 타자 대행업. L. 프리드뷰, 공인 회계사.' 아무것도 쓰여 있지 않은 문이 네 개. '모스 택배 회사.' 아무것도 쓰여 있지 않은 문이 두 개. 'H. R. 티거 치과 기공소.' 모닝스타의 사무실이 있는 자리의 바로 두 층 아래에 있는 위치였지만, 방이 다르게 나뉘어 있었다. 티거는 문을 하나만 쓰고 있었고, 그의 문과 다음 문 사이의 벽 공간이 더 넓었다.

문손잡이는 돌아가지 않았다. 나는 문을 두드렸다. 아무런 대답이 없었다. 나는 더 세게 두드렸지만 결과는 마찬가지였다. 나는 엘리베이터로 돌아갔다. 엘리베이터는 여전히 6층에 있었다. 팝 그랜디는 나를 처음 보는 사람처럼 내가 돌아오는 것을 보고 있었다.

"H. R. 티거에 대해서 아는 게 있으십니까?"

나는 노인에게 물었다. 그는 생각했다.

"건장한 체격에 나이 지긋하고 더러운 옷을 입고 나처럼 손톱이 더러운 남자였어. 생각해보니 오늘은 보지 못한 것 같아."

"건물책임자가 제가 안을 한번 둘러보게 사무실 안으로 들여보내줄까요?"

"고약한 사람이야. 건물책임자는. 나 같으면 그 방법은 안 쓸 거야."

노인은 고개를 천천히 돌려 엘리베이터 측면을 올려다보았다. 그의 머리 위로 커다란 금속 고리에 열쇠 하나가 매달려 있었다. 여벌 열쇠였다. 팝 그랜디는 고개를 원래 자리로 다시 돌린 후 의자에서 천천히 일어나면서 말했다.

"지금은 화장실이나 좀 다녀와야겠어."

노인이 가버렸다. 그의 뒤로 문이 닫히자, 나는 엘리베이터 벽에서 열쇠를 꺼내고 H. R. 티거의 사무실로 다시 돌아가서 문을 딴 뒤 안으로 들어갔다.

안에 들어가니, 가구에 꽤나 돈을 아낀 것처럼 보이는 작고 창문이 없는 대기실이 있었다. 의자 두 개, 할인점에서 산 것 같은 스탠드식 재떨이, 싸구려 상점의 지하에서 온 것 같은 스탠드 램프와 오래된 사진 잡지들이 놓여 있는 평평한 무늬목 테이블이 있었다. 문이 내 뒤에서 닫히자, 희미한 빛이 모자이크 유리판이 달린 문을 통해서 들어오는 것 말고는 방은 깜깜해졌다. 나는 램프의 스위치를 잡아당기고 방을 가로지르고 있는 안쪽 벽의 문으로 다가갔다. 거기에는 'H. R. 티거, 개인실'이라고 쓰여 있었다. 문은 잠겨 있지 않았다.

문 안쪽은 커튼을 치지 않은 두 개의 동향 창문이 있고 창턱에는 먼지가 수북이 쌓인 작은 정방형 사무실이었다. 회전의자 한 개와 단단한 무늬목으로 만든 등받이가 높은 의자 두 개가 있었고, 네모나고 평평한 책상이 있었다. 책상 위에는 오래된 압지와 싸구려 필기구 세트, 시가 재가 담긴 둥근 유리 재떨이

외에는 아무것도 없었다. 책상 서랍 속에는 먼지 낀 속지, 클립 몇 개, 고무줄, 몽당연필 몇 자루, 펜, 녹슨 펜촉, 쓰다 남은 압지, 쓰지 않은 2센트짜리 우표 네 장, 그리고 인쇄된 편지지와 봉투, 영수증이 들어 있었다.

그물로 된 휴지통은 쓰레기가 가득 차 있었다. 나는 쓰레기를 조심스럽게 살펴보느라고 거의 10분을 허비했다. 10분이 다 흘러갈 때쯤 나는 이미 확신하고 있던 사실을 알게 되었다. H. R. 티거는 이 도시에서 그다지 번영하지 못한 지역에 사는 많은 치과 의사들을 위해서 실험 일을 대행해주는 치과 기공사로서 작은 사업체를 운영하고 있었다. 그런 치과 의사들은 가게들 위로 걸어 올라와야 하는 초라한 2층 사무실을 가지고 있으며 스스로 기공 일을 하기에는 기술도 장비도 부족해서, 신뢰감을 주지 못하는 크고 유능하며 무정한 기공소보다는 자기네들과 같은 사람들에게 그 일을 맡기는 것이었다.

나는 한 가지 사실을 찾아냈다. 가스 요금 청구서 영수증 부분에 티거의 집 주소가 토버맨가 1354번지 B동이라고 나와 있었다.

나는 몸을 펴고, 쓰레기들을 다시 휴지통에 주워 담은 뒤 '기공소'라고 쓰여 있는 나무문으로 갔다. 거기에는 새로 단 자물쇠가 달려 있어서 여벌 열쇠는 맞지 않았다. 그 정도로 충분했다. 나는 바깥 사무실에 있는 램프 불을 끄고 나왔다.

엘리베이터는 다시 아래층에 있었다. 내가 벨을 울리자 엘리베이터가 올라왔고, 나는 열쇠를 숨긴 채, 팝 그랜디의 주위를 가만히 돌아서 열쇠를 노인의 머리 위에 걸었다. 고리가 엘리베이터 벽에 부딪혀 딸그락 소리를 냈다. 노인은 히죽 웃었다.

"그 사람 사라졌어요. 어젯밤에 떠난 것 같더군요. 아마 짐이 많았을 겁니다. 책상이 깨끗이 치워져 있었어요."

팝 그랜디는 고개를 끄덕였다.

"여행 가방을 두 개 들고 갔어. 그렇지만 나는 눈치채지 못했는데. 거의 항상 여행 가방들을 들고 다니거든. 그 사람이 자기 하던 일을 들고 가는 것 같기는 했어."

"어떤 일이요?"

나는 엘리베이터가 소리를 내며 내려가는 동안 물었다. 단지 할 말이 없어서였다.

"잘 맞지 않는 이빨 같은 걸 만드는 거지. 나같이 불쌍한 노인네들을 위해서 말이야."

팝 그랜디가 말했다.

"알아보실 수는 없으실 테죠."

로비에 도착하여 문이 덜그럭거리며 열릴 때 내가 말했다.

"한 십오 미터 거리에서 벌새의 눈 색깔 같은 것은 알아보실 수는 없으실 겁니다. 잘은 안 보이실 테죠."

노인이 히죽 웃었다.

"그 사람이 뭔 짓을 했는데?"

"그 사람 집으로 가서 알아봐야죠.

내가 말했다.

"제 생각에는 그냥 하릴없이 어디론가 크루즈 여행이라도 떠났을 공산이 큽니다."

팝 그랜디가 말했다.

"나도 그 사람 따라 이곳을 떴으면. 그저 샌프란시스코에나 가서 거기에 틀어박힌대도, 그 사람 따라 여기를 좀 떴으면 좋겠네."

26

 토버맨 가. 폭이 넓고 먼지가 풀풀 날리는 거리, 피코 대로에서 약간 떨어진 곳. 1354번지 B동은 이층에 있는 남향 아파트로, 노란색과 하얀색의 철골 건물이었다. 1352번지 B동이라고 쓰여 있는 옆에, 포치 쪽으로 출입문이 나 있었다. 아래층 아파트로 통하는 출입문은 직각으로 포치를 사이에 두고 마주 보고 있었다. 집에 아무도 없는 것이 확실했지만, 나는 계속 초인종을 눌러댔다. 이런 동네에서는 반드시 옆집을 창문 너머로 내다보며 시시콜콜 참견하기를 좋아하는 이웃이 있기 마련이다.

 확실히 1354번지 A동의 문이 조금 열려 있었고, 작고 눈이 초롱초롱한 여자가 나를 내다보았다. 여자의 검은 머리카락은 방금 감은 듯 구불거렸고, 헤어핀을 여기저기 가득 꽂고 있었다.

"티거 부인 찾아요?"

여자가 새된 목소리로 말했다.

"부인이든, 바깥 분이든 간에요."

"두 사람 다 어젯밤에 휴가 갔어요. 집을 싣고서는 밤 늦게 떠났어요. 나한테 우유랑 신문 배달 좀 끊어달라고 하지 뭐에요. 시간이 별로 없었나 봐. 약간 갑작스럽긴 했어요."

"고맙습니다. 두 사람 차종이 뭡니까?"

여자의 뒤에서는 라디오 연속극의 가슴 절절한 대사들이 방 안에 흘러나와 축축한 행주처럼 내 얼굴을 때렸다.

눈이 초롱초롱한 여자가 말했다.

"당신 그 사람들 친구예요?"

그녀의 목소리에서는 라디오에서 나오는 과장된 연기만큼이나 심한 의심이 묻어나왔다.

"신경 끄쇼."

나는 거친 어조로 말했다.

"우리는 단지 돈을 받고 싶을 뿐이라고. 그 사람들이 어떤 차를 모는지 알아낼 방법은 많아요."

여자는 라디오 소리를 들으려고 머리를 꼿꼿이 세웠다.

"저건 볼라 메이에요."

여자는 슬픈 미소를 띠며 말했다.

"저 여자는 마이어스 박사하고 무도회에 안 갈 거예요. 안 갈 것 같더라니."

"이런, 제길."

나는 그렇게 말하고는 차로 돌아가 할리우드에 있는 내 집으로 갔다.

사무실은 비어 있었다. 나는 내실의 문을 따고 창문을 열어 젖힌 후 자리에 앉았다.

또 다른 하루가 끝나가려는 참이었다. 둔탁하고 피곤한 공기에, 대로에는 으르렁대며 집으로 향하는 차들의 행렬이 이어져 있는 가운데, 말로는 자기 사무실에 앉아서 오늘 온 우편물을 분류하면서 술을 들이킨다. 광고 우편이 네 통, 고지서가 두 통. 예쁜 색깔의 엽서 한 통은 지난 해에 어떤 사건을 맡았을 때 나흘 동안 묵었던 산타로사의 호텔에서 온 것이었다. 소살리토의 피바디라는 사람이 보낸 기다랗고 엉망으로 타자를 친 편지도 하나 있었는데, 일반적이고 다소 잘 알아볼 수 없는 편지 내용은 용의자의 필적 샘플이 있을 때 피바디 감정소에 맡겨만주면 개인의 내적인 정서적 특질을 프로이드식과 융식 시스템에 따라 규명해주고 분류해준다는 것이었다.

그 안에는 우표가 부착된 봉투가 동봉되어 있었다. 나는 우표만 뜯어내고 편지와 봉투는 쓰레기통에 던져버렸지만, 갑자기 긴 머리에 검은 펠트모를 쓰고, 검은 나비 넥타이를 맨 불쌍한 늙은 남자가 상호가 새겨진 창문 앞의 삐그덕거리는 의자에 앉아서 바로 옆문에서 나오는 닭다리와 양배추 냄새를 맡고 있는 광경이 떠올랐다.

나는 한숨을 쉬고, 다시 봉투를 꺼내서 새 봉투에다 이름과 주소를 쓴 다음 1달러 지폐를 종이에 끼우고 그 위에 '이번이 정말로 마지막 성금입니다'라고 썼다. 나는 서명을 하고, 봉투를 봉해서 우표를 붙인 후, 술을 한 잔 더 따랐다.

나는 담배를 채우고 불을 붙인 다음 자리에 앉아서 담배를 피웠다. 아무도 들어오지 않았고, 아무도 전화하지 않았으며, 아무 일도 일어나지 않았고, 아무도 내가 죽든지 엘파소에 가든지 신경 쓰지 않았다.

점차로 차들이 지나가는 소리가 잦아들었다. 하늘도 반짝이는 빛을 잃어가고 있었다. 하늘 너머 서쪽이 붉게 물들어 있었다. 지붕 너머 대각선으로 한 블록 떨어진 곳에서 일찍 불이 들어온 네온사인 하나가 보였다. 복도 아래에 있는 커피숍 벽에 붙어 있는 환풍기가 둔하게 돌아가고 있었다. 뒤에 가득 짐을 실은 트럭 한 대가 부르릉 소리를 내며 대로 쪽으로 달려갔다.

마침내 전화가 울렸다. 전화를 받자 목소리가 들렸다.

"말로 씨? 저는 쇼입니다. 브리스톨 아파트에 있는."

"아, 쇼 씨. 잘 지냈습니까?"

"전 아주 잘 지내죠. 고맙습니다. 말로 씨. 항상 잘 지내시길 바랍니다. 여기 젊은 여자분이 와서 말로 씨 사무실로 들여보내달라고 하는데요. 이유는 잘 모르겠습니다."

"저도 잘 모르겠는데요, 쇼 씨. 저는 뭐 그런 주문한 적이 없습니다. 여자분이 이름을 대던가요?"

"아, 네. 그럼요. 성함이 데이비스입니다. 멀 데이비스 양이에요. 그 분은, 뭐라고 해야 할지, 약간 이성을 잃고 흥분하신 것 같습니다."

"들여보내줘요."

나는 급하게 말했다.

"제가 십 분 내로 가겠습니다. 그 분은 고객의 비서입니다.

전적으로 사업 관련한 일입니다."

"네. 그렇게 하죠. 그러면 제가, 음, 그 여자분과 같이 있어야 합니까?"

"아, 좋으실 대로 하십시오."

나는 이렇게 말하고 전화를 끊었다.

세면실의 열린 문 앞을 지나가면서 본 거울에 비친 내 얼굴은 흥분 때문에 굳어 있었다.

27

내가 열쇠를 꽂아 문을 열었을 때 쇼는 이미 긴 의자에서 일어나 있었다. 그는 안경을 쓴 키가 큰 남자로, 정수리가 벗겨진 대머리여서 그의 귀는 마치 머리 꼭대기에서 미끄러져 내려온 것처럼 보였다. 그는 정중하고 백치 같은 미소를 시종일관 얼굴에 띠고 있었다.

여자는 체스 테이블 뒤의 편안한 의자에 앉아 있었다. 그녀는 아무것도 하지 않고 다만 앉아 있을 뿐이었다.

"아, 오셨군요, 말로 씨."

쇼가 즐거운 듯이 말했다.

"네. 그럼 됐습니다. 데이비스 양과 저는 재미있는 대화를 잠시 나눴지요. 아가씨께 제가 영국 출신이라고 말하고 있었죠. 아가씨는, 음, 고향이 어딘지 말씀을 안 하셨네요."

그는 이 말을 하면서 벌써 문 쪽으로 반쯤 가 있었다.

"아주 친절하시군요. 쇼 씨."

내가 말했다.

"무슨 말씀을요. 전혀 아닙니다. 그럼 저는 가보겠습니다. 저녁 식사가 아무래도……."

쇼는 새된 목소리로 말했다.

"아주 친절하십니다. 감사드립니다."

내가 말했다. 그는 고개를 끄덕이고 가버렸다. 그의 부자연스러운 환한 미소가 체셔 고양이(『이상한 나라의 앨리스』에 등장하는 고양이—옮긴이)의 미소처럼 문이 닫힌 후에도 공기 중에 떠돌고 있는 것 같았다.

나는 말했다.

"어이, 잘 있었소?"

여자가 대답했다.

"안녕하세요."

여자의 목소리는 아주 고요했고, 아주 심각했다. 그녀는 갈색빛이 도는 마직 코트와 치마를 입고 테가 넓고 운두가 낮은 밀짚모자를 쓰고 있었는데, 모자에 두른 갈색 벨벳 띠가 구두와 손가방의 테두리의 색깔과 잘 어울렸다. 그녀는 안경을 쓰지 않고 있었다.

얼굴을 제외한다면 괜찮다고 할 수 있는 모습이었다. 무엇보다도 그녀의 눈이 완전히 제정신이 아니었다. 홍채 주위에는 온통 흰자위뿐이었고 눈길은 고정된 것처럼 꼼짝도 하지 않았다. 눈이 얼마나 굳어 있던지 움직일 때마다 삐걱거리는 소리가 들릴 것 같았다. 입 양쪽 끝은 꼭 다물고 있었지만, 윗입술의 가운데가 들린 채로 끝에 누가 가는 실을 매고 잡아당기는 것처럼 파르르 떨렸다. 윗입술이 불가능할 정도까지 치켜올려 가면 얼굴 아랫부분은 경련을 일으켰다가 입을 꼭 다물면 경련이 멈췄다. 그러고 나서도 그런 과정이 천천히 다시 반복되었다. 게다가 목도 어디 잘못된 것처럼 고개가 왼쪽으로 45도 정도 천천히 돌아가 있었다. 고개는 그 자세로 고정되어 있다가, 목이 움찔움찔하면 고개가 다시 뒤로 꺾이고는 했다.

이런 두 가지 동작을 반복하고 힘주어 맞잡은 손은 무릎에 올려놓고 눈길을 고정한 채 몸을 꼼짝도 하지 않으니 보는 사람이 정신이 다 나갈 정도였다.

책상 위에는 담배 깡통이 하나 있었고, 책상과 그녀가 앉아 있는 의자 사이에 체스 말이 상자 안에 담겨 있는 체스 테이블이 있었다. 나는 주머니에서 파이프를 꺼내어 속을 채우려고 담배 깡통이 있는 쪽으로 갔다. 그러려다 보니, 나는 그녀가 앉아 있는 체스 테이블의 건너편에 서게 되었다. 그녀의 가방은 그녀 앞, 약간 비스듬히 테이블 끄트머리에 놓여 있었다. 내가 그쪽으로 다가가자 그녀는 약간 움찔했지만, 곧 원래의 자세로 돌아갔다. 그녀는 심지어 미소 지으려 애쓰기까지 했다.

나는 파이프 속을 채우고 종이 성냥을 그어 불을 붙인 후, 성냥을 불어 꺼버리고 그것을 손에 든 채로 그 자리에 섰다.

"안경을 안 쓰고 있군요."

내가 말했다. 그녀는 입을 열었다. 목소리는 조용하고 침착했다.

"아, 안경은 집 안에서 글을 읽을 때만 써요. 지금은 가방에 들어 있어요."

"지금은 집 안에 있으니, 안경을 쓰는 게 좋겠소."

나는 가방에 무심코 손을 대었다. 그녀는 움직이지 않았다. 그녀는 내 손을 보지도 않았다. 그녀의 눈은 내 얼굴에 머물러 있었다. 나는 몸을 약간 돌려 가방을 열었다. 나는 안경집을 찾아내서 테이블 위로 밀었다.

"써요."

"아, 네. 써야죠. 그렇지만, 먼저 모자를 벗어야 할 것 같아요……."

"그럼, 모자를 벗어요."

내가 말했다. 그녀는 모자를 벗어 무릎 위에 올려놓았다. 그런 뒤에 그녀는 안경을 써야 하는 것을 기억해내고는 모자에 대해서는 잊어버렸다. 그녀가 안경에 손을 뻗는 동안 모자는 바닥에 떨어져버렸다. 그녀는 안경을 썼다. 그랬더니 모습이 훨씬 더 나아보인다고 나는 생각했다.

여자가 이렇게 하는 동안 나는 가방에서 총을 꺼내 내 뒷주머니에 슬쩍 집어넣었다. 그녀가 나를 본 것 같지는 않았다. 총은 이전 날 그녀가 책상 맨 위 오른쪽 서랍에서 꺼내는 것을 보았던 호두나무 손잡이가 달린 콜트 25구경 자동권총 같았다.

나는 대형 소파 쪽으로 돌아가서 자리에 앉고 말했다.

"그럼, 다 됐소. 이제 무엇을 할까? 배고파요?"

"전 바니에르 씨 댁에 갔었어요."

그녀가 말했다.

"아."

"그 사람은 셔먼 오크스에 살아요. 에스카미요 드라이브 끝에요. 맨 끝이에요."

"아, 그렇겠지."

나는 아무 의미 없이 말했다. 나는 담배 연기로 고리를 만들어보려고 했지만, 잘 되지 않았다. 내 뺨의 신경줄 하나가 전선처럼 윙하고 흔들리려고 했다. 마음에 들지 않았다.

"네."

그녀는 침착한 목소리로 말했지만, 그녀의 윗입술은 살짝 말려 올라가 파르르 떨리고 있었고, 턱은 여전히 반복적으로 앞뒤로 흔들렸다.

"집은 아주 조용했어요. 바니에르 씨는 거기에 삼 년 동안 살고 있었어요. 그 전에는 할리우드 언덕, 다이아몬드 가에 살았어요. 다른 사람과 같이 살았었는데, 둘 사이가 별로 좋지 않았어요. 바니에르 씨의 말에 따르면요."

"나도 충분히 이해할 수 있을 것 같은데."

내가 말했다.

"바니에르 씨를 안 지 얼마나 됐소?"

"팔 년 정도 됐어요. 전 그 사람을 잘은 몰라요. 저는 그 사람에게 때때로, 음, 꾸러미를 갖다주어야만 했어요. 그 사람은 내가 직접 가지고 오는 것을 좋아했어요."

나는 다시 한 번 연기로 고리를 만들어보려고 했다. 허사였다.

"물론 저는 그 사람을 아주 좋아하지는 않았어요. 저는 그 사람이 두려웠어요. 그 사람이 그렇게 할까봐……."

"그렇지만 하지 않았군."

내가 말했다. 처음으로 그녀의 얼굴에 인간적인 자연스러운 표정이 떠올랐다. 놀라움이었다.

"아뇨. 하지 않았어요. 즉, 진짜로는 하지 않았다는 뜻이에요. 하지만 잠옷을 입고 있었어요."

"가볍게 생각하자면, 잠옷만 입고 하루 종일 빈둥빈둥하는 거요. 글쎄, 어떤 사람들은 그렇게 운이 좋기도 하지. 그렇지 않소?"

"글쎄요, 이걸 아셔야 해요."

그녀는 진지하게 말했다.

"사람들이 당신에게 돈을 내게 하는 방법을요. 머독 부인은 제게 잘해주셨어요. 그렇지요?"

"확실히 그러셨겠지. 오늘은 얼마나 그 사람에게 가져갔소?"

"오백 달러뿐이었어요. 머독 부인은 그게 부인이 모을 수 있는 전부라고 하셨는데, 사실 그것도 모으기 힘들었어요. 부인께서는 이제 그만해야 한다고 하셨어요. 더이상 계속될 수는 없다고. 바니에르 씨는 항상 그만두겠다고 약속했지만, 결코 그러지 않았어요."

"그 사람들 수법이지."

"그래서 단 한 가지 방법밖에 없었어요. 저도 수 년 동안 그걸 알고 있었어요, 정말이에요. 모두 제 잘못이고 머독 부인은 제게 정말 잘해주셨어요. 그렇다고 해서 제가 이미 처한 상태보다 더 나빠질 수는 없었을 테니까요, 그렇지 않겠어요?"

나는 손을 들어 신경을 진정시키기 위해서 뺨을 세게 문질렀다. 여자는 그녀의 질문에 내가 대답하지 않았다는 사실을 잊고, 말을 다시 이었다.

"그래서, 저는 그렇게 했어요. 그 사람은 잠옷을 입고 유리잔을 하나 옆에 두고 있었어요. 그 사람은 저를 쳐다보고 있었어요. 그는 나를 안으로 들어오게 하려고 일어나지도 않았어요. 그렇지만 정문에 열쇠가 있었어요. 누군가 열쇠를 거기에 남겨두고 간 거예요. 그건, 그건……"

그녀의 목소리가 목구멍 속으로 잠겨들었다.

"그건 정문 열쇠였다는 거군요. 그래서 안으로 들어갈 수 있었고."

"그래요."

그녀는 고개를 끄덕이더니 다시 살짝 미소 지었다.

"아무것도 없었어요. 정말이에요. 저는 심지어 아무 소리를 들은 기억도 없어요. 그렇지만, 당연히 큰 소리가 났을 거예요. 아주 큰 소리요."

"그랬겠지."

"나는 그에게 아주 가까이 다가갔어요. 그러니 똑똑히 봤죠."

"그랬더니 바니에르 씨는 무슨 일을 했소?"

"그는 아무 짓도 안 했어요. 그는 단지 그냥 저를 곁눈질하고 있었어요. 그렇게 보였어요. 글쎄요. 그게 다였어요. 저는 머독 부인에게 돌아가서 부인에게 더 문젯거리를 가져다드리고 싶지 않았어요. 그리고 레슬리에게도요."

그녀의 목소리는 그 이름을 말할 때 약간 기어들어가더니 끊어졌다. 몸을 아주 가볍게 떨었다. 그녀가 말을 이었다.

"그래서 이리로 왔어요. 그리고 당신이 초인종에 응답을 안 하길래 관리사무소를 찾아서 관리인에게 당신을 기다리게 안으로 들여보내달라고 했어요. 당신이라면 어떻게 해야 할지 알고 있을 것 같았어요."

"거기 있을 때 집 안에 있는 물건을 건드리지는 않았겠지? 기억할 수 있소? 내 말은, 정문은 빼고 말이오. 단지 문으로 들어갔다가 집 안에 있는 것 아무것도 건드리지 않고 나왔겠지?"

그녀는 생각에 잠겼고, 얼굴이 가만히 움직임을 멈췄다.

"아, 한 가지는 기억나요. 불을 껐어요. 집을 나오기 전에요. 램프였어요. 커다란 전구가 달려서 위 쪽을 비추는 그런 램프요. 그걸 끄고 나왔어요."

나는 고개를 끄덕이고 그녀를 향해 미소 지었다. 말로, 한 번 웃어주면 기운이 나지.

"몇 시쯤이었소? 얼마나 오래 전 일이오?"

"아, 여기 오기 바로 직전이었어요. 저는 차를 가지고 왔어요. 머독 부인의 차예요. 어제 물어보시던 차요. 그 분이 나갈 때 그 차를 가지고 가지 않았다는 얘기를 깜박 잊고 안 드렸어요. 아니, 얘기해드렸던가? 아, 지금 생각해보니 말씀드렸네요."

"그럼 한번 봅시다. 여기까지 오는 데 반 시간쯤 걸렸다고 하고. 여기에 대략 한 시간 있었지. 그러면 당신이 바니에르 씨의 집을 나올 때는 대략 다섯시 반쯤 되었겠군. 그리고 불을 껐다 이거죠."

"네, 맞아요."

그녀는 꽤 밝게 고개를 끄덕였다. 기억해낸 게 기뻤던 모양이다.

"제가 불을 껐어요."

"술 한잔 하겠소?"

나는 그녀에게 권했다.

"아니, 아녜요."

그녀는 아주 활기차게 머리를 저었다.

"저는 술을 마셔본 적이 없어요."

"그럼 내가 한잔 마셔도 괜찮겠소?"

"그럼 물론이죠. 제가 뭐라고 할 수 있나요."

나는 일어서서 그녀를 면밀히 살폈다. 입술은 여전히 올라간 채였고 고개도 여전히 돌아간 채였지만, 이제는 아까처럼 심하지 않은 것 같았다. 사그러들고 있는 리듬 같은 것이었다.

이 상태가 얼마나 더 지속될지 예측하기는 어려웠다. 아마도 말을 더 하면 할수록 나아질 것 같았다. 시간이 충격을 얼마나 흡수할지는 아무도 모르는 것이다.

"당신 집이 어디오?"

"왜요? 저는 머독 부인 댁에서 살아요. 파사디나에서요."

"내 말은 진짜 집이오. 당신 가족들이 사는 곳."

"부모님은 위치타에 사세요. 그렇지만, 전 거기 가지 않아요, 전혀요. 때때로 편지를 쓰지만, 부모님을 몇 년 동안 뵙지 못했어요."

"아버님은 뭘 하시죠?"

"아버지는 개와 고양이를 위한 병원을 하세요. 수의사세요.

부모님이 이 사실을 모르셨으면 좋겠어요. 이전에 일어났던 일도요. 머독 부인이 이제껏 아무도 모르게 감싸주셨어요."

"부모님들이 아실 일은 없을 거요."

나는 말했다.

"난 술을 한잔 하겠소."

나는 그녀가 앉아 있는 의자 뒤를 돌아 부엌으로 가서 술을 따른 뒤 마실 만한 술을 한 잔 만들었다. 나는 술을 한번에 꿀꺽 삼키고는 작은 총을 내 뒷주머니에서 꺼내서 안전장치를 확인했다. 나는 총구에 코를 대고 냄새를 맡아본 후, 탄창을 꺼냈다. 약실에는 탄알이 있었지만 이 총은 탄창을 꺼내면 발사되지 않는 그런 종류였다. 나는 총미 속을 들여다볼 수 있게 총을 높이 쳐들었다. 거기에 들어 있는 약협은 맞지 않는 크기였으며 총미 속에서 구부러져 있었다. 그건 32구경 같았다. 탄창 속에 있는 탄알들은 모두 맞는 크기인 25구경이었다. 나는 총을 다시 조립한 뒤 거실로 돌아갔다.

나는 아무런 소리도 듣지 못했었다. 그녀는 의자 앞으로 미끄러져 몸을 구부리고 쓰러져 있었다. 그녀의 멋진 모자가 밑에 깔려 있었다. 그녀는 고등어처럼 차가웠다.

나는 그녀를 편히 눕히고, 안경을 벗긴 뒤 혀를 삼키지 않았는지 확인했다. 나는 손수건을 접어 그녀의 입 가장자리에 밀어넣어 그녀가 깨어날 때 혀를 깨물지 못하게 했다. 나는 전화로 가서 칼 모스에게 전화를 걸었다.

"필립 말로네. 지금 환자를 보고 있나, 아니면 오늘 진료 끝났나?"

"오늘 진로 다 끝났네. 막 나가려던 참이야. 무슨 문제라도?"

"지금 집일세. 기억 못할지도 모르겠는데 브리스톨 아파트 408호야. 어떤 여자가 여기 왔다가 기절해버렸어. 기절 때문에 걱정이 되는 게 아니라, 깨어났을 때 정신이 완전히 나갈까봐 그게 걱정이네."

"술 같은 건 주지 말게. 지금 곧 가지."

의사가 말했다. 나는 전화를 끊고 그녀 옆에 무릎을 꿇었다. 나는 그녀의 관자놀이를 문지르기 시작했다. 그녀가 눈을 떴다. 입술이 열리기 시작했다. 나는 손수건을 입에서 뺐다. 그녀는 나를 올려다보더니 말했다.

"저는 바니에르 씨 댁에 갔었어요. 그 사람은 셔먼오크스에 살아요, 나는……."

"내가 당신을 들어서 저기 소파 위에 눕혀도 괜찮겠소? 나 알잖아요. 말로, 온갖 이상한 질문만 여기저기 해대고 다니는 얼간이요."

"안녕하세요."

그녀가 말했다. 나는 그녀를 들었다. 그녀는 내 품 안에서 딱딱히 굳었지만, 아무 말도 하지는 않았다. 나는 그녀를 소파 위에 눕히고 치마를 끌어내려 다리를 덮어준 다음, 머리 밑에 베개를 괴어주고 그녀의 모자를 주워 들었다. 모자는 가자미처럼 납작해져 있었다. 나는 할 수 있는 데까지 모자를 펴서 책상 옆에 놓았다.

그녀는 나의 행동을 곁눈질로 보았다.

"경찰 부르셨어요?"

그녀는 부드럽게 물었다.

"아직 안 했소. 너무 바빴거든."

그녀는 놀란 것 같았다. 나는 확신할 수 없었지만, 나는 그녀가 약간 상처도 받은 것 같다고 생각했다.

나는 그녀의 가방을 열어 그녀에게 등을 돌린 채로 총을 슬쩍 다시 가방에 넣었다. 총을 넣으면서 나는 가방 안에 그 외에 무엇이 들어 있나 보았다. 보통의 너절한 물건들이었다. 손수건 두 장, 립스틱, 은과 빨간 에나멜로 된 분첩, 휴지 두 개, 동전하고 지폐 몇 장 들어 있는 지갑. 담배와 성냥은 없었으며, 극장표 같은 것도 들어 있지 않았다.

나는 가방 뒤의 지퍼 주머니를 열었다. 그 속에는 운전면허증과, 오십 달러짜리가 열 장 묶여 있는 돈다발이 나왔다. 그 중에 새 지폐는 하나도 없었다. 돈을 묶은 고무줄 사이에 쪽지가 한 장 끼어 있었다. 나는 쪽지를 빼서 편 뒤 읽어보았다. 깔끔하게 타자를 친 것으로 오늘 날짜로 되어 있었다. 그것은 흔한 영수증이었으며, 서명을 하고 500달러를 '할부 납부'했다는 확인을 하도록 되어 있었다.

이제는 서명을 받을 수 없을 것 같았다. 나는 돈과 영수증을 내 주머니에 슬쩍 넣었다. 나는 가방을 닫고 소파 위를 보았다.

그녀는 천장을 바라보며 다시 얼굴에 발작을 일으키고 있었다. 나는 침실로 가서 이불을 가져다 그녀를 덮어주었다.

그리고 나서 나는 술을 한 잔 더 하려고 부엌으로 갔다.

28

 칼 모스 의사는 키가 크고 체구가 건실한 유태인으로, 히틀러 같은 콧수염을 길렀고 튀어나온 눈과 빙산과 같은 침착함을 지닌 남자였다. 그는 모자와 가방을 의자에 올려놓은 뒤 소파 위에 누워 있는 여자에게로 다가가, 뜻 모를 미소를 지으면서 내려다보았다.
 "난 모스 박사요. 기분이 어떤가요?"
 그녀가 말했다.
 "경찰이 아니세요?"
 의사는 몸을 숙여 맥박을 잰 후, 그 자리에 서서 그녀가 숨을 쉬는 것을 지켜보았다.
 "어디가 아프십니까…… 아가씨?"
 "데이비스, 데이비스 양일세."
 내가 말했다.

"데이비스 양?"

"아무 데도 아프지 않아요."

여자는 의사를 물끄러미 바라보며 말했다.

"저는, 저는 제가 왜 이렇게 여기 누워 있는지 모르겠어요. 저는 선생님이 경찰이라고 생각했어요. 아시죠, 제가 사람을 죽였어요."

"글쎄요, 그건 정상적인 사람의 충동입니다. 저만 해도 한 다스 이상은 죽였거든요."

의사는 미소 짓지 않았다.

그녀는 입술을 들어올리더니, 의사를 향해 머리를 돌렸다.

"그렇게 할 필요 없어요."

의사가 아주 다정하게 말했다.

"여기저기 신경이 움찔거리는 걸 느끼시죠. 계속 신경을 단련해서 억지로라도 움직여보도록 하세요. 원하시면 조절하실 수 있을 겁니다."

"할 수 있을까요?"

그녀가 속삭였다.

"원하면 할 수 있습니다. 하지만, 꼭 그럴 필요는 없어요. 어쨌든 제게는 크게 상관 없습니다. 어디 아픈 덴 없죠?"

"없어요."

여자는 고개를 저었다.

의사는 그녀의 어깨를 토닥여주더니 부엌으로 걸어나왔다. 나는 그의 뒤를 따랐다. 그는 싱크대에 엉덩이를 걸치고, 나를 냉정한 시선으로 보았다.

"어떻게 된 건가?"

"저 아가씨는 고객의 비서야. 파사디나에 사는 머독 부인이라는 사람이지. 그 고객은 차라리 맹수에 가깝지. 한 팔 년 전에 한 남자가 멀을 심하게 건드렸다고 하더군. 얼마나 심하게 했는지는 나도 몰라. 그때, 뭐 바로 그 사건 직후라는 건 아니지만, 그즈음 그 남자가 창문 밖으로 떨어졌든지 아니면 뛰어내렸든지 한 모양이네. 그때 이후로 남자라면 손가락 하나도 대지 못하게 해. 우연하게라도 말이지."

"아하."

그의 튀어나온 눈이 계속 내 얼굴을 살피고 있었다.

"저 아가씨는 그 사람이 자기 때문에 뛰어내렸다고 생각하는 건가?"

"나도 모르네. 머독 부인이 그 남자의 부인이지. 부인은 재혼을 했는데, 두번째 남편도 죽었어. 멀은 부인과 함께 살았지. 그 늙은 여자는 저 아가씨를 마치 엄한 부모가 말썽꾸러기 아이 다루듯 한다네."

"알겠군. 퇴행 현상이네."

"그게 뭔데?"

"감정적인 충격이 있으면, 잠재적으로 어린 시절로 탈출하려고 하는 거지. 만약 머독 부인이 저 아가씨를 자주, 그렇지만 너무 심하지 않게 꾸짖는다면, 그런 경향은 더 심해지지. 어린 시절의 복종을 어린 시절의 보호와 동일시하는 거라네."

"우리가 그 문제까지 파고들어야 할 필요가 있을까?"

나는 투덜거렸다. 그는 나를 보고 침착하게 웃었다.

"이것봐, 친구. 저 아가씨는 확실히 신경증이네. 부분적으로는 외부적으로 유도된 것이고, 부분적으로는 고의적이지. 내 말뜻은 아가씨가 실제로는 그걸 즐기고 있다는 거야. 본인은 자신이 즐기고 있다는 사실을 깨닫지 못하고 있어. 그렇지만 당장 중요한 문제는 아닐세. 저 아가씨가 죽였다는 남자는 누군가?"

"셔먼오크스에 사는 바니에르라는 남자야. 약간 협박 사건이 개입된 느낌이 들어. 멀은 때때로 그에게 돈을 가져다줘야 했다는군. 그녀는 그 남자를 두려워했어. 나도 그 남자를 본 적이 있네. 구역질나는 타입이네. 그녀는 오늘 오후에 그에게 갔다가 자기가 그를 쐈다고 말하더군."

"왜?"

"자기 말로는 그 남자가 쳐다보는 눈길이 마음에 안 들었다는데."

"뭘로 쐈다고 하던가?"

"멀은 가방에 총을 가지고 있었어. 왜냐고는 내게 묻지 마. 나도 모르니까. 그렇지만 그녀가 그를 쐈다고 해도 그 총으로는 아닐세. 그 총은 총미에 잘못된 약협이 끼어 있었어. 그 상태로는 발사가 안 되네. 또, 발사된 적도 없더군."

"그건 나한테는 너무 깊이 들어가는 얘기군. 나는 단지 의사일 뿐이니. 저 아가씨에게 어떻게 해줬으면 좋겠나?"

나는 그 질문을 무시했다.

"게다가, 멀의 말에 따르면 램프가 켜져 있었고, 날씨가 좋은 여름 오후 다섯시 반이었다고 하더군. 그런데 이 남자는 잠옷

바람이었고 정문 자물쇠 앞에 열쇠가 있었다네. 그리고 그녀를 안으로 들여보내려고 자리에서 일어나지도 않았다네. 그는 그냥 앉아서 쳐다보는 것 비슷한 상태였겠지."

의사는 고개를 끄덕이더니 말했다.

"오."

그는 두꺼운 입술에 담배를 물고 불을 붙였다.

"만약 저 아가씨가 남자를 쐈다고 단지 상상하는 건지 아닌지 나보고 판단해달라고 하는 거라면, 나는 할 수 없어. 자네 설명으로 봐서는, 그 남자는 총을 맞은 것 같군. 그런 건가?"

"이봐. 나는 그 자리에 없었네. 그렇지만, 그 정도는 상당히 명확하지 않나?"

"만약 아가씨가 자기가 그를 쐈다고 생각하고 있고 연기를 하고 있는 게 아니라면…… 맙소사, 이런 유형들은 또 얼마나 연기를 잘 하는지 아나! 아가씨가 이런 생각을 처음 하는 게 아니란 걸 알 수 있지. 아가씨가 총을 가지고 다녔다고 했지. 아마도 이전에도 이런 생각을 했을 걸세. 아마도 죄책감을 가지고 있을 수 있지. 벌을 받고 싶어하고, 실제로 혹은 가상으로 범죄를 저지른 후 속죄하고 싶어하는 거지. 다시 한 번 묻겠는데, 내가 저 아가씨에게 어떻게 해줬으면 좋겠나? 아프지도 않고, 정신이 나간 것도 아닌데."

"그녀는 파사디나로 돌아가지 않겠다고 하는군."

"아."

의사는 나를 호기심 어린 눈빛으로 보았다.

"가족은 있나?"

"위치타에 있어. 아버지는 수의사라는군. 내가 전화는 하겠지만 저 아가씬 오늘 여기서 묵어야 할 것 같네."

"그건 잘 모르겠는데. 저 아가씨가 자네 아파트에서 하룻밤을 보낼 만큼 자네를 신뢰하고 있나?"

"그녀는 순전히 자기 자유 의지로 여기 온 거네. 사교상의 목적으로 온 것도 아니고. 그러므로 그렇게 할 거라고 봐."

그는 어깨를 으쓱하더니 조악한 검은 콧수염을 손가락으로 만지작거렸다.

"그럼, 넴뷰탈(진정제의 일종—옮긴이)을 조금 주고 환자를 잠자리에 들게 하지. 그러면 자네는 양심과 씨름하며 마룻바닥을 걸어다닐 수 있을 걸세."

"나는 나가봐야 하네."

내가 말했다.

"나는 거기 가서 무슨 일이 일어났는지 봐야 할 것 같아. 하지만 여자 혼자 둘 수는 없어. 남자는 안 되네. 심지어 의사라도 저 아가씨가 침대에 눕힐 수 없을 테니. 간호사를 부르지. 나는 어디 다른 데서 자면 되니까."

"필 말로, 케케묵은 갤러해드(아서 왕의 원탁의 기사 중 한 명—옮긴이) 같으니. 알았네. 간호사가 올 때까지 내가 여기 붙어 있지."

의사는 다시 거실로 돌아가 간호사 소개소로 전화를 걸었다. 그러고 나서 그는 자기 아내에게 전화를 걸었다. 그가 전화를 거는 동안, 멀은 대형 소파에서 일어나 앉아 손을 새침하게 잡고 무릎 위에 올려놓았다.

"왜 램프가 켜져 있었는지 모르겠어요. 집은 전혀 어둡지 않았거든요. 그렇게까지 어둡지 않았어요."

그녀가 말했다.

"아버님 성함이 어떻게 되죠?"

"윌버 데이비스 박사예요. 왜요?"

"뭣 좀 먹지 않겠소?"

전화기를 든 채 칼 모스가 나에게 말했다.

"내일이나 되어야 먹을 수 있어. 아마도 지금은 잠시 소강 상태일 거야."

의사는 통화를 마친 뒤 수화기를 올려놓고는 가방을 가지러 가서는 약솜 위에 놓은 노란색 캡슐 두 개를 들고 돌아왔다. 그는 물 한 잔을 가져다주면서 캡슐을 그녀에게 건넸다.

"삼켜요."

"저는 아프지 않아요, 그렇잖아요?"

멀이 의사를 올려다보며 말했다.

"삼켜요, 그래야 착하죠. 꿀꺽 삼켜요."

그녀는 약을 받아서 입에 넣고 물잔을 들고 마셨다.

나는 모자를 쓰고 집을 나섰다.

엘리베이터로 내려가는 도중에, 나는 그녀의 가방에는 열쇠가 하나도 없었다는 것이 기억났다. 그래서 나는 로비층에서 멈춰서 로비를 지나 브리스톨 로 쪽으로 향했다. 차는 찾기 어렵지 않았다. 차는 커브길에서 60센티미터 정도 떨어진 곳에 비스듬하게 주차되어 있었다. 회색 머큐리 컨버터블로 자동차 번호는 2X IIII이었다. 나는 이것이 린다 머독의 차 번호였다는 것을 기억해냈다.

 가죽 열쇠고리가 열쇠 구멍에 꽂혀 있었다. 나는 차에 올라타 시동을 걸고 연료가 가득 차 있다는 것을 확인한 다음에 출발했다. 근사하고 사람들이 갖고 싶어할 만한 차였다. 차는 카후엔가 도로를 날개 돋친 듯 달려갔다.

29

에스카밀로 드라이브는 네 블록 동안 세 번 길을 꺾어야 들어갈 수 있는 동네이므로 평소에 보지 못한 것도 무리가 아니었다. 아주 좁고, 평균적으로 한 블록에 집이 다섯 채 정도 있는 길이 이런 계절에는 샐비어와 철쭉 말고는 아무것도 자라지 않는 풀숲이 덥수룩한 갈색 언덕 위로 뻗어 있었다. 다섯번째이자 마지막 블록에 다다르면, 에스카밀로 드라이브는 왼쪽으로 완만하게 구부러지다가 언덕 바닥에 이르러서는 울음 소리도 남기지 않고 사라져버렸다. 마지막 블록에는 집이 세 채가 있었는데, 두 집은 마주 보며 들어가는 모퉁이에 서 있었고 나머지 한 집이 막다른 길에 있었다. 그곳이 바니에르의 집이었다. 자동차 불빛을 비춰보니 열쇠가 아직도 문에 꽂혀 있는 것이 보였다.

바니에르의 집은 좁은 영국식의 방갈로로, 지붕이 높았으며 전면은 창문이었다. 차고는 집 옆쪽에 붙어 있었는데, 트레일러 한 대가 차고 옆에 세워져 있었다. 이른 저녁 달이 작은 잔디밭 위에 고요히 떠 있었다. 커다란 참나무가 정면 포치에서 자라나고 있었다. 지금 집 안에서는 아무런 불빛도 보이지 않았다. 적어도 정면에서 보기에는 하나도 보이지 않았다.

 지형으로 보건대, 낮에 거실에 불을 켜놓는다고 해도 아주 말이 안 되는 일은 아닌 것 같았다. 아침 나절을 제외하고는 어두울 것 같은 집이었다. 사랑의 도피처로 삼기에는 나름대로 어울리는 장소였지만, 협박범의 본거지로는 높은 점수를 주기 어려웠다. 갑작스러운 죽음은 어디에서나 올 수 있다. 그러나 바니에르는 일을 너무나 쉽게 만들었던 것이다.

 나는 그 집의 진입로 안으로 꺾어 들어가, 막다른 곳에서 돌아 나오기 위해 차를 후진한 다음, 모퉁이를 돌아 그 곳에 주차했다. 인도가 없었기 때문에 나는 찻길로 그냥 걸어 들어갔다. 정문은 철제 경첩이 달린 참나무판으로 되어 있고, 판자의 이음새는 비스듬하게 되어 있었다. 문에는 손잡이 대신에 둥그스름한 빗장이 있었다. 아파트 열쇠의 머리 부분이 열쇠 구멍에서 비죽 튀어나온 채였다. 초인종을 누르자, 밤의 빈 집에서 울리는 아련한 초인종 소리가 들렸다. 나는 참나무 뒤로 돌아가 연필 모양 손전등을 가지고 차고의 자재판 사이로 불을 비춰보았다. 차고에는 차가 한 대 있었다. 집 뒤로 돌아가자 야트막한 자연석 벽이 서 있고 꽃이 없는 작은 마당을 보았다. 참나무가 세 그루 더 있었는데 그 중 한 나무 아래에는 테이블 하나와 금속 의자 두 개가 놓여 있었다. 뒤쪽에는 쓰레기 소각로가 있었다. 정면으로 돌아가기 전에, 나는 트레일러 안에 불을 비춰보았다. 트레일러 안에는 아무도 없었다. 문도 닫혀 있었다.

나는 열쇠를 열쇠 구멍에 꽂아놓은 채 정문으로 들어갔다. 여기서 어떤 쓸데없는 짓도 하지 않을 작정이었다. 무슨 일이 일어났든, 이미 일어나버린 것이다. 나는 단지 확인하고 싶을 뿐이었다. 나는 벽을 여기저기 더듬어 전기 스위치를 찾아내서 불을 켰다. 벽 선반에 붙은 한 쌍의 희미한 전구가 방의 여기저기를 비추자 다른 물건들과 더불어 멀이 말한 램프도 보였다. 나는 다가가서 램프의 스위치를 켠 다음, 돌아가서 벽 전등의 스위치를 껐다. 그 램프는 도기 유리 그릇에 커다란 전구를 끼운 것이었다. 램프의 밝기는 3단으로 조절할 수 있었다. 나는 불빛 밝기를 조절하는 버튼을 하나 하나 다 눌러보았다.

방은 집의 정면에서 후면까지 뻗어 있었는데, 뒤쪽에는 문이 있었고 정면 오른쪽으로는 아치가 하나 있었다. 그 안은 작은 식당이었다. 아치를 가로질러 커튼이 반쯤 내려져 있었는데 무겁고 연녹색의 능라 커튼으로 새것과는 거리가 멀었다. 벽난로는 왼쪽 벽의 정중앙에 있었고, 책꽂이가 난로 건너편과 양쪽에 있었는데 붙박이형은 아니었다. 두 개의 대형 소파가 방의 모서리에 직각으로 놓여 있었으며, 금색 의자 하나, 분홍색 의자 하나, 그리고 발걸이가 있는 갈색과 금색의 자카르 직물 의자가 한 개 있었다.

노란 파자마를 입은 다리가 발걸이에 놓여 있었다. 발목은 맨살이 그대로 보였고 발에는 진녹색의 모로코 가죽 신발을 신고 있었다. 나의 눈길이 발에서부터 천천히 그리고 조심스럽게 위로 올라갔다. 술 달린 허리띠로 묶여 있는 진녹색 비단 가운이 보였다. 허리띠 위로는 잠옷 주머니에 그려진 상표가 있었다. 손수건이 단정하게 주머니에 꽂혀 있었고, 하얀 마직으로 된 칼라 끝은 빳빳했다. 노란 목과 얼굴은 옆으로 돌려서 벽에 걸린 거울을 향하고 있었다. 나는 돌아가서 거울 속을 들여다보았다. 얼굴은 똑바로 흘겨보는 표정이었다.

왼팔과 손은 무릎과 의자 사이에 끼어 있었고, 오른팔은 의자 밖으로 늘어져 손가락 끝이 양탄자에 닿았다. 또한 작은 리볼버의 손잡이에 손이 닿아 있었는데, 그 총은 32구경 정도로, 벨리건이었으며 실질적으로 총신이 아예 없었다. 얼굴 오른쪽 면에는 피가 묻어 어두운 갈색이었고 오른쪽 소매에도 피가 약간 묻어 있었다. 의자도 마찬가지였다. 의자에는 많은 피가 묻어 있었다.

나는 그의 머리가 자연스럽게 그런 위치로 떨어졌을 것이라고는 생각하지 않았다. 어떤 섬세한 영혼이 그의 오른편 머리를 마음에 들어하지 않았던 것 같았다.

나는 발을 들어 발걸이를 부드럽게 몇 센티미터 정도 밀어 놓았다. 슬리퍼의 뒤꿈치가 자카르 의자 표면 위로 질질 끌렸지만, 의자는 그대로 있었다. 남자는 나무판처럼 빳빳했다. 그래서 나는 몸을 숙여 그의 발목을 건드려보았다. 얼음도 그보다는 따뜻할 것이었다.

그의 오른쪽 팔꿈치께의 테이블 위에는 먹다 남은 술이 반쯤 남아 있었으며, 재떨이에는 꽁초와 재가 가득 차 있었다. 그 중 세 개의 꽁초에는 립스틱이 묻어 있었다. 밝은 차이니즈 레드의 립스틱. 금발 여인이 사용할 만한 물건.

다른 의자 옆에는 재떨이가 하나 더 있었다. 그 안에는 성냥개비들과 재가 잔뜩 들어 있었지만, 꽁초는 없었다.

방 안의 공기 속에서 강한 향수 냄새가 죽음의 냄새에 밀리지 않으려고 애쓰다가 결국 져버린 것 같았다. 비록 밀리기는 했지만, 향수 냄새는 여전히 남아 있었다.

나는 불을 껐다 켰다 하면서 집의 나머지 부분도 뒤져보았다. 침실이 두 개로, 하나에는 무늬목 가구들이 있었고 다른 하나에는 붉은 단풍목 가구들로 꾸며져 있었다. 무늬목 쪽이 여분의 침실인 듯했다. 멋진 욕실에는 황갈색과 진한 자줏빛의 타일이 깔려 있었고, 유리문이 달린 샤워대가 있었다. 부엌은 작았다. 개수대에는 수많은 술병이 담겨 있었다. 수많은 술병, 수많은 유리잔, 수많은 지문, 수많은 증거. 아니, 그렇지 않을지도 모른다. 이런 사건이 그러하듯이.

나는 거실로 돌아와서 가능한 한 깊이 입으로 숨을 쉬려고 애쓰며 바닥 한가운데에 서서 내가 이 사건을 신고하면 점수가 어떻게 될까 생각해보았다. 이 사건을 신고하고 모닝스타의 시체를 발견하고 도망친 사람도 나라고 보고한다. 점수는 낮을 것이다. 그것도 아주 낮을 것이다. 말로. 세 건의 살인사건. 말로, 그야말로 시체들 속에 무릎까지 빠진 남자. 어쨌든 간에 자신을 위해서 합리적이거나 논리적이거나 또는 우호적인 설명도 할 수 없다. 내가 이 사건에 대해서 입을 열면 나는 자유 대행업을 그만두어야 할 것이다. 내가 하고 있던 일이 무엇이건, 내가 발견해낸 것이 무엇이건 간에 나는 끝장나게 된다.

칼 모스는 어느 시점까지는 아스클레피우스(그리스 신화에서, 아폴로 신의 아들로 의약과 의술의 신—옮긴이)의 망토로 멀을 기꺼이 감싸주려 할 것이다. 아니면, 가슴 속에 감추는 것이 무엇이건 간에 모두 다 털어놓는 것이 종국에는 그녀에게 더 좋을 거라고 생각할 수도 있다.

나는 다시 자카르 의자 쪽으로 어슬렁어슬렁 걸어가서, 이를 악물고 그의 머리카락을 잡아 고개를 의자 등받이에서 밀어보았다. 총알은 관자놀이에 박혀 있었다. 자살로 꾸미려고 한 것 같았다. 그러나 루이스 바니에르와 같은 사람은 자살을 하지 않는다. 협박범은, 심지어 겁을 먹은 협박범이라고 해도, 권력에 대한 감각이 있으며, 그것을 즐긴다.

나는 머리가 그냥 되는 대로 떨어지게 놔두고 몸을 숙여 양탄자의 보풀에 손을 문질러 닦았다. 몸을 숙였을 때, 바니에르의 팔꿈치께에 있는 테이블의 낮은 선반 아래에서 사진 액자 하나가 삐죽 나온 것을 보았다. 나는 다가가서 손수건으로 그것을 집었다.

유리는 가로로 금이 가 있었다. 아마도 벽에서 떨어진 것 같았다. 작은 못이 하나 보였다. 나는 어떻게 그런 일이 벌어졌는지 짐작할 수 있었다. 바니에르의 오른쪽에 서 있던 어떤 사람, 그의 위로 몸을 숙이고 있던 사람, 그가 알고 있었고 두려워하지도 않았던 사람이 갑자기 총을 꺼내 그의 오른쪽 관자놀이를 쐈던 것이다. 그러자 쏟아지는 피나, 총의 반동에 놀라 살인자는 벽 뒤로 펄쩍 물러서다가 사진을 쳐서 떨어뜨린 것이다. 액자는 모서리에 부딪혀서 테이블 밑으로 튀어 들어갔다. 그러나 살인자는 지나치게 조심했던 건지, 아니면 너무 겁을 먹어서인지 액자에 손을 대지 못했던 것이다.

나는 사진을 들여다보았다. 그것은 작은 사진으로, 흥미로운 구석이라고는 전혀 없었다. 허리가 잘록한 웃옷과 반바지를 입은 남자로, 소매 끝에는 레이스가 달리고 둥글고 부푼 벨벳 모자에는 깃털이 달려 있었다. 그는 창문 밖으로 몸을 많이 내밀고 있었는데, 아래층에 있는 누군가를 부르고 있는 것처럼 보였다. 아래층은 사진에 나와 있지 않았다. 사진은 처음에는 전혀 필요하지 않았던 어떤 것의 컬러 재인화본이었다.

나는 방을 둘러보았다. 그곳에는 또 다른 사진들과, 두 개의 괜찮은 수채화, 그리고 판화 몇 작품이 있었다. 올해에는 아주 유행이 지나간 판화들이었다. 그렇지 않으면, 지금에서야 유행에 지난 것일까? 작품은 전부 여섯 개 정도 있었다. 뭐, 아마도 이 남자는 그 사진을 좋아했던 거겠지. 그래서 어쨌다는 말인가? 높은 창 밖으로 몸을 내밀고 있는 남자. 아주 오래 전의 일.

나는 바니에르를 보았다. 그는 전혀 도움이 되지 못했다. 높은 창 밖으로 몸을 내밀고 있는 남자, 아주 오래 전의 일.

처음에는 떠오른 생각의 편린이 너무 약해서 자칫하면 그것을 놓치고 지나갈 뻔했다. 깃털의 감촉, 그것도 아니다. 눈송이의 감촉과도 같았다. 높은 창, 한 남자가 몸을 내밀고 있는, 아주 오래 전에.

그건 현장에서 찍은 스냅 사진이었다. 날씨가 타는 듯이 더웠던 날이다. 높은 창 밖으로, 아주 오래 전에, 8년 전에, 한 남자가 몸을 내밀고 있다. 너무 멀리. 한 남자가 떨어진다. 그리고 죽는다. 호레이스 브라이트라는 이름의 남자.

"바니에르 씨."

나는 약간의 존경을 담아서 말했다.

"당신, 일을 깔끔하게 처리했군."

나는 사진을 뒤집어보았다. 뒷면에 날짜와 액수가 쓰여 있었다. 날짜는 거의 8년에 걸쳐 있었고, 액수는 대부분 500달러였지만, 750달러도 몇 번 있었고 1,000달러가 두 번이었다. 작은 글씨로 총합이 적혀 있었다. 모두 해서 11,100달러였다. 바니에르 씨는 마지막 지불금을 받지 못했다. 8년에 걸친 것치고는 큰 돈은 아니었다. 바니에르 씨의 고객은 값을 톡톡히 깎았던 것이다.

마분지로 된 뒤판은 철제 빅터 바늘로 액자에 고정하는 것이었다. 바늘 중 두 개가 떨어져나갔다. 나는 마분지를 헐겁게 하려고 했으나 조금밖에 헐거워지지 않아 조금 찢었다. 뒤판과 사진 사이에 하얀 봉투 하나가 들어 있었다. 봉투는 봉해져 있었고, 아무것도 적혀 있지 않았다. 나는 봉투를 찢었다. 그 안에는 정사각형 사진 두 장과 원판 한 장이 들어 있었다. 사진은 똑같은 것이었다. 둘 다 남자가 입을 벌려 고함을 지르며 창문 밖으로 몸을 내밀고 있는 사진이었다. 그의 손은 창문틀의 벽돌 가장자리를 잡고 있었다. 어깨 너머에는 어떤 여자의 얼굴이 보였다.

그는 마르고 머리가 검은 남자였다. 그의 얼굴은 그다지 선명하게 보이지 않았고, 그 뒤에 서 있는 여자의 얼굴도 그랬다. 그는 창문 밖으로 몸을 내밀고 고함을 치거나 혹은 누군가를 부르고 있었다.

나는 그 자리에서 사진을 든 채 그것을 들여다보고 있었다. 내가 본 한도 내에서는 사진이 말해 주는 바가 없었다. 나는 사진이 뭔가 말하는 게 있어야 한다는 것을 알고 있었다. 이유는 몰랐다. 나는 사진을 계속 들여다보았다. 잠시 후에 무언가 이상한 게 있었다. 아주 사소하지만 결정적인 것이었다. 창문틀을 만들기 위해서 벽에 낸 구멍의 모서리에 일렬로 뻗은 손의 위치였다. 손은 아무것도 잡고 있지 않았다. 아무것도 건드리고 있지 않았다. 벽돌의 각도와 직각으로 되어 있는 것은 그의 손목 안쪽이었다. 손은 공중에 떠 있었다.

그 남자는 몸을 내밀고 있는 것이 아니었다. 그는 떨어지고 있는 것이었다.

나는 사진들을 다시 봉투에 넣고서는 마분지 뒤판을 접어서 내 주머니에 쑤셔 넣었다. 나는 화장실 벽장 속 수건 밑에다 액자와 유리, 그리고 사진을 감췄다.

이 모든 일들이 너무나 오래 걸렸다. 차 한 대가 집 밖에 멈춰 섰다. 발걸음 소리가 다가오고 있었다.

나는 아치 밑의 커튼 뒤로 몸을 숨겼다.

# 30

정문이 열리더니, 조용히 닫혔다.

얼어붙은 공기 속의 숨결처럼 허공에 침묵이 걸려 있었다. 그리고 음침한 비명소리가 들리더니 절망해서 울부짖는 소리로 바뀌었다.

그러자 한 남자의 목소리가 들렸다. 분노로 굳어진 목소리였다.

"나쁘지 않군. 좋지도 않지만. 다시 한 번 해봐."

여자의 목소리가 말했다.

"맙소사, 이건 루이스잖아! 그가 죽었어요!"

남자의 목소리가 말했다.

"내 생각이 틀렸는지도 모르지만, 여전히 불쾌하군."

"맙소사, 그가 죽었어요, 알렉스. 뭐라도 해봐요. 제발. 뭔가 해보라고요!"

"그래."

알렉스 모니의 강하고 굳은 목소리가 말했다.

"뭔가 해야겠지. 너를 저 놈이랑 똑같이 만들어줘야 할 거야. 피랑 다른 것도 똑같이. 너를 똑같이 죽어서 차갑게 식고 썩어가도록 해야 하겠지. 아니, 그럴 필요까지도 없겠군. 넌 이미 그런 상태니까. 속속들이 썩었어. 결혼한 지 팔 개월 만에 저런 놈과 바람을 피우면서 나를 속여? 맙소사. 도대체 내가 왜 너 같은 싸구려 창녀를 참아낼 생각을 했던 거지?"

마지막 말을 할 때 그는 거의 고함치다시피 했다.

여자는 다시 울부짖는 소리를 냈다.

"징징대지 마."

모니는 비통하게 말했다.

"내가 왜 너를 여기로 데리고 온 줄 알아? 너는 누구도 속이지 못했어. 수 주일 동안 너는 감시당하고 있었어. 넌 어젯밤 여기에 왔지. 나는 오늘 벌써 여기 왔었어. 봐둬야 할 게 있나 살펴봤지. 네 립스틱 자국이 담배에 묻어 있고, 술 마신 유리잔도 있었지. 이제는 네가 그 놈 의자 팔걸이에 앉아서 그 놈의 기름낀 머리를 문지르면서, 그 놈이 여전히 그르렁거릴 동안 총알을 먹여준 걸 나도 알고 있다고. 왜 그랬어?"

"오, 알렉스, 여보, 그런 끔찍한 말 하지 말아요."

"초창기의 릴리언 기시(미국 무성 영화 시대의 유명한 여배우—옮긴이) 같구면. 아주 초창기의 릴리언 기시 말야. 고뇌하는 장면은 집어치워. 이 여자야. 이 일을 어떻게 처리할지 알아야 하니까. 도대체 내가 여기 왜 왔다고 생각하는 거야? 난 이제 너한테는 눈곱만큼도 관심이 없어. 더이상은 아니라고, 더이상은 아냐. 나의 소중하고 귀여운 금발의 천사 같은 살인자 아가씨. 그렇지만 나는 내 자신과 나의 명성, 나의 사업은 아주 신경 쓰지. 예를 들면 말야, 총은 닦아냈어?"

침묵. 그리고 나서 한 대 치는 소리. 여자는 울부짖었다. 그녀는 아파하고 있었다. 정말로 아픈 것 같았다. 영혼 깊숙한 곳까지 아파하는 듯했다. 그녀의 연기는 다소 나아지고 있었다.

"이봐, 우리 천사 아가씨."

모니가 비웃었다.

"나한테 그런 삼류 연기 하지 말라고. 나도 영화에 여러 번 출연했었지. 나는 그런 삼류 연기 감식가야. 집어치워. 내가 네 머리채를 잡고 방 안을 질질 끌고 다니면 너는 이 일이 어떻게 된 건지 금방 불고 말 걸. 자, 총은 닦아냈어?"

갑자기 그녀가 웃었다. 부자연스러운 웃음이지만, 맑고 멋진 울림이 있는 웃음이었다. 그런 뒤 먼저와 마찬가지로 갑자기 웃음을 멈췄다.

그녀의 목소리가 말했다.

"네."

"그리고 사용했던 유리잔도?"

"네."

지금은 아주 조용하고 아주 침착한 목소리였다.

"그럼 총에 그 사람 지문을 묻혔나?"

"네."

그는 말 없이 생각했다.

"그걸로는 그 사람들을 속일 수 없을 걸."

그는 말했다.

"죽은 사람의 지문을 확실하게 총에 묻히는 건 거의 불가능해. 그렇지만, 뭐. 그 밖에 무엇을 닦아냈나?"

"아, 아무것도요. 오, 알렉스. 그렇게 잔인하게 굴지 말아요."

"그만둬. 그만두라구! 어떻게 일을 저질렀는지 보여줘봐. 어떻게 서 있었고, 어떻게 총을 들었는지 말야."

그녀는 움직이지 않았다.

"지문에 대해서는 신경 쓰지 말라고."

모니가 말했다.

"내가 더 좋은 걸 묻혀놓으면 되니까. 더 좋은 걸로."

그녀가 커튼이 열려 있는 쪽을 천천히 가로질러갔기 때문에 나는 그녀를 볼 수 있었다. 그녀는 연녹색 개버딘 바지에, 바늘땀이 보이는 엷은 황갈색의 레저용 자켓을 입고, 황금색 뱀이 그려진 진홍색 터번을 두르고 있었다. 그녀의 얼굴은 눈물로 얼룩져 있었다.

"그걸 주워."

모니가 그녀에게 고함을 쳤다.

"나한테 보여달라고!"

그녀는 의자 옆으로 몸을 숙여 손에 총을 들고 이를 훤히 드러낸 채 다가왔다. 그녀는 커튼이 걷힌 문 건너, 문이 있던 공간을 향해 겨냥했다.

모니는 움직이지 않았다. 소리도 하나 내지 않았다.

금발 여자의 손이 흔들리기 시작하더니, 총이 공중에서 기묘하게 위아래로 춤을 췄다. 그녀의 입술이 떨리고 팔은 떨어졌다.

"난 할 수 없어요."

그녀가 숨을 내쉬었다.

"나는 당신을 쏴야만 하겠지만, 난 할 수 없어요."

그녀의 손이 풀리더니, 총이 바닥으로 털썩 떨어졌다.

모니는 재빠르게 커튼이 걷힌 쪽을 지나서 여자를 밀어낸 후, 발로 총을 원래 있던 자리로 밀어넣었다.

"넌 할 수 없었겠지."

그가 음침하게 말했다.

"넌 할 수 없었을거야. 이제 봐."

모니는 손수건을 감은 후, 몸을 숙여 다시 총을 집었다. 그가 무언가를 꼭 누르자, 권총이 열렸다. 그는 오른손을 주머니에 넣고는 금속 표면에 손톱을 대고 손가락 안에 약협을 굴려넣더니, 약협을 회전식 탄창 안에 밀어넣었다. 그는 그런 묘기를 네 번 더 반복하고 나서 권총을 찰칵 닫았다가 다시 열어서 어떤 지점에 맞추어 약간 돌렸다. 그는 총을 마룻바닥에 놓고는 손과 손수건을 떼고 몸을 폈다.

"넌 날 쏠 수 없었지."

그가 비웃었다.

"왜냐하면 총에는 빈 탄피밖에 들어 있지 않았거든. 이제 다시 장전했어. 탄창도 맞는 위치에 가 있고. 한 방이 발사되었지. 그리고 네 지문이 총에 묻어 있고."

금발 여자는 가만히 있었지만, 그를 바라보는 눈초리는 매서웠다.

"아, 잊어버리고 말 안 한 게 있는데."

그가 부드럽게 말했다.

"내가 총을 닦았어. 확실히 네 지문이 거기 찍혀 있으면 훨씬 더 멋있을 것 같았거든. 네 지문이 찍혀 있을 거라는 생각은 했지만, 확실히 해두고 싶더라고, 알아들었어?"

여자는 조용히 말했다.

"나를 경찰에 신고할 작정이에요?"

그는 내게 등을 돌리고 있었다. 검은 양복. 낮게 눌러 쓴 펠트모. 그래서 나는 그의 얼굴을 볼 수가 없었다. 그러나 나는 그가 말한 것으로 미루어 그의 표정을 알 수 있었다.

"그래, 나의 천사. 나는 너를 신고할 작정이야."

"알겠어요."

그녀가 침착하게 그를 바라보며 말했다. 그녀의 과장된 합창단 소녀 같은 얼굴에는 갑작스레 음울한 엄숙함이 떠올라 있었다.

"나의 천사, 나는 너를 신고할 거야."

그는 느릿느릿하게, 자기 행동을 즐기는 것처럼 말 한 마디를 또박또박 떼어 말했다.

"어떤 사람들은 나를 동정할 거고 어떤 사람들은 나를 비웃겠지. 그렇다고 내 사업에 어떤 피해가 가지는 않아. 조금도 피해가 없지. 내 사업과 같은 일에서 좋은 점은 그런 거지. 약간의 악명이 있다고 해서 피해가 될 것은 조금도 없어."

"그러면 나는 당신에게 그냥 선전용일 뿐이군요. 지금은."

그녀가 말했다.

"물론, 당신 자신이 의심받을 수도 있었던 위험과는 별개로."

"바로 그렇지, 바로 그거야."

"내 동기는요?"

그녀가 여전히 침착한 눈으로 평온하게 물었다. 그녀의 표정에는 위엄 있는 경멸이 섞여 있었으나, 그는 전혀 알아차리지 못하고 있었다.

"나도 모르지."

그가 말했다.

"나는 신경 안 써. 당신은 그와 무슨 일을 꾸미고 있었잖아. 에디가 시내까지 네 뒤를 밟아서 벙커힐 근처 거리에서 네가 갈색 양복을 입은 남자를 만나고 있는 걸 봤어. 네가 그 남자에게 뭔가 줬다며. 에드는 너를 포기하고 그 근처에 있는 아파트까지 그의 뒤를 밟았지. 에디는 좀더 뒤를 밟으려고 했는데, 그 남자가 누군가가 미행하고 있다는 것을 눈치 채고 따돌리는 바람에 놓쳤지. 나는 이게 다 무슨 일인지는 몰라. 그렇지만, 내가 아는 건 하나야. 그 아파트에서 필립스라는 이름의 젊은 남자 하나가 어제 총을 맞았다는 것. 그에 대해서 뭐 아는 것 있어, 여보?"

금발 머리 여자가 말했다.

"나는 그런 일 하나도 몰라요. 필립스라는 이름을 가진 사람도 모르고, 이미 충분히 이상한 일인지는 모르지만, 나는 남의 집에 뛰어들어가서 순전히 여학생처럼 재미삼아 사람을 쏘아 죽이는 짓도 하지 않았어요."

"그러나 당신이 바니에르를 쐈잖아. 안 그래, 당신?"

모니는 거의 점잖아 보이는 태도로 말했다.

"아, 네."

그녀가 내키지 않는 듯 느릿느릿 말했다.

"물론이죠. 우리는 내 동기가 무엇이었는지에 대해서 생각하고 있었죠. 뭐, 하나 생각해냈어요?"

"그런 수작은 짭새들이랑 하면 돼."

그가 딱딱거렸다.

"뭐, 사랑 싸움이라고 해두지. 마음에 드는 대로 하라고."

"아마, 그 사람이 술에 취하니까 약간 당신과 비슷하게 보였기 때문일 거예요. 아마도 그게 동기가 될 수 있겠죠."

"아."

그는 이렇게만 말하고 숨을 들이마셨다.

"더 잘생기고, 더 젊고, 배도 안 나왔죠. 하지만 재수없게 자기 잘난 맛에 능글맞게 웃는 건 똑같았지."

"아."

모니는 말했다. 그는 고통스러워하고 있었다.

"그 정도면 충분하겠어요?"

그녀가 부드럽게 물었다.

그는 한 발짝 앞으로 나아가더니 주먹을 휘둘렀다. 주먹은 여자의 얼굴에 명중했고, 그녀는 쓰러져서 바닥에 주저앉았다. 다리는 앞으로 쭉 뻗고 한 손은 턱에 댄 채, 그녀의 새파란 눈이 그를 바라보고 있었다.

"당신이 그렇게까지 할 필요도 없었을 텐데. 나는 그런 걸로는 끝장나지 않을 테니까."

그녀가 말했다.

"넌 그걸로 끝장이야. 그렇고말고. 넌 다른 선택권이 없어. 너는 충분히 쉽게 빠져나갈 수 있겠지. 제길, 나도 알아. 네 반반한 얼굴로 말야. 그렇지만 넌 그걸로 끝장이야. 천사 아가씨. 네 지문이 총에 묻어 있으니까."

그녀는 천천히 일어섰다. 아직 손으로 턱을 쥐고 있는 채였다.

그리고 그녀는 미소지었다.

"나도 그가 죽었다는 사실을 알았어요. 그래서 내 열쇠가 문에 꽂혀 있는 거죠. 나는 기꺼이 시내에 가서 내가 그를 쐈다고 말하겠어요. 그렇지만 당신의 기름 끼고 허여멀건한 손을 다시는 내 몸에 대지 말아요. 내 자백을 원한다면 말이에요. 그래요. 기꺼이 경찰에게 가죠. 당신하고 있는 것보다는 경찰하고 있는 게 더 안전할 것 같으니까."

모니는 몸을 돌렸고 나는 그의 얼굴에서 흰자위가 허옇게 드러난 매서운 눈초리와 뺨에 보조개처럼 패인 흉터가 움찔하는 것을 보았다. 정문이 다시 열렸다. 금발 여자는 잠깐 가만히 서 있다가, 어깨 너머로 시체를 힐끗 보더니 몸을 가볍게 떨고는 내 시선 밖으로 사라졌다.

문이 닫혔다. 보도를 지나치는 발자국 소리. 그 다음 차 문이 열리고 다시 닫히는 소리. 자동차 엔진이 부르릉 울리더니 차는 멀리 떠났다.

31

 오랜 시간이 지난 뒤 나는 숨어 있던 곳에서 나와 다시 거실을 둘러보았다 나는 건너가서 총을 주워 아주 세심하게 닦아낸 후 다시 내려놓았다. 나는 립스틱이 묻은 담배꽁초 세 개를 테이블 위에 있던 재떨이에서 골라내어, 화장실로 가지고 가서는 변기에 내려버렸다. 그런 다음 그녀의 지문이 묻은 두번째 유리잔이 주위에 있나 찾아보았다. 두번째 잔은 없었다. 그래서 나는 먹다 남은 술이 반쯤 담겨 있는 유일한 유리잔을 부엌으로 가지고 가서 깨끗이 헹군 뒤 행주로 닦았다.

그리고 구역질나는 부분이 남았다. 나는 그의 의자 옆에 있는 양탄자 위에 무릎 꿇고 앉아서 총을 집은 다음, 뼈처럼 딱딱한 늘어진 손에 갖다댔다. 지문은 잘 나오지 않았지만, 그 정도면 지문이라고 알아볼 수 있었고, 로이스 모니의 것도 아니게 되었다. 총에는 체크무늬가 있는 고무 손잡이가 달렸으며, 나사못 밑의 왼쪽에 약간 떨어져나간 부분이 있었다. 그 위에 지문은 없었다. 집게손가락 지문이 총신 오른쪽에 묻었고, 방아쇠 보호대 부분에 지문이 두 개, 탄실 뒤 왼쪽의 평평한 부분에 엄지손가락 지문이 묻었다. 이 정도면 훌륭했다.

나는 거실을 한 번 더 둘러보았다.

램프를 약간 어두운 불로 바꿨다. 그래도 불은 여전히 죽은 사람의 누런 얼굴을 너무 밝게 비추었다. 나는 정문을 열고 열쇠를 빼서 닦은 다음 열쇠 구멍에 다시 잘 꽂았다. 나는 문을 닫고 동그란 빗장을 닦은 뒤, 다시 머큐리가 서 있는 골목까지 걸어 내려왔다.

나는 차를 몰아 할리우드로 돌아와서는 차 문을 잠그고 보도를 걸어서 다른 차들이 주차되어 있는 곳을 지나쳐 브리스톨 아파트의 정문으로 왔다.

어둠 속, 어떤 차 안에서 쉿소리나는 속삭임 소리가 들려왔다. 내 이름을 부르고 있었다. 작은 패커드 자동차의 지붕 가까이 위쪽, 운전대 뒤에 에디 프루의 길고 생기 없는 얼굴이 떠올라 있었다. 그는 차 안에 혼자 있었다. 나는 차 문에 기대어 그를 들여다보았다.

"어떻게 뭣 좀 알아냈소? 탐정 나으리?"

나는 성냥을 던져버리고, 연기를 그의 얼굴에 뿜었다.

"지난 밤 당신이 내게 준 치과 재료 공급상 영수증은 누가 떨어뜨린 거요? 바니에르요, 아니면 다른 사람?"

"바니에르요."

"나보고 그걸로 어떻게 하라는 거요? 티거라는 사람의 인생 역정이라도 맞추라는 거요?"

"나는 멍청한 놈들은 좋아하지 않는데."

"왜 바니에르는 그런 걸 주머니에 넣어 가지고 다니다가 떨어뜨린 거요? 그리고, 그 자가 떨어뜨렸다면 왜 그걸 다시 그 자에게 돌려주지 않았지? 다른 말로 하면, 내가 멍청한 놈인 걸 알았으니 나한테 어째서 이런 치과 재료 공급상 영수증 하나에 모두들 난리를 치면서 사립탐정을 고용한 건지 설명해달라는 거요. 특별히 알렉스 모니처럼 사립탐정을 좋아하지 않는 신사분이 말이오."

"모니는 머리가 좋소."

에디 프루가 차갑게 말했다.

"모니는 이런 말에 딱 어울리는 사람이오. '배우처럼 무식하다'라는."

"그건 넘어갑시다. 당신은 그런 치과 재료들을 어디다 쓰는지 몰라요?"

"알지. 찾아봤소. 보통 알바스톤은 이와 구강의 틀을 만드는 데 쓰더군. 그건 아주 단단하고 아주 미세한 가루라서 세세한 부분의 모양까지도 그대로 본뜰 수 있다고 하던데. 다른 것, 크리스토볼라이트는 밀랍 모형을 채워넣을 때 쓰는 거고. 그건 아주 뜨거운 열에도 모양이 뒤틀리지 않고 유지된다고 합디다. 내가 지금 말하고 있는 사실을 몰랐다고는 하지 않겠지."

"이젠 어떻게 금 인레이(치과에서 이에 봉을 박을 때 쓰는 합금―옮긴이)를 만드는지 알겠군."

에디 프루가 말했다.

"그렇지 않소, 응?"

"나는 오늘 이걸 알아내느라고 두 시간을 허비했소. 이제 전문가지. 그게 내게 어떤 의미가 있다는 거요?"

그는 잠시 동안 아무 말 없더니 말했다.

"신문 같은 것도 읽소?"

"때때로 보지."

"모닝스타라는 늙은이가 구 번가에 있는 벨폰트 빌딩에서 살해되었다는 기사는 못 읽어봤겠지? 살인 현장은 H. R. 티거의 사무실에서 바로 두 층 위요. 그런 기사는 못 본 모양이군, 읽어봤소?"

나는 그의 질문에 대답하지 않았다. 그는 나를 좀더 바라보다가 손을 계기판에 뻗어 시동 버튼을 눌렀다. 차가 시동이 걸리자 그는 클러치에 발을 올려놓았다.

"이 세상 어느 누구도 당신이 연기한 것처럼 멍청할 수는 없을 거요."

그가 부드럽게 말했다.

"누구도 그렇게 못할 걸. 잘 지내쇼."

차는 커브길을 돌아 프랭클린 가 쪽 언덕 밑으로 지나갔다. 차가 사라져가자, 나는 먼 발치서 싱긋 웃었다.

나는 아파트로 올라가서 문을 따고 몇 센티미터 정도 살짝 밀어 연 뒤 부드럽게 노크했다. 방 안에서는 누가 왔다갔다하고 있었다. 하얀 간호사 제복에 검은 줄무늬가 있는 모자를 쓴 강인해 보이는 여성이 문을 밀어서 열었다.

"저는 말로라고 합니다. 제가 집주인입니다."

"들어오세요, 말로 씨. 모스 선생님께서 말씀해주셨어요."

나는 문을 조용히 닫았고 우리는 낮은 목소리로 말을 나누었다.

"환자는 상태가 어떻습니까?"

나는 물었다.

"환자는 잠이 들었어요. 제가 여기 왔을 때 이미 반쯤 잠에 빠진 상태던걸요. 저는 레밍턴이에요. 아가씨 체온도 정상이고 맥박은 다소 빠르긴 하지만 떨어지고 있는 중이라는 것밖에는 모르겠네요. 아마 정신적으로 혼란 상태였던가 봐요."

"저 아가씨는 사람이 살해된 것을 발견했습니다. 그래서 정신이 나가버렸죠. 제가 들어가서 호텔에 가져갈 몇 가지 물건을 좀 챙겨도 깨지 않을까요?"

"아, 그럼요. 조용히만 하신다면요. 아마도 환자는 깨지 않을 거예요. 잠이 깬다고 해도 별로 문제가 될 건 없어요."

나는 다가가서 책상 위에 돈을 좀 올려놓았다.

"이 집에는 커피와 베이컨, 달걀, 빵하고 토마토 주스하고 오렌지, 술이 약간 있습니다. 필요한 게 더 있으시면 전화로 배달시키셔야 할 겁니다."

"이미 집에 있는 것은 확인했어요."

간호사는 미소를 지으면서 말했다.

"내일 아침까지는 필요한 게 다 있어요. 환자가 계속 여기 머무를 건가요?"

"그건 모스 선생님에게 달렸습니다. 제 생각에는 아가씨가 상태가 호전되는 대로 집으로 돌아갈 것 같습니다. 집은 여기서 좀 멀거든요. 위치타에 있어서."

"전 단지 간호사일 뿐이지만, 하룻밤 잠을 푹 자면 문제가 뭐든 나아질 것 같네요."

"하룻밤 잠을 푹 자고, 주위 사람이 바뀌면 그렇겠죠."

내가 말했다. 그렇지만 그녀는 심각하게 받아들이지 않았다.

나는 복도를 따라가서 침실 안을 들여다보았다. 사람들이 내 잠옷을 그녀에게 입혀놓았다. 그녀는 한 팔을 침대보 밖으로 늘어뜨린 채 바로 누워 있었다. 잠옷 소매가 15센티미터 정도 둘둘 말려 있었다. 소매 끝으로 작은 손이 주먹을 꼭 쥐고 있는 게 보였다. 그녀의 얼굴은 찡그리고 있었고 창백하면서도 아주 평화로워 보였다. 나는 벽장으로 가서 여행 가방을 꺼내 그 안에 몇 가지 잡동사니를 쑤셔넣었다. 도로 나가려고 하면서, 나는 멀을 다시 한 번 보았다. 그녀는 눈을 뜨고 똑바로 천장을 바라보고 있었다. 그리고 눈이 천천히 내 쪽으로 움직이더니 희미한 미소가 그녀의 입가에 맴돌았다.

"안녕하세요."

약하고 기진맥진한 듯한 작은 목소리였다. 자기는 지금 침대에 누워 있고, 간호사와 그 밖의 모든 것을 다 갖추게 되었다는 것을 알고 있다는 목소리였다.

"안녕."

나는 그녀 쪽으로 돌아가서 내 전매특허로 갈고 닦은 미소를 지으며 그녀를 내려다보았다.

"전 괜찮아요."

그녀는 속삭였다.

"상태가 좋아요. 그렇지 않나요?"

"물론이오."

"제가 지금 누워 있는 게 당신 침대죠?"

"괜찮아요. 침대가 당신을 잡아먹진 않으니까."

"전 무섭지 않아요."

그녀가 말했다. 그녀는 손을 잡아달라는 듯 손바닥을 위로 하고 살며시 손을 내밀었다. 나는 손을 잡았다.

"전 당신이 무섭지 않아요. 어떤 여자라도 당신을 무서워하지 않을 거예요. 그런 여자는 없죠?"

"당신이 한 말이니, 칭찬의 뜻으로 한 말로 받아들이겠소."

그녀의 눈이 미소를 지었다가 다시 음울해졌다.

"전 당신에게 거짓말을 했어요."

그녀는 연약한 목소리로 말했다.

"저는, 저는 아무도 쏘지 않았어요."

"나도 알아요. 나도 거기 갔었소. 그 일은 잊어버려요. 생각하지 말아요."

"사람들은 항상 불쾌한 일들은 잊어버리라고 말해요. 그렇지만, 결코 그럴 수는 없는 거예요. 그렇게 말하는 건 어리석은 일이죠."

"알았소."

나는 마음에 상처를 입은 척하면서 말했다.

"나는 어리석은 인간이오. 잠을 좀더 자는 게 어때요?"

그녀는 고개를 돌려 내 눈을 들여다보았다. 나는 침대 가장

자리에 앉아 그녀의 손을 잡았다.

"경찰이 여기로 올 거예요?"

그녀가 물었다.

"아니. 실망하지 않도록 해봐요."

그녀는 얼굴을 찡그렸다.

"제가 끔찍한 바보라고 생각하시나 봐요."

"글쎄…… 그럴지도 모르지."

눈물 방울이 그녀의 눈에 맺혀 눈가로 번져서 뺨 위로 부드럽게 굴러 떨어졌다.

"지금 제가 어디 있는지 머독 부인이 알고 계세요?"

"아직은 아니오. 지금 가서 부인에게 말하려고."

"부인에게…… 모든 걸 말씀하실 거예요?"

"그렇소. 하면 안 되나?"

그녀는 나를 외면했다.

"부인은 이해하실 거예요."

그녀의 목소리가 부드럽게 들렸다.

"부인은 제가 팔 년 전에 했던 끔찍한 일도 알고 계시는 걸요. 공포스럽고 끔찍한 일이었어요."

"그랬겠지. 그래서 부인이 바니에르에게 이제껏 돈을 줬던 게 아니오."

"오, 맙소사."

그녀는 침대보 밑으로 늘어뜨리고 있던 손을 들어올리고 내가 잡고 있던 손을 빼더니 두 손을 꼭 마주 잡았다.

"당신은 그 사실을 몰랐으면 했는데. 몰랐으면 했어요. 머독 부인 말고는 아무도 모르거든요. 부모님도 모르세요. 당신이 알아내지 못했으면 하고 바랐는데."

간호사가 문간에 서서 엄한 표정으로 나를 보았다.

"환자가 이렇게 말해서는 안 돼요, 말로 씨. 지금 나가주셔야 하겠어요."

"이봐요, 레밍턴 양. 전 이 작은 아가씨를 안 지 이틀 됐어요. 레밍턴 양은 안 지 이제 겨우 두 시간 되지 않았소. 이게 아가씨에게 더 이로울 겁니다."

"이러다가는 또, 음…… 발작이 올 수도 있어요."

간호사가 내 눈을 피하면서 엄하게 말했다.

"글쎄요. 아가씨가 발작이 올 것 같으면, 지금 오는 게 더 낫지 않을까요? 간호사가 옆에 있어서 도와줄 수 있을 때요. 부엌에 가서 술이나 한 잔 드세요."

"전 근무 시간에는 술 마시지 않아요."

간호사가 차갑게 말했다.

"옆에 있는 누군가에게 제 입 냄새가 풍길지도 모르니까요."

"지금 당신은 나를 위해서 일하고 있어요. 내가 고용한 사람들은 모두 시시때때로 술을 마시는 게 의무지요. 그 외에도, 저녁을 잘 먹고 찬장에서 식후주를 꺼내서 두어 잔 마실 수 있다면, 아무도 입 냄새 같은 건 맡지 못할 거요."

간호사는 내게 재빨리 싱긋 웃어 보이더니 방에서 나갔다. 멀은 우리의 대화가 마치 진지한 연극 도중에 끼어든 경박한 훼방이라도 되는 것처럼 듣고 있었다. 다소 언짢아하고 있었다.

"저는 그 일에 대해서 다 말씀드리고 싶어요."

멀은 숨도 쉬지 않고 말했다.

"저는……."

나는 다가가서 내 손을 그녀의 마주 잡은 손 위에 올려놓았다.

"됐소. 알아요. 말로는 모든 것을 알고 있다오. 점잖게 살아가는 방법은 예외지만. 그런 건 아주 쓰잘데기 없는 거지. 이제 다시 잠을 청해봐요. 내일 당신을 위치타로 데려다주겠소. 부모님을 만날 수 있게 말이오. 머독 부인의 비용으로."

"아, 그렇게 해주시다니, 부인은 정말 훌륭한 분이세요."

그녀는 울음을 터뜨렸다. 크게 뜬 눈이 빛나고 있었다.

"그렇지만, 부인께서는 항상 제게 잘해주셨어요."

나는 침대에서 일어났다.

"부인은 훌륭한 분이지."

나는 그렇게 말하고는 그녀를 내려다보며 싱긋 웃었다.

"훌륭하고말고. 그럼 이제 거기 들러서 차나 한 잔 하며 아주 멋진 대화를 나눠볼까. 그리고 당신이 지금 바로 잠을 자지 않으면, 더이상 살인사건을 자백하도록 허락하지 않을 거요."

"당신은 정말 끔찍한 분이세요. 당신이 싫어요."

그녀는 고개를 돌리고 팔을 침대보 아래로 늘어뜨린 채 눈을 감았다.

나는 문 쪽으로 갔다. 문 가에서 나는 몸을 돌려 재빨리 돌아보았다. 그녀는 한쪽 눈을 뜨고 나를 보고 있었다. 그녀를 흘겨보자 그녀는 눈을 서둘러 감았다.

나는 거실로 돌아가서, 레밍턴을 마저 한 번 흘겨보고는 서류 가방을 들고 집을 나섰다.

나는 산타모니카 대로로 차를 몰았다. 전당포는 여전히 영업 중이었다. 까만색의 테두리 없는 높은 모자를 쓴 늙은 유태인은 내가 그렇게 빨리 저당물을 찾을 수 있게 된 것에 놀란 것 같았다. 나는 할리우드에서는 흔한 일이라고 말했다.

그는 금고에서 봉투를 꺼내어 찢은 뒤 내 돈과 전당표를 받고서 반짝이는 금화를 꺼내 손바닥 위에 놓았다.

"가치가 꽤 나가는 물건이라 당신에게 돌려주기가 점점 싫어지고 있던 참이었소. 장인의 작품이라는 게 있잖소. 아시겠지만, 장인의 작품이니 아름답지요."

"그리고 그 안에 들어간 금이 모두 이십 달러 가치는 될 거고요."

나는 말했다.

유태인은 어깨를 으쓱이더니 미소를 지었고, 나는 금화를 주머니에 넣은 뒤 그에게 작별을 고했다.

32

짙은 어둠이 검은 벨벳과 같이 드리운 히말라야 삼나무 아래를 제외하고는, 달빛이 하얀 천처럼 앞마당 잔디 위를 덮고 있었다. 아래층에는 창 두 개에 불이 켜져 있었고, 위층 방 중 하나도 정면에서 빛이 흘러나오는 게 보였다. 나는 디딤돌 위를 걸어 들어가서 초인종을 눌렀다.

나는 말을 매는 벽돌 옆에 있는 흑인 소년의 채색상은 쳐다보지도 않았다. 나는 오늘 밤에는 그의 머리를 토닥이지 않았다. 그 농담은 이제 구태의연해졌다.

이제껏 보지 못했던 백발에 얼굴이 붉은 여자가 문을 열었다. 나는 말했다.

"난 필립 말로입니다. 머독 부인을 뵙고 싶습니다. 엘리자베스 머독 부인 말입니다."

여자는 의심스러운 표정이었다.

"부인은 이미 잠자리에 드신 것 같은데요. 부인을 뵐 수 없을 것 같아요."

"아직 아홉시밖에 안 됐는데요."

"머독 부인은 잠자리에 일찍 드세요."

하녀는 문을 닫으려 했다.

그녀는 사람 좋은 노인이라 어깨로 문을 밀고 들어가기는 싫었다. 나는 단지 몸을 문에 기댔다.

"데이비스 양에 대한 일입니다. 중요해요. 부인에게 그렇게 말씀 좀 전해주시겠습니까?"

"그러지요."

나는 한 발짝 물러나서, 하녀가 문을 닫을 수 있도록 했다.

앵무새 한 마리가 가까이의 어둠 속 나무 위에서 노래하고 있었다. 차 한 대가 지나치게 빠른 속도로 거리를 질주하더니 길 모퉁이에서 끽 소리를 내며 돌았다. 마치 차가 질주하면서 홀리기라도 한 듯이 젊은 여자의 가는 웃음소리가 어두운 거리 속에 가는 실처럼 울려퍼졌다.

잠시 후에 문이 열리더니 여자가 말했다.

"안으로 들어오시래요."

나는 그녀를 따라서 크고 텅 빈 현관 앞의 방을 지나갔다. 희미한 불빛 하나가 램프에서 타오르고 있었으나, 건너편 벽에는 닿지도 않았다. 그곳은 너무나 적막했고 공기는 환기할 필요가 있었다. 우리는 복도를 따라 끝까지 간 뒤, 조각 난간과 중심 기둥이 있는 나선형 계단을 올라갔다. 끝에는 다른 복도가 하나 더 있었는데 그 뒤쪽에는 문이 하나 열려 있었다.

나는 열린 문 안쪽으로 안내를 받았고 내 뒤에서 문이 닫혔다. 그 방은 사라사 천을 사방에 덮은 커다란 응접실로, 푸른색과 은색의 벽지를 바른 벽에 소파 하나가 푸른 양탄자 위에 놓여 있었으며 발코니 위의 프랑스식 창문은 열려 있었다.

머독 부인은 카드 테이블을 앞에 두고 등받이를 댄 팔걸이 의자에 앉아 있었다. 누비 가운을 입었으며, 머리카락은 약간 헝클어진 상태였다. 부인은 혼자 카드 게임을 하고 있었다. 부인은 왼손에 카드를 든 채 카드 한 장을 내려놓고 다른 카드를 움직이고 나서야 나를 올려다보았다. 그리고 부인이 말했다.

"그래서요?"

나는 카드 테이블 옆으로 다가가서 게임 내용을 내려다보았다. 게임은 캔필드(고안자의 이름을 딴 것으로, 혼자 하는 카드 게임 형식의 하나―옮긴이)였다.

"멀이 제 아파트에 있습니다. 그녀는 맛이 완전히 가 버렸어요."

부인은 올려다보지도 않았다.

"도대체 맛이 가버렸다는 게 무슨 뜻이죠? 말로 씨?"

부인은 다른 카드 하나를 이동한 후에, 재빨리 두 개를 더 이동시켰다.

"우울증 발작을 일으킨 사람을 그렇게 말하죠."

나는 말했다.

"그런 게임을 하면서는 속임수를 쓰지 않으려고 합니까?"

부인은 퉁명스럽게 말했다.

"속이고서 하면 게임이 재미가 없지요. 그리고 안 속이면서 하면 아주 조금밖에 재미가 없고. 멀은 어떻게 된 거죠? 그 애가 이처럼 늦게 집에 안 들어오는 일은 처음인데. 그 애가 슬슬 걱정이 되려던 참이었어요."

나는 회전의자를 하나 끌어당겨 부인을 마주 보며 카드 테이블 건너편에 앉았다. 의자는 내게 너무 낮게 조절이 되어 있었다. 나는 일어서서 더 나은 의자를 찾아 거기에 앉았다.

"그녀에 대해서는 걱정하실 필요가 없습니다. 제가 의사와 간호사를 불렀어요. 지금은 잠이 들었습니다. 바니에르를 만나러 갔다가 그렇게 됐습니다."

그녀는 손에 들고 있던 카드패를 내려놓고서 커다란 회색 손을 깍지를 껴 테이블 가장자리에 올려놓았다. 그리고 나를 딱딱하게 바라보았다.

"말로 씨. 당신과 내가 이건 꼭 짚고 넘어가야 할 것 같군요. 애초에 당신을 부르는 실수를 저질렀어요. 린다 같은 피도 눈물도 없는 짐승 같은 것에게 당신 말투로 표현하자면 봉이 되어 놀아나는 데 대한 반감 때문이었죠. 그렇지만 만약 내가 그 문제를 처음부터 들먹이지 않았더라면 사정은 더 나았을 거예요. 더블룬을 잃어버리는 게 당신을 참아내는 것보다야 더 견디기 쉬운 일이니까. 비록 내가 그걸 영원히 되찾지 못한다고 해도 말이죠."

"그렇지만 되찾지 않으셨습니까."

부인은 고개를 끄덕였다. 그녀의 눈은 여전히 내 얼굴에 못 박혀 있었다.

"그렇죠, 난 그걸 되찾았어요. 자초지종을 당신도 들었을 텐데요."

"저는 그 말을 믿지 않았습니다."

"나도 믿지 않았어요."

부인은 조용히 말했다.

"내 바보 같은 아들이 린다 대신에 죄를 다 뒤집어쓴 거죠. 유치한 태도예요."

"부인께서 그런 태도를 가진 사람들만 주변에 두는 요령이 있으신 거죠."

그녀는 카드를 다시 집어들더니 손을 뻗어 빨강 잭 위에 검정 10 카드를 올려 놓으려고 했다. 이미 두 카드 다 정렬되어 있는 상태였다. 그러자 부인은 포트와인이 놓여 있는 작고 육중한 옆 테이블로 손을 뻗었다. 부인은 술을 약간 들이키더니 잔을 내려놓고 눈 하나 깜짝하지 않으면서 험악한 눈길로 나를 쏘아보았다.

"당신이 뭔가 건방진 말을 하려는 것 같다는 예감이 드는데요, 말로 씨."

나는 고개를 저었다.

"건방진 게 아닙니다. 솔직한 거죠. 나는 이제껏 부인께 폐를 끼치는 일은 하지 않았습니다, 머독 부인. 부인께서는 더블룬도 되찾으셨죠. 제가 경찰의 수사도 받지 않게 해드렸습니다. 지금까지는요. 이혼사건에 대해서는 해드린 일이 없지만, 린다는 찾아냈죠. 부인 아드님은 그녀의 소재를 항상 알고 있었죠. 그리고 제 생각에는 더이상 그녀로 인해서 부인께서 속 썩으실 일은 없을 것 같더군요. 린다는 자신이 레슬리와 결혼한 게 실수였다는 것을 알고 있어요. 그렇지만, 부인께서 그런 것의 가치를 생각하지 않으신다면……."

부인은 흠 소리를 내더니, 다른 카드를 뒤집었다. 그녀는 다이아몬드 에이스를 맨 윗줄에 올려놓았다.

"클로버 에이스가 숨어 있군. 이런. 시간 내에 찾아낼 수가 없을 것 같네."

"그냥 넘겨버렸겠죠. 카드를 보지 않고 계실 때 말이죠."

부인은 아주 조용하게 말했다.

"멀에 대한 얘기나 계속 하는 게 낫지 않겠어요? 그리고 너무 의기양양해하지 말아요. 당신이 집안의 비밀을 몇 개 찾아냈다고 해서 말이에요, 말로 씨."

"저는 어떤 것에도 의기양양해하지 않았습니다. 부인께서 오늘 오후에 멀을 바니에르의 집으로 보내셨죠. 오백 달러를 들려서요."

"그랬다면요?"

부인은 포트와인을 좀더 따르더니 조금 마셨다. 부인은 여전히 잔 너머로 나에게서 눈을 떼지 않고 있었다.

"언제 바니에르가 돈을 요구했나요?"

"어제요. 난 오늘까지는 은행에서 돈을 인출할 수가 없었어요. 무슨 일이 있었죠?"

"바니에르가 부인을 팔 년 동안이나 협박했죠, 그렇지 않습니까? 1933년 4월 26일에 일어난 어떤 일 때문에요?"

일종의 공포 같은 것이 부인의 눈 깊은 곳에서 꿈틀댔다. 아주 깊은 곳에서 희미하게 보이기는 했지만, 어쨌거나 오랫동안 그곳에 숨어 있던 공포가 한순간 밖으로 드러난 듯했다.

"멀은 제게 몇 가지 사실을 말했습니다."

나는 말을 이었다.

"아드님도 어떻게 아버지가 죽었는지 얘기했죠. 나는 기록들과 신문을 오늘 찾아보았습니다. 사고사였더군요. 그의 사무실 거리에서 일어난 사고로, 많은 사람들이 창문 밖으로 목을 빼고 목격했습니다. 그는 단지 너무나 몸을 지나치게 내밀었던 것이라고 하더군요. 자살이라는 말도 있었는데, 그는 파산 상태였고 가족을 위해서 오만 달러 생명보험을 들어놨었기 때문이죠. 그렇지만 검시관은 마음씨 좋은 사람이었으므로 그걸 그냥 넘겨버렸습니다."

"그래서요?"

부인은 말했다. 차갑고 견고한 목소리였다. 목소리가 갈라지거나 숨을 헐떡이지도 않았다. 냉담하고 견고하며 아주 침착한 목소리.

"멀은 호레이스 브라이트의 비서였습니다. 어떤 면에서는 기묘한 젊은 아가씨로 지나치게 겁이 많고, 세상 물정도 모르고, 정신적으로는 어린 소녀 같으며 자기 자신을 과대하게 극적으로 표현하기를 좋아했으며, 남자들에 대해서는 구식의 사고방식을 가진 그런 사람이죠. 제 생각에는 그가 한때 기분 좋게 술에 취했을 때, 그녀에게 지분거렸고 그래서 그녀는 뼛속까지 겁에 질렸던 거죠.

"그래요?"

또 냉정하고 굳은 단음절의 대답이 총신처럼 나를 찔렀다.

"그녀는 수심에 잠긴 끝에 약간의 살의를 품게 되었습니다. 그녀는 기회를 잡았고, 바로 그의 뒤를 지나치게 되었죠. 그가 창문 밖으로 몸을 내밀고 있을 때요. 뭐 다른 게 또 있습니까?"

"직설적으로 말하세요, 말로 씨. 나는 직설적인 대화만 받아들이겠어요."

"맙소사, 얼마나 직설적인 표현을 원하십니까? 그녀는 자기 주인을 창문 밖으로 밀었던 거죠. 그를 살해했습니다, 두 마디로 표현하자면요. 그리고 그걸 덮어버린 거죠. 당신 도움을 받아서."

부인은 카드를 움켜쥐고 있던 왼손을 내려다보았다. 부인은 고개를 끄덕였다. 턱이 약간 위아래로 움직였다.

"바니에르가 무슨 증거라도 갖고 있었습니까?"

내가 물었다.

"아니면 그 자가 무슨 일이 일어났는지 우연히 알게 되어 부인께 이를 들이대었고 부인께서 추문을 피하기 위해 그 자에게 가끔씩 돈을 준 건가요? 부인이 정말로 멀을 무척이나 아끼기 때문에?"

부인은 카드 한 장을 뒤집고 나서 내 말에 대답했다. 바위처럼 꿈쩍도 않는 태도였다.

"사진 얘기를 하더군요. 그렇지만 난 결코 믿지는 않았어요. 그 사람이 사진을 찍었을 리가 없어요. 그리고 찍었다고 한다면, 내게 보여주었을 거예요. 늦든 빠르든 말이죠."

"아니, 저는 그렇게 생각지는 않습니다. 그때 아래 거리에서 용무 때문에 우연히 카메라를 들고 있었다면, 요행으로 사진한 장 찍었을 수도 있었을 겁니다. 그러나 그 자는 감히 그 사진을 보여줄 수 없었을 겁니다. 당신은 어떤 면에서는 아주 가혹한 여성이죠. 당신이 그를 어떻게 처리해버릴까봐 두려워했던 것 같습니다. 내 말은 그 자와 같은 사기꾼에게는 그렇게 보였을 수도 있다는 거죠. 그에게 돈을 얼마나 지불했습니까?

"그런 바보 같은……."

부인은 그렇게 말하려다가 말을 멈추고 거대한 어깨를 으쓱했다. 힘이 있고 강하며 튼튼하고 무자비한 데다가 그런 일도 감수할 수 있는 여성. 그녀는 생각했다.

"만 천 백 달러군요. 오늘 오후에 보낸 오백 달러를 셈에 넣지 않는다면."

"아, 무지하게 너그러우셨군요, 머독 부인. 모든 일을 감안한다면 말이죠."

부인은 모호한 손동작을 하더니 어깨를 한 번 더 으쓱했다.

"내 남편의 잘못이었으니까. 그는 술주정뱅이 악한이었죠. 나는 남편이 정말로 그 애를 어떻게 한 건 아니라고 생각해요. 그렇지만, 당신이 말했듯이 그 애를 겁줘서 정신 나가게 한 건 사실이죠. 나는, 나는 그 애를 심하게 책망할 수 없어요. 그 애는 오랜 시간 동안 충분히 자기 자신을 책망해왔으니까."

"그녀가 바니에르에게 직접 돈을 가져다줬어야 했나요?"

"속죄하는 의미로 그 애가 생각해낸 거예요. 이상한 속죄지만."

나는 고개를 끄덕였다.

"제 생각에는 그게 성격인 것 같습니다. 후에 부인께서는 재스퍼 머독과 재혼하셨고, 멀을 계속 옆에 두고 돌봐주셨죠. 이 일을 아는 사람이 또 있습니까?"

"아무도요. 바니에르뿐이었죠. 확실히 그 사람은 아무에게도 말하지 않았을 거예요."

"네. 저도 그렇게 생각합니다. 그럼, 이제 그 일은 끝났군요. 바니에르는 죽었으니까."

부인은 눈을 천천히 치켜뜨더니 나를 오랫동안 침착한 태도로 응시했다. 희끗희끗한 머리가 언덕 꼭대기의 바위 같았다. 부인은 마침내 카드를 내려놓고, 손을 꼭 쥐고는 테이블 가장자리에 올려놓았다. 주먹이 번쩍거렸다.

나는 말을 이었다.

"제가 외출 중에 멀이 제 아파트로 왔더군요. 그녀가 관리인에게 들여보내달라고 했답니다. 관리인이 제가 전화를 했길래, 제가 그러라고 했지요. 저는 그쪽으로 서둘러 갔습니다. 그녀가 자기가 바니에르를 쐈다고 하더군요."

방 안에 흐르는 적막 속에서 부인의 숨소리가 끊길 것처럼 빨라지며 속삭임처럼 들렸다.

"그 아가씨는 가방 속에 총을 가지고 있었습니다. 이유는 하느님만이 아시겠죠. 아마 남자로부터 스스로를 보호하려는 생각에서 그랬던 것 같습니다. 그렇지만 누군가가, 제 생각에는 레슬리인 것 같습니다만, 총미에 다른 크기의 약협을 쑤셔넣어서 총을 못 쓰도게 만들어놨더군요. 멀은 자기가 바니에르를 쐈다고 말하고 기절해버렸습니다. 나는 친한 의사를 불렀어요. 나는 바니에르의 집에도 가 봤습니다. 문에 열쇠가 꽂혀 있더군요. 바니에르는 의자에 앉아서 죽은 채였습니다. 오래 전에 죽어서, 차갑고 딱딱했어요. 멀이 거기 가기 오래 전에 죽은 겁니다. 멀은 그를 쏘지 않았어요. 그녀가 내게 말해준 건 그야말로 드라마죠. 의사가 어느 정도 설명을 했지만, 그런 얘기로 부인을 지루하게 하고 싶지는 않습니다. 상황을 모두 이해하시리라 믿습니다."

"그래요. 이해가 되는 것 같군요. 그럼 이제부터는?"

"멀은 자고 있습니다. 제 아파트에서요. 간호사도 거기 있습니다. 전 멀의 부친에게 장거리 전화도 했습니다. 부친께서는 딸이 집으로 돌아왔으면 하시더군요. 그래도 괜찮겠습니까?"

부인은 단지 쳐다볼 뿐이었다.

"부친은 아무것도 모르시더군요."

나는 재빨리 말했다.

"이번 일도 그렇고 저번 일도요. 확실합니다. 부친은 단지 딸이 돌아오기만을 바라고 있습니다. 제가 그녀를 데려다줄 수 있을 것 같습니다. 이젠 제 책임인 것 같으니까요. 바니에르가 받지 못한 마지막 오백 달러가 필요할 겁니다. 경비로요."

"그럼 얼마나 더 필요하죠?"

부인이 잔인하게 말했다.

"그렇게 말씀하지 마십시오. 그만한 건 아시잖습니까."

"누가 바니에르를 죽였나요?"

"보이기는 자살한 것으로 보입니다. 오른손에 총이 쥐어져 있었습니다. 관자놀이에 대고 쏜 자국이 있었고. 제가 거기 와 있는 동안에 모니와 그의 아내가 왔었습니다. 전 숨어 있었죠.

모니는 그의 아내의 소행으로 몰고가려고 하더군요. 그의 아내는 바니에르와 불장난을 하고 있었습니다. 그래서 그녀는 아마도 남편이 했거나 누구를 시켰을 거라고 생각하고 있겠죠. 그렇지만 자살처럼 보이도록 꾸며져 있더군요. 경찰이 지금쯤은 현장에 도착했을 겁니다. 경찰들이 무엇을 알아낼지는 모르겠습니다. 우리는 단지 꼿꼿이 앉아서 기다릴 도리밖에는 없죠."

"바니에르 같은 남자는 자살을 하지 않아요."

부인이 엄숙하게 말했다.

"그런 말은 멀 같은 여자들은 사람을 창문 밖으로 밀지 않는다는 것과 마찬가지죠. 아무 의미도 없는 겁니다."

우리는 처음부터 존재하고 있었던 내면의 적대감을 가지고 서로를 쏘아보고 있었다. 잠시 후, 나는 의자를 뒤로 빼고는 프랑스식 창문 쪽으로 다가갔다. 나는 차양을 걷고 포치 밖으로 걸어나갔다. 밤은 온 주위를 감싸고 있었고, 부드럽고 조용했다. 흰 달빛은 차갑고 맑았다. 우리가 꿈꾸지만 찾을 수 없는 정의처럼 말이다.

창 아래에 서 있는 나무들은 달빛 아래서 육중한 그림자를 던지고 있었다. 정원 한가운데에는 정원 속 정원 같은 것이 있었다. 장식용 풀이 반짝이는 것이 내 눈에 들어왔다. 그 옆에는 잔디 그네가 있었다. 내가 내려다보았을 때 누군가가 잔디 그네에 누워 있었고 담배끝이 빛나고 있었다.

나는 방 안으로 돌아왔다. 머독 부인은 다시 혼자서 카드 게임을 하고 있었다. 나는 테이블로 가서 내려다보았다.

"클로버 에이스를 꺼내셨네요."

"속임수를 썼어요."

부인은 올려다보지도 않고 말했다.

"제가 한 가지 묻고 싶은 게 있습니다. 더블룬에 관한 일은 여전히 오리무중입니다. 부인께서 동전을 되돌려받으셨으므로 무의미해 보이는 두 건의 살인사건 때문에 말이죠. 제가 궁금하게 여기는 것은, 전문가가 본다면 판별할 수 있을 만큼 머독의 브라셔에게 특별한 점이 있냐는 겁니다. 모닝스타 노인 같은 사람이 본다면 말이죠."

부인은 여전히 앉은 채로 올려다보지도 않고 생각에 잠겼다.

"그래요. 그럴지도 모르죠. 동전 제조자의 이니셜인 E. B.가 독수리의 왼쪽 날개에 있어요. 보통은 내가 듣기로는, 오른쪽 날개에 있다더군요. 생각나는 것으로는 그게 유일한 특징이군요."

"그 정도면 충분할 것 같습니다. 부인께서는 실질적으로 동전을 돌려받았잖습니까, 그렇지 않습니까? 그럼 제가 탐색하고 돌아다니는 걸 그만두라고 하신 건 아니라는 얘기로 받아들여도 됩니까?"

부인은 재빨리 올려다보더니, 다시 눈을 깔았다.

"지금 이 순간에는 가장 보안이 잘 되어 있는 방에 보관되어 있어요. 우리 애를 찾을 수 있으면 그 애가 보여줄 거예요."

"그렇군요. 그럼, 여기서 작별 인사를 드리죠. 멀의 옷은 싸서 아침에 제 아파트로 보내주십시오."

부인은 고개를 다시 쳐들었고 눈에선 번쩍거리는 빛이 났다.

"이 모든 일을 굉장히 독단적으로 처리하는군요, 젊은 양반."

"짐을 싸주십시오. 그리고 보내주세요. 더이상 멀이 필요하지 않잖습니까. 바니에르가 죽었으니까."

우리의 눈길이 냉정하게 맞부딪쳐 그대로 허공에 오랫동안 머물러 있었다. 기묘하고 굳은 미소가 그녀의 입가에 떠올랐다. 그러고 나서 부인은 고개를 다시 내리고 왼손에 들고 있던 카드 뭉치에서 맨 위에 있던 카드를 오른손으로 빼 뒤집었다. 부인은 카드를 들여다보더니 줄 지어 늘어놓은 카드 아래의 사용하지 않은 카드 더미에 올려놓았다. 그런 다음, 산들바람 속에 서 있는 돌 방파제처럼 굳건한 손으로, 조용하고 침착하게 다음 카드를 뒤집었다.

나는 방을 가로질러 밖으로 나가서 문을 살며시 닫았다. 나는 복도를 따라 계단을 내려가서 일층의 복도를 따라 일광욕실과 멀의 작은 사무실을 지난 다음, 그 안에 있는 것만으로도 나 자신이 박제가 된 시체처럼 느끼게 하던, 활기 없고 숨이 턱턱 막히는 쓰지 않는 거실로 나갔다.

뒤에 있던 프랑스식 문이 열리고 레슬리 머독이 안으로 걸어 들어오다가 멈춰 서서 나를 쏘아보았다.

33

레슬리의 흐트러진 양복은 구겨져 있었고, 그의 머리도 헝클어져 있었다. 짧고 붉은 콧수염은 언제나처럼 무력해 보였다. 그의 눈 밑 그림자가 웅덩이처럼 움푹 패여 있었다.

그는 길고 검은 담뱃대를 들고 있었다. 그는 비어 있는 담뱃대로 왼쪽 손끝을 톡톡 치면서, 내가 마음에 안 들고, 나를 만나는 것도 원치 않으며, 나와 얘기하는 것도 싫다는 듯 서 있었다.

"안녕하시오."

그가 뻣뻣하게 말했다.

"가는 거요?"

"아직은 아니오. 당신하고 이야기를 좀 하고 싶은데."

"우리가 할 얘기가 있을 것 같지 않은데. 그리고 나는 이야기하는 데 지쳐서."

"오, 물론 할 얘기가 있소. 바니에르라는 남자 얘기요."

"바니에르? 나는 그 남자는 잘 알지도 못해요. 그 사람을 주변에서 봤을 뿐이지. 내가 아는 건 내가 그 사람을 싫어한다는 거요."

"그것보다는 좀더 잘 아실 텐데."

내가 말했다.

머독은 방 안으로 들어와 '감히 네가 내 위에 앉을 수 있을까' 하는 것 같은 의자들 중 하나에 앉았다. 그는 몸을 앞으로 숙여 왼손으로 턱을 컵 모양으로 받치고 바닥에 눈길을 주었다.

"좋아요."

그가 지친 듯 말했다.

"계속 해보시오. 당신이 아주 똑똑하게 굴 것 같은 예감이 드는군. 논리와 직감 같은 온갖 썩을 것들이 가차 없이 흘러들겠지. 책 속에 나오는 탐정처럼 말이오."

"물론이지. 조각조각 정보를 모아서, 깔끔한 형태로 다 끼워 맞춘 후, 뒷주머니 여기저기에 넣어가지고 있던 짝이 안 맞는 조각 하나에 슬그머니 파고들어, 동기와 인물을 분석하는 거요. 그렇게 해서 이런 짜릿한 순간까지 사람들이, 아니 그 문제에 대해서 나 자신이 가졌던 생각과도 완전히 다른 결과를 끌어내어 마침내 가장 가능성이 없어 보였던 용의자에게 염세적인 발톱을 들이대는 거요."

그는 눈을 치켜뜨고 미소를 지을 뻔했다.

"그 사람은 그 순간에 백지장처럼 얼굴이 하얘져서, 입에는 거품을 물며 자기 오른쪽 귀에 총을 갖다대고."

나는 머독 가까이에 앉아서 담배를 하나 꺼냈다.

"그 말이 맞소. 우리도 그런 일을 언젠가 함께 해봐야지. 총 가지고 있소?"

"지금은 없소. 가지고는 있지. 당신도 알 텐데."

"어젯밤 바니에르를 방문했을 때 총을 가지고 갔었소?"

그는 어깨를 으쓱하더니 이를 드러냈다.

"오, 내가 어젯밤 바니에르를 방문했던가?"

"내 생각엔 그렇소. 연역적 추리지. 당신은 벤슨과 헤지스 버지니아 담배를 피우지. 그런 담배들은 모양이 그대로 남아 있는 단단한 재를 남기지. 그의 집에 있던 재떨이에는 적어도 담배 두 개는 될 것 같은 그런 회색 재가 남아 있었소. 그렇지만 재떨이에 담배 꽁초는 하나도 없더군. 왜냐하면, 당신은 담배를 담뱃대에 끼워 피우기 때문이고, 담뱃대에서 나온 꽁초는 모양이 다르지. 그래서 당신은 꽁초를 치워버린 거요. 마음에 드는 설명이오?"

"아니."

그의 목소리는 조용했다. 그는 다시 마룻바닥을 내려다보고 있었다.

"이런 게 바로 추리의 한 가지 예요. 좋지 않은 거요. 현장에 꽁초가 아예 없었을 수도 있으니까. 그러나 만약 꽁초가 있었는데 치워버린 거라면, 립스틱이 묻어 있기 때문이었을 수도 있소. 적어도 그걸 피운 사람이 어떤 색을 발랐는지 희미한 흔적이라도 남아 있을 수도 있겠지. 그리고 당신 아내는 담배 꽁초를 쓰레기통에 던져버리는 기묘한 습관이 있었소."

"린다는 이 일에서 빼요."

그가 냉정하게 말했다.

"당신 모친은 여전히 린다가 더블룬을 가져간 것이고, 당신이 그걸 가져다가 모니에게 주었다는 얘기는 단지 그녀를 보호하기 위해서 당신이 지어낸 얘기라고 생각하고 있소."

"린다는 이 일에서 빼라고 했소."

검은 담뱃대가 이와 맞부딪치는 소리가 타자기로 전보칠 때처럼 빠르고 날카롭게 들렸다.

"기꺼이 그러지. 하지만 나는 다른 이유로 당신 얘기를 믿지 않소. 이것 때문이지."

나는 더블룬을 꺼내어 손 위에 올려놓고 머독의 눈 밑에 들이댔다.

그는 몸이 굳어져서 그것을 응시하고 있었다. 그의 입이 다물어졌다.

"당신이 이야기를 꾸며냈던 아침에는 이게 산타모니카 대로에 있는 전당포에 안전하게 맡겨져 있었소. 이건 자칭 탐정인 조지 필립스라는 남자가 나에게 배달시킨 거였소. 형편없는 판단력과 일에 대한 과욕으로 나쁜 장소에 뛰어들어버린 단순한 사내였지. 체격이 땅딸막한 금발 남자로 갈색 양복을 입고 선글라스를 쓰고, 다소 웃기는 모자를 쓴 사람이었소. 거의 새것이나 다름없는 모래색 쿠페를 몰고 있었지. 당신은 그 사람이 어제 아침 내 사무실 밖 복도에서 어슬렁거리고 있을 때 봤을 거요. 그 사람은 내 뒤를 밟고 있었고, 그 전에는 당신 뒤를 밟고 있었을지도 모르지."

그는 순수하게 놀란 듯 보였다.

"그 사람이 왜 그랬단 말이오?"

나는 담뱃불을 붙인 후, 한 번도 재떨이로 사용된 적이 없는 것처럼 보이는 옥 재떨이에 성냥을 떨어뜨렸다.

"나는 그랬을지도 모른다고 했소. 그랬는지는 확실하지 않소. 그는 아마 단순히 이 저택을 감시하고 있었을지도 모르지. 그 사람은 나를 여기서 발견한 거고 나는 그 사람이 여기까지 내 뒤를 밟아왔다고는 생각지 않소."

나는 여전히 동전을 손 위에 올려놓고 있었다. 나는 그걸 내려다보고는 동전을 튕겨올려 뒤집어 E. B.라는 이니셜이 왼쪽 날개에 있는 것을 확인하고는 도로 넣었다.

"그는 희귀한 옛날 주화를 모닝스타라는 주화 수집상 노인에게 팔아넘기도록 고용되었기 때문에 이 집을 감시하고 있었을지도 모르지. 그리고 어쨌거나 이 주화 수집상 노인은 이 금화의 출처를 의심했고, 이 동전이 장물일지도 모른다고 필립스에게 대놓고 말했거나, 적어도 암시를 줬을 거요. 공교롭게도 그에 대해서는 모닝스타가 틀렸소. 당신의 브라셔 더블룬은 그 순간에 사실은 위층에 있었고, 필립스가 팔아 넘기도록 지시받은 주화는 장물이 아니었소. 그건 위조품이었지."

추위를 타는 것처럼 머독의 어깨가 살짝 경련을 일으켰다. 그러나 그는 움직이지도, 자리를 바꾸지도 않았다.

"어쨌든 얘기가 길어질 것 같군."

나는 다소 상냥하게 말했다.

"미안하오. 얘기를 더 잘 정리하는 편이 좋겠군. 어쨌거나 아름다운 이야기는 아니지. 살인사건이 둘, 아니 어쩌면 셋이 포함되어 있으니까. 바니에르라는 남자와 티거라는 남자가 처음에 착상을 했소. 티거는 치과 기공사로 벨폰트 빌딩, 모닝스타 노인의 빌딩에서 영업을 하고 있었지. 그 생각은 희귀하고 값비싼 금화를 위조하자는 거였소. 시장성이 없을 정도로 너무 희귀한 것은 안 되지만, 많은 돈을 만질 수 있을 만큼은 희귀한 것이어야 했지. 그들이 생각해낸 방법은 치과 기공사가 금니를 충전하는 데 사용하는 방법이었소. 같은 재료에, 같은 기구, 같은 기술이 필요한 거지. 즉, 모형을 금으로 똑같이 복제하는 거요. 알바스톤이라고 하는 딱딱하고 흰색의 고운 석회 가루로 주형을 만들고, 형을 뜨는 밀랍에 그 틀을 넣고 그걸로 복제품을 아주 세세한 부분까지 똑같이 만든 후, 일명 크리스토볼라이트라고 하는 또 다른 종류의 가루로 밀랍 속을 채웠소. 이 크리스토볼라이트라고 하는 것은 엄청난 열에도 모양이 뒤틀리지 않고 유지될 수 있도록 하는 특질이 있소. 석회가 굳으면 빼낼 수 있는 강철 핀을 붙여서 밀랍 바깥쪽에 작은 구멍을 만들어놨지. 그런 다음 이 작은 구멍으로 왁스가 끓어 넘쳐서 진품과 똑같은 속이 빈 모형이 만들어질 때까지 크리스토볼라이트 주물을 불꽃에 굽는 거요. 그 뒤에 이 모형을 도가니에 고정시킨 후 원심분리기에 넣으면 금물이 도가니에서부터 원심력으로 주입되지. 그런 다음 여전히 뜨거운 크리스토볼라이트를 찬물에 식히면 분해가 되어 금 알맹이만 남소. 작은 구멍이 있던 자리에는 금핀이 여전히 붙어 있는 채로. 그런 다음 가장자리를 다듬고 주물을 산에 깨끗이 씻은 뒤 닦으면 새것이나 다름없는 브라셔 더블룬을 갖게 되는 거요. 순금으로 만들어서 진품이나 똑같은 것을. 무슨 말인지 알겠소?"

머독은 고개를 끄덕이고 한 손으로 지친 듯이 머리를 쓸었다. 나는 말을 이었다.

"이런 정도의 기술은 치과 기공사에게나 찾아볼 수 있는 것이오. 이런 과정은 금화를 만든다고 해도 현재의 주화 주조에서는 필요 없는 것이지. 왜냐하면 재료나 노동력이 그 금화 가치보다도 더 비싸게 들기 때문이오. 그러나 희귀한 것으로 쳐주는 금화라면 괜찮겠지. 그래서 그 사람들은 이런 일을 한 것이오. 그렇지만 진품 모형이 필요했을 거요. 거기서 당신이 개입한 거야. 당신이 더블룬을 가져간 건 맞을 거요. 하지만 모니에게 주지는 않았지. 그걸 바니에르에게 줬소, 그렇지?"

그는 바닥만 뚫어지게 보면서 아무 말 하지 않았다.

"마음 편히 갖도록 하시오. 상황에 따라서는 그리 끔찍한 일은 아니오. 그가 당신에게 돈을 약속했겠지. 당신은 도박빚을 갚아야 했고, 당신 모친은 인색한 사람이니까. 그렇지만 그는 그보다도 더 강하게 당신을 조종할 수 있는 약점을 쥐고 있었을 거요."

그 말을 듣자 머독은 황급히 올려다보았다. 그의 얼굴은 아주 창백했고 눈에는 일종의 공포심이 떠올라 있었다.

"어떻게 그걸 알았죠?"

머독의 목소리는 거의 속삭이는 것 같았다.

"그냥 알아냈소. 어느 정도는 들었고, 어느 정도는 조사했으며, 어느 정도는 짐작한 거지. 그건 나중에 말해주겠소. 아무튼 바니에르와 그의 공범자는 더블룬을 만들어서 시험해보기를 원했소. 그 사람들은 희귀 동전에 대해서 잘 안다고 하는 사람에게 정밀 검사를 받아도 자기들이 만든 제품이 발각나지 않을 것인지 알고 싶었지. 그래서 바니에르는 잘 속아 넘어갈 것 같은 사람을 고용해서 그 사람에게 위조품을 모닝스타에게 팔아보라고 할 생각을 했소. 노인이 훔친 물건이라고 생각하게끔 싼 가격에 말이지. 그들은 조지 필립스가 신문에 낸 멍청한 사업 광고를 보고 그를 하수인으로 골랐소. 내 생각에는 처음에는 로이스 모니가 바니에르 부탁으로 필립스와 접촉을 했던 것 같더군. 나는 그녀가 같은 패거리에 끼어 있었다고는 생각하지 않소. 그녀는 필립스에게 작은 꾸러미 하나만 전해주도록 했겠지. 이 꾸러미에는 필립스가 팔아야 할 더블룬이 들어 있었을 거요. 그렇지만 필립스가 모닝스타 노인에게 그걸 보여주었을 때, 필립스는 예상치 못한 난관에 부딪혔소. 노인은 자기 동전 수집품이나 희귀 동전에 대해서는 잘 알고 있었지. 그는 아마도 그 동전이 진품이라고 생각했을 거요, 여러가지 시험을 거쳤다면 그렇지 않다는 것을 알았겠지만. 그러나 제조자의 이니셜이 동전에 찍혀 있는 방식은 흔한 것이 아니었고, 따라서 그는 이 동전이 머독의 브라셔일지도 모른다는 감을 잡았소. 노인은 이 집에 전화를 해서 알아보려고 했지. 그래서 당신 모친의 의심을 샀고, 동전이 없어졌다는 게 발각난 데다가 부인은 자기가 싫어하는 린다를 의심하여 그 물건을 되찾아오고 위자료 한 푼 안 주고 강제로 린다가 이혼에 합의시키도록 나를 고용했소."

"나는 이혼하고 싶지는 않았소."

머독은 열띤 어조로 말했다.

"나는 그런 생각은 한 번도 한 적이 없소. 어머니는 그럴 권리가……."

그는 말을 멈추고 절망에 빠진 듯한 몸짓을 하면서 흐느끼는 소리를 냈다.

"좋아요. 알았소. 어쨌거나 모닝스타 노인은 필립스에게 겁을 주었소. 필립스는 부정직한 사람은 아니었고 단순히 멍청이일 뿐이었으니까. 노인은 필립스의 전화번호를 알아냈소. 나는 노인이 그 번호로 전화를 하는 걸 들었소. 내가 나갔다고 노인이 생각하게 해놓고 사무실에서 몰래 엿들었지. 나는 천 달러에 더블룬을 다시 사고 싶다는 제안을 했고, 모닝스타는 자기가 필립스에게 동전을 받을 수 있다고 생각하고는 그 제안을 받아들였소. 자기도 약간의 차액을 챙기고, 모든 일이 깔끔하게 마무리될 거라고 생각했겠지. 그동안 필립스는 이 집을 감시했소, 아마 경찰이 드나드는지 보고 싶었을 거요. 그는 나를 봤고, 내 차를 봤으며, 내 이름을 자동차 등록판에서 봤는데 우연히도 내가 누구인지 알고 있었소."

"그는 내게 도움을 청할까 말까 마음을 정하려고 내 뒤를 밟았소. 그러다가 그는 시내에 있는 호텔에서 나한테 덜미를 잡혔고, 그는 자기가 대리인으로 있었던 벤추라 사건에서 나를 알고 있었다면서, 자기가 지금 마음에 안드는 일에 연루가 되었고 이상한 눈을 가진 키 큰 남자가 자기 뒤를 밟는다고 횡설

수설했소. 그 남자는 모니의 경호원인 에디 프루였지. 모니는 그의 아내가 바니에르와 불장난을 하고 있는 걸 알았고, 그녀에게 미행을 붙였소. 프루는 그녀가 필립스가 살고 있는 벙커 힐, 코트 가 근처에서 필립스와 접촉을 하고 있는 것을 봤고, 필립스가 눈치챘다고 생각될 때까지 필립스의 뒤를 밟았소. 실제로 눈치를 챘지. 그리고 프루나, 아니면 모니의 다른 부하가 내가 코트 가에 있는 필립스의 아파트로 들어간 것을 봤을 거요. 그래서 그가 나를 전화로 겁주려 했고, 나중에는 모니를 만나러 가도록 한 거겠지."

나는 옥 재떨이 속의 꽁초를 치워버리고 내 건너편에 앉아 있는 남자의 풀 죽고 불행한 얼굴을 바라본 뒤 힘들여 말을 이었다. 말을 하기가 점점 어려워졌으며, 내 목소리에는 나도 구역질이 나기 시작했다.

"그럼 이제 당신 얘기로 돌아가보지. 당신 모친이 탐정을 고용했다는 말을 멀이 하자, 두려움이 당신을 사로잡았소. 당신은 어머니가 더블룬을 찾고 있는 걸 눈치채고 내 사무실로 들이닥쳐 나를 떠보려고 했소. 처음에는 아주 냉소적이긴 했지만 아주 정중했고, 당신 아내에 대해서는 지극 정성이었지만 아주 걱정스러웠소. 당신이 뭘 알아냈다고 생각했는지는 모르겠지만, 당신은 바니에르와 접촉했소. 이젠 당신 모친에게 서둘러 금화를 가져다줘야 했고 얘기도 지어내야 했지. 당신은 바니에르를 어딘가에서 만나서 더블룬을 받았소. 우연찮게도 그건 다른 위조품이었지. 바니에르가 진품을 붙들고 놓아주지 않으려 했던 거든가. 이제 바니에르는 일이 되기도 전에 사업이 날아갈 위험에 처해 있다고 보았소. 모닝스타가 당신 어머니에게 전화했고 내가 고용되었지. 모닝스타가 무언가를 눈치챈 거지. 바니에르는 필립스의 아파트로 가서 뒤로 몰래 숨어 든 후, 지금 상황이 어떤지 알아보려고 하면서 필립스와 결말을 내려고 한 거요."

"필립스는 그가 이미 위조 더블룬을 내게 보냈다는 말은 하지 않았소. 나중에 그의 사무실에 있었던 일기에서 발견된 것 같은 필치로 내 주소를 적었더군. 바니에르가 그 위조품을 내게서 되찾아가려고 하지 않았다는 사실에서 필립스가 말을 안 했다는 것을 추론할 수 있소. 필립스가 바니에르에게 무슨 말을 했는지는 물론 모르지만, 필립스가 그 일은 사기이고 그 동전의 출처를 알고 있으며, 경찰이나 머독 부인에게 가겠다고 말했을 가능성이 있소. 그래서 바니에르는 총을 뽑아 필립스를 때려눕히고 그를 쏴버렸소. 바니에르는 필립스의 몸과 아파트를 뒤졌지만, 더블룬을 찾아낼 수는 없었소. 그래서 그는 모닝스타에게 갔던 거요. 모닝스타도 역시 위조 더블룬을 가지고 있지 않았지. 하지만 바니에르는 그가 갖고 있을 거라 생각했던 것 같소. 그는 총 손잡이로 노인의 머리를 깨버리고 그의 금고를 뒤졌소. 금고 속에는 약간의 돈이 있었지만 다른 건 없었소. 그래서 그는 강도가 든 것처럼 꾸며놓고 떠났소. 그러고 나서 바니에르는 슬그머니 집으로 돌아갔소. 더블룬을 찾지 못해서 여전히 언짢았지만, 오후의 일을 훌륭하게 마쳤다는 만족감이 있었을 거요. 두 건의 살인사건을 멋지고 깔끔하게 처리했으니까. 이제 당신만 남았지."

34

 머독은 긴장한 듯 나를 보고 눈을 깜박거렸다. 그리고는 아직도 손에 꼭 잡고 있던 검은 담뱃대로 눈길을 돌렸다. 그는 담뱃대를 셔츠 주머니 속에 찔러 넣고 벌떡 일어서서 손끝을 서로 비비고 나서 자리에 앉았다. 그는 손수건을 꺼내서 얼굴을 닦았다.
 "왜 나를?"
 그는 탁하고 긴장된 목소리로 물었다.
 "당신은 너무 많은 것을 알고 있으니까. 필립스에 대해서는 알고 있었을 수도 있고, 아닐 수도 있겠지. 당신이 그 일에 얼마나 깊이 관련이 되느냐에 달린 거요. 그렇지만 당신은 모닝스타에 대해서는 알고 있었소. 계획이 어긋나버렸고, 모닝스타는 살해당했소. 바니에르는 가만히 앉아서 당신이 그 일에 대해서 모르기를 바랄 수는 없었지. 그는 당신 입을 다물게 해야만 했소. 그것도 아주 굳게. 그렇지만 그렇게 하기 위해서 당신을 죽일 필요까지는 없었지. 사실 당신을 죽이는 건 아주 나쁜 행보가 될 것이었소. 당신 모친을 쥐고 있던 약점이 사라지니까 말이지. 당신 모친은 냉정하고 무자비하며 욕심 많은 여자지만 당신에게 손을 대는 것은 당신 어머니 성격에 휘발유를 뿌리는 거나 마찬가지니까. 부인은 무슨 일이 일어나도 신경도 안 쓸 거고."

머독은 그의 눈을 치켜올렸다. 그는 감탄한 것처럼 눈을 멍하게 보이려고 했지만, 그의 눈은 단지 멍청하고 충격받은 것처럼 보였을 뿐이었다.

"우리 어머니가…… 뭘?"

"필요 이상으로 나한테 장난치지 마시오. 난 머독 가족에게 놀아나느라 피곤해서 죽을 지경이니까. 멀이 오늘 오후에 내 아파트에 왔었소. 지금도 거기 있소. 멀은 바니에르에게 돈을 가져다주느라고 그의 집에 갔었소. 협박에 대한 대가지. 팔 년 동안이나 그에게 돈이 지급되어왔소. 난 이유를 알고 있소."

그는 움직이지 않았다. 긴장해서 꼭 쥔 그의 손은 무릎에 놓여 있었다. 그의 눈은 거의 머리 뒤로 사라져버린 것 같았다. 운이 다해버린 눈이었다.

"멀이 바니에르가 죽은 것을 발견했소. 그녀는 내게로 와서 자기가 그를 죽였다고 말했소. 어째서 그녀가 다른 사람의 살인을 자백해야 한다고 생각했는지에 대해서는 깊이 파고들지 말기로 합시다. 내가 바니에르의 집에 가보았더니 그가 죽은 건 지난 밤이더군. 그는 밀랍 인형처럼 딱딱했소. 그의 오른손 옆에는 총이 바닥에 굴러다니고 있었고. 그건 내가 일전에 특징을 들은 바 있는 총으로, 필립스의 아파트 건너편에 살고 있던 헨치라는 남자가 가지고 있던 총이었소. 누군가 필립스를 죽였던 총을 버리고 헨치의 총을 가져간 거지. 헨치와 그 여자 친구는 술에 취해서 자기들 아파트를 열어놓고 외출했었소. 그게 헨치의 총이라고 아직 증명은 안 됐지만 맞을 거요. 그게 헨치의 총이고, 바니에르가 자살한 거라면, 바니에르를 필립스의 죽음과 연관시킬 수 있지. 로이스 모니도 또한 그 사람과 필립스를 다른 방식으로 연관시킬 수 있고. 만약 바니에르가 자살한 게 아니라면, 그리고 나도 바니에르가 그랬다고는 믿지 않지만, 그랬다고 해도 여전히 필립스와 연관은 시킬 수 있어요. 또는 다른 사람을 필립스와 연관시킬 수 있을 거고, 그 사람이 바니에르도 죽인 거겠죠. 그 생각을 내가 마음에 들어하지 않는 이유가 몇 가지 있소."

머독은 머리를 쳐들었다. 그가 말했다.

"마음에 안 든다고?"

갑작스레 맑은 목소리였다. 그의 얼굴에는 새로운 표정이 떠올라 있었는데, 밝고 환한 표정이었지만, 동시에 약간 멍청하게 보이기도 했다. 약한 사람이 자랑스러워할 때 짓는 표정이었다.

나는 말했다.

"나는 당신이 바니에르를 죽였다고 생각하오."

그는 움직이지 않았으며 밝고 환한 표정은 여전히 그의 얼굴에 머물러 있었다.

"당신은 어젯밤 그 집에 갔소. 그가 당신을 불렀지. 그는 당신에게 자기가 곤경에 빠져 있고, 만약 경찰이 자기를 잡아간다면, 당신도 그와 함께 곤경에 빠지게 된 모습을 볼 것이라고 했소. 그가 그런 비슷한 얘기를 하지 않았소?"

"했어요."

머독은 조용히 말했다.

"바로 그런 이야기였소. 그는 술에 거나하게 취해 있었고 자기가 힘을 가지고 있다는 의식에 취해 있었소. 그는 거의 의기양양한 태도였지. 그가 말하기를 경찰들이 자기를 가스실에 넣는다면, 나도 바로 자기 옆에 앉을 거라고 했소. 그렇지만, 그가 말한 건 그게 다가 아니었소."

"다가 아니었지. 그는 가스실에 앉고 싶지도 않았고, 그때까지는 그래야 할 만한 이유도 찾을 수 없었소. 만약 당신이 입을 잘 다물고만 있다면 말이오. 그래서 그는 숨겨놓은 카드를 꺼냈소. 첫번째 손에 쥐고 있던 카드, 당신에게 돈을 약간 주기로 한 것도 있지만, 당신이 더블룬을 훔쳐서 그에게 준 이유는 멀과 당신 아버지에 대한 것 때문이었지. 나도 그걸 알고 있소. 당신 모친이 내가 이미 끼워 맞출 수 없었던 사소한 것에 대해 말해줬소. 그게 그의 첫번째 패였지. 그것도 충분히 강했소. 당신은 그것으로 스스로를 정당화할 수 있었을 테니까. 그렇지만 어젯밤 그는 더 강한 걸 원했소. 그래서 그는 당신에게 진실을 말했고 증거도 있다고 했소."

그는 몸을 떨었다. 그러나 가볍고 선명한 자랑스러워하는 표정은 여전히 얼굴에 머물러 있었다.

"나는 그를 향해 총을 뽑았소."

그는 거의 행복한 목소리로 말했다.

"어쨌거나 내 어머니니까."

"아무도 그 사실을 당신에게서 뺏어가진 못할 거요."

그는 아주 꼿꼿하게 몸을 펴고 일어섰다.

"나는 그가 앉아 있던 의자로 다가가서 몸을 숙이고 총을 그의 얼굴에 갖다댔소. 그도 잠옷 가운 주머니에 총을 가지고 있었지. 그는 총을 꺼내려고 했지만, 제때 총을 꺼내지 못했소. 나는 그에게서 총을 빼앗았소. 나는 내 총을 주머니에 도로 넣었지. 나는 빼앗은 총의 총구를 그의 머리 옆에 대고 그 증거를 가져와서 내게 주지 않는다면 죽이겠다고 했소. 그는 땀을 뻘뻘 흘리더니 단지 놀리려고 해본 말이라고 어물어물했소. 나는 그에게 좀더 겁을 주려고 총의 공이를 젖혔소."

머독은 말을 멈추고 손을 자기 앞으로 뻗었다. 그 손은 부들부들 떨고 있었으나, 그가 내려다보자 손은 안정이 되었다. 그는 손을 옆으로 내리고 나의 눈을 들여다보았다.

"총은 밀렸던가 아니면, 아주 살짝 움직였던 것 같소. 총은 발사되었지. 나는 깜짝 놀라 벽으로 뒷걸음질치다가 그림을 쳐서 떨어뜨렸소. 나는 총이 발사되어 놀라서 뛰어오른 것이지만, 그 덕분에 피가 묻지 않았소. 나는 총을 닦고서 그의 손가락으로 한 번 총을 감싼 다음, 그의 손과 가까운 마룻바닥에 내려놓았소. 그는 즉사했지. 처음에 피가 튄 것 말고는 거의 피도 흘리지 않았소. 그건 사고였소."

"왜 일을 망가뜨리나?"

나는 반쯤 비웃었다.

"왜 일을 깔끔하고 멋지게 있는 그대로의 살인사건으로 놔두지 않는 거요?"

"그게 일어난 그대로요. 물론 증명할 수는 없지만. 그렇지만, 어쨌거나 나는 그를 죽였을 거라고 생각하오. 경찰은 어떻소?"

나는 일어서서 어깨를 으쓱했다. 나는 피곤하고 기진맥진했으며, 질질 끌려다니다가 기운이 다 빠져나가는 기분이었다. 목구멍은 말을 많이 해서 뜨끔거렸고 생각을 정리하려고 애쓰느라 머리가 지끈지끈했다.

"경찰에 대해서는 나도 모르겠소. 그들과 나는 그다지 친한 친구가 아니오. 경찰들이 내가 뭔가를 숨기고 있다고 생각하기 때문이지. 그들이 옳다는 건 하느님도 알고 계시지. 아마 그들이 당신에게 갈 거요. 당신이 목격된 적도 없고 주변에 지문도 남기지 않았고, 설령 남겼다손 치더라도 당신을 의심해서 당신의 지문을 검사할 이유가 없다면, 당신이 한 짓이라고 생각하지는 않을 거요. 경찰들이 더블룬에 대한 일과 그게 머독의 브라셔라는 사실을 알아낸다면 당신이 어떻게 될지는 나도 모르겠소. 당신이 경찰에 얼마나 잘 대처하느냐에 달려 있겠지."

"어머니 때문만 아니라면, 나는 어떻게 되든지 신경 쓰지 않소. 나는 항상 인생의 실패자였으니까."

나는 연약한 푸념을 무시하고 말했다.

"그리고, 반면에 정말 그 총이 살짝 움직인 것이고 좋은 변호사를 세워 말만 정직하게 잘 한다면, 배심원들이 당신을 기소하지는 않을 거요. 배심원들은 협박범을 좋아하지 않으니까."

"그것 참 유감이오."

그가 말했다.

"나는 그런 변호를 할 만한 처지에 있지는 않으니까. 나는 협박에 대해서는 아무것도 아는 것이 없소. 바니에르는 내가 돈을 벌 수 있는 길을 보여준 거고, 나는 그게 몹시 필요했소."

"오호, 그 협박 얘기가 필요한 시점까지 가게 되면, 그 얘기를 잘 이용하게 될 거요. 당신네 노부인이 그렇게 하도록 할 거요. 당신이든 자기 목이 걸렸든 간에 부인은 그 얘기를 흘릴 거요."

"끔찍한 일이군. 입에 담기도 끔찍해."

그가 말했다.

"당신은 총에 대해서는 운이 좋은 거요. 우리가 아는 모든 사람이 그 총을 가지고 장난치다가, 지문을 닦아내고 다시 묻혀 놓고 했으니까. 심지어 나도 예쁘게 보이라고 한 짝 찍어 놓았지. 손이 뻣뻣하게 굳어 있을 때는 그것도 하기 까다롭더군. 모니도 거기 가서 자기 아내 지문을 찍게 했소. 그는 아내가 바니에르를 죽였다고 생각하고 있고, 마찬가지로 그 여자는 모니가 그랬다고 생각하지."

그는 단지 나를 쏘아볼 따름이었다. 나는 입술을 질겅질겅 씹었다. 입술이 유리 조각처럼 뻣뻣하게 느껴졌다.

"그럼, 나는 이제 가봐야 할 것 같군."

나는 말했다.

"그럼 나를 도망치게 놔두겠다는 거요?"

그의 목소리는 다시 약간 거만해졌다.

"나는 당신을 고발하진 않을 거요. 당신 말뜻이 그거라면. 그 이상은 아무것도 보증할 수 없소. 내가 그 일에 연관이 된다면, 나는 상황을 직시해야겠지. 도덕성과 관련된 의문은 없소. 나는 경찰도 아니고 일반 제보자도 아니고 재판관도 아니오. 당신이 그건 사고라고 했지. 좋소, 사고라고 하지. 나는 목격자가 아니오. 그렇다고 증거도 없소. 나는 당신 모친에게 고용된 몸이고, 어떤 것이든 내 침묵에 대한 권리가 부인에게 주어졌으니 부인이 권리를 행사할 수 있소. 나는 당신 모친을 좋아하지도 않고, 당신을 좋아하지도 않소. 이 집도 좋아하지 않고, 특히 당신 아내는 마음에 안 드오. 그렇지만 멀은 좋아하오. 약간 바보 같고 신경증이긴 하지만, 그래도 착한 여자지. 그리고 나는 지난 팔 년 동안 이 빌어먹을 집안에서 그녀에게 했던 처사를 알고 있소. 그리고 그녀가 누구도 창문 밖으로 밀지 않았다는 사실을 알고 있고. 이걸로 설명이 되겠소?"

그는 골골 소리를 냈지만, 그 뒤에는 아무 말도 하지 않았다.

"나는 멀을 집에 데려다줄 거요. 모친에게 말해서 그녀의 옷을 아침에 내 아파트로 보내달라고 했소. 만약 모친이 잊어버린다면, 뭐 혼자 카드 게임을 하느라고 바쁘든가 하면, 당신이 그렇게 좀 해주겠소?"

그는 얼떨떨해서 머리를 끄덕였다. 그리고 기묘한 작은 목소리로 말했다.

"당신은 단지…… 그렇게 갈 거요? 나는…… 나는 당신에게 고맙다는 말도 못했는데. 내가 잘 알지도 못하는 사람이, 내 대신 위험을 무릅쓰다니…… 나는 뭐라 해야 할지 모르겠소."

"나는 언제나 가던 식으로 갈 거요. 우아한 미소를 띠고 손목을 날렵하게 꺾어 인사하면서. 그리고 마음 깊숙이 진심으로 당신을 유치장에서라도 다시 보지 않기를 바라면서 말이오. 잘 있으시오."

나는 그에게 등을 돌리고 문으로 나갔다. 나는 작은 찰칵 소리와 함께 문을 닫았다. 모든 추잡한 일에도 불구하고 멋지고 부드러운 퇴장이었다. 마지막으로 나는 걸어가서 흑인 소년 채 색상의 머리를 살짝 토닥여주고는 달빛에 흠뻑 젖은 관목과 삼나무가 죽 늘어선 긴 잔디밭을 따라 차가 주차되어 있는 거리로 나갔다.

나는 할리우드로 돌아가서, 좋은 술을 1파인트 산 뒤, 플라자 호텔에 투숙했다. 나는 침대에 걸터앉아 내 발만 뚫어지게 보면서 병에 입을 대고 위스키를 마셨다.

침실에 앉아 있는 여느 평범한 술주정뱅이와 마찬가지로 말이다.

머리가 핑핑 돌아 생각이 멈출 때까지 술이 오르자, 나는 옷을 벗고 잠자리에 들었다. 잠시 후, 그렇지만 어느 정도는 시간이 흐른 뒤에, 나는 잠이 들었다.

35

오후 3시였다. 내 아파트 문 안에는 다섯 개의 짐이 양탄자 위에 나란히 놓여 있었다. 차 트렁크 안에서 굴러다닌 바람에 양쪽 옆이 다 긁혀버린 내 쇠가죽 가방이 한 개 있었다. 가방 두 개는 멋진 비행기용 가방으로 둘 다 L. M.이라는 마크가 찍혀 있었다. 오래된 검은 모조 물개 가죽 가방에는 M. D.라고 찍혀 있었고, 가방 중 하나는 편의점에서 49달러에 살 수 있는 작은 인조 가죽 여행 가방이었다.

칼 모스 박사는 나를 욕하면서 막 밖으로 나갔는데 나 때문에 심기증에 대한 오후 수업을 기다리게 해야 했기 때문이었다. 그의 파티마(이슬람에서 말하는 의녀. 원래 예지자 무하마드 알리의 딸로 완벽한 여인을 뜻했으나 여기서는 의녀를 의미한다—옮긴이)의 달콤한 향기가 공기를 중독시켰다. 나는 내 마음 속에 남아 있었던 생각을 몰아내고 그에게 멀이 좋아지는 데 얼마나 걸릴 것 같냐는 질문에 대한 그의 답변을 곰곰히 생각했다.

"그건 좋아진다는 게 무엇을 의미하느냐에 달렸지. 저 아가씨는 언제나 신경이 날카롭고 동물적 감성에는 둔하게 될 거야. 언제나 가냘프게 숨쉬고 눈과 같은 향기를 풍기겠지. 아마 완벽한 수녀가 될 수 있었을 거네. 종교적인 꿈도 가지고 있고, 종교적 편협함과 양식화된 감정, 엄숙한 순결성과 같은 게 그녀에게는 완전한 배출구가 될 수 있었겠지. 그와 마찬가지로, 공공도서관의 작은 의자 뒤에 앉아서, 책에 날짜 도장이나 찍어주는 까다로운 표정의 처녀들 중 한 명이 되거나."

"저 여잔 그 정도로 나쁘지는 않아."

나는 말했지만, 그는 그저 지혜로운 유태인의 얼굴로 나를 보며 싱긋 웃더니 문 밖으로 나가버렸다.

"게다가 자네가 그 여자들이 처녀인지는 어떻게 아나?"

나는 닫힌 문에 대고 한마디 덧붙였으나, 그는 더이상 내 말을 듣지 못했다.

나는 담뱃불을 붙이고 창문을 내다보았다. 잠시 후에 그녀가 아파트의 침실에서부터 문으로 나와, 그 자리에 서서 나를 바라보았다. 그녀의 눈 주위는 여전히 검었고, 창백하고 침착한 작은 얼굴에는 립스틱 말고는 아무런 화장도 하고 있지 않았다.

"볼에 분 좀 바르지. 당신 얼굴이 어업 선단과 함께 힘든 밤을 보낸 눈사람 소녀처럼 보이는군."

그러자 멀은 돌아가서 얼굴에도 분을 바르고 왔다. 다시 돌아오자 그녀는 짐들을 보며 부드럽게 말했다.

"레슬리가 제게 자기 여행 가방 두 개를 빌려줬어요."

"그렇군."

나는 그녀를 건너다보았다. 그녀는 아주 멋져 보였다. 그녀는 허리가 높은 적갈색 바지를 입고, 바타 브랜드의 구두를 신었으며, 흰색과 갈색의 프린트 무늬 셔츠 위에 오렌지색 스카프를 매고 있었다. 그녀는 안경을 쓰고 있지 않았다. 커다랗고 맑은 코발트빛 눈은 약간 멍한 표정을 띠고 있었지만, 생각한 것만큼은 아니었다. 그녀의 머리는 아래로 꼭 묶여 있었지만, 이것에 대해서는 나도 어쩔 도리가 없었다.

"제가 너무 큰 폐를 끼쳤죠. 너무 죄송해요."

그녀가 말했다.

"말도 안 되는 소리. 난 당신 아버님, 어머님 두 분과 다 이야기를 나눴소. 두 분은 뛸 듯이 기뻐하시더군. 부모님께서는 지난 팔 년 동안 당신을 단지 두 번밖에 못 보셨다면서, 딸을 거의 잃어버린 기분이었다고 하셨소."

"부모님을 잠시나마 뵙게 되니 좋네요."

그녀는 양탄자를 내려다보며 말했다.

"머독 부인께서 제가 가도록 허락해주시다니 참 친절도 하세요. 부인께서는 오랫동안 저 없이 지내실 수 있었던 적이 없었거든요."

멀은 마치 바지를 입고서는 다리를 어떻게 움직여야 할지 모르겠다는 듯 다리를 움직였다. 바지는 그녀의 것이었고 그녀는 이 문제를 이미 한참 전에 겪었어야 했는데도 말이다. 마침내 그녀는 다리를 모으고 손을 깍지 끼어 그 위에 올려놓았다.

"우리가 해야 할 얘기가 조금이라도 있거나, 아니면 당신이 내게 하고 싶은 이야기가 있다면, 지금 바로 끝내버립시다. 왜냐하면 난 내 옆좌석에 신경증 발작 환자를 앉혀두고 미국 국토의 반을 운전해서 횡단하지는 않을 거니까."

그녀는 주먹 쥔 손을 깨물더니, 그 옆으로 나를 흘끗 두어 번 훔쳐보았다.

"지난 밤에……."

그녀는 말을 꺼냈지만, 멈추고는 얼굴이 빨개졌다.

"약간 불쾌할지도 모르는 얘길 할까. 지난 밤 당신은 내게 당신이 바니에르를 죽였다고 했다가 또 안 죽였다고도 하더군. 나는 당신이 죽이지 않았다는 걸 아오. 그럼 이제 그건 해결된 거요."

그녀는 주먹 쥔 손을 떨어뜨리고 나를 평정하고, 조용하고, 침착하게 바라보았다. 그리고 무릎 위에 놓인 손은 더이상 긴장하지 않았다.

"바니에르는 당신이 거기 가기 오래 전에 죽어 있었소. 당신은 거기에 머독 부인을 위해서 돈을 주러 갔었지."

"아녜요, 저를 위해서였어요. 물론 그건 머독 부인의 돈이었지만요. 저는 부인께 다 갚을 수 없을 만큼 많은 걸 빚졌어요. 물론 부인께선 제게 월급을 많이 주지는 않으셨지만, 그래도 거의……."

나는 거칠게 말했다.

"부인이 당신에게 월급을 많이 주지 않은 건 정말 성격이 드러나는 처사이고, 당신이 부인에게 갚을 수 없을 만큼 빚을 졌다는 건 정말 소설 같은 얘기요. 부인이 당신을 착취한 만큼 부인에게 갚아주려면 양손에 야구 방망이 두 개씩 든 양키스 팀의 외야수 정도는 있어야 할 거요. 어쨌거나 그건 지금은 중요하지 않아요. 바니에르는 자살을 했는데, 어떤 사기 일에 관여했다가 발각되었기 때문이오. 이게 완전히 결정적이었지. 당신이 행동했던 방식은 다소 연기였다고 할 수 있소. 당신은 그의 죽은 얼굴이 거울 속에 비쳐서 당신을 곁눈질로 보는 걸 보고선 심각한 정신적 충격을 받았고, 이 충격은 오래 전 받았던 다른 충격과 섞여 당신의 바보 같은 방식에 따라 극적으로 행동하게 된 거요."

그녀는 나를 수줍게 바라보고는 동의한다는 뜻으로 구릿빛 금발 머리를 끄덕였다.

"그리고 당신은 호레이스 브라이트를 창문 밖으로 밀지 않았소."

내가 말했다.

그녀의 얼굴이 펄쩍 뛰어오르더니 놀랍도록 창백해졌다.

"나…… 나는……"

그녀는 손을 입에다 대고 한참 있었고, 놀란 눈이 손 너머로 나를 보고 있었다.

"나는 이 말은 하지 않을 작정이었소. 모스 선생이 말해도 괜찮을 거고, 이제는 당신에게 알려주는 편이 낫다고 하지 않았다면 말이오. 당신은 자신이 호레이스 브라이트를 죽였다고 생각할 거요. 당신은 동기도 있었고, 기회도 있었기 때문에 나도 잠깐 동안은 당신이 이런 기회를 이용하고자 하는 충동을 가졌을지도 모르겠다는 생각도 했었지. 하지만 당신 천성에는 그런 마음이 없소. 마지막 순간에 당신은 물러섰겠지. 그렇지만 그 마지막 순간에 무언가가 달려들었고 당신은 기절해버렸소. 그는 실제로 추락한 거요, 물론. 그러나 당신이 그를 밀어버린 사람은 아니오."

나는 잠시 말을 멈추고 손이 도로 내려와 다른 손을 잡고는 양손이 서로 비틀고 잡아당기는 것을 보았다.

"당신은 자신이 그를 밀어버렸다고 생각하도록 유도된 거요. 그건 아마도 조심스럽게, 의도적으로, 그리고 어떤 여자들이 다른 여자를 다룰 때 볼 수 있는 조용하고도 무자비한 방식으로 이루어졌을 거요. 지금 머독 부인을 보면 질투라는 것을 생각할 수는 없겠죠. 그렇지만 그것도 동기가 될 수 있소. 그녀도 질투심을 가지고 있었으니까. 부인은 더 좋은 동기를 가지고 있지. 오만 달러짜리 생명 보험 말이오. 다 잃어버린 재산에서 남은 모든 것이었지. 부인은 그런 여자들이 흔히 그러듯 아들에 대해서는 이상할 정도로 야성적인 소유욕을 가지고 있었소. 부인은 무자비하고 신랄했으며 예사로 나쁜 짓을 하는 사람으로, 바니에르가 그의 비밀을 폭로할 경우를 대비해서 보험용으로 자비심이나 동정심 없이 당신을 이용한 거요. 당신은 부인에게 있어서는 단지 희생양일 뿐이었지. 당신이 이제껏 살아왔던 이 활기 없고 감정을 억누르는 삶에서 벗어나고 싶다면, 당신은 이걸 깨닫고 내 말을 믿어야 할 거요. 물론 힘들다는 건 나도 알아요."

"절대 있을 수 없는 이야기예요."

멀은 조용하게 말하며 내 콧등을 바라보았다.

"머독 부인은 항상 제게 잘해주셨어요. 제가 기억을 전혀 못 한다는 것도 사실이에요. 하지만, 사람들에 대해서 그런 끔찍한 얘기를 하시면 안 돼요."

나는 바니에르의 사진 뒤에 있었던 하얀 봉투를 꺼냈다. 그 안에는 두 개의 사진과 한 개의 원판이 들어 있었다. 나는 그녀 앞에 서서 사진 한 장을 그녀 무릎 위에 올려놓았다.

"알았소. 이걸 봐요. 바니에르가 거리 건너편에서 찍은 거요."

멀은 사진을 보았다.

"음, 이건 브라이트 씨로군요. 아주 잘 나온 사진은 아니네요, 그렇죠? 그리고 이건 머독 부인. 머독 부인은 그때는…… 그 분 바로 뒤에 서 계셨네요. 브라이트 씨는 화난 것처럼 보여요."

멀은 다소 가벼운 의아한 눈빛으로 나를 올려다보았다.

"그 사람이 거기서 화난 것처럼 보인다면, 몇 초 뒤에 그 사람이 어땠는지 봤어야 했는데. 그 사람이 튀어나갔을 때 말이오."

"그 분이 뭐할 때라고요?"

"이봐요."

나는 말했다. 이제는 절박함 같은 게 내 목소리에 섞여 있었다.

"이건 엘리자베스 브라이트 머독 부인이 그녀의 첫 남편을 사무실 창 밖으로 밀어버리는 광경을 찍은 스냅 사진이오. 그는 떨어지고 있는 거지. 그의 손의 위치를 봐요. 그는 공포로 소리를 지르고 있지. 부인은 그의 뒤에 서 있고 얼굴은 분노 또는 다른 감정으로 굳어져 있소. 이래도 모르겠소? 이건 바니에르가 이제까지 증거로 가지고 있었던 것이오. 머독 집안 사람들은 이걸 보지 못했고, 이게 존재한다고도 진짜로 믿지 않았소. 그렇지만 사실은 있었던 거요. 나는 이걸 일종의 요행으로 어젯밤에 이걸 발견했소. 바니에르가 이 사진을 찍게 된 것과 같은 요행으로. 사필귀정인 셈이지. 이제 이해가 되오?"

그녀는 사진을 다시 들여다보고는 옆으로 치웠다.

"부인께서는 항상 제게 다정하게 대해주셨어요."

"부인은 당신을 바보로 만든 거요."

나는 엉망인 리허설 현장의 무대 책임자처럼 조용히 억눌린 목소리로 말했다.

"부인은 영리하고 강하며 참을성 있는 여자요. 부인은 자기의 콤플렉스를 알고 있었소. 부인이라면 일 달러를 지키기 위해서 일 달러를 쓰는 일조차 할 사람이오. 그녀와 같은 유형의 사람들은 거의 하지 않는 일이지. 나는 부인에게 경의라도 표하고 싶을 지경이오. 코끼리 사냥용 장총을 가지고 와서 그녀에게 경의를 표하고 싶소. 하지만 예의바른 집안에서 자란 내가 참는 거요."

멀이 말했다.

"글쎄, 그게 그렇게 된 거군요."

나는 그녀가 말을 띄엄띄엄 알아듣고, 자기가 들은 것을 믿고 있지 않다는 사실을 깨달을 수 있었다.

"이걸 머독 부인에게 결코 보여주셔서는 안 돼요. 그랬다간 부인의 심기를 지독하게 거슬릴 거예요."

나는 일어나서 사진을 그녀 손에서 빼앗아 조각조각 찢어 쓰레기통에 버렸다.

"아마 당신은 내가 이렇게 한 것을 후회하게 될 거요."

나는 그녀에게 사진이 한 장 더 있고, 원판도 있다는 사실은 말하지 않았다.

"아마도 어떤 밤에, 지금으로부터 석 달, 아니 삼 년 후에 당신은 한밤중에 깨어나서 내가 당신에게 진실을 말했다는 사실을 깨닫겠지. 그리고 아마도 당신은 그 사진을 다시 한 번 볼 수 있었으면 하고 바라게 될 거요. 어쩌면 나는 이것에 대해서도 틀렸을 수 있겠지. 어쩌면 당신은 자기가 실제적으로 아무도 죽이지 않았다는 사실을 알아내고 매우 실망하게 될지도 모를 일이오. 그래도 좋소. 어쨌거나 좋아요. 이제 아래층으로 내려가서 내 차를 타고 당신 부모님을 만나러 위치타에 드라이브 가볼까. 내 생각에는 당신이 머독 부인에게 돌아갈 것 같지는 않지만, 그에 대해서도 내가 틀렸을 수도 있겠지. 그렇지만 이 일에 대해서는 더이상 얘기하지 말도록 합시다. 더이상은."

"저는 돈이 하나도 없어요."

그녀가 말했다.

"머독 부인이 당신에게 보내 준 오백 달러가 있소. 내가 주머니에 보관하고 있소."

"부인은 정말로 너무나 친절하신 분이세요."

"불지옥에나 떨어지라고 하지."

나는 그렇게 말하고 부엌으로 가서 술을 급히 한 잔 마시고 나서 출발했다. 술은 내게 아무런 도움이 되지 않았다. 단지 내게 벽을 기어올라가 천장을 물어뜯고 싶은 생각이 들게 할 뿐이었다.

36

나는 열흘 동안 떠나 있었다. 멀의 부모는 별 특징 없는 친절하고 참을성 있는 사람들로, 조용하고 그늘진 동네의 오래된 목조 가옥에 살고 있었다. 내가 그들이 알아야 할 것 같은 이야기를 어느 정도 해주자 멀의 부모는 울음을 터뜨렸다. 그들은 딸을 다시 찾아서 기쁘고 그녀를 돌봐주겠다고 했으며 크게 자책했다. 나는 그들이 자책하도록 놓아두었다.

내가 떠날 때 멀은 앞치마를 입고 파이 껍질을 밀고 있었다. 멀은 앞치마에 손을 닦으며 문가로 나와 내 입에 키스를 하더니 울음을 터뜨리며 집으로 뛰어들어갔다. 그녀의 어머니가 얼굴에 환하게 가정적인 미소를 지으며 나와서 내가 멀리 떠나는 것을 지켜보기 전까지 문간에는 아무도 없었다.

그 집이 사라져가는 것을 보자니 이상한 기분이 들었다. 마치 내가 시를 하나 썼고 그 시는 아주 훌륭했지만 나는 그것을 잃어버렸고 다시는 기억하지 못할 것 같은 그런 느낌이었다.

돌아와서 나는 브리즈 반장에게 전화를 했고, 그에게 가서 필립스 사건이 어떻게 되어가고 있느냐고 물었다. 그들은 사건을 아주 깔끔하게 풀어냈는데, 항상 있어야 할, 두뇌와 운이 적절히 혼합된 결과였다. 모니 패거리들은 결국 경찰에 가지 않았지만, 누군가가 전화를 해서 바니에르 집에서 총격 사건이 있었다는 말을 하고 급히 끊었다고 했다. 지문 조사관이 총에 너무 선명하게 묻은 지문을 마음에 안 들어했기 때문에 경찰들은 바니에르의 손에서 화약 질산염 검사를 했다. 질산염이 검출되자, 결국 경찰은 그의 죽음이 자살이라고 결론을 내렸다. 그 뒤 래키라고 하는, 중앙 강력반에서 일하는 형사가 총을 약간 조사해 볼 생각을 해서 알아본 결과 그런 총에 대한 상세 설명이 배포되었었고, 그것과 같은 총이 필립스 살인사건과 연관해서 수배 중이라는 사실을 밝혀냈다. 헨치가 자기 총을 확인했지만, 그보다 더 다행인 일은 경찰이 방아쇠 옆 부분에서 그의 엄지손가락 지문의 반쪽을 찾아냈다는 사실이었다. 그것은 정상적으로 당기지 않았기 때문에 완전히 지워지지 않은 것이었다.

손에 들어온 그만큼의 증거와 내가 찍을 수 있던 것보다 더 나은 바니에르의 지문을 가지고, 경찰은 다시 필립스의 아파트와 헨치의 아파트에 갔다. 경찰은 헨치의 침대에서 바니에르의 왼손 지문과 필립스의 아파트 안 화장실 변기 물 내리는 손잡이에서 바니에르의 손가락 지문 하나를 발견했다. 그런 다음 그들은 바니에르의 사진을 들고 이웃을 탐문해본 결과, 그가 그 골목을 두 번 지나갔으며, 그 옆길은 적어도 세 번은 지나갔다는 사실을 알아냈다. 이상하게도, 이 아파트에 사는 사람은 누구도 그를 보지 못했거나 그를 본 사실을 인정하지 않았다.

이제 경찰에게 없는 것은 동기뿐이었다. 티거가 친절하게도 동기를 제공했다. 그는 솔트레이크 시티에서 브라셔 더블룬을 진품이지만 장물이라고 생각했던 동전 수집상에게 팔려고 하다가 검거되었다. 그는 호텔에 그런 가짜 동전을 한 다스 정도 가지고 있었는데, 그 중 한 개가 진품인 것으로 밝혀졌다. 그는 경찰들에게 모든 이야기를 해주고 그가 진품을 구분하기 위해서 사용했던 미세한 표시를 보여주었다. 그는 바니에르가 그것을 어디에서 얻었는지는 몰랐으며, 경찰도 결코 알아내지 못했다. 만약 그 물건이 훔친 것일 때를 대비해서 경찰들은 신문에 주인을 찾는다는 광고를 여러 번 냈지만, 주인은 결코 나타나지 않았다. 그리고 경찰은 일단 바니에르가 살인을 저질렀다는 것을 확신하자, 바니에르에 대해서는 더이상 신경 쓰지 않았다. 약간의 의심은 남아 있었지만, 경찰은 사건을 자살로 처리했다.

티거는 얼마 뒤에 풀려났다. 경찰이 티거가 살인을 저지를 생각이 있었다고 생각하지 않았고, 그에게 걸린 혐의는 사기미수 정도였기 때문이었다. 티거는 합법적으로 금을 샀고 이제는 사라진 뉴욕 주 주화를 위조하는 것은 연방 위조법의 관리를 받지 않기 때문이었다. 유타 주도 그를 처리하는 것을 거부했다.

경찰은 결코 헨치의 자백을 믿지 않았다. 브리즈는 단지 내가 사실을 숨기고 있을 경우를 대비해서, 헨치의 자백을 나를 쥐어짜낼 의도로 사용하려고 했을 뿐이라고 했다. 그는, 내게 헨치가 결백하다는 증거가 있다면 내가 침묵을 지킬 수 없을 거라는 것을 알고 있었다. 그렇다고 해서 헨치에게 이득이 되는 일은 없었다. 경찰들은 헨치를 용의자 식별 줄에 세웠고, 다섯 건의 주류 상점 강도 사건과 그 중 한 사건에서 일어난 총격 살인사건의 범인으로 게타노 프리스코라고 하는 이탈리아 인과 그를 지목했다. 나는 프리스코가 팔레르모의 친척인지 아닌지는 듣지 못했지만, 경찰들도 어쨌거나 프리스코를 잡지는 못했다.

"마음에 드오?"

브리즈는 이 모든 일, 또는 그때까지 일어났던 일을 다 말해 준 다음 내게 물었다.

"두 가지 점이 명확치 않군요. 왜 티거는 도망갔고, 왜 필립스는 가명으로 코트 가에 살고 있었죠?"

"티거가 도망간 것은 엘리베이터 기사가 모닝스타 노인이 죽었다고 그에게 말해줬고, 그가 사건의 연관성을 냄새 맡았기 때문이오. 필립스가 앤슨이란 이름을 사용한 것은, 재무 회사가 그의 차를 추적하고 있었는데 그는 실질적으로 파산 상태라 절박해지고 있었기 때문이었소. 이건 그 친구처럼 착하고 젊은 얼간이가 왜 시작부터 의심스러워 보이는 일에 엮였는지도 설명해 주지."

나는 고개를 끄덕이고는 그럴 법하다고 동의했다.

브리즈는 나와 함께 그의 사무실 문 앞까지 걸어 나왔다. 그는 단단한 손을 내 어깨에 얹고 꽉 움켜잡았다.

"지난 번, 당신 아파트에 있었던 날 밤에 당신이 나와 스팽글러에게 으름장놓으며 얘기해주었던 캐시디 사건 기억하오?"

"네."

"당신은 스팽글러에게 캐시디 사건이란 건 전혀 없었다고 말했지. 사실 있었소. 다른 이름으로. 내가 그 사건을 담당했었소."

그는 내 어깨에서 손을 떼더니 나를 위해 문을 열어주고서는 내 눈을 똑바로 보며 싱긋 웃었다.

"캐시디 사건 때문에, 그리고 그 사건으로 인해 내가 느낀 기분 때문에, 나는 때때로 한 사내에게 기회를 주기도 하오. 그 사람이 실제로 그럴 만한 가치가 없을지는 몰라도 말이오. 더러운 수백만 달러의 돈에서 벗어나서 융통성 없이 일하는 사람에게 주는 작은 답례 같은 거지. 나 같은, 아니면 당신 같은 사람에게 주는. 잘 지내시오."

밤이었다. 나는 집으로 돌아가 오래된 실내복을 꺼내 입고서는 체스 말들을 늘어놓고 술을 한 잔 만든 뒤 또 다른 카파블랑카(Jose Raul Capablanca. 1888~1942년. 쿠바 출신의 전설적인 체스 챔피언—옮긴이)의 수를 짚어보았다. 모두 마흔아홉 행보였다. 아름답고 냉정하며 가차 없는 체스, 그 무자비함에 오싹 소름이 끼칠 것만 같은.

판이 다 끝나자 나는 잠시 열린 창문 너머로 귀를 기울이며 밤의 냄새를 맡았다. 그런 다음 유리잔을 부엌으로 가지고 가서 씻었다. 그리고 잔에 얼음물을 채우고 싱크대에 기대어 서서 물을 한 모금씩 마시며 거울에 비친 내 얼굴을 보았다. 나는 말했다.
 "자네와 카파블랑카를 위해서."

| 해설 |

파괴된 인간의 치유자 필립 말로

그 누구도 챈들러처럼 글을 쓸 수는 없다. 설령 포크너라 할지라도.

―보스턴 북리뷰

레이먼드 챈들러는 미국을 이야기하는 새로운 방식을 고안해 내었다. 그 이후로 미국을 예전과 같은 시선으로 바라볼 수 없게 되었다.

―폴 오스터

챈들러가 남긴 영향

챈들러의 동료 작가, 후배 작가들(얼 스탠리 가드너, 이언 플레밍, 로스 맥도널드, 로버트 B. 파커 등)뿐 아니라 오늘날 위대한 작가로 칭송받는 이들조차도 챈들러에 대해 찬사를 보냈다. 현대인의 자아 상실에 대한 빛나는 작품들을 남긴 폴 오스터는 챈들러를 매우 존경했다고 하며 시인 W. H. 오든도 매우 강력하지만 극단적으로 우울한 챈들러의 소설은 '도피문학'이 아닌 '예술작품'으로서 읽히고 평가되어야 한다고 주장했다. 이블린 워나 그레엄 그린 역시 챈들러를 높이 평가한 작가였다.

그런가 하면 챈들러와 같은 해에 태어난 『황무지』의 시인 T. S. 엘리어트는 종종 친구들과 함께 챈들러와 심농의 작품에 대해 토론하기를 즐겼다고 한다. 엘리어트는 챈들러와의 연관성이 자주 언급되는 인물인데, 챈들러와 비슷하게 미국에서 태어났지만 영국의 영향을 크게 받았다는 점 등 그 삶이 비교된다.

실제로 챈들러의 첫 장편 『빅 슬립』은 가만히 생각해보면 엘리어트의 대표작 장시 『황무지』의 구조와 유사점이 많다. 『황무지』는 제시 웨스턴의 『제식에서 로망스로』(1920)라는 중세 문학 연구서에서 모티브를 얻은 작품으로, '어부왕(Fisher King)과 성배 전설'이 근간을 이루고 있다. 이것은 아서 왕과 원탁의 기사 전설의 일부분인데, 어부왕이 병에 걸리자 그가 지배하던 나라의 대지 역시 병이 들고 그러한 죽음의 두려움을 극복하기 위해 성배와 함께 젊은 남자가 물에 몸을 던져 희생해야 한다는 것이다.(테리 길리엄 감독의 〈피셔킹〉도 같은 전설을 모티브로 삼고 있다.) 『빅 슬립』은 이러한 모티브를 고스란히 보여주고 있다. 죽은 사람이나 다름없는 스턴우드 장군을 중심으로 그의 딸들은 타락하고 변질되어 있고 주변의 모든 이들이 그러하다. 그리고 그것을 치유하기 위해 희생되는 젊은 남자의 존재가 있다. 하지만 20세기의 LA 사회는 그것만으로 치유되지 못한다. 물에 빠져 죽은 젊은 남자라는 상징은 역시 무언가를 연상시킨다.

챈들러의 스타일을 계승한 작가들 중에는 무라카미 하루키나 폴 오스터, 로저 젤라즈니와 같이 현실에서 있을 수 없는 환상적인 소재를 즐겨 다루는 작가들도 많다. 어찌 보면 잘 어울리지 않는 조합처럼 보이기도 한다. 그러나 잠시 생각해보면 수긍이 갈 것이다. 챈들러가 그리는 LA의 모습은 사진으로 찍은 듯 정밀하고 생동감 넘치고 있다. 그러나 그 생동감이 단지 충실한 사실 묘사에서 나오는 것만은 아니다. 오히려 손에 잡힐 듯한 현실감 속에 춤추는 환상의 그림자가 이루어내는 묘한 불협화음에서 빚어진다고 할 수 있다. 수많은 문학 작품이 그렇겠지만 챈들러의 작품에서 인물과 배경은 완벽하게 융화되어 분리해낼 수가 없다. 말로가 만나는 크고 작은 악당들은 하나같이 LA라는 대도시에 기생하는 자들이고 또한 그들이 도시를 만들고 있는 것이다. 많은 평자가 그의 작품의 가장 중요한 요소로 LA 자체를 꼽는 것은 자연스러운 일이다. 『하이 윈도』에서 필립스가 살해된 아파트 주변을 오가는 사람들에 대한 묘사는 이 모든 인생들이 LA를 구성하고 지탱하고 있으며 나아가 도시 바로 그 자체임을 깨닫게 한다.

젤라즈니의 판타지 『앰버 연대기』나 SF 『신들의 사회』의 주인공들은 하나같이 필립 말로와 닮아 있다. 일인칭 주인공 시점이며 냉소적이면서 인간미가 있는 사람이라는 점 외에도 혼돈되며 본질마저 뒤집히는 세계 가운데 우뚝 서서 당황스러워하면서도 끝까지 자신의 신념을 고수하는 사람이라는 점에서 그러하다. 하루키의 주인공들이나 폴 오스터의 주인공들도 그런 면을 많이 볼 수 있다.

흥미로운 사실은, 1990년대 SF의 중요한 경향인 사이버펑크 문학에서 챈들러의 숨결이 너무나 진하게 나타나기 때문에 이러한 챈들러 스타일(Chandleresq)에서 벗어날 방법이 없는가 하는 한탄도 나오고 있다는 것이다. 실제로 사이버펑크에서 묘사하는 미래의 대도시의 모습은 챈들러가 묘사한 LA와 별반 다를 바가 없으며 고독하고 내면에 푹 잠겨 있는 개인주의적 영웅의 모습 또한 잘못된 장소에 있는 기사(knight)인 필립 말로를 연상시킨다. 사이버펑크라고 할 수는 없지만 필립 K. 딕 원작의 영화 〈블레이드 러너〉에서 볼 수 있는 데커드 또한 말로와 겹쳐진다.

챈들러는 필름 느와르에도 깊은 영향을 주었는데 현대에 와서도 그것은 마찬가지이다.

> 여기 이 비열한 거리를 지나가야만 하는 한 남자가 있다. 그 자신은 비열하지도 않으며 세속에 물들지 않았으며 두려워하지도 않는 사람.
>
> (But down these mean streets a man must go who is not himself mean, who is neither tarnished nor afraid.)

제이 콕스는 레이먼드 챈들러의 에세이 〈간단한 살인 기술 *The Simple Art of Murder*〉에 있는 이 문구를 마틴 스코세지 감독에게 들려주었고, 스코세지 감독은 〈비열한 거리〉를 영화 제목으로 사용하였다. 여담이지만, 하도 그의 작품을 경애하여 살인사건이 없는 작품을 쓰기를 원했던 팬들 때문에 그는 화를 냈었다고 한다.

스타일리스트로서의 챈들러

대부분의 평자들은 챈들러의 작품은 추리문학의 장르적 특성을 그다지 중요시하지 않는다고 말한다. 하드보일드 장르를 완성하다시피 한 챈들러이지만 실제로 그의 작품에서 무엇보다 중요한 것은 문체이다. 그를 좋아하는 팬들은 복잡하고 모호한 플롯에 골치 아파하면서도 멋진 문장 하나하나에 경탄한다.

챈들러는 젊은 시절 시인을 꿈꿨기 때문에 하드보일드 소설인 필립 말로 시리즈에서도 그러한 경향이 나타난다. 미국 슬랭을 많이 쓰면서도 문장 하나하나를 보면 리듬이 살아 있고 어찌 보면 작위적이라 할 만한 문장들이 보인다. 문장뿐 아니라 인물을 묘사할 때에도 그런 특징이 있는데, 예를 들어 『빅 슬립』의 살인자 캐니노는 머리부터 발끝까지 갈색으로 통일되어 있고 이 작품의 모니는 사무실을 온통 구리로 꾸며놓았다. 이런 식의 묘사는 자주 발견할 수 있는데, 이러한 특징이 그의 작품을 리얼리즘과 환상 문학의 모호한 경계로 끌고 간다.

이것이 단순히 챈들러의 시적 성향 때문인지, 아니면 많은 평론가들이 지적하듯 중세 기사담과의 유사성 때문인지 확언하긴 어렵다. 조금 상상력을 발휘하여 말하자면, 중세 기사담에서 기사와 마술사 등이 고유의 색깔로서 그 개성을 나타내는 경우가 많듯이 말로가 만나는 상대들 또한 특징적인 색으로 그 개성을 나타낸다고 할 수 있겠다. 마치 한 가지 색의 갑옷으로 온몸을 감싼 기사처럼 40년대 LA의 갱들 역시 한 가지 색의 모자와 양복과 구두로 온몸을 감싸고 있는 것이다. 나아가 그 색깔이 사람의 성격을 말해주는 것은 아닌지 의심해볼 수도 있다. 교활하고 모호하기 짝이 없는 『빅 슬립』의 에디 마스가 회색으로 온통 감싸고 있고 이 작품의 터프한 모니가 구리로 온통 치장하는 것은 의미하는 바가 크다. 그리고 또한 이러한 인물들을 색깔로 묘사하는 순간 비현실적인 분위기가 감싸게 된다. 극중의 한 인물이 말로를 보고 '갤러해드'라고 부르며 웃는 장면 역시 이러한 점을 시사한다.

조지 앤슨 필립스가 살해된 건물 엘리베이터를 지키는 노인에 대한 묘사도 인상적이다. 그는 팝 그랜디라고 자기를 소개하는데 'Pop'이나 'Grandy'나 다 노인을 부르는 말인 셈이다. 그는 아무도 거들떠보지 않는 기계의 일부나 다름없는 존재이다. 언제나 졸고 있는 듯하고 제대로 보지도 듣지도 않는 사람이다. 오로지 말로가 그를 인간답게 대하면서 졸던 그가 깨어난다. 이러한 노인의 묘사는 어딘지 T. S. 엘리어트의 시 「게론티온」을 연상시킨다. 대체로 인물의 성격은 그의 외관에서 그대로 드러난다. 어설프고 코믹하지만 연민을 자아내게 하는 탐정 필립스의 우스꽝스럽게 겉치레만 요란한 옷차림을 보라. 하지만 말로가 그를 보는 시각은 냉소적이면서도 왠지 동정적이다. 말로 시리즈에 반드시 나오는 '우습고 나약하고 바보 같아 보이지만 나름대로 충실한 인간'인 것이다.

작품 감상

챈들러는 "나의 지론은, 사람들이 비록 자기가 액션에 관심을 가진다고 믿는다고 해도 사실은 액션에 관심이 없다는 것이다. 사람들이 관심을 가지고 또 내가 관심을 가지는 것은 대화와 묘사를 통한 감정 창출이다"라고 말한 바 있다. 실제로 챈들러의 장편의 플롯은 너무 복잡하고 짜임새가 부족하며 많은 이들이 가진 잘못된 선입관처럼 액션이나 잔인한 장면이 많지도 않다. 하드보일드가 주먹과 총을 휘두르는 냉혈한을 그리는 소설이라는 선입관은 챈들러나 맥도널드와는 거리가 멀다.

1942년 3월 챈들러가 그의 출판업자 노프(Knopf)에게 보낸 편지에서 이 작품의 제목을 가지고 고민한 흔적을 엿볼 수 있다. 그는 '……의 수수께끼, ……미스터리'와 같은 제목이 지나치게 퍼즐식 수수께끼 풀이를 강조한다고 지적하고 '도난당한 더블룬 사건'과 같은 제목은 이미 페리 메이슨 시리즈의 얼 스탠리 가드너가 정형화했으므로 쓸 수 없다고 말한다. 그는 노프의 의견대로 따르겠다고 하면서 '잃어버린 더블룬', '도둑맞은 주화의 미스터리', '희귀 주화의 미스터리'와 같은 제목을 제시하고 있다. 또한, 이 작품은 액션도 없고 매력적인 인물도 없으며 탐정은 하는 일이 아무것도 없기 때문에 마음에 안 들 거라는 이야기를 하고 있다. 당시 챈들러는 『빅 슬립』과 『안녕 내 사랑』이 그다지 성공하지 못하여 약간 주눅이 들어 있었다. 그의 작품이 상업적 성공을 거둔 것은 나중에 페이퍼백 판매가 본격화된 뒤였다.

이 작품이 다른 작품들과 다소 다른 점이 있다면, 거의 모든 작품에서 필립 말로는 실종된 사람을 찾아 헤매는 반면 여기서는 브라셔 더블룬(Brasher Doubloon)이라는 고가(高價)의 옛 주화를 찾아다닌다는 것이다. 해미트의 『몰타의 매』이후에 나온 대부분의 하드보일드 소설에서 수색의 대상은 대개 사람이라는 사실을 생각하면 이색적이라 할 수 있다.

어떤 이는 여기서 말로가 찾아 헤매는 금화 브라셔 더블룬을 가리켜 '미스터리 사상 최대의 맥거핀'(MacGuffin. 히치콕 영화에서 주로 쓰이는 말로, 줄거리의 초반부에 극적인 호기심을 유발시키면서도 관객은 알지 못하거나 아니면 미처 깨닫지 못한 극적 요소를 가리

브라셔 더블룬의 앞면과 뒷면

키는데 관객이 줄거리를 따라가면서 계속 헛다리를 짚게 만드는 속임수로 쓰인다)이라고도 한다. 브라셔 더블룬은 실제 있는 금화이고 인터넷 사이트에서 여러 정보를 얻을 수 있다. 챈들러는 다른 미스터리 작가보다 사람이 아닌 사물에 별로 비중을 두지 않는 편이지만 특이하게도 이 작품에서는 실제의 희귀 주화에 대해 조사하여 자세한 정보까지 제시하고 있다. 위에서 설명했듯이 처음에 제목을 '브라셔 더블룬의 수수께끼'와 같이 붙이려고 한 것으로 보아서 상당히 큰 비중으로 내세우려 했던 것 같다.

또한, 이 작품에서 볼 수 있는 특징 가운데 하나는 말로가 사회 정의에 대해 강한 어조로 일장 연설을 늘어놓는 것이다. 물론 말로는 다른 작품에서도 자신의 굽히지 않는 '원칙'에 대해 토로하긴 하지만 이렇게까지 강하게 말하는 일은 드물다.

당신네들이 스스로의 영혼을 가지기 전까지는 내 영혼도 가질 수 없을 거요. 어떤 상황에서나 당신들이 언제나 진실을 구하고, 결과야 어찌 되든 진실을 찾아내는 사람들이라고 신뢰할 수 있을 때까지는, 그때가 올 때까지는, 나는 내 양심을 따르고 나의 의뢰인을 최선을 다해서 보호할 권리가 있습니다. 당신들이 진실을 찾는 것은 고사하고 내 의뢰인에게 해를 더 끼치지 않을 거라는 것을 확신할 때까지는요. 또는 누군가 내 입을 열게 하려고 체포할 때까지는 말이죠.

그리고 캐시디 사건에 대해 말한다. 백만장자의 아들과 비서가 총을 맞고 죽은 사건이다. 비서가 아들을 쏘고 자살한 것으로 알려졌으나 실상은 반대였다. 하지만 백만장자의 위신을 위해 사건은 은폐되었다.

당신은 한 번이라도, 캐시디의 비서에게 어머니나 여동생, 애인이 있었을 거라는 생각을 해본 적 있습니까? 아버지가 단지 백만장자였기 때문에 주정뱅이 정신병자가 되어버린 아들에 대해서 사랑과 자긍심을 가졌을 가족들에 대해서는요?

여기서 언급되는 캐시디 사건은 1929년에 다른 이름으로 실제로 있었던 사건이라 한다. 젊은 스팽글러 형사는 이에 관심을 보이나 말로는 귀찮은 듯 '이런 사건은 없었다'고 말하고 역사적으로 유명한 페피스의 일기를 언급한다. 브리즈 형사는 유명한 역사적 사실마저도 상상의 소산인 듯 말한다. 그러나 사건이 모두 종결된 후, 브리즈 형사는 자신의 속내를 말로에게 털어놓는다. 그는 자신이 담당했던 캐시디 사건으로 형사로서의 긍지에 상처를 입었던 것이다. 부조리함에 고통스러워하는 것은 경찰도 마찬가지이다. 말로의 세계에는 저마다 상처에 신음하는 인간들로 가득 차 있다. 어쩌면 스팽글러는 희망적인 인물일지도 모른다. 하지만 말로는 그를 냉정하게 대한다.

작품의 후반에 와서 말로는 모든 추악한 일의 진상을 꿰뚫어보고 그것을 차근차근 설명한다. 이 과정에서 우리는 앞부분에서 그저 챈들러의 세심한 묘사와 인물 창조로 여기고 무심히 또는 찬탄하며 넘겼던 세세한 부분들이 이미 중요한 복선으로 깔려 있었다는 사실을 깨닫게 된다. 어쩌면 『기나긴 이별』과 더불어 필립 말로가 가장 본격물의 명탐정 같은 면모를 보인 작품이라고 할 수 있을지도 모르겠다. 챈들러 자신은 이 작품에 대해 별로 좋은 말을 하지 않았지만 그의 장편 가운데서는 비교적 플롯이 쓸데없이 복잡하지 않고 잘 짜여진 작품이라 하겠다. 또한 제목이 다른 작품들에 비해 암시적이라기보다는 직설적이라는 것도 특징이라면 특징이다.

하지만 정말로 이 작품에서 인상적인 것은, 모든 음모의 희생양이 된 불쌍한 사람을 끝까지 보호하는 자상한 말로의 모습이다. 다른 작품에서는 찾아보기 어려운 결말로, 후배인 로스 맥도널드의 후기 걸작에서 느낄 수 있는 묘한 연민을 갖게 한다. 캐시디 사건의 언급이라든지 이런 면모 때문에 이 작품은 매우 엄숙하고 비장한 분위기가 있다. 다른 작품보다 사회 비판적인 요소가 많고 윤리적인 주제 의식이 깔려 있다. 마지막 장면은 언제나 깊은 여운을 남기는 멋진 대사로 마무리되는데 이 작품은 어딘지 더욱 씁쓸하고 허무한 울림을 준다.

필립 말로 시리즈는 시간적으로 연결되어 있다. 작품의 순서는 실제 말로가 부딪치는 사건의 순서와 같고 그 순서에 따라 말로도 나이를 먹는다. 그뿐만 아니라 각 사건에서 마주치는 이들이 차곡차곡 쌓이는 것을 볼 수 있다. 1작에서는 예전에 같이 일했던 올즈가 나오고 2작에서는 랜들 반장을 만나는데 3작인 본 작품에서는 말로가 자신의 지인으로 두 사람을 소개한다. 그리고 브리즈 반장이 랜들에게 전화를 걸어 말로에 대한

1940년대에 출간된 『하이 윈도』의 표지들

이야기를 듣기도 한다. 또한 『리틀 시스터』의 끝부분에서는 스웰 엔디코트 검사가 등장하는데 그 뒤의 『기나긴 이별』에서도 엔디코트와 올즈가 나오는 것이다. 하지만 대부분 그렇게 계속 만나는 인물들은 경찰이다. 『기나긴 이별』의 마지막에 말했듯, 경찰과는 이별을 하기가 어려운 모양이다.

미국에서 발매된 페이퍼백 판의 표지에는 '높은 창'과, 그와 관련된 중요한 사건이 그려져 있었다고 한다. 우리나라에서 발매되는 추리소설을 보면 책 표지의 선전문구나 등장인물 소개, 심지어는 제목에서까지 중요한 결말이나 반전을 설명해주는 어처구니없는 일이 종종 있는데, 미국에서도 그런 일이 있었다는 것에 쓴웃음이 나온다.

영화 〈브라셔 더블룬〉

필립 말로 시리즈의 다른 작품들에 비해 영화는 그다지 성공하지 못했다.

1942년 〈Time To Kill〉이라는 제목의 영화는 허버트 리즈 감독에 로이드 놀런이 주인공을 맡았다. 그런데 기묘한 것은, 이 영화는 분명 『하이 윈도』를 원작으로 하고 주요 등장인물 이름도 같으나 정작 주인공은 필립 말로가 아닌, 또 다른 하드보일드 작가 브렛 할리데이의 시리즈 주인공인 붉은 머리 탐정 마이클 셰인이라는 사실이다. 마이클 셰인 시리즈 영화는 이렇게 다른 작가의 원작을 바탕으로 한 것이 더 있었던 모양이다.

영화 〈Time to Kill〉의 한 장면

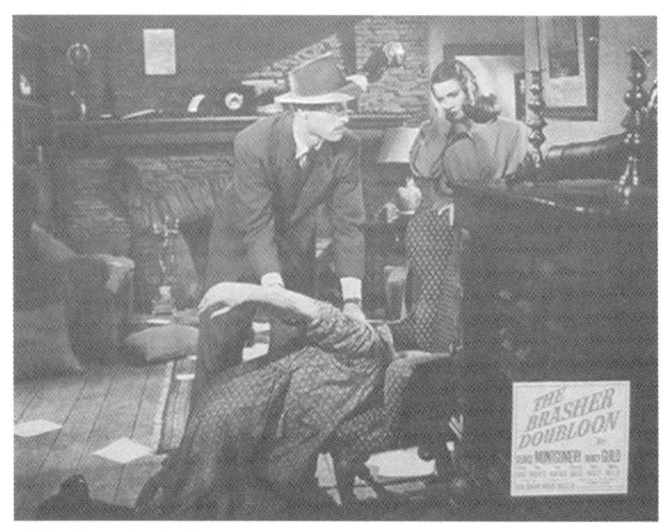
영화 〈브라셔 더블룬〉의 한 장면

1941년작 〈Dressed To Kill〉 역시 리처드 버크 원작 〈The Dead Take No Bows〉에 주인공만 셰인으로 바꾼 것이었다.

1947년에는 〈브라셔 더블룬〉이라는 제목으로 영화화되었다. 감독은 존 브람, 필립 말로 역은 조지 몽고메리가 맡았다. 캐스팅이나 영화 전체에 대한 평은 썩 좋지 않지만 흑백 영화 특유의 깊은 맛을 살린 촬영만큼은 호평을 받았다.

챈들러의 단편과 에세이

챈들러가 장편을 쓰기 전 〈블랙 마스크〉 등의 펄프 매거진에 발표했던 단편 목록을 소개한다. 이 단편들 가운데에는 본래 필립 말로가 아닌 말로리나 카마디 등의 탐정들이 나왔었는데 나중에 단편집으로 모으면서 필립 말로로 바뀐 경우도 있다. 단편들은 나중에 장편에 사용되기도 했고 라디오 드라마와 TV 드라마화되기도 했다. 무라카미 하루키의 단편 「사우스베이 스트리트」는 챈들러의 단편에 바치는 헌사라고 한다.

괄호 안에 있는 것은 발표 시기, 발표 지면, 주인공 탐정이다.

Blackmailers Don't Shoot(1933. 12. *Black Mask*. Mallory)

Smart-Aleck Kill(1934. 7. *Black Mask*. Mallory)

Finger Man(1934. 10. *Black Mask*. Carmady)

Killer in the Rain(1935. 1. *Black Mask*. Carmady) 『빅 슬립』의 원형

Nevada Gas(1935. 6. *Black Mask*)

Spanish Blood(1935. 11. *Black Mask*)

Guns at Cyrano's(1936. 1. *Black Mask*. Ted Malvern)

The Man Who Liked Dogs(1936. 3. *Black Mask*. Carmady) 『안녕 내 사랑』의 원형

Noon Street Nemesis(1936. 5. *Detective Fiction Weekly*. 다른 제목 'Pick-up on Noon Street')

Goldfish(1936. 6. *Black Mask*)

The Curtain(1936. 9. *Black Mask*. Carmady) 『빅 슬립』의 원형

Try the Girl(1937. 1. *Black Mask*. Carmady) 『안녕 내 사랑』의 원형

Mandarin's Jade(1937. 11. *Dime Detective Magazine*. John Dalmas)

『안녕 내 사랑』의 원형

Red Wind(1938. 1. *Dime Detective Magazine*. John Dalmas)

Bay City Blues(1938. 6. *Dime Detective Magazine*. John Dalmas)
『호수의 여인』의 원형

The King in Yellow(1938. 11. *Dime Detective Magazine*)

The Lady in the Lake(1939. 1. *Dime Detective Magazine*. John Dalmas)『호수의 여인』의 원형

Pearls Are a Nuisance(1939. 4. *Dime Detective Magazine*)

Trouble Is My Business(1939. 8. *Dime Detective Magazine*. John Dalmas)

I'll Be Waiting(1939. 10. *Saturday Evening Post*. 비추리물)

The Bronze Door(1939. 11. 게재지 미상. 비추리물)

No Crime in the Mountains(1941. 9. *Detective Story*. John Evans)
『호수의 여인』의 원형

Professor Bingo's Snuff(1951. 7~8. *Park East*. 비추리물)

Marlowe Takes on the Syndicate(1958. 4. 1959년 *London Daily Mail*. 'Wrong Pidgeon'이라는 제목으로 1961년 *Manhunt*에 실림. 1962년 1월에는 엘러리 퀸 미스터리 매거진에 '필립 말로의 마지막 사건'이라는 제목으로 수록됨. 1962년 단편집에 'The Pencil'이라는 제목으로 실림.)

에세이

The Simple Art of Murder(1944. 12. *The Atlantic Monthly*)

Writers in Hollywood(1945. 11. *The Atlantic Monthly*)

Critical Notes(1947. 7. *Screen Writer*)

Oscar Night in Hollywood(1948. 3. *The Atlantic Monthly*)

The Simple Art of Murder(1950. 4. *Saturday Review of Literature*. 1944년 *The Atlantic Monthly* article에 실린 것을 다시 게재함)

Ten Per Cent of Your Life(1952. 2. *The Atlantic Monthly*)

A Couple of Writers(1951. 1984년 *Raymond Chandler Speaking*에 처음 발표됨)

장경현(싸이월드 '화요 추리 클럽' 운영자)

| **옮긴이의 말** |

『하이 윈도』는 레이먼드 챈들러의 세번째 장편소설이고 북하우스판 전집에서는 두번째로 선보이는 작품입니다만, 실상은 제가 처음으로 챈들러를 옮기기 시작한 작품입니다. 출간을 앞두고 보니 처음 『하이 윈도』를 받아들고 문장을 옮기기 시작한 순간이 떠오릅니다.

제 손끝에서 나오는 것이 아닌, 머릿속에서 펼쳐지는 드레스덴 로 머독 저택의 풍경을 누군가 멀리서 묘사하는 것을 받아적는 기분으로 이 책의 첫 문장을 우리말로 옮겼습니다. 그 이후 여러 차례 교정을 거쳐 현재의 모습으로 나오게 되었지만, 처음 받았던 느낌은 고스란히 남아 있습니다.

『하이 윈도』도 다른 챈들러 소설과 다름없이 여러 은유를 내포하는 제목입니다. '높은 창'은 1장에서 말로가 처음 바라본 장면이기도 하고, 또한 사건의 중요한 열쇠를 쥐고 있는 현장이기도 하며, 하드보일드 소설의 주제의 근간을 이루는 인간의 위선을 은유하기도 합니다. 이 '높은 창' 아래서 챈들러의 탐정 필립 말로가 사회적인 억압과 인간 양심을 외면하는 힘에 맞서는 작품이 이 『하이 윈도』라고 할 수 있습니다.

『빅 슬립』에 이어 나오게 된 『하이 윈도』에서 우리는 변함없는 말로를 다시 만나게 됩니다. 그리고 그를 둘러싼 주변 인물의 구도도 또한 크게 달라진 게 없습니다.

『빅 슬립』과 비교해보면 인물 관계의 유사성을 많이 찾아볼 수 있습니다. 부패한 상류층을 대표하는 인물(비비언 리건—엘리자베스 브라이트 머독 부인), 도시를 지배하는 검은 힘을 상징하는 인물(에디 마스—알렉스 모니), 그리고 그의 소설에서 빼놓을 수 없는 팜므 파탈들(카멘 스턴우드—린다 컨퀘스트, 로이스 모니)이 여전히 등장합니다. 그렇지만 이 사람들의 대척점에 또한 일말의 정의를 찾아 뛰는 경관들(버니 올즈—제스 브리즈)과 존경할 만한 사람들(리건 장군—팝 그랜디)과 말로가 보호하고자 하는 사람들(모나 마스—멀 데이비스)이 존재합니다. 혹자는 이런 구도의 유사성 때문에 '챈들러의 소설은 다 유사하다'라고 평하지만, 이런 전형성은 그의 스타일을 구축하는 방식이라고 생각할 수 있습니다. 두 작품에서 이런 연계성을 찾아본다면 그의 작품을 읽는 재미는 한층 배가될 것입니다.

앞으로 이어서 나올 챈들러의 작품들에서도 이런 연계성은 지속되고 혹은 변용되면서 챈들러의 하드보일드를 완성해나갑니다.

『하이 윈도』에서의 필립 말로는 특히 그 기사도 정신에 강조점을 두어 묘사되었습니다. 『하이 윈도』의 멀 데이비스는 이전의 두 작품에 등장했던 어떤 여성들보다도 연약하고 또한 남성의 힘에 의한 피해자로서의 면모를 보여줍니다. 이런 멀 데이비스를 대하는 필립 말로의 태도는 하드보일드 탐정으로서 '미국적 마초'라는 비난을 한 번에 날려버릴 정도로 다정하고 섬세하기 그지없습니다.

또한, 필립 말로의 기사도 정신은 언제나 그렇듯이 다양한 상징으로 묘사가 되는데, 『하이 윈도』에서 눈여겨볼 장면은 챈들러의 다른 소설에도 종종 등장하는 체스의 상징입니다. 필립 말로는 전작 『빅 슬립』에서도 말했듯이 '기사들을 위한 게임'도 종종 만나게 되지만, 그렇다고 게임에서 언제나 속임수가 통하는 것은 아니라고 말합니다. 그래서 체스는 '아름답고 냉정하지만 가차 없는 게임'이 됩니다. 그는 체스판의 기사처럼 앞장서서 싸우고, 여왕을 지키지만 또한 작은 말도 희생시키지 않습니다. 소설 중간에 등장하는 체스의 비유는 이런 상징을 내포하고 있는 정교하게 잘 구성된 사건을 의미합니다. 그리하여 이 소설의 마지막도 체스와 관련한 어구로 끝을 맺습니다. 따라서 이 작품은 전작과의 연관성, 필립 말로의 심층적인 이미지, 풍부한 상징을 염두에 두고 옮겼습니다.

이전에 소개되지 않았던 작품이니만큼 말로에게서 인간적인 따뜻한 면모를 발견하는 것만으로도 『하이 윈도』는 필립 말로의 팬들에게 새로운 즐거움을 선사하리라고 기대합니다. 또한 전작을 접하지 않은 독자들이라 할지라도 변형된 현대적 기사도 신화의 전범이나 정통 하드보일드 작품으로도 즐겁게 다가설 수 있는 작품이 될 것입니다. '높은 창' 아래를 뒤도 돌아보지 않고 뚜벅뚜벅 걸어 나오는 말로의 모습을 그려볼 수 있다면 말입니다.

2004년 1월
박현주

옮긴이 박현주

고려대학교 영어영문학과와 동 대학원을 졸업하고 일리노이대학교에서 언어학 박사 학위를 취득했다. 현재 고려대학교에서 강의하고 있으며, 수필가, 번역가로 활발히 활동 중이다. 옮긴 책으로 제드 러벤펠드의 『살인의 해석』과 『죽음본능』, 페터 회의 『스밀라의 눈에 대한 감각』과 『경계에 선 아이들』, 마이클 온다치의 『잉글리시 페이션트』, 존 르카레의 『영원한 친구』, 트루먼 카포티의 『인 콜드 블러드』와 『차가운 벽』, 켄 브루언의 『런던 대로』, 찰스 부코스키의 『여자들』, 조 힐의 『뿔』, 레이먼드 챈들러 선집, 도로시 L. 세이어즈의 『시체는 누구?』, 『증인이 너무 많다』, 『맹독』, 『탐정은 어떻게 진화했는가』 등을 우리말로 옮겼다. 지은 책으로는 에세이집 『로맨스 약국』이 있다.

하이 윈도

1판 1쇄	2004년 2월 7일
1판 6쇄	2020년 11월 3일

지은이	레이먼드 챈들러
옮긴이	박현주
펴낸이	김정순
기획	윤영천
책임편집	이승희
디자인	이승욱
펴낸곳	(주)북하우스 퍼블리셔스
출판등록	1997년 9월 23일 제406-2003-055호

주소	04043 서울시 마포구 양화로 12길 16-9(서교동 북앤빌딩)
전자메일	editor@bookhouse.co.kr
홈페이지	www.bookhouse.co.kr
전화번호	02-3144-3123
팩스	02-3144-3121

ISBN 89-5605-090-2 04840
      89-5605-088-0 (세트)

이 도서의 국립중앙도서관 출판예정도서목록(CIP)은 서지정보유통지원시스템(http://seoji.nl.go.kr)과 국가자료종합목록 구축시스템(http://kolis-net.nl.go.kr)에서 이용하실 수 있습니다. (CIP제어번호: CIP2004000165)